Christiane Bößel

Small Town Love

Kann aus Hass Liebe werden?

Als wäre es nicht schon schlimm genug, dass Eve mit ihrer Familie in die Kleinstadt Minot ziehen muss, scheint es ihr neuer Nachbar Donovan auch noch auf sie abgesehen zu haben. Seine arrogante Art bringt Eve immer wieder zur Weißglut. Niemals würde sie sich auf jemanden wie ihn einlassen. Viel besser gefällt ihr sein charmanter Zwillingsbruder Tristan. Doch Donovan lässt nicht locker und Tristan scheint sich nicht für Eve zu interessieren. Sie beschließt, Donovan eine Chance zu geben. Wenn auch nur, um sich von ihren Gefühlen für Tristan abzulenken. Doch dabei erlebt sie eine Überraschung ...

CHRISTIANE BÖSSEL, geboren 1975, hat ursprünglich als Krankenschwester gearbeitet, bevor sie Germanistik und Philosophie studierte. Sobald sie alle Buchstaben konnte, fing sie an zu schreiben. Mit ihren Erzählungen hat sie mehrmals den Augsburger Poetry Slam und einen Schreibwettbewerb gewonnen und ist in verschiedenen Anthologien vertreten.

Seit 2014 schreibt sie Liebesromane und Fachbücher. Wenn sie nicht neue Geschichten erfindet, unterrichtet sie in der beruflichen Bildung Jugendliche und Erwachsene. Außerdem ist sie büchersüchtig, liebt Nudeln, ihren Garten und skurrile Bildunterschriften im Privatfernsehen. Sie lebt mit Mann, Sohn und zwei Katern als Landei in Bayern.

Christiane Bößel

Small Town Love

Donovan & Eve

FOREVER

Forever by Ullstein

forever.ullstein.de

Wir verpflichten uns zu Nachhaltigkeit

- Klimaneutrales Produkt
- Papiere aus nachhaltiger Waldwirtschaft und anderen kontrollierten Quellen
- ullstein.de/nachhaltigkeit

MIX
Papier
FSC FSC® C083411

Originalausgabe bei Forever

Forever ist ein Verlag der Ullstein Buchverlage GmbH,

Berlin Mai 2021

Umschlaggestaltung: zero-media.net, München

Titelabbildung: © FinePic®

Gesetzt aus der Quadraat Pro powered by pepyrus.com

Druck- und Bindearbeiten: CPI books GmbH, Leck

ISBN 978-3-95818-569-2

September

Donovan

»Warum stehst du wie ein Stalker am Fenster? Beobachtest du die neuen Nachbarn?«

Die Stimme, die meiner so glich, kam von irgendwo hinter meinem Rücken. Eine Sekunde später stand Tristan neben mir.

»Ich stalke nicht, ich checke die Lage«, klärte ich ihn auf.

Gemeinsam beobachteten wir, wie nebenan Männer in blauen Arbeitsoveralls aus einem Lkw mit dem Logo eines Umzugsunternehmens unfassbar viel Kram luden. Wo sollte das alles hin? Ich kannte das Nachbarhaus mein Leben lang und verbrachte viel Zeit darin, weil mein bester Freund Tanner dort wohnte. In einem bereits vollständig eingerichteten Haus. Um die ganzen Sachen aus dem Lkw unterzubringen, wären locker weitere zweihundert Quadratmeter Stauraum nötig gewesen.

Aber das war nicht mein Problem. Viel interessanter war, *wer* dort einzog.

Tanner jammerte seit Wochen, wie anstrengend es sein würde, mit vier – beziehungsweise bald fünf – Frauen zusammenleben zu müssen. Nichts mehr mit reinem Vater-Sohn-Männerhaushalt. Mitleid hatte ich keins, ich musste mich selbst mit zwei Schwestern, einem Bruder, einem Quasi-Schwager und meinem Dad arrangieren. Aber im Gegensatz zu Tanner machte mir das nichts aus. Ohne sie alle wäre es langweilig. Ich war nicht gern allein.

Wieder und wieder liefen die Umzugshelfer ins Haus. Wie bei der Ameisenstraße auf unserer Terrasse. Gerade schleppten zwei Typen ein Klavier. Im Ernst? Ein Klavier? Tanner und sein Dad waren ungefähr so musikalisch wie eine Dose Bier. Genauso seltsam war der Gartenzwerg, ich wiederhole, Gartenzwerg!, der auf der Laderampe herumlungerte und Tristan und mich dämlich grinsend anglotzte. Was waren das für Menschen? Klaviere und Gartenzwerge und dunkle Möbelstücke wie aus einem Südstaatenfilm.

Die neuen Bewohnerinnen entdeckte ich nirgends.

»Bedeutet ›Lage checken‹ nach Tanners neuer Stiefschwester Ausschau zu halten? Gib's zu, du planst jetzt schon, sie flachzulegen.« Tristan gluckste albern und stieß mir mit dem Ellbogen in die Seite. Wie ein Zehnjähriger. In solchen Momenten zweifelte ich an unserer Verwandtschaft. Er konnte nicht über Sex und alles, was dazugehörte, sprechen, ohne rot zu werden. Obwohl er und Rylee oft welchen hatten.

Mit seiner Theorie hatte er nicht ganz unrecht. Er kannte mich eben gut. Tanner hatte nicht viel von Eve, der ältesten der drei Schwestern, erzählt, nur dass sie gerade die Highschool beendet hatte, *abnormal schlau* und *ganz nett* war. Seine Worte, nicht meine. Ich kannte sie ja nicht. Noch nicht.

»Vielleicht ist sie ja potthässlich, dann will ich sie nicht«, überlegte ich laut, meinte es aber nicht ernst. Ich wollte damit nur meinen Bruder provozieren. Meine drittliebste Beschäftigung neben Frauen und Party.

»Niemand ist hässlich, das ist alles Geschmackssache. Außerdem besitzt jeder Mensch liebenswerte und damit schöne Eigenschaften. Attraktivität ist nicht alles«, belehrte mich mein Moralapostelbruder wie erwartet.

Ich zuckte die Schultern und grinste in mich hinein. Auf so etwas antwortete ich schon lange nicht mehr. Natürlich hatte er recht, aber das würde ich ihm nicht unter die Nase reiben.

Ich hatte kein bestimmtes Beuteschema. Eine Frau und eigentlich jeder Mensch, mit dem ich mich näher befassen wollte, auch abseits von Sex, musste allerdings etwas ausstrahlen, das mich reizte. Das schloss auch das Verhalten mit ein. So oberflächlich, dass ich nur auf das Aussehen achtete, war ich nicht. Obwohl mir das Leute, die mich nicht kannten, oft unterstellten. Für viele war ich nichts weiter als ein schwanzgesteuerter Prolet. Mit mir konnte man feiern und das Leben genießen. Spaß haben. Wie einer dieser klischeehaften gut aussehenden, aber dummen Kerle in den Sitcoms. Tristan war für Konversation und Tiefe zuständig. Aber ich scherte mich nicht um andere. Meine Freunde und Familie wussten, wie ich tickte und dass ich auch andere Seiten hatte, die ich nur nicht jedem zeigte. Das genügte mir.

»Warum bist du so besessen von dieser Eve? Gibt es am College keine Mädchen mehr, die du nerven kannst?«, fragte Tristan.

»Ich bin nicht besessen. Ich bin neugierig.«

Er verdrehte die Augen und schnaubte. Ein Spucketröpfchen landete dabei auf meiner Scheibe, weswegen ich seinen Arm packte und mit seinem Ärmel das Fenster sauber wischte. Er war so überrumpelt, dass er sich nicht einmal wehrte. Erst nach ein paar Sekunden riss er sich los und funkelte mich mit seinem Genervtblick an, den ich wie üblich ignorierte. Demonstrativ steckte er die Hände unter die Achseln.

»Außerdem hat mir Tanner verboten, sie klarzumachen. Er will keinen Stress, sagt er. Und Stress wäre mein zweiter Vorname.«

»Wohl eher der erste«, murmelte mein Bruder, woraufhin ich lachte. Ich war nicht stolz darauf, ständig wegen irgendwas mit irgendwem Ärger zu bekommen. Aber so wurde es zumindest nie fad. Ich hasste Langweile. Deswegen machte ich auch oft genau das Gegenteil von dem, was man von mir erwartete. Verbote stachelten mich geradezu an, sie zu brechen.

»Vielleicht hast du ohnehin keine Chance. Weil sie lesbisch ist. Oder asexuell. Oder da, wo sie herkommt, einen wahnsinnig tollen Freund hat, gegen den du nicht anstinken kannst. Einen mit Niveau.«

»Hm«, antwortete ich bloß. Tatsächlich kam es mir höchst merkwürdig vor, dass Tanner mir mit seiner umgekehrten Psychologie quasi einen Freifahrtschein bezüglich Eve ausgehändigt hatte. Irgendeinen Haken musste es an der Sache geben. Was mich aber nicht davon abhalten würde, Eve anzubaggern. Schon allein, um Tanner zu nerven.

»Willst du unbedingt deinem Ruf als Frauenheld gerecht werden?«

»Mein Ruf geht mir am Arsch vorbei.«

Tristan nickte.

Eine Weile standen wir am Fenster und sahen den Menschen beim Arbeiten zu. Tristan auf das Fensterbrett gestützt, ich mit den Händen in den Taschen meiner Jogginghose.

Zwei kleine Mädchen im Grundschulalter rannten aus dem Haus. Beide hatten rosa Kleidchen an und ihre blonden Haare zu zwei Zöpfen geflochten, die auf und ab hüpften. Sogar von meinem Platz im ersten Stock aus konnte ich die Sommersprossen auf den Gesichtern erkennen. Sie spielten im Vorgarten und lachten so fröhlich, wie ich es bei meiner eigenen kleinen Schwester seit gefühlt hundert Jahren nicht mehr erlebt hatte. Sie wirkten glücklich. Normal.

In dem Moment betrat Parker mein Zimmer. Ohne hinzusehen, erkannte ich sie an ihrem leicht schlurfenden Gang und der gedämpften Musik. Parker war selten ohne Kopfhörer unterwegs. Nur beim Essen nahm sie sie ab, weil Morgan nicht nur darauf bestand, dass wir mindestens einmal pro Tag gemeinsam am Tisch saßen, sondern dass wir uns dabei auch unterhielten. Freiwillig tat Parker das nicht. Ihr war dieses gezwungene Familiending zu viel.

Mir nicht. Auch wenn ich es nicht zugab, liebte ich die gemeinsame Zeit mit meinen Geschwistern, meinem Dad und Nate. Es erinnerte mich daran, wie nah wir uns alle standen und was für ein Glück ich mit ihnen hatte. Einer der Gründe, warum Tristan und ich zum Studieren in Minot geblieben waren. Wir hingen schlichtweg zu sehr aneinander. Außerdem war es billiger. Man konnte viel über uns behaupten, aber nicht, dass wir reich waren. Zwar verdiente Nate mittlerweile sehr gut an seinen Büchern, hatte dieses Haus gekauft und finanzierte uns das College, aber es war immer noch sein Geld. Irgendwann würde ich ihm alles bis auf den letzten Cent zurückzahlen.

Wortlos stellte sich Parker neben uns. Ich legte meinen Arm um ihre Schultern und erstaunlicherweise schüttelte sie mich nicht ab und gab keinen bissigen Kommentar von sich.

Mit ihrer Coladose zeigte sie nach draußen. »Sind das die Neuen?«

Ich nickte. »Sieht so aus.«

Parker nahm einen Schluck von ihrem Getränk, rülpste leise und wischte sich mit dem Handrücken über die Lippen. »Wo sind die anderen?«

Bevor ich antworten konnte, ergriff Tristan das Wort. »Verstecken sich wahrscheinlich vor ihm da.« Überheblich grinste er mich an.

Diesmal verdrehte ich die Augen und stieß genervt Luft aus. »Haha«, sagte ich bloß und zeigte ihm den Mittelfinger.

Einen Augenblick später kam Tanner aus dem Haus, gleich hinter ihm eine Frau, die aussah wie die Mädchen, nur in alt und mit Erwachsenenfrisur. Tanners Dad hatte seinen Arm um ihre Mitte geschlungen und grinste breit. Seine Mundwinkel berührten fast seine Ohren. Die zwei Mädchen hüpften synchron im Pferdchensprung zu ihrer Mom und ihrem neuen Dad und Bruder und rannten um die drei herum. Als die Frau etwas sagte, stoppten die Mädchen und setzten sich auf die Eingangsstufen. Ihre Mom lächelte.

Wenn Dad oder Morgan etwas von uns wollten, mussten sie es mindestens zehnmal sagen, bis wir überhaupt reagierten. Heute genauso wie früher. So perfekte Familien wie die nebenan waren mir immer ein wenig suspekt.

»George wirkt glücklich«, meinte Tristan. »Das hat er wirklich verdient.«

Ja, das hatte er. Tanners Mom war vor ein paar Jahren an Krebs gestorben. Seitdem war sein Dad Single gewesen, obwohl jede alleinstehende Frau in Minot gern *die Frau von Frauenarzt Dr. George Myers* geworden wäre. Doch der hatte sich zwar um ihre Mösen und Brüste, nicht jedoch um ihre Herzen gekümmert. Und Ersteres auch nur rein beruflich. Zumindest, wenn man Tanners Erzählungen glauben konnte, dass sein Dad quasi im Zölibat gelebt hatte. Vermutlich hatte das jetzt ein Ende, denn der Blick, den George seiner Freundin zuwarf, war alles andere als harmlos. So sah Tristan Rylee an. Oder Nate Morgan. Mich hatte noch nie jemand so angeschaut. Außerdem war sie sichtbar schwanger. Und wenn sie nicht die wiederauferstandene Jungfrau Maria war, hatten George und sie also eindeutig Sex.

Für ihr Alter war Georges Freundin ziemlich attraktiv und hätte problemlos in einem Milf-Porno mitspielen können. Wobei ich jüngere Frauen bevorzugte. In Pornos wie im echten Leben.

Wie die, die gerade durch die Eingangstür trat. Vor Schreck gab ich ein ersticktes Geräusch von mir, das ich mit einem vorgetäuschten Hustenanfall zu verbergen versuchte.

Das musste Eve sein.

Und jetzt war mir klar, warum Tanner sie unbedingt vor mir verstecken wollte.

Sie war der Wahnsinn!

Ich wollte sie nicht nur, um Tanner eins auszuwischen.

Ihre leuchtend blonden Haare wogten beim Laufen wie Wellen am Strand. Ebenso wie ihre großen Brüste, die sie jedoch nicht wie so viele Mädchen mit einem engen Shirt oder einem tiefen Ausschnitt betonte.

Mein Mund wurde trocken und ich schluckte krampfhaft.

Fuck! Ich war erledigt. Schockverliebt sozusagen. Oder schockgeil. Was auch immer.

Ihre langen Beine steckten in unfassbar engen Jeans, die ihren unglaublichen Po betonten. Die Füße in flachen Sandalen, ihre kurzärmelige beige Bluse war trotz der Bullenhitze draußen bis oben zugeknöpft. Nur ein winziges Stück ihres Halses blitzte heraus. Soweit ich es von hier aus beurteilen konnte, war sie ungeschminkt oder auf eine Art geschminkt, die man nicht erkennen konnte. Ihre Augenfarbe konnte ich nicht ausmachen, dafür war sie dann doch zu weit weg. Schade. Diese Information erschien mir momentan überlebenswichtig. Dabei war mir so was sonst egal. Sicher roch sie genauso gut, wie sie aussah und sich bewegte. Sie war der Typ Mädchen, dem es nicht bewusst war, wie sexy er war. Trotz ihres Körpers, der jeden heterosexuellen Kerl zum Sabbern bringen musste, wirkte sie irgendwie unschuldig. Woran ich das festmachte, konnte ich nicht sagen. Es war mehr so ein Gefühl. Aber es machte mich nur noch neugieriger auf sie.

»Die wird ab sofort nebenan wohnen?« Parker sah mich an und prustete los. »Dann hast du ein verfluchtes Problem, Bruder.«

Tanner konnte mich mal kreuzweise mit seinem Verbot. Ich konnte Eve unmöglich ignorieren.

»Viel Spaß«, fügte Parker lachend hinzu und verließ immer noch kichernd mein Zimmer. Ich hasste sie.

»Sie sieht nicht so aus, als wäre sie an Typen wie dir interessiert«, sagte Tristan und durchbrach meine Gedanken.

Ich hob die Augenbrauen. »Wie kommst du darauf, Brudi? Bist du seit Neuestem nicht nur ein Klugscheißer, sondern auch ein Hellseher, oder was? Wie sehen denn Frauen aus, die an Typen wie mir interessiert sind?«

Er zuckte die Schultern. »Ich mein ja nur«, brummelte er in seinen nicht vorhandenen Bart.

»Deine Meinung ist mir in dem Fall so egal, wie welche Unterhose du heute trägst.«

»Die gestreiften Retropants«, informierte er mich genauso dämlich lachend wie Parker.

»Ich geh da jetzt rüber. Irgendwann müssen sie mich kennenlernen, dann kann es genauso gut gleich sein.«

Ich stieß mich vom Fensterbrett ab, fuhr mit den Fingern durch meine Haare und lief Richtung Tür.

Aber Tristan hielt mich auf. »Willst du nicht wenigstens ein T-Shirt anziehen? Die Armen bekommen ja sonst einen Schock fürs Leben. Oder denken, sie wohnen neben einem Irren.«

Dass ich kein Oberteil trug, hatte ich spontan ganz vergessen. Ich liebte es, möglichst wenig anzuhaben. Dann fühlte ich mich frei. Nur weil meine Familie darauf bestand und sonst ein Riesentheater veranstaltete, lief ich nicht den ganzen Tag nackt herum.

Seufzend zog ich das oberste Shirt aus der Kommode und schlüpfte hinein. Auf Schuhe verzichtete ich, setzte aber noch meine Sonnenbrille und mein bestes Lächeln auf.

Eve

Es war schön, meinen Schwestern beim Herumtollen zuzusehen. Endlich benahmen sie sich wie die zwei kleinen Mädchen, die sie waren. Nach dem Unfalltod meines Dads waren die beiden oft traurig gewesen. Nicht, weil sie um Dad als Person trauerten, beide waren damals zu klein gewesen, um sich wirklich an ihn zu erinnern. Es war vielmehr die Vorstellung eines Daddys, wie andere ihn hatten. Jemand, der mit ihnen spielte, sie bei Schulveranstaltungen beklatschte, sie auf den Schultern trug, die Monster aus dem Schrank verjagte. Ich selbst vermisste Dad schrecklich. Jeden Tag. Aber ich hatte gelernt, mit dem Verlust zu leben. Nach vorn zu blicken und nicht am Schmerz zugrunde zu gehen. Nach all den Jahren tat es immer noch weh, an ihn zu denken. Mich zu erinnern. Aber nicht mehr so sehr, dass ich kaum atmen konnte.

Ich sprach nie darüber. Mit niemandem. Nicht mit meinen Freundinnen, und erst recht nicht mit Mom. Ich konnte die Vergangenheit nicht ändern. Konnte den außer Kontrolle geratenen Van nicht stoppen. Stattdessen schloss ich die Trauer in mir ein und gab ihr keine Chance, mich zu zerstören.

Mom war jahrelang nur ein Schatten ihrer selbst gewesen. Bis sie George traf. Das Witwendasein, die lebenslange Wunde, die ein geliebter Verstorbener hinterließ, verband Mom und ihn auf ganz besondere Weise. Sie hatte mit ihm eine neue große Liebe gefunden und meine Schwestern das, was sie sich wünschten: eine intakte Familie mit Vater, Mutter und uns Kindern und sogar Tanner als Bonusbruder. Auch wenn wir dafür Tausende Kilometer von unserem Zuhause wegziehen mussten.

Die beiden starteten voller Vorfreude in ihr neues Leben. Ich war noch skeptisch. Chicago war mein Zuhause und ich vermisste es schon jetzt. Ich liebte das Großstadtleben und die Möglichkeiten, die sich dort boten. Ganz anders als hier, wo nichts los war. Da änderte auch Tanners Lobgesang auf Minot nichts.

Natürlich hätte ich auch in Chicago bleiben können oder das Ende der Highschool nutzen können, um woanders ans College zu gehen. Mit meinen Noten hätte ich frei wählen können. Aber das hatte ich nicht gewollt. Meine Familie war mein Ein und Alles. Ohne sie zu sein, konnte ich mir nicht vorstellen. Sosehr ich an Chicago hing.

Und Mom brauchte mich. Vor allem jetzt, seit sie wieder schwanger war. Ungeplant übrigens. Dabei waren George und sie beide Frauenärzte, die eigentlich wissen sollten, wie Verhütung funktionierte. Irgendwie absurd. Noch dazu, weil Mom mittlerweile auf die fünfzig zuging. Bereits bei Aurora war sie – medizinisch gesehen – schon nicht mehr ganz jung gewesen. In Minot wollte sie in Georges Praxis einsteigen und mit ihm neben dem normalen Tagesgeschäft das erste Kinderwunschzentrum der Gegend gründen. Wenn das keine Ironie des Schicksals war …

»Grrroooaaarrr!«

Mein neuer sogenannter Bruder rannte mit lautem Löwengebrüll hinter Aurora und Gabriella her, die kreischend versuchten, ihm zu entkommen. Obwohl ich ihn erst wenige Male getroffen hatte, mochte ich ihn und seine unaufgeregte, positive Art und wie selbstverständlich und offen er mit meinen Schwestern umging.

Mom lächelte und schmiegte sich an George, der seine Hand auf ihren gewölbten Bauch legte. Wieder einmal erschien mir der Gedanke, nicht mehr bei dieser wunderbaren Familie zu leben, unvorstellbar.

Der Lkw war immer noch halb voll und mein zukünftiges Zimmer ein einziges Chaos. Ich hasste Unordnung.

Ich ließ meinen Blick durch den Vorgarten schweifen, über meine alte und meine neue Familie, die Arbeiter und die Straße. Alles wirkte gepflegt. Bis auf das Haus nebenan. Es war nicht schmuddelig oder heruntergekommen, aber man erkannte auf den ersten Blick, dass hinter den Mauern echtes Leben existierte. Nicht wie bei so vielen anderen, wo es wirkte wie in einem Immobilienkatalog. Sauber und gestylt, aber irgendwie tot. In der geöffneten Garage der Nachbarn lehnten Fahrräder an der Wand, Regale quollen über vor Dingen, Schuhe unterschiedlicher Größe und Ausführungen lagen kreuz und quer vor und neben der Haustür, Gartengeräte standen herum, ein umgekippter Blumentopf rollte beinahe von der Veranda. Aus dem Augenwinkel nahm ich eine Bewegung in einem der Fenster im ersten Stock wahr und als ich genauer hinsah, winkte mir ein junger Mann zu.

Im nächsten Moment stand er vor mir und grinste mich an. Ich erschrak so sehr, dass ich aufschrie und zurückruckte.

Er lachte. »He, so schrecklich sehe ich doch gar nicht aus!«

Nein, tat er wirklich nicht. Im Gegenteil.

»Warst du nicht eben noch da oben? Kannst du dich wie ein Vampir dematerialisieren oder so?«, fragte ich, während ich meine Hand auf meine Brust presste, wo mein Herz heftig pochte.

Er drehte sich um und blickte zum Fenster, das jetzt leer war. »Das ist zwar mein Zimmer, aber das war mein Bruder«, klärte er mich auf. »Wir sind eineiige Zwillinge.« Grinsend streckte er die Hand aus. »Ich bin Donovan. Dein Nachbar und der beste Freund von deinem nigelnagelneuen Stiefbruder. Willkommen in Minot.«

Weil ich gut erzogen war, schüttelte ich seine Hand. Ohne dabei meine Finger loszulassen, verbeugte Donovan sich leicht. Mit seinen blonden Haaren, seinen tiefblauen Augen und seiner sportlichen Figur konnte man ihn als attraktiv bezeichnen. Falls einem das Äußere wichtig war. Mir auf jeden Fall nicht. Eine schöne Hülle war ohne entsprechende Persönlichkeit nichts wert.

Seine Stimme klang dunkel und hatte einen neckischen Unterton. Und er war eindeutig von sich überzeugt. Er sah mich mit diesem Blick an, den Männer aufsetzten, die dachten, ihnen würde die Welt – vor allem die Frauenwelt – gehören. Deswegen ließ ich mich von Donovans Charme nicht täuschen und erst recht nicht einwickeln. Ich wollte einen kultivierten Mann, der Frauen nicht als Spiel- oder Sexobjekt ansah, sondern der sich ehrlich für sein Gegenüber interessierte. Für den ganzen Menschen, nicht nur für einzelne Körperteile. Was die Sache erschwerte, denn solche Männer waren rar gesät. Oder vielleicht war ich ihnen einfach noch nicht begegnet. Donovan schien mir nicht dazuzugehören. Dafür wirkte er zu selbstgefällig. Männer mit Stil grinsten nicht, sie lächelten. Und sie verbeugten sich nicht so affig.

Ich zwang mich zu einem Lächeln, was mir allerdings schwerfiel, denn Donovan strahlte etwas aus, das mich irgendwie triggerte. Ohne dass er mir einen rational nachvollziehbaren Grund gegeben hätte, erzeugte er eine Abwehrhaltung. Gleichzeitig tat es mir leid, ihn abzustempeln, ohne ihn vorher kennenzulernen.

»Ich habe doch gesagt, du sollst wegbleiben«, motzte Tanner, der plötzlich neben uns aufgetaucht war, und bestätigte damit unbewusst meinen Eindruck. Schnell ließ ich Donovans Hand los. Tanner wirkte genervt und sah Donovan mit zusammengezogenen Augenbrauen an. »Kannst du nicht einmal das machen, worum man dich bittet?«

»Nö«, erwiderte Donovan ungerührt und lachte. Sein Lachen wirkte im Gegensatz zum Rest von ihm nicht aufgesetzt oder übertrieben. Sondern so, als wäre er schlichtweg ein fröhlicher Mensch. »Ich musste mich doch vorstellen. Nachbarschaftspflege nennt man so was.« Er zwinkerte mir zu und schmunzelte, als wären wir Verbündete.

Ich verschränkte die Arme. Was dachte der Kerl eigentlich, wer er war? Zwinkern? Ernsthaft?

»Aufdringlich nennt man so was, nicht Nachbarschaftspflege«, brummte Tanner. Er wandte sich mir zu. »Du musst ihn gleich in seine Schranken weisen, sonst wirst du ihn nicht mehr los.«

Keine Sorge, ich durchschaute Donovan. Ich ließ mir nichts gefallen.

»He, wie redest du über mich?«, beschwerte sich der, schien aber nicht wirklich beleidigt. Vielleicht kannte er solche Bemerkungen schon. Oder ihm waren die Meinungen von anderen egal, was im Grunde ein beneidenswerter Wesenszug war. Das ersparte viel Frust, Selbstzweifel und Traurigkeit.

Aurora hüpfte zu uns, dicht gefolgt von Gabriella, die mit ihren elf Jahren kindlicher wirkte als ihre achtjährige Schwester. Gabriella war als extremes Frühchen auf die Welt gekommen und hatte sich bei der Geburt mit Streptokokken infiziert, die eine Hirnhautentzündung ausgelöst hatten. In ihrer geistigen und sozialen Entwicklung lag sie deutlich hinter Gleichaltrigen zurück, sie entsprach in etwa der eines Kindergartenkinds. Für mich allerdings war sie einfach nur Gabriella.

»Wer bist du?«, fragte Aurora mit ihrer hohen Stimme.

Sie legte den Kopf ein wenig schief und machte große Augen, um möglichst süß auszusehen. Das mit der sozialen Interaktion – und der unterschwelligen Manipulation anderer Menschen – hatte sie eindeutig besser drauf als ich. Und wie üblich funktionierte ihre Masche, denn Donovan lächelte und beugte sich hinunter, bis sein Gesicht auf Höhe ihres war.

»Ich bin Donovan. Ich wohne nebenan.« Mit dem Daumen zeigte er über die Schulter auf sein Haus. »Und zufällig bin ich auch der beste Freund von dem Fettsack hier.« Er nickte in Richtung Tanner, der zwar stämmig, aber alles andere als dick war.

»So was darf man nicht sagen«, verbesserte ihn Aurora und piekste ihn zur Untermauerung in die Brust. »Man darf niemanden beleidigen, weil man damit andere verletzt. Und weil man nie weiß, warum jemand ist, wie er ist. Wenn jemand dick ist, hat er vielleicht eine Krankheit, und sich darüber lustig zu machen, ist niederträchtig und gemein.«

Donovans Mundwinkel zuckten, gleichzeitig schien er verunsichert. Nach kurzem Zögern rappelte er sich auf, ging die paar Schritte zu Tanner und klopfte ihm auf die Schulter. »Er weiß, wie ich das meine. Das ist wie ein Kosename, verstehst du, Kleines?« Er boxte Tanner in die Seite, der leise ächzte, aber nicht widersprach. »Er nennt mich dafür Arschloch.« Er lachte erneut und zwickte Tanner in den Po. Als Ausgleich schubste ihn der, sodass Donovan strauchelte. Er rächte sich, indem er seine Hände gegen Tanner stieß. Innerhalb weniger Sekunden rangelten sie wie zwei Zehnjährige.

Aurora stemmte die Hände in die Hüften. »Auch das ist keine angemessene Ansprache, Donovan. Und klein bin ich auch nicht. Für mein Alter bin ich völlig durchschnittlich groß. Keinerlei Abweichen von den Perzentilen in irgendeine Richtung.«

Gabriella hatte bereits das Interesse verloren und war zu Mom gelaufen, die sie an der Hand ins Haus führte.

Donovan ließ endlich von Tanner ab und sah Aurora schmunzelnd an. »Du drückst dich ja ganz schön geschwollen aus.« Ich meinte, Anerkennung in seiner Stimme zu hören. »Du bist ein schlaues Mädchen, oder?«

Sie nickte und grinste. »Ich wurde getestet. Mein IQ liegt bei 148, wobei der Test erst endgültig aussagekräftig ist, wenn der Schriftspracherwerb abgeschlossen ist.« Sie verzog das Gesicht. »Dabei kann ich schon seit Jahren lesen und schreiben. Trotzdem darf ich erst wieder mit zehn den nächsten Test absolvieren.«

Donovan wirkte beeindruckt, aber auch ein wenig verwirrt. Eigentlich war er hier aufgetaucht, um mich abzuchecken, nicht um Auroras Lebensgeschichte zu erfahren.

»Ich bin also hochbegabt«, redete Aurora weiter. »Wie Mom. Und meine Schwester Eve.«

Donovans Blick ruckte zu mir. Nachdenklich und erstaunt und überfordert. Diesen Gesichtsausdruck kannte ich. Viele konnten mit Hochbegabung nicht umgehen. Oder dachten, man wollte damit angeben oder hatte übermotivierte Eltern. Dabei war es nichts, worauf man stolz sein konnte. Es war nicht mein Verdienst, sondern eine genetische Variante, wie Segelohren oder Musikalität oder Laktoseintoleranz.

»Du musst das nicht jedem erzählen«, erklärte ich Aurora zum hundertsten Mal. »Auf andere Leute wirkt es schnell arrogant, wenn man das betont. Außerdem geht das niemanden etwas an. Wir beurteilen Menschen nicht nach der Höhe ihres IQs. Der sagt nämlich nichts über den Charakter aus.«

Aurora runzelte die Stirn. »Aber es gehört zu mir. Warum darf ich es dann nicht erwähnen?«

»Schon okay«, beschwichtigte Donovan. »Ich verurteile dich nicht, nur weil du schlauer bist als ich.« Er zwinkerte wieder und Aurora lächelte erleichtert. »Mein Bruder ist auch ein Intelligenzbolzen.«

Tanner lachte tonlos. »Komischerweise hat sich beim Teilen des Eis die Intelligenz nur auf Tristans Seite niedergeschlagen.«

Was sehr unwahrscheinlich war. Doch bevor ich einhaken konnte, gab Aurora ein Quieken von sich. Sie klatschte und riss wieder ihre Augen auf. »Du hast einen eineiigen Zwilling? Wie cool ist das? Ich lese gerade ein Buch über Studien an Zwillingen. Manche davon sind moralisch höchst fragwürdig.«

»Du bist erst ...« Donovan stockte. »Wie alt? Neun? Und liest solche Sachen? Das ist krass.«

Er dagegen wirkte nicht, als würde er überhaupt jemals lesen, außer die Bedienungsanleitung für seine Spielkonsole oder die Speisekarte vom Pizzaservice. Vererbte Intelligenz hin oder her, man musste sie auch einsetzen.

»Ich bin acht.« Aurora zuckte die Schultern und stieß ein abfälliges Geräusch aus. »Bücher für mein Alter sind Babykram.«

»Willst du nicht reingehen und Mom fragen, ob du ihr etwas helfen kannst?«, schlug ich vor.

Mir war Auroras forsches Auftreten ein wenig unangenehm, obwohl das ihr übliches Verhalten war. Wen sie kennenlernen wollte, der hatte keine Chance, sich ihr zu entziehen. Darin unterschieden wir uns grundlegend. Ich war nicht schüchtern oder introvertiert, ich brauchte nur länger, um mit anderen warm zu werden. Und suchte mir im Vorfeld genau aus, wem ich mich öffnete. Ich war einfach zu oft enttäuscht worden.

»Okay.« Sie winkte Donovan zu und rannte dann mit fliegenden Zöpfen ins Haus.

Grinsend sah Donovan ihr nach. »Ich mag sie.« Er lachte und tätschelte Tanner den Rücken. »Tja, mein Freund, das geruhsame Leben ist wohl vorbei.«

Der stieß in einem langen Atemzug Luft aus, antwortete aber nichts. Sicher war es nicht leicht für ihn, plötzlich vier fremde Frauen im Haus zu haben. Wobei die jüngste pausenlos redete, die mittlere ständig Körperkontakt suchte, die Erwachsene alle mit ihrer Liebe fast erdrückte und ich eigentlich nicht hier sein wollte. Trotzdem hatte er uns vorbehaltlos aufgenommen und behandelte uns, als wären wir schon immer befreundet.

Donovan schob lässig die Hände in die Hosentaschen seiner Jogginghose. Hatte er keine ordentlichen Hosen? »Und du bist also auch hochbegabt?«, fragte er mich.

»Und? Stört dich das etwa? Hast du ein Problem mit intelligenten Frauen?«, fragte ich. Es klang zickiger als beabsichtigt. Dabei war ich eigentlich keine Zicke, sondern ein ausgeglichener, friedfertiger und vorurteilsfreier Mensch. Warum Donovan gegenüber nicht?

Viele Männer hatten tatsächlich ein Problem mit Intelligenz. Vor allem, wenn man wusste, was man wollte, Prinzipien hatte und die auch durchsetzte und sich nicht einfach beschlafen ließ. Deswegen hatte Elliot mich auch verlassen. Weil ich nach vier Monaten Beziehung immer noch keinen Sex mit ihm wollte und mich weigerte, ihm einen zu blasen. Frigide Schlampe war eins der harmlosen Worte, mit denen er mich bezeichnet hatte. Wie so viele andere war er außerdem nicht damit klargekommen, dass ich mich nicht für die seiner Meinung nach typischen Mädchendinge wie Shoppen und Schminken, Geschenke und Jungs interessierte, sondern lieber mein Gehirn anstrengte oder arbeitete. Manchen mieden mich deswegen sogar. Als wären kluge Menschen weniger attraktiv oder begehrenswert. Oder gruslig. Oder hätten eine ansteckende Krankheit.

»Nö, wieso sollte es mich stören?« Das klang tatsächlich glaubwürdig. Meine kurze Sympathieaufwallung relativierte sich jedoch mit dem nächsten Satz sofort wieder. »Ich bin auch hochbegabt. In anderen Bereichen.«

Bitte nicht solche Sprüche. Warum lief bei bestimmten Männern zwangsläufig alles auf das eine Thema hinaus? Gab es wirklich keine, denen Gespräche oder sich menschlich weiterzuentwickeln wichtiger waren? Er wackelte mit den Augenbrauen und zwinkerte wieder. Dann lachte er. Leider sah er dabei nicht so arrogant aus, wie seine Worte klangen. Er war wirklich attraktiv. Das war nicht zu leugnen. Unbestritten war allerdings auch, dass ich Typen wie ihn nicht ausstehen konnte.

Auf seine eindeutig zweideutige Anspielung ging ich trotzdem nicht ein. Das Gespräch war mir zu doof.

»Gehst du mit mir aus?«, fragte Donovan aus heiterem Himmel. Offenbar schien ihn mein Schweigen noch mehr anzustacheln.

»Nö, wieso sollte ich?«, sagte ich und griff damit seine eigene Antwort von vorhin auf.

Er fuhr sich durch die Haare, wobei sein Shirt nach oben rutschte und ein Stück nackten Bauch zeigte, was ihn aber nicht zu stören schien.

»Um deinen neuen Nachbarn kennenzulernen«, sagte er in einem Ton, als gäbe es diesbezüglich keine Zweifel.

»Er will dich flachlegen«, präzisierte Tanner. »Also sag am besten gleich Nein.«

Donovan schüttelte den Kopf, dann nickte er und zuckte mit den Schultern. »Spielt das eine Rolle?«

Natürlich tat es das. Ich war keine Jagdtrophäe. »Ich gehe nicht mit dir aus. Wir kennen uns gerade mal eine halbe Stunde.«

»Na und?«, fragte er.

Wollte er eine ehrliche Antwort?

Tanner beugte sich zu mir. »Er kann auch nett sein. Eigentlich ist er kein Arsch. Trotzdem: Halt ihn dir vom Leib. Er mutiert sonst zum Parasiten. Wie so ein Blutegel.« Zur Verdeutlichung krallte er seine Nägel in meinen Arm. Ein Schaudern durchlief seinen Körper. Allerdings lächelte er auch, weshalb ich davon ausging, dass er Donovan trotz seiner Penetranz mochte. Er richtete sich wieder auf und streckte entschuldigend die Hände von sich. »Nur mein Rat.«

Für diese Erkenntnis brauchte ich keinen Tanner. Bereits nach wenigen Minuten wusste ich, dass Donovan kein Mann war, mit dem ich mich näher beschäftigen wollte. Dazu war er mir zu schön, zu selbstbewusst und selbstbezogen, zu aufdringlich, zu redselig, zu alles eben. Aber vielleicht unterschätzte ich ihn oder steckte ihn in eine völlig falsche Schublade. Nur hatte ich momentan keine Lust, das herauszufinden, weil er mich nur nervte.

»Lass sie einfach in Ruhe und verschwinde. Du siehst doch, dass sie nicht will«, sagte Tanner zu seinem Freund.

Der grinste wieder und wippte auf den Ballen vor und zurück. »Ich gehe erst, wenn sie zustimmt, mit mir auszugehen.« Er schob die Unterlippe vor und sah mich an wie Gabriella, wenn sie noch mehr Eis wollte. Er faltete die Hände wie zum Gebet. »Komm schon. Bitte sag Ja.« Er blinzelte und gab ein Jammergeräusch von sich.

Ich schüttelte den Kopf. Mich beeindruckte sein Schauspiel nicht.

Theatralisch seufzte er und fasste sich an die Brust. »Du brichst mir das Herz.« Wieder klimperte er mit seinen unverschämt langen Wimpern.

Verwirrt und Hilfe suchend sah ich zu Tanner, der genervt die Augen verdrehte.

»Ist der immer so?«, fragte ich ihn.

Mit bedauerndem Gesichtsausdruck nickte Tanner. »Kann man so sagen.« Er seufzte. »Ich liebe ihn trotzdem. Ich kann nichts dafür.«

Was bedeutete, dass Donovan vermutlich öfter bei uns herumhängen würde. Na prima. Gut, dass ich eine abschließbare Zimmertür hatte.

»Ooohh«, säuselte Donovan und legte seinem Freund den Arm um die Schulter. »Ich liebe dich auch, mein Teuerster.« Er küsste Tanner schmatzend auf die Wange und rieb wie eine Katze seinen Kopf an seiner Schulter. Tanner verzog das Gesicht und versteifte sich, wehrte sich aber nicht. »Wenn du richtige Brüste statt deiner Specktitten hättest, wärst du meine große Liebe.« Schnurrend kniff er Tanner in den Bauch.

»Du hattest schon etwas mit Männern, schon vergessen?«, warf der ein und stieß Donovan von sich.

»Natürlich nicht. Ich vergesse niemals eine Person, mit der ich Sex hatte. Und sie mich garantiert auch nicht.«

Wieder lachte er. Seine Fröhlichkeit war zweifellos das Sympathischste an ihm. Eindeutig nahm er das Leben – und Sex – nicht besonders ernst. So eine Haltung konnte ich nicht verstehen. Leben brauchte Sinn. Nicht nur Spaß. Richtigen Sinn, der anderen nützte. Dem Planeten. Oder der Gesellschaft. Oder auch Einzelnen. Nichts so Oberflächliches.

Mit diesem Denken stand ich nicht das erste Mal allein da. Die meisten in meinem Alter – und leider auch später noch – dachten nur an sich und ihren Vorteil. Das gleiche galt für Sex. Ich wollte meinen Körper nicht für ein paar Minuten mit jemandem teilen, nur um ein Bedürfnis zu befriedigen. Es sollte etwas bedeuten. Sich jemandem zu schenken war etwas Großes und Wertvolles, mit dem man nicht so leichtfertig umgehen sollte. Elliot war es nicht wert gewesen, so etwas Wichtiges wie Jungfräulichkeit aufzugeben. Vor allem nicht, damit er endlich Ruhe gab.

»Aber dich würde ich nie anfassen. Das wäre wie Inzest«, ergänzte Donovan an Tanner gerichtet.

Er schüttelte sich. Also wusste ich nun, dass Donovan bi war. Eine Information, auf die ich hätte verzichten können.

Tanner trat einen Schritt zur Seite, um Abstand zwischen sich und Donovan zu bringen. Erstaunlich, wie ruhig er blieb. Das erforderte ja fast unmenschliche Kräfte.

»Tristan«, brüllte er in Richtung Nebenhaus. »Schieb deinen Hintern hier rüber und rette uns vor deinem penetranten Bruder!«

Donovan setzte sich auf die Stufen vor unserer Haustür und stützte seine Ellbogen auf die Knie. Sein Fuß zappelte, als könnte er es nicht aushalten, sich nicht zu bewegen, wie ich es bei Kindern mit ADHS oft beobachtet hatte. Dabei grinste er wie immer, pflückte ein Blatt von dem Strauch neben dem Eingang und spielte damit herum, während er mich ungeniert musterte. Mir war sein Starren unangenehm, aber einfach flüchten war mir dann doch zu unhöflich, und ich hätte ohnehin direkt an ihm vorbeigemusst.

Kurz darauf öffnete sich die Haustür der Nachbarn und ein Donovan-Klon trat heraus und lief über den Rasen zu uns. Das war also der, der mir vorhin zugewinkt hatte. Im Gegensatz zu Donovans Jogginghosen-T-Shirt-Look trug sein Zwillingsbruder eine schwarze Stoffhose und ein Hemd in der Farbe seiner Augen. Blau. Seine Haare standen nicht wie bei Donovan wirr vom Kopf ab, sondern waren akkurat gekämmt. Auf Anhieb war er mir sympathischer als sein Bruder, weil er sich nicht zur Schau stellte, sondern zurückhaltender und nachdenklicher wirkte. Kultivierter und sensibler.

»Hi, ich bin Tristan«, sagte er zu mir und lächelte. Zwar klangen die Stimmen gleich, Tristans war jedoch sanfter, seine Aussprache deutlich und klar, als hätte er eine Sprechausbildung genossen und als wählte er seine Worte sorgfältig aus. Das gefiel mir. »Tut mir leid, wenn mein Bruder dich belästigt hat.«

»Er hat mich nicht belästigt«, antwortete ich spontan, obwohl das nur die halbe Wahrheit war. Aber ich wollte nicht verklemmt erscheinen. Bei Tristan war es mir wichtig, was er von mir dachte. Das kannte ich nicht von mir.

Tanner schüttelte den Kopf. »Doch, hat er schon. Aber zum Glück ist er harmlos. Nur nervig, nicht gefährlich. Und leider versteht er kein Nein.«

»Könnt ihr mal aufhören, über mich in der dritten Person zu reden? Ich bin zwei Meter entfernt. Außerdem weiß ich, was Nein bedeutet. Ich würde zum Beispiel nie mit jemandem schlafen, der nicht will. Nicht einmal ungefragt anfassen. Und ich gebe auch immer brav meine Hausarbeiten an der Uni ab und schreibe die Prüfungen mit. Oder erscheine pünktlich bei der Arbeit. Nur habe ich in den meisten Fällen einfach keine Lust auf Vorschriften. Das ist ein großer Unterschied.«

Niemand beachtete ihn. Stattdessen wandte sich Tanner an Tristan. »Nimmst du ihn jetzt bitte mit?«

»Ich bin doch kein Hund!«, beschwerte sich Donovan von der Treppe aus. Fast tat er mir leid. Aber nur ein kleines bisschen. Das hatte er sich selbst eingebrockt.

Tristan packte seinen Bruder am Arm. »Geh unseren neuen Nachbarn nicht gleich am ersten Tag auf die Nerven. Sie sollen sich hier wohlfühlen.«

Erstaunlicherweise ließ sich Donovan von ihm hochziehen und trottete ihm hinterher. Bevor sie jedoch im Haus verschwanden, drehte er sich noch einmal um und winkte.

Dann fiel die Tür mit einem lauten Knall ins Schloss.

Tief ausatmend drehte ich mich zu Tanner um. »Hat er ADHS? Oder ein psychisches Problem?«

Tanner lachte laut. »Donovan ist einfach Donovan. Er kann furchtbar nervtötend sein. Aber auch wenn es nicht so scheint, ist er einer von den Guten. Nicht umsonst sind wir seit unserer Geburt befreundet.«

Ganz glauben konnte ich das nach Donovans Auftritt nicht. Vom ersten Eindruck wirkte eher Tristan wie jemand, der Best-friend-Potential besaß.

Oder mehr.

Aber ich wollte mich nicht sofort verknallen. Wobei es mir sicher helfen würde, mich einzugewöhnen. Es war schwer genug, neu anfangen zu müssen.

»Und Tristan? Seid ihr auch befreundet?«, fragte ich und bemühte mich dabei um einen neutralen Ton.

Tanner zog sich auf die beinahe leere Ladefläche des Lkws und ließ die Beine baumeln. Ich kletterte zu ihm, setzte mich ebenfalls und lehnte mich an eine Kiste, auf der mein Name stand. Die Arbeiter waren irgendwo im Haus, aus den offenen Fenstern hörte ich es rumpeln, hämmern und fluchen.

»Klar bin ich auch mit Tris befreundet. Aber nicht so eng wie mit Don. Donovan ist ...« Seine Wangen röteten sich und verlegen zuckte er die Schultern.

»Bist du verliebt in ihn?«

»Oh Gott, nein!«, rief er. »Früher vielleicht mal. Als ich rausgefunden habe, dass ich auf Männer stehe. Aber nie ernsthaft. Damals fand ich irgendwie alles gut, was einen Penis hatte. Aber mal ehrlich: Kannst du dir romantische Abende mit Donovan vorstellen?«

Entschieden schüttelte ich den Kopf. Bei Tanner konnte ich das allerdings auch nicht.

»Er ist prima zum Partymachen, er braucht immer Action und Leute um sich herum, jemanden, an dem er sich reiben kann. Aber ein Beziehungstyp ist er nicht. Zumindest nicht für lange. Ich will Beständigkeit und Tiefe. Keinen Kerl, der eigentlich ein Kind ist, das zufällig in einem – wenn auch verdammt heißen – Erwachsenenkörper steckt.«

»Wie in diesen Komödien, wenn zwei die Körper tauschen und als der andere aufwachen?«

Er lachte und nickte. »Genau so. Nur ist es bei ihm dauerhaft. Und sein Tauschkumpel ist unauffindbar.« Er rutschte auf der harten Ladefläche hin und her, bis er eine bequemere Position gefunden hatte.

»Und Tristan? Wie ist er?« Ich entdeckte Gabriellas Teddy, der kopfüber zwischen einem weiteren Karton und Moms Zimmerpalme steckte. Der Arme. Also angelte ich ihn zu mir und drückte ihn an meine Brust. Er roch vertraut und nach unserem alten Zuhause in Chicago. Heimweh überfiel mich und unwillkürlich seufzte ich.

Tanner, der meinen Stimmungswechsel offenbar erkannt hatte, lächelte mich verständnisvoll an, hielt sich aber mit Kommentaren zurück. Dafür beantwortete er meine Frage. »Tris ist im Grunde das genaue Gegenteil von Donovan. Außer im Aussehen natürlich. Er ist eher schüchtern und still und der Intellektuelle der beiden. Donovan ist viel, aber ganz sicher nicht intellektuell oder empathisch. Tristan ist auf der Schauspielakademie, arbeitet im Buchladen seiner Schwester, hilft im Haushalt, kümmert sich um andere und so.«

Wer hätte das gedacht? Die Kombination toller Körper und toller Charakter existierte also doch. Würde *er* mich um ein Date bitten, würde ich sofort einwilligen.

Gern hätte ich noch mehr über Tristan herausgefunden, aber wir wurden von George, der mit den Arbeitern aus dem Haus kam, unterbrochen.

»Ah, hier seid ihr«, begrüßte er uns. »Eve, deine Mom sucht dich. Du sollst ihr in der Küche helfen. Und dich brauche ich drinnen, Tanner. Wir müssen heute noch die Betten aufbauen. Die Mädchen müssen bald schlafen.«

Erst jetzt merkte ich, dass es bereits dämmrig war. Schnell rutschte ich mit dem Teddy von der Laderampe.

Auf der Veranda hüpfte mir Gabriella entgegen.

»Mister Woob, du hast Mister Woob gefunden«, rief sie und strahlte.

Gabriella zeigte alle ihre Gefühle so offen, dass mir immer wieder das Herz aufging. Im Gegensatz zu mir hatte sie sich auf den Umzug gefreut. Ihr war es egal, wo sie wohnte, Hauptsache, sie war bei Mom und Aurora und mir. Quiekend nahm sie ihr Stofftier entgegen und drückte es wie ich vor ein paar Minuten an ihre Brust, steckte ihre Nase in sein zerzaustes Fell und seufzte glücklich.

Gemeinsam gingen wir ins Haus zu Mom, die gerade dabei war, Dutzende von Toastscheiben mit Schinken und Käse zu belegen. Als sie mich entdeckte, richtete sie sich auf, stützte ihre Hände in die Hüften und dehnte sich. Seit ihr Bauch wuchs, litt sie öfter unter Rückenschmerzen, beschwerte sich aber nicht, sondern ertrug die Beschwerden ihrer späten Schwangerschaft tiefenentspannt. Ich kannte wenige Menschen, die so sehr in sich ruhten wie die Frau, die mich geboren und aufgezogen hatte und die mich mehr liebte, als es je ein anderer Mensch konnte. In ihrer Gegenwart war man zwangsläufig glücklich.

»Schön, dass du da bist, Schatz«, empfing sie mich lächelnd und fuhr fort, Käsescheiben auf den Broten zu drapieren. »Die sind für die Arbeiter. Kümmerst du dich bitte um unser Abendessen?«

Ich trat zu ihr, umarmte sie und legte meine Wange an ihre. So standen wir eine Weile, bis Gabriella sich zwischen uns drängte und sich an uns kuschelte.

»Ich freue mich so, dass du mitgekommen bist, Eve. Ich weiß, wie schwer es dir fällt, Chicago zu verlassen. Ich hätte dich auch unterstützt, wenn du zum Studieren dortgeblieben wärst. Oder nach Timbuktu hättest ziehen wollen«, flüsterte sie in meine Haare. »Trotzdem bin ich froh, dass du hier bist. Hoffentlich gewöhnst du dich schnell ein.«

Ich nickte nur. Erwidern konnte ich nichts, weil ich mit einem Mal Chicago so vermisste, dass mir die Kehle eng wurde und mir Tränen in die Augen stiegen. Aber ich blinzelte sie weg. Ich hatte mich entschieden. Meine Familie zu verlassen wäre viel schlimmer gewesen.

In dem Moment kamen George und Tanner zu uns in die Küche. Jeder trug eine von Moms riesigen Zimmerpflanzen. Gabriella löste sich von uns, eilte zu Tanner und umarmte ihn stürmisch. Der stellte die Palme ab, beugte sich zu ihr herunter und erwiderte ihre Zuneigungsbekundung. George blickte Mom fragend an und sie zeigte ans Fenster, wo er die Pflanze parkte. Dann küsste er Mom auf den Mund. Die beiden waren selbst nach einem Jahr immer noch unglaublich verliebt. Ich war Goerge so dankbar, dass er nicht nur Mom, sondern ihre gesamte Familie in sein Herz, sein Leben und sein Haus gelassen hatte.

Es klopfte und eine Frau, Mitte oder Ende zwanzig, mit tiefschwarzen Haaren, die sie zu einem dicken Zopf geflochten hatte, betrat zögernd die Küche. Zwar war sie deutlich kleiner und runder als die Zwillinge, aber die Ähnlichkeit war nicht zu übersehen. Für ihre Mom war sie allerdings viel zu jung. Sie hatte eine Auflaufform dabei, aus der es herrlich duftete.

»Die Tür war offen, deswegen bin ich einfach reingekommen«, sagte sie. Sie lächelte offen und freundlich. »Hi, George. Hi, Tanner.« Dann wandte sie sich an uns. »Willkommen in Minot und der Nachbarschaft.« Sie hielt Mom die Form hin. »Ich dachte, dass Sie heute sicher keine Lust mehr haben zu kochen. Deswegen bringe ich Ihnen etwas.«

Ebenfalls lächelnd nahm Mom ihr das Essen ab. Auf den ersten Blick erkannte ich, dass die zwei sich in ihrem Wesen ähnelten. Beide strahlten Liebe und Fürsorge aus. »Ich bin Morgan und wohne nebenan. Meine Brüder haben Sie ja schon kennengelernt.« Sie verzog das Gesicht auf eine Weise, die Entschuldigung und Amüsiertheit zugleich ausdrückte. »Außerdem leben mit uns noch meine kleine Schwester

Parker, mein Dad und mein Verlobter Nate. Oder haben George und Tanner das bereits ausgeplaudert?«

»Ihr habt euch verlobt?«, platzte Tanner heraus, als wäre das die Sensation des Tages.

Sie nickte. Man sah ihr an, wie glücklich sie darüber war.

»Cool.« Grinsend streckte er beide Daumen nach oben. »Glückwunsch euch beiden.«

Mom stellte den Auflauf auf die einzige freie Stelle auf der Arbeitsfläche, trat zu Morgan, nahm ihre Hände und drückte sie. »Von mir auch herzlichen Glückwunsch zur Verlobung. Und vielen Dank für den Auflauf. Er riecht fantastisch und schmeckt auch sicher so. Können wir uns bitte duzen? Ich bin Margery und das sind meine Töchter Eve und Gabriella.« Sie deutete auf mich und auf Gabi. »Die dritte, Aurora, ist irgendwo im Haus unterwegs.«

Wie zur Bestätigung polterte es über uns und gleich darauf dröhnte Musik durch die Decke. Aurora hörte am liebsten Taylor Swift, und das in voller Lautstärke.

Mom und Morgan unterhielten sich noch eine Weile, während ich die Sandwiches für die Arbeiter fertig belegte und nach draußen brachte. Anschließend verabschiedete sich Morgan, weil sie nicht länger stören wollte (obwohl Mom ihr versicherte, dass sie nicht störte), und wir machten uns hungrig über den leckeren Nudelauflauf her.

Donovan

Nach dem Abendessen hing ich vor dem Fernseher im Wohnzimmer herum. Rylee war mit Tris in seinem Zimmer und ich hatte keine Lust, ihrem Gestöhne zuzuhören. Normalerweise juckte mich das null. Heute störte es mich. Keine Ahnung, warum. Allgemein fühlte ich mich seltsam. Irgendwie verwirrt. Ich war kein Typ, der allein auf dem Sofa saß und grübelte. Oder der seit Stunden nur noch an seine neue Nachbarin dachte. Und dem plötzlich auffiel, dass alle außer ihm in einer Beziehung waren. Wollte ich das auch? Liebe? Was waren das für Weichlinggedanken? Furchtbar.

Mein Bruder hatte die Rolle des Softies. Ich war Donovan. Donovan hatte Sex, aber er verliebte sich nicht. Donovan sah keinen Sinn in Liebe. Weil sie ihn am Spaß hinderte.

Was war los mit mir?

Ich hasste es, wenn meine Gedanken Achterbahn fuhren.

Ich hasste Probleme. Und trotzdem zog ich sie an wie Scheiße Schmeißfliegen.

Seufzend legte ich meinen Kopf auf die Lehne des Sofas und starrte an die Decke. Doch statt Antworten entdeckte ich nur einen Riss, der sich über die ganze Länge bis zum Fenster zog.

Ich tat mir selbst unglaublich leid.

Es hatte schon Sinn, dass ich bisher mit diesem Liebesgedöns nichts hatte zu tun haben wollen. Sich so zu fühlen war verflucht anstrengend.

Wofür überhaupt? Im schlimmsten Fall verliebte man sich, und Bumms, wurde man wieder verlassen. Wie Mom das mit Dad abgezogen hatte. Ich hatte hautnah miterlebt, wie er litt. Jahrelang. Das brauchte ich nicht.

Trotzdem verschwand Eve nicht aus meinem Kopf.

Nate kam in Shorts und Socken und verdächtig verstrubbelten Haaren mit einer Flasche Wasser angeschlurft. Wenigstens blieb Morgan in ihrem Zimmer. Ich wollte nicht wieder daran erinnert werden, wie meine Schwester frisch durchgefickt aussah.

»Hast du mein CBD-Öl gesehen?«, nuschelte Nate.

Ich setzte mich auf, schüttelte den Kopf und zuckte die Schultern. »Nö, sorry. Kein Plan.«

Er verzog frustriert das Gesicht und trank einen Schluck. Dann ließ er sich neben mich auf die Couch fallen.

»Was siehst du dir an?« Nate klang müde, aber sonst okay. Momentan hatte er eine gesundheitlich stabile Phase. Das konnte sich leider jederzeit ändern.

»Irgend so eine Serie.«

Ritter auf schwarzen Pferden galoppierten an der Kamera vorbei, einer hielt eine Frau in einem langen Kleid vor sich auf dem Sattel fest. Ihre Haare wehten hinter ihr her und ihm ins Gesicht. Wie konnte er da sehen, wohin er ritt?

»Hm«, brummte Nate und setzte erneut die Flasche an.

Im Gegensatz zu mir redete Nate weder gern noch viel. Aber heute hatte ich auch keine Lust, meinen Senf abzugeben. Noch etwas, das ich von mir nicht kannte.

Schweigend sahen wir zu, wie der Typ auf dem Pferd die Frau einem anderen Typen reichte, der sie über die Schulter warf und in ein Zelt trug. Sie wehrte sich nicht, wie jede normale Frau es getan hätte. Nicht einmal, als er ohne Vorrede anfing, sich auszuziehen, ihr Kleid raffte und sie anschließend auf einem Felllager bestieg.

Ich verstand Frauen einfach nicht. Mich allerdings noch viel weniger. Die einen gingen anstandslos mit mir ins Bett, interessierten mich aber sonst nicht die Bohne, und die anderen – eine bestimmte andere –

verhielten sich mir gegenüber abweisend, wühlten mich aber innerlich auf. Solche Worte wie *aufwühlen* verwendete ich sonst nicht einmal.

»Alles klar?«, fragte Nate dann doch irgendwann und blickte mich von der Seite an.

Ich nickte und Gott sei Dank beließ er es dabei.

»Was würdest du davon halten, Onkel zu werden?«, platzte er nach einer Weile heraus.

Häh? Was war jetzt los?

Ich stellte den Ton leiser und drehte meinen Kopf zu ihm. »Ist Morgan schwanger?«

Was seltsam wäre, da Nate sich schon vor der Zeit mit Morgan hatte sterilisieren lassen.

»Leider nicht. Sie gibt es nicht zu, aber sie wünscht sich ein Baby.«

»Und du?«

Es war ihr Leben und ihre Zukunftspläne gingen mich nichts an. Aber offenbar brauchte Nate gerade jemanden zum Reden. Und das war eben ich. Ich war vielleicht manchmal ein unsensibler Arsch, aber wenn mich jemand brauchte, war ich da. Außerdem tat es gut zu wissen, dass ich nicht als Einziger Probleme hatte.

»Ich kann mir nichts Schöneres vorstellen, als mit Mo Kinder zu haben. Allerdings bin ich mir nicht sicher, ob jemand wie ich welche bekommen sollte«, antwortete er ehrlich.

»Blödsinn. Du wärst ein großartiger Dad. Typen wie ich wären da viel ungeeigneter.«

»Ich bin da anderer Meinung.« Sprach er von sich oder von mir? Vielleicht beides. Nate redete gern etwas kryptisch, da kam der Schriftsteller in ihm durch. »Ich überlege, ob ich mich noch mal operieren lasse, damit ich ihr diesen Wunsch erfüllen kann.«

Darauf wusste ich nichts zu sagen. Die Entscheidung konnte ihm keiner abnehmen und für Ratschläge war ich der Falsche. Und Gespräche, in denen es darum ging, Hodensäcke aufzuschneiden, überforderten mich. Da half auch mein Studium in Pre-med nichts.

Wieder glotzten wir stumm in den Fernseher. Die Frau lag mittlerweile nackt und mit befriedigtem Gesichtsausdruck auf dem Schaffell, während der Ritter Wein aus einer Karaffe in zwei Metallbecher goss. Sein nackter Hintern war dem Zuschauer zugewandt.

»Wie war das, als du Morgan getroffen hast? Woher wusstest du, dass sie es ist?«, fragte ich, ohne Nate anzusehen. Stattdessen betrachtete ich den verstörend behaarten Hintern des Schauspielers. Unwillkürlich fragte ich mich, wie wohl im Mittelalter verhütet wurde. Gar nicht vermutlich. Syphilis ließ grüßen.

Nate räusperte sich und atmete ein paarmal tief ein und aus. Erneut legte ich meinen Kopf auf die Rückenlehne und neigte meinen Kopf in Nates Richtung. Mit seinem typischen ernsten Nategesicht drehte er sich halb zu mir. »Ich wusste es einfach. Ich habe sie gesehen und wollte sie. Dringender, als ich jemals irgendwen anders wollte. So sehr, dass ich alle meine Vorsätze, mich nicht zu verlieben, über Bord geworfen habe. In ihrer Gegenwart war ich glücklich. Und ruhig. Und vollständig. Unversehrt. Kein Krüppel. Ich.«

Das klang verdammt schmalzig. Und schön. Beinahe musste ich laut seufzen, konnte mich aber im letzten Moment zusammenreißen. Den Kloß in meinem Hals ignorierte ich.

War es das, was ich mir wünschte? Liebe bis ans Lebensende? Oder wollte ich nur aus dem abgelutschten Sex-ohne-Gefühle-Ding raus? Man sah ja an Dad, wohin Liebe führte. Er hatte Mom geliebt. Abgöttisch. Hatte den Boden angebetet, auf dem sie wandelte. Hatte alles für sie getan. Und dann hatte sie ihn verlassen. Und uns. Einfach so. Dabei hatte ich immer gedacht, dass sie uns auch liebte. War wohl ein Trugschluss. So etwas musste ich mir nicht geben.

Warum dachte ich überhaupt über so einen Kram nach? Ich wollte Eve nicht als Freundin. Es machte mir lediglich Spaß, sie zu reizen. Nicht aus ehrlichem Interesse heraus, mehr aus ... Keine Ahnung. Aus Gewohnheit. Wenn ich einem hübschen Mädchen begegnete, konnte ich nicht anders, als sie anzubaggern. Das war wie ein Reflex oder Automatismus.

Vielleicht brütete ich etwas aus. Eine Grippe oder so. Etwas, das mein Gehirn zu Matsch verwandelte und mich nicht mehr vernünftig denken ließ. Oder ich war von einem Parasiten besetzt, der mich langsam zu Tristan verwandelte. Das war ja lächerlich.

»Willst du drüber reden?«, fragte Nate nach. Dummerweise hatte er feine Antennen, was die Stimmung anderer Menschen anging. Lag vermutlich an seiner Vorgeschichte.

Ich setzte ein unwissendes Gesicht auf. »Worüber?«

»Ich dachte nur, dich beschäftigt vielleicht etwas. Weil du dich ja sonst auch nicht für die Liebesgeschichten anderer Leute interessierst. Man könnte fast glauben, dass du selbst verliebt bist.« Er grinste wissend, beinahe überheblich. Ich hätte ihm am liebsten eine reingehauen. Natürlich tat ich es nicht.

Dieses Gerede über Gefühle war mir echt zu viel. Das war einfach nicht meine Welt. Ich hätte mich problemlos mit Nate oder jedem beliebigen anderen über unsere Lieblingsstellungen unterhalten können (meine war übrigens ganz klassisch Missionar), aber sobald es tiefer ging, um mich, sperrte sich etwas in mir. Ich musste erst einmal selbst mit meinen ungewohnten Wünschen fertigwerden.

»Nein, alles gut«, wiegelte ich ab.

Er sah mich skeptisch an. »Okay«, sagte er trotzdem. »Dann gute Nacht.«

Damit stand er auf, schlappte zur Treppe und ließ mich mit meinen verwirrenden Gedanken zurück.

Vielleicht sollte ich mir einen runterholen. Ein Orgasmus half gegen fast alles. Also schaltete ich den Fernseher und die Lichter aus und ging ebenfalls in mein Zimmer.

Sobald ich im Bett lag, ging mein Kopfkino allerdings umso heftiger los. Leider nicht eins, mit dem ich meinen Plan von eben hätte verwirklichen können. Stattdessen verschränkte ich meine Hände im Nacken und starrte in die Dunkelheit. Auf einmal fühlte ich mich einsam.

Frustriert stieg ich aus dem Bett und lief ins Bad, um zu pinkeln. Danach wusch ich mir die Hände, setzte ich mich auf den Badewannenrand und wartete darauf, dass etwas passierte. Dass ich mich wieder wie

Donovan fühlte. Eine Ewigkeit verharrte ich so, bis sich meine Eier von der kalten Keramik der Badewanne fast in Eiszapfen verwandelt hatten. Also stemmte ich mich hoch, schlich zu Tristans Tür, öffnete sie leise und spähte hinein. Er war allein. Nicht einmal Rylees Abgang hatte ich bemerkt. Leise lief ich zu meinem Bruder und stellte mich neben sein Bett. Er lag zusammengekauert auf der Seite, das Gesicht von mir abgewandt.

»Glotzt du mich etwa an, du Freak?«, murmelte er.

»Rutsch mal«, befahl ich und unterstrich meine Worte, indem ich ihn in die Seite boxte.

Zwar gab er ein gequältes Geräusch von sich, rückte aber ohne Widerspruch ein Stück nach vorn, sodass ich zu ihm unter die Decke schlüpfen konnte. Sein vertrauter Geruch und seine Körperwärme beruhigten mich sofort. Dass wir immer noch regelmäßig gemeinsam in einem Bett schliefen, hängten wir nicht an die große Glocke. Falls unsere Familie davon wusste, sprachen sie uns nicht darauf an. Tristan und ich hatten uns nun mal neun Monate eine Gebärmutter und danach fast zwanzig Jahre ein winziges Zimmer geteilt. Uns verband etwas, was niemand, der nicht selbst eineiiger Zwilling war, verstand. Obwohl wir uns die meiste Zeit auf die Nerven gingen, oft stritten, als würden wir uns hassen, und außer im Aussehen unglaublich verschieden waren, brauchten wir einander. Wir kommunizierten wortlos, konnten uns blind aufeinander verlassen.

Er rollte sich herum und ich spürte seinen Blick. Aber er schwieg, weil er wusste, dass ich ihm nichts erzählen würde, wenn er mich bedrängte. Ich konnte es ja selbst nicht in Worte fassen.

»Wo ist Rylee?«, fragte ich. In letzter Zeit übernachtete sie häufig hier oder Tristan bei ihr in ihrer kleinen Wohnung.

»Hat Besuch von ihrer Mom. Sie will sie nicht allein lassen.« Er zog an der Decke, stopfte sie unter seinem Körper fest und deckte mich damit halb auf. Deswegen zerrte ich sie mit einem Ruck wieder über mich. Er ließ mich, rutschte lediglich näher an mich heran, damit es für uns beide reichte.

»Gute Nacht. Wehe, du furzt«, warnte er schließlich.

Sekunden später atmete er wieder tief und gleichmäßig und ich driftete ebenfalls in den Schlaf.

Der nächste Tag war nervig und anstrengend. Im Labor musste ich mit meinem Partner eine tote Ratte in ihre Einzelteile zerlegen, was sich zu einer richtigen Sauerei entwickelte. Danach schlug sich bei der Arbeit im Fitnessstudio ein Kunde die Nase am Lenker seines Crosstrainers blutig, weil er zu blöd zum Absteigen war. Jetzt freute ich mich auf einen Abend ohne unerwünschte Körperflüssigkeiten.

Ich duschte lang, putzte mir meine Zähne, besprühte mich mit Tristans Aftershave, weil meins mal wieder leer war, und schlüpfte in meine Glückslederjacke. Ich wollte mit Tanner später ins beFive, um mich mit den anderen zu treffen. Enis feierte dort heute seinen Geburtstag und hatte dafür extra das Hinterzimmer reserviert.

Bevor ich zu Tanner rüberging, machte ich einen Abstecher in die Küche. Morgan kniete auf dem Herd und polierte die Dunstabzugshaube, Nate saß am Tisch und schrieb in sein Notizbuch. Wo der Rest der Familie war, wusste ich nicht und war mir auch egal. Tristan würde ich ohnehin nachher treffen. Wahrscheinlich war er mit irgendwelchem intellektuellen Kram beschäftigt. Dad arbeitete vermutlich und Parker streunte herum. Sie entwickelte sich immer mehr zu einer zweiten Version von mir, was nicht gut war. Allerdings war ich weniger schlecht gelaunt. Im Ärgeranziehen und -verbreiten waren wir zwei jedoch unschlagbar. Irgendwann würde Parker noch im Knast landen. Das machte mir verflucht Angst.

»Soll ich dir ein Sandwich machen?«, bot meine Schwester an, die wusste, dass ich eigentlich immer Hunger hatte.

Ein netterer Bruder hätte abgelehnt und sich selbst versorgt, ich jedoch nickte und rutschte auf den Stuhl neben Nate. Der schaute nur kurz auf, lächelte leicht und widmete sich dann wieder seinen Notizen.

Ich deutete auf das Geschriebene vor Nate. »Neues Buch?«

»Was?«, fragte der abwesend und sah mich an, als würde er überlegen, wer ich bin.

»Plottest du gerade was Neues?«

»Mhm«, machte er und nickte unmerklich.

Warum arbeitete er nicht in seinem Büro? Wenn er im Schreibmodus war, verhielt er sich meist so seltsam. Also ließ ich ihn in Ruhe, lehnte mich zurück und wartete, bis Morgan mit dem Belegen meiner Brote fertig war. Sie schnitt das Sandwich in zwei Hälften und reichte es mir anschließend auf einem Teller. Mit einem Kuss auf Morgans Wange bedankte ich mich und verließ mit meinen Sandwiches und ohne Teller das Haus.

Ohne zu klingeln, betrat ich das Nachbarhaus. So machte ich es schon immer und würde es auch jetzt nicht ändern, nur weil ab sofort zusätzlich vier Frauen hier wohnten. Wenn sie ein Problem damit hatten, war das ihr Pech.

Tanners laute, tiefe Stimme drang aus dem Wohnzimmer, dazu Eves helle, bedächtige. Ich hörte beide lachen, Tanner wiehernd, Eve leise glucksend. Sie amüsierten sich. Ohne mich. Unwillkürlich störte mich das. Als ich die Wohnzimmertür öffnete, hörten sie auf zu reden und zu lachen und blickten in meine Richtung. Tanner begrüßte ich, indem wir die Hände einschlugen und die Schultern gegeneinanderstießen, Eve grinste ich breit an und streckte ihr eins meiner Brote hin.

»Hier, für dich.« In das andere biss ich hinein und kaute genüsslich. Niemand konnte so gute Sandwiches zubereiten wie Morgan. Sie war sozusagen die Meisterin der Lunchpakete. Diesmal war mein Toast mit Parmaschinken, Rucola und perfekt dünnen Parmesanstreifen belegt. Lecker. Natürlich hatte sie die Rinde abgeschnitten. Ich hasste nämlich Brotrinde.

Ich schluckte runter und grinste Eve an. »Gehst du als Dankeschön mit mir aus?«

Eve verschränkte die Arme vor ihrem fantastischen Busen. »Vergiss es! Bei mir funktionieren keine Bestechungen. Aber auch ohne will ich kein Date mit dir.« Sie presste die Lippen zusammen und betrachtete die Toastscheiben, als wären sie mit der zerlegten Ratte von heute Vormittag gefüllt. »Außerdem esse ich keine tierischen Produkte.«

Ich zog das Kinn zurück. »Du bist eine von diesen militanten Vegetarierinnen?« Eigentlich wunderte mich das nicht. Es passte zu ihr und ihrem Ökoaussehen. Wahrscheinlich klöppelte sie sich ihre Socken selbst, natürlich aus fair gehandelter Alpakawolle aus Tibet. Trotzdem sah sie heute wieder hammer aus. Ihre Leggings schmiegten sich an ihre endlosen Beine und präsentierten mir einen Knackarsch, dem ich spontan auf einer Skala von eins (= Hängearsch einer Oma) bis zehn (= zum Niederknien und Reinbeißen) eine zwölf verpasst hätte. Sie war barfuß, hatte zierliche Füße und die schönsten Zehen, die ich je an einer Frau gesehen hatte. Am liebsten hätte ich sie abgeleckt. Nicht ihre Zehen, sondern Eve als Ganzes. Sie war wie ein wandelndes, lebensgroßes Schokoeis. Mit Keksstückchen. Und ich starb für Schokoeis mit Keksstückchen. Ich stellte mir vor, wie ich ihr diese Leggings von den Beinen streifte und was ich danach mit ihr machen würde.

»Vegan«, riss sie mich aus meinen nicht jugendfreien Gedanken. »Ich lebe vegan. Für die Tiere und für den Planeten.«

»Das war so klar«, murmelte ich und verdrehte leicht die Augen.

Wenigstens kühlte mich das ein wenig ab und brachte mich in die Realität zurück. Bei einem Leben ohne Fleisch hörte bei mir der Spaß auf. Dazu liebte ich Steak und Schinken und Salami viel zu sehr. Trotzdem bewunderte ich insgeheim Menschen, die so diszipliniert lebten, was ich ihr aber niemals verraten würde. Demonstrativ zog ich eine Scheibe Parmaschinken zwischen den Toastscheiben hervor, streckte meine Zunge heraus und schob mir das tote Tier langsam und aufreizend in den Mund. Dabei gab ich ein genüssliches Stöhnen von mir und leckte mir mit geschlossenen Augen über die Lippen. Sie schnaubte. Ich grinste und hielt ihr ein Blatt Rucola hin.

Aber sie verzog die Lippen und wandte sich ab. »Nein danke. Allein von dem Geruch wird mir schlecht.«

Tanner, dem Essen in jeglicher Form genauso wichtig war wie mir, griff sich mein unangebissenes Sandwich, stopfte es sich an einem Stück in den Mund und grinste Eve laut schmatzend an.

»Ihr seid ekelhaft«, meinte Eve und drehte sich weg. Tatsächlich war sie ein wenig blass. »Genau wie deine Lederjacke. Du trägst die Haut eines Lebewesens, allein aus modischen Aspekten.«

Bei diesem Thema kannte sie offenbar keine Gnade. Gestern hatte sie diese Seite auch schon gezeigt. Ich verriet ihr nicht, dass es Kunstleder war, weil ich mir echtes Leder nicht leisten konnte. Sollte sie denken, was sie wollte. Ihr Kampfmodus gefiel mir. Warum ich so Spaß daran hatte, sie zur Weißglut zu bringen, konnte ich mir selbst nicht ganz erklären. Ja, ich liebte es, andere Leute zu ärgern, aber bei ihr brach das Bedürfnis potenziert heraus, wie ein unkontrollierbarer, heftiger Orgasmus.

Sie kräuselte ihre süße Nase, als wäre sie einem ekelhaften Gestank auf der Spur. Unauffällig roch ich an meiner Jacke. Alles okay. Ich bewegte meine Arme, damit das Material extra quietschte und trat einen Schritt näher, bis ich sie fast berührte. Sie blickte zu mir hoch, schluckte, wich aber nicht zurück. Ihre Augen blitzten.

»Das ist mein Style. Wenn er dir nicht passt, dann schau weg.« Ich strich ihr leicht mit dem Zeigefinger über das Schlüsselbein und zwischen ihren Brüsten hinab bis zum Bund ihres Shirts. »Oder soll ich sie ausziehen? Und das Teil darunter auch gleich? Dann wäre ich ganz bio und natürlich. Du könntest mich sogar essen. Nichts Tierisches an mir dran.« Ich beugte mich ein wenig vor. »Außer ich selbst«, raunte ich in ihr Ohr.

»Träum weiter«, zischte sie und reagierte damit wie erwartet genervt. Energisch schubste sie mich von sich und trat einen Schritt von mir weg. Sie wollte es sich nicht anmerken lassen, aber ihre geröteten Wangen und ihr beschleunigter Atem waren nicht zu übersehen.

»Nur, wenn du drin vorkommst«, sagte ich mit tiefer Stimme und senkte meine Augenlider auf Halbmast. Mein Schlafzimmerblick, der immer funktionierte. Nur nicht bei ihr. Was musste man beziehungsweise Mann wohl tun, um sie schwach werden zu lassen?

»Kannst du dein Gebalze auch auf ein anderes Mal verschieben, damit wir endlich loskönnen? Enis wartet«, fragte Tanner.

Ich ignorierte ihn. Eve war viel spannender als mein maulender

Freund. Ich neigte meinen Kopf und musterte sie intensiv und neugierig. »Stehst du auf Frauen?«

Sie riss die Augen auf. »Was? Ich wüsste nicht, was dich das angeht.« Plötzlich wirkte sie verunsichert. Und so, als wäre ihr das Thema unangenehm.

»Du sprichst wohl nicht gern über Sex«, mutmaßte ich.

Sie verengte die Augen. »Auf jeden Fall nicht mit aufdringlichen, arroganten Kerlen wie dir«, konterte sie.

Aber sie klang nicht mehr so selbstbewusst wie eben noch. Also war das offensichtlich ein Punkt, der ihr naheging. Warum auch immer. Das würde ich schon noch herausfinden. Für heute verschonte ich sie jedoch. Schließlich wollte ich sie ärgern, nicht beschämen oder verletzen.

Lässig schmiss ich mich aufs Sofa und legte die Füße auf dem Wohnzimmertisch und die Arme auf der Lehne ab. Eve ließ ich dabei nicht aus den Augen. »Was wirst du denn eigentlich studieren?«, fragte ich und lenkte das Gespräch in eine andere Richtung.

Ein erstaunter Ausdruck huschte über ihr Gesicht. War es wirklich so unglaubwürdig, dass ich mich für andere Menschen interessierte? Diesbezüglich wurde ich oft falsch eingeschätzt. Nur meine Freunde wussten, dass ich kein ignoranter Egomane war. Zumindest nicht nur. Für die, die mir wichtig waren, gab ich mein Leben.

»Mein Hauptfach ist Psychologie«, sagte sie vorsichtig, als warte sie nur darauf, dass ich ihre Wahl ins Lächerliche zog. Doch den Gefallen tat ich ihr nicht.

»Cool. Kannst ja mich mal als Übung therapieren«, konnte ich mir aber nicht verkneifen zu sagen und dabei das *therapieren* besonders zu betonen.

Tanner verdrehte die Augen. »Da würde sie ja nicht mehr fertig werden, bei der Klatsche, die du hast.«

Ich lachte. Tanner nahm ich solche Bemerkungen nicht übel. Natürlich sah ich das anders. Nur weil ich mich nicht so verhielt, wie es andere von mir erwarteten, war ich deswegen nicht geisteskrank. »Eher braucht Eve bald eine Therapie, weil ihr nämlich ein paar Kurse gemeinsam haben werdet«, fügte Tanner hinzu.

Im Ernst? Wie geil war das denn! Spontan stolperte mein Herz, was mich erschreckte und auch ein wenig nervte. Weil ich mir plötzlich seltsam unbeholfen und befangen vorkam, knabberte ich an dem Sandwichrest herum und sah sie über den Brotrand an.

»Welche denn?«

»Ich habe mich in ein paar Pre-Med-Kurse eingeschrieben. Weil ich mir noch nicht sicher bin, ob ich mich auf die psychotherapeutische Psychologie oder die klinische Psychiatrie konzentrieren will. Auf jeden Fall Kinder und Jugendliche. Ich will in die Traumabewältigung, am liebsten Missbrauchsopfer. Oder Geflüchtete. Niemand hat es verdient, traumatisiert durchs Leben gehen zu müssen. Sie brauchen unsere Hilfe.« Ihre Augen leuchteten, als sie davon schwärmte, wie sie jungen Menschen helfen wollte. Da hatte sie sich ein hartes Gebiet ausgesucht. Respekt.

»Großartig«, sagte ich und schob mir das letzte Sandwichstück in den Mund. Dann klatschte ich einmal kräftig in die Hände und merkte im gleichen Moment, wie affig das war. Natürlich ließ ich mir meine Verunsicherung nicht anmerken. »Dann kann ich dich ja in alles einführen, was die Uni betrifft, wenn ich vorerst nichts anderes bei dir einführen darf.«

Wieder verdrehte Tanner die Augen und stöhnte jammernd. »Bitte, geh nicht drauf ein«, flehte er Eve an.

Und Eve hielt sich dran. Der Witz war ja auch furchtbar, selbst für meine Verhältnisse. Aber ich hatte ihn mir nicht verkneifen können.

»Können wir jetzt endlich gehen?«, quengelte Tanner.

»Vermisst du dein Schatzilein?«

Er stieß genervt Luft aus. Warum brach er nicht allein auf?

»Ich gehe nur, wenn Eve auch mitkommt.« Entschlossen verschränkte ich meine Arme und sah sie herausfordernd an.

Eve

Wie konnte Donovan nur so von sich selbst überzeugt sein? Manieren hatte er jedenfalls keine. Wer bitte schön legte denn seine Beine inklusive Boots auf dem Wohnzimmertisch ab? Noch dazu in einem fremden Haus? Tanner reagierte überhaupt nicht darauf, als wäre er dieses Proletenverhalten gewohnt. Mom sollte das besser nicht sehen. Sie würde Donovan hochkant rausschmeißen, wenn er sich nicht benahm.

Dass er Fleisch aß, war nicht das Problem. Jeder musste wissen, wie er mit sich, den Tieren und dem Planeten umging. Ich versuchte grundsätzlich nie, jemanden zu missionieren, aber Donovan provozierte mich auf eine Weise, die ich nicht ignorieren konnte. Das lag nicht nur daran, dass er mich an Elliot erinnerte. Bei Donovan hatte ich ständig das Gefühl, kontern und ihm sein selbstgefälliges Gerede spiegeln zu müssen. Dazu kam seine permanente Anmache. Gingen Frauen tatsächlich darauf ein?

»Nimm erst einmal die Füße vom Tisch. Ich rede nur mit zivilisierten Menschen«, erklärte ich ihm. Leider klang ich dabei spießig und oberlehrerhaft statt souverän.

In einer ergebenen Geste streckte er die Arme über den Kopf. »Unzivilisiert? Ich bin schockiert und tief getroffen, dass du mich so einschätzt.« Zu meinem Erstaunen richtete er sich aber auf und stellte die Füße zurück auf den Teppich. Das breitbeinige Sitzen inklusive aufgestützter Unterarme wirkte allerdings auch nicht kultivierter. »Und? Gehst du mit? Dein Stiefbruder«, mit dem Kinn deutete er auf Tanner,

»will zu seinem Liebsten. Wenn wir noch länger hier rumlungern und diskutieren, flippt er aus.«

Das konnte ich mir bei Tanner nicht vorstellen, aber ich kannte ihn ja noch nicht wirklich.

»Um die Sache abzukürzen: Nein, ich werde nicht mitkommen.« Schon aus Trotz nicht, weil er es wollte.

»Warum nicht?«, hakte Donovan nach.

Ich setzte einen entschlossenen Blick auf. »Weil.«

Grinsend zog er die Augenbrauen hoch, lehnte sich wieder zurück und fixierte mich mit seinem Blick. Seine strahlend blauen Augen blitzten belustigt. Unwillkürlich musste ich schlucken. Einer wie er hatte keine solchen Augen verdient. Er ruhte sich viel zu sehr auf seinem Aussehen aus. Leider war er tatsächlich ziemlich sexy und männlich. Und er roch gut, nach einem dezenten, herben Duschgel oder Aftershave. Doch sein Duft und sein Körper entschuldigten nicht sein unhöfliches und distanzloses Verhalten und waren kein Freifahrtschein für alles. Damit kamen Männer wie er viel zu häufig durch.

Bei mir allerdings nicht. Ich ließ mich nicht behandeln, als wären Frauen nur dazu da, sie abzuschleppen.

Vielleicht war Donovan einfach nur ignorant und merkte nicht, wann Schluss war. Oder er war so unsicher, dass er es mit übertriebenem Testosteronversprühen ausgleichen musste. All das war möglich. Die Wahrheit herausfinden wollte ich allerdings nicht. Denn das hätte bedeutet, dass ich mich mit ihm befassen musste. Da erschien mir sogar eine Magen-Darm-Grippe oder ein blutiges Steak verlockender.

»Weil ist keine adäquate Begründung«, widersprach Donovan. Woher kannte er solche komplizierten Worte? Unaufhörlich wackelte er mit einem Fuß, sein Zeigefinger tippte rhythmisch auf sein Knie.

»Kannst du eigentlich auch mal still sitzen? Dieses ewige Rumgehampel nervt ungemein.«

»Nö«, war seine einzige Antwort und offensichtlich eins seiner Lieblingsworte.

»Ignorier das einfach«, riet Tanner. »Er muss irgendein Körperteil bewegen. Schon immer. Das ist wie ein Zwang.«

Donovan warf den Kopf in den Nacken und lachte lauthals los. »Irgendein Körperteil?«, wiederholte er und prustete noch lauter.

Tanner grinste ebenfalls, bemühte sich aber um ein ernstes Gesicht. »Ich meinte Füße oder Hände, du Vollidiot. Eve denkt noch, es geht immer nur um das eine.«

»Stimmt das etwa nicht?«, fragte ich keinen Bestimmten.

»Geh doch einfach mit«, jammerte Tanner, statt mir zu antworten. »Ich will endlich los. Dann lernst du bei der Gelegenheit auch gleich meine anderen Freunde kennen.« Mit dem Daumen deutete er auf unseren Nachbarn. »Die nicht alle so sind wie er.« Er lachte. »Tristan kommt auch«, fügte er hinzu.

Die Erwähnung seines Namens ließ mein Herz rasen.

»Ich halte dir auch Doni vom Leib.«

»Okay«, erwiderte ich und gab mich geschlagen. Aber nur, weil ich Tristan näher kennenlernen wollte. Im Gegensatz zu seinem penetranten Bruder. »Gib mir fünf Minuten. Hältst du es noch so lange aus?«

Seufzend nickte Tanner und machte es sich neben Donovan auf dem Sofa bequem. Keine Ahnung, was Tanner an ihm fand und wie er so lange und so eng mit ihm befreundet sein konnte. Ich hätte ihn schon nach ein paar Tagen erschlagen.

Ich streckte meinen Zeigefinger in Donovans Richtung. »Aber das ist kein Date, verstanden? Ich begleite Tanner, nicht dich.«

Er grinste und schüttelte den Kopf. Dann nickte er mit übertrieben unschuldigem Blick. »Alles klar, Bienchen.«

»Bienchen?«, fragte ich fassungslos.

Er zuckte die Schultern. »Veganer lieben doch Tiere. Bienen sind Tiere. Bienen lieben Honig. Und du bist so süß wie Honig.«

Die Begründung war nicht nur sinnfrei, sondern auch abwertend.

»Nenn mich nicht so«, erwiderte ich, woraufhin er seinen Finger in einen unsichtbaren Behälter steckte und mit geschlossenen Augen ableckte. Anschließend hielt er ihn mir hin. »Willst du auch? Fantastisch. Mmhh.«

Das Brummen seiner Stimme vibrierte leise in meinem Körper. Ich wollte nicht, dass er solche Reaktionen in mir auslöste.

Tanner konnte sich ein Lachen nicht verkneifen und tauchte seinerseits seinen Finger in das imaginäre Ding.

»Lecker, Honig«, diagnostizierte er und schluckte. »Aber das ist tierisch, das darfst du nicht. Außer du bist wirklich eine Biene.«

Na toll, jetzt fiel er mir auch noch in den Rücken. Die beiden konnten mich mal. Männer waren alles Idioten. Als hätten sie tatsächlich ein Glas Honig vor sich, fuhren sie immer wieder mit den Fingern hinein und naschten, stöhnten dabei übertrieben und verzogen verzückt ihre Gesichter.

Weil mir das zu blöd war und ich ihnen nicht noch mehr Stoff für komische Bemerkungen liefern wollte, ging ich in mein Zimmer, um mich umzuziehen. Die Genugtuung, jetzt doch noch einen Rückzieher zu machen, gab ich ihnen nicht. Und ein bisschen lustig war es ja auch gewesen.

In meinem Kleidungskarton wühlte ich nach einer frischen Jeans, fand aber auf die Schnelle keine. Deswegen schlüpfte ich in das Kleid, das obenauf lag. Eigentlich war es mir für die Öffentlichkeit zu freizügig, denn es zeigte mehr Dekolleté, als mir lieb war, und endete in der Mitte der Oberschenkel. Normalerweise zog ich es nur an heißen Tagen zu Hause im Garten an. Manche Männer kamen bei solchen Outfits schnell auf falsche Gedanken und betrachteten es als Aufforderung, mich anbaggern zu dürfen, oder als Beweis, wie willig ich war. Zugegeben, ich hatte kein gutes Bild von Männern, aber leider wurde es oft genug bestätigt. Dabei versuchte ich immer, vorurteilsfrei auf Menschen zuzugehen. Eigentlich gelang mir das gut, nur bei einem bestimmten Typ Mann nicht. Und Donovan hatte das Pech, genau so einer zu sein.

Meine Haare band ich zu einem Zopf, wusch im Bad mein Gesicht mit kaltem Wasser und sprühte mir Deo unter die Achseln. Als ich zurück ins Wohnzimmer kam, lümmelten die Jungs immer noch in der gleichen Haltung wie vorhin auf der Couch und schwiegen. Tanners Augen weiteten sich und er reckte anerkennend nickend seinen Daumen nach oben, ersparte sich aber einen Kommentar. Donovan dagegen pfiff durch die Zähne und starrte mich mit offenem Mund an, als wäre ich nackt. Sein offensichtliches Abchecken war mir unangenehm und ich zog mit einem Ruck den Saum meines Kleides nach unten, was allerdings dafür sorgte, dass der Ausschnitt noch tiefer rutschte.

»Die anderen Sachen sind noch eingepackt«, verteidigte ich mich, plötzlich lächerlich schüchtern. »Ich hoffe, das passt so.«

»Alles gut«, bekräftigte Tanner. »Du siehst gut aus.«

»Das ist leicht untertrieben«, murmelte Donovan ungewohnt leise, ohne seinen Blick abzuwenden. Dummerweise gefiel es mir auf gewisse Weise, wie er mich musterte. Ich fühlte mich begehrt. Das hätte ich ihm gegenüber aber nicht zugegeben. »Die Kombi aus dem fucking heißen Teil an diesem fucking heißen Körper und deinem ungeschminkten, unschuldigen Gesicht mit diesem Blond ist wie ein manifestierter feuchter Traum«, stieß er hervor. Diese Bemerkung passte eher zu Donovan. »Wie Engel und Teufel in einer Person. Nur in Pornoversion.«

»Ich ziehe mich um«, beschloss ich, weil ich keine Lust darauf hatte, als Vorlage für seine nächtlichen Fantasien zu dienen. Das war sexistisch und eklig. Und irgendwie heiß. Nein, war es nicht.

»Das machst du nicht! Wir gehen jetzt!«, bestimmte Tanner. »Zieh dir was drüber oder bleib hier. Ich warte nicht länger.« Er rappelte sich hoch und stieß Donovan gegen das Schienbein. »Du fährst. Ich habe nämlich vor, mit Enis gebührend seinen Geburtstag zu feiern. Mit viel Alkohol!«

»He, ich will auch trinken«, beschwerte sich Donovan und zog eine Schnute, als wäre er ein trotziges Kind. Noch ein Beweis seiner geistigen Reife. Oder besser gesagt Unreife.

»Eve kann uns nach Hause fahren.« Tanner wandte sich mir zu. »Du hast doch einen Führerschein, oder?« Zwar nickte ich, verschwieg aber, dass ich aus ökologischen Gründen so gut wie nie fuhr. »Perfekt.« Tanner klatschte und rieb sich wie ein Mafiaboss die Hände.

Im nächsten Moment hörte ich die Haustür zuschlagen. Donovan und ich blieben zurück und kurz meinte ich, Verunsicherung in seinem Gesicht zu lesen. Genauso schnell, wie sie aufgeblitzt war, war sie aber auch schon wieder verschwunden und der gewohnt selbstbewusste Donovan trat an die Oberfläche.

Er räusperte sich und kratzte sich am Nacken. »Hast du alles?«

Ich nickte und er erhob sich in einer Weise, der man anmerkte, wie sportlich er war, und schlenderte mit den Händen in den Hosentaschen hinaus. Ich ertappte mich, wie ich auf seinen knackigen Hintern starrte. Das ärgerte mich. Deswegen kniff ich meine Augen zusammen, dachte, um mich abzulenken, an das Schinkenbrot von vorhin, wartete ein paar Sekunden und folgte ihm dann nach draußen.

Wie zu erwarten, war die Autofahrt in dem altem Ford extrem anstrengend, weil Donovan abwechselnd laut zu den Songs im Radio sang oder in einer Lautstärke redete, als wären Tanner und ich schwerhörig. Außerdem fuhr er nicht gerade sanft. Bei jedem Bremsen ruckte ich nach vorn, bei jedem Beschleunigen wurde ich in die Rückenlehne gepresst. Obwohl ich mich auf dem Rücksitz vergrub und versuchte abzuschalten, hatte ich keine Chance, Donovan zu ignorieren. Was er erzählte, war nicht wirklich interessant, zumindest nicht für mich. Vom College, von irgendwelchen Kommilitonen, von einer Party, vom Fitnessstudio. Sein Leben schien wirklich nur aus Party, Spaß und Oberflächlichkeiten zu bestehen. Mit jedem Satz bestätigte er meine Meinung über ihn mehr.

Erst als Tristans Name fiel, horchte ich auf.

»Wann ist die Premiere?«, fragte Tanner. »Was spielt er dieses Jahr noch gleich?«

»Es ist kein Stück im eigentlichen Sinn. Die Abschlussklassen haben selbst kurze Sequenzen geschrieben, die sie dann performen. Ist ein Teil der Prüfung. Er hängt sich da seit Wochen wie ein Irrer rein. Schläft kaum noch. Echt krass. Bald wird er zum Zombie. Aber nicht so ein schlechter wie in dem Zombiestück letztes Jahr.«

»Da war er doch gar kein Untoter«, merkte Tanner an.

»Stimmt«, gab Donovan zu. »Er wäre sicher besser gewesen als die Nulpen, die die Zombies gespielt haben. Er kann in jeder Rolle überzeugen.«

Er klang tatsächlich stolz. Das rührte mich irgendwie. Und wunderte mich etwas. Vielleicht war er doch nicht so unsensibel. Wobei, seinen Bruder zu lieben, bedeutete noch nicht, dass man ein guter Mensch war.

Tanner drehte sich zu mir herum. »Traditionell gehen wir alle zusammen zu Tristans Stücken. Die Jones, ich, Omar und Emily, mein Dad, wenn er nicht gerade zu einer Entbindung gerufen wird. Und jetzt vielleicht auch ihr. Das ist jedes Mal ein Riesenspaß, weil wir komplett die ersten beiden Reihen besetzen und Tristan anfeuern.« Er grinste. »Spätestens nach ein paar Minuten weiß jeder Zuschauer, in welchem Team wir spielen.«

Ich bezweifelte, dass das ausschließlich angenehm für Tristan war.

»Gehst du mit?«, fragte Donovan, der mich über den Rückspiegel musterte.

Am liebsten hätte ich sofort zugestimmt, riss mich aber zusammen, weil ich nicht das tun wollte, was Donovan sich erhoffte.

»Mal sehen«, sagte ich deswegen vage.

Tanner tippte mir auf die Brust. »Klar gehst du mit.«

»Gerne auch wieder in diesem Kleid«, fügte Donovan hinzu und zwinkerte. Ich ging nicht darauf ein, kurbelte das Fenster herunter und streckte meine Nase in die immer noch warme Abendluft.

Im beFive war es laut und stickig und viel zu viele Menschen tummelten sich dort. Eben aus diesen Gründen ging ich selten in Diskos und Bars. Natürlich traf ich mich mit meinen Freundinnen, aber dann lieber in kleinen Cafés oder bei jemandem zu Hause. Außerdem hatte ich keine Lust, für Party und Kommerz Geld auszugeben. Da gab es Sinnvolleres. Tierschutz zum Beispiel.

Überfordert von der Situation und den vielen Menschen blieb ich im Eingang stehen.

»Alles okay, Bienchen?«, raunte Donovan in mein Ohr, was kitzelte und mich schaudern ließ.

Als hätte er gespürt, wie unwohl ich mich fühlte, legte er seine Hand auf die Stelle zwischen meinen Schulterblättern. Nur ganz sacht und ausnahmsweise nicht aufdringlich, sondern so, dass ich mich augenblicklich besser fühlte. Das würde er allerdings nie erfahren. Außerdem musste man mich nicht beschützen, ich kam gut allein zurecht. Trotzdem wehrte ich mich nicht, schüttelte ihn nicht ab und wich nicht zurück.

Erst als es bereits zu spät war, registrierte ich, wie dicht ich mich an ihn gedrängt hatte. Sein Körper strahlte Hitze und Männlichkeit aus und ich konnte nicht leugnen, wie gut seine Nähe tat. Er ließ meine Reaktion unkommentiert, lächelte mich nur leicht an und führte mich durch die Menge in die Richtung, in die Tanner bereits verschwunden war.

Der Weg zum Hinterzimmer dauerte gefühlt ewig, weil Donovan ständig von irgendwelchen Leuten aufgehalten und begrüßt wurde. Ein Mädchen küsste ihn vor meinen Augen auf den Mund, sodass seine Lippen danach rot von ihrem Lippenstift waren. Zwar lachte er, wirkte aber nicht glücklich und wischte sich, sobald wir außer Sichtweite waren, die Farbe ab. Dabei musste er seine Hand von mir nehmen, was mich einerseits erleichterte, anderseits aber dummerweise auch enttäuschte.

Nach diesem Spießrutenlauf kamen wir endlich bei Tanner und seinen Freunden an, die uns sofort umringten und mich neugierig ansahen. Jetzt, da ich in Sicherheit war, verließ mich Donovan und stellte sich zwischen die anderen. Ich musste mich zusammenreißen, ihn nicht zu bitten, bei mir zu bleiben. So viel Aufmerksamkeit mochte ich nicht.

»Emily und Omar«, begann Tanner mit seiner Vorstellung.

Ein Mädchen, etwas älter als ich, mit kurzen Haaren und Brille löste sich von ihrem Freund, trat zu mir und küsste mich rechts und links auf die Wange. »Endlich noch ein Mädchen in der Muppet-Crew außer Ry und mir.«

Sie lachte und ich lächelte zurück. Besagte Ry war offensichtlich nicht hier, denn sonst wäre sie sicher auch zum Begrüßungskommando erschienen.

»Warum Muppets?«, fragte ich.

Wieder stieß Emily ein kurzes, helles Lachen aus. »Weil wir wie die Muppets sind«, erklärte sie. »Angefangen hat es mit ihm hier.« Sie tätschelte Tanners Schulter, der gequält das Gesicht verzog. »Vor dem Stimmbruch hatte er die gleiche Stimme wie Kermit. Deswegen hat ihn Donovan immer so genannt. Nicht besonders nett, aber lustig war's trotzdem. Wir anderen haben es übernommen. Und damit er nicht allein ist mit einem diskriminierenden Spitznamen, hat jeder eine Rolle zugewiesen bekommen.«

Donovan schmunzelte. »Nur Tris hat sich seinen Namen selbst ausgesucht. Er wollte nicht, dass wir ihn in eine blöde Schublade stecken.«

»Reingepasst hätte er, so dünn wie ihr beide früher wart«, erwiderte Tanner und Donovan und er schlugen ein.

»Wen hat Tristan sich ausgesucht?«, fragte ich.

Emily ergriff das Wort. »Scooter.«

»Der Crew-Manager?«

Sie nickte.

Das passte zu Tristan. Ich wandte mich an Tanner. »Und du bist also Kermit? Ich hätte eher gedacht, dass du Fozzie-Bär bist.« Vom Aussehen erinnerte er mich an ihn. Groß und knuddelig und tapsig und ein wenig haarig und immer ein Lächeln auf den Lippen.

»Alles wäre besser als der Spießerfrosch mit der nervtötenden Quäkestimme«, brummelte er. »Aber den Namen werde ich nicht mehr los. Er ist Fozzie. Omar.« Er deutete auf einen Kerl neben Emily. »Weil er so schlechte Witze wie Fozzie erzählt.«

Omar, der deutlich größer und bulliger als seine Freundin war, streckte seine große Faust aus und hielt sie mir hin. Im ersten Moment verstand ich nicht, was er von mir wollte, dann erinnerte ich mich, dass sich manche Menschen so begrüßten. Also ballte ich meine Finger stupste sie gegen seine.

»Hi. Ich bin besagter Omar. Willkommen in unserer Crew. Und meine Witze sind übrigens hervorragend.«

Ich nickte, und erwartete beinahe, dass er eine Kostprobe seines Humors gab. Tat er aber nicht. Ob das gut war oder ob ich etwas verpasste, würde ich momentan also nicht erfahren.

»Tanner hat erzählt, dass du aus Chicago kommst«, sagte er stattdessen. »Warum zur Hölle zieht man dann hierher? Aus der Großstadt in ein Kaff am Ende der Welt?«

Er klang ehrlich verwundert. Mich hätte eher interessiert, wie Donovan genannt wurde. Sicher war er das Tier. Unzivilisiert, unkontrolliert und nur auf Musik und Frauen fixiert. Fragen wollte ich aber nicht. Und überhaupt: Tanner hatte seinen Freunden von mir erzählt? Was noch, außer meiner Heimatstadt? Offenbar nicht, dass ich seltsam war, sonst hätten sie mich nicht so normal behandelt. Ich fühlte mich willkommen und ohne viel Aufhebens integriert. Das war ungewohnt, wenn auch auf positive Art. Vielleicht würde es hier ja doch nicht so schlimm werden, weder in diesem Lokal noch in der Stadt. Vielleicht war es der Beginn eines Lebens, in dem ich nicht nur Außenseiterin war. Vielleicht gab es hier Männer, die sie sich nicht wie Idioten aufführten. Mit Ausnahme von Donovan natürlich.

Wie um seinen Idiotenstatus zu demonstrieren, fläzte der jetzt breitbeinig in einem Loungesessel, eine stark geschminkte Frau auf dem Schoß, die hingebungsvoll an seinem Hals leckte oder saugte, oder was auch immer sie da tat. So genau konnte ich es nicht erkennen und war auch nicht scharf darauf. Er hatte den Kopf in den Nacken gelegt und genoss mit geschlossenen Augen. Seine Hände lagen auf ihren Hüften, die Daumen strichen unter den Brüsten entlang.

Das ging ja schnell bei ihm. Sagte ich doch: das Tier. Eben noch baggerte er an mir herum und im nächsten Moment ließ er sich von einer anderen befummeln. Besonders wählerisch war er also nicht. Was weder für ihn noch für mich – beziehungsweise seine Meinung über mich – sprach. Ich war nur ein Objekt, das er jagen wollte. Da spielte ich nicht mit.

In dem Moment öffnete er die Augen und hob den Kopf. Sein Blick traf meinen und für einen Moment fixierten wir uns. Ein Gefühl, das ich nicht einordnen konnte, stieg in mir hoch. Auf jeden Fall kein schönes. Schnell wandte ich mich ab und widmete mich wieder der Vorstellungsrunde.

Tanner beugte sich zu mir. »Sie bedeutet ihm nichts. Sie gehen nur ab und zu miteinander ins Bett«, flüsterte er mir ins Ohr.

»Wieso sollte mich das tangieren?«, zischte ich zurück. Donovan war mir egal und wen er abschleppte, noch viel mehr.

Mein Stiefbruder zuckte die Schultern und grinste. »Ich dachte nur, ich fühle da so eine Spannung zwischen euch.« Wie ein Magier bewegte er seine Finger vor meinem Gesicht.

»Dann hör auf zu denken. Das, was du meinst zu fühlen, ist pure Abneigung«, klärte ich ihn auf und wischte seine Hand beiseite.

Wieder hob er die Schultern. »Wie du meinst.«

Welcher Muppet Emily war, erfuhr ich nicht. Wahrscheinlich Miss Piggy, weil es nicht besonders viele weibliche Charaktere in der Muppet Show gab. Allerdings strahlte sie nichts Egozentrisches oder Arrogantes oder Divenhaftes aus. Emily war nett und sicher eine gute Freundin. Ob sie mich auch in ihre Crew mit aufnehmen würden? Ich liebte die Muppet Show und wäre gern ein Teil davon geworden, von mir aus auch als Huhn oder Beeker.

Ein Kerl, in etwa so groß und schmal wie ich und altersmäßig schwer zu schätzen, schlang von hinten seine Arme um Tanner und schmiegte seinen Kopf an dessen Rücken. »Da bist du ja endlich«, brummte er in Tanners Pullover. »Ich hab dich vermisst.«

Tanner drehte sich in den Armen des Mannes herum und umarmte ihn ebenfalls. Dann nahm er sein Gesicht in seine Hände und küsste ihn kurz, aber umso liebevoller auf den Mund.

»Hey, Babe«, sagte Tanner mit weicher Stimme, die ich noch nicht von ihm kannte. Unwillkürlich hatte ich das Bedürfnis, mich abzuwenden, weil die beiden so intim wirkten, dass ich mir wie ein Eindringling vorkam.

»Hi, Darling«, raunte Enis zurück und vergrub seine Nase in Tanners Hals.

Der küsste seinen Freund aufs Ohr, woraufhin Enis leise stöhnte. »Alles Gute zum Geburtstag.« Sichtlich verliebt strahlte Enis Tanner an. »Geschenk gibt's später.« Tanner zwinkerte zweideutig. Was hatten nur alle mit ihrem Gezwinker? War das irgendein Minot-Geheimcode? In Chicago war mir das nie aufgefallen.

Er griff Enis an den Schultern und drehte ihn in meine Richtung. »Darf ich vorstellen? Das ist Enis. Mein Freund und Liebhaber. Ihn wirst du auch öfter bei uns antreffen.«

Besagter Freund und Liebhaber streckte mir seine Hand hin und ich schüttelte sie. »Schön, dich endlich kennenzulernen, Eve.« Bei seinem freundlichen und offenen Lächeln fühlte ich mich sofort wohl. Er konnte von mir aus vierundzwanzig Stunden in unserem Haus herumhängen. Im Gegensatz zu anderen Leuten. Automatisch huschte mein Blick zu Donovan, der immer noch mit der Frau knutschte und dabei ihren Hintern knetete. Mir wurde schlecht und ich wandte mich ab.

»Von mir auch herzlichen Glückwunsch«, sagte ich zu Enis. »Ich habe leider kein Geschenk, weil ich erst heute Abend von deinem Geburtstag erfahren habe. Tut mir leid.«

Enis schüttelte den Kopf. »Muss es nicht. Materielles ist mir nicht wichtig. Dieses ganze Konsumverhalten ist mir suspekt und außerdem völlig sinnfrei. Mir reicht es, wenn ich alle meine Lieblingsmenschen um mich habe.«

Er wurde mir immer sympathischer. Offenbar hatten wir einiges gemeinsam.

Apropos gemeinsam und sympathisch: Wo war Tristan?

Dann entdeckte ich ihn. Mit einem Tablett voller Getränke kam er auf uns zu. Gab es hier keine Bedienung? Das Tablett stellte er auf einen Stehtisch, nahm sich ein Glas und machte den anderen ein Zeichen, dass sie sich bedienen sollten. Der Inhalt sah aus wie Cola, allerdings war nicht zu erkennen, ob sonst noch etwas darin war. Hoffentlich gab es auch Alkoholfreies.

Mit seinem Glas gesellte er sich zu uns und berührte mich zur Begrüßung kurz am Oberarm. Mein Herzschlag beschleunigte sich und es prickelte, als hätte er mich verbrannt.

»Hallo, Scooter«, sagte ich grinsend.

Er gab ein leises Geräusch von sich. »Oh nein. Sie haben es dir erzählt?«

»Scooter ist super«, versicherte ich. »Eine meiner Lieblingsfiguren.« Oh Gott, was redete ich da?

Tristan runzelte die Stirn, erwiderte aber Gott sei Dank nichts. Dann glättete sich seine Stirn und er lächelte. »Ja, Scooter ist echt cool. Er ist gut im Organisieren.« Ein stolzer Ausdruck erschien auf seinem Gesicht, als würde er tatsächlich eine erfolgreiche TV-Show managen.

»Er ist sicher auch in vielen anderen Dingen gut«, merkte ich leise an und senkte meinen Blick, weil Tristan meine sicher feuerroten Wangen nicht bemerken sollte.

Wieder ersparte er mir freundlicherweise eine Antwort. Vielleicht hatte er meine Bemerkung auch nicht als so zweideutig verstanden, wie sie gemeint war.

»Möchtest du auch etwas trinken? Ich habe Longdrinks mitgebracht.«

»Seid ihr alle schon einundzwanzig?«, rutschte es mir heraus. Im gleichen Moment ärgerte ich mich, weil ich schon wieder die Klugscheißerin raushängen ließ.

Tanner winkte ab. »Das juckt hier niemanden.«

»Erstens werde ich heute einundzwanzig und darf mich ganz offiziell hemmungslos betrinken.« Enis grinste. »Zweitens gehört der Laden meinem Cousin«, fügte er hinzu und grinste noch breiter. »Und zufälligerweise ist der Sheriff mein Onkel. Hier drin wird so gut wie nie kontrolliert. Erst recht nicht, wenn ein Verwandter Geburtstag feiert. Das ist der Vorteil, wenn man in so einem Kaff wohnt, in dem es noch dazu von Familie wimmelt.«

Tanner nickte. »Und sie sind eine sehr große Familie. Richtige Zigeuner eben.«

Ich stutzte. »Ist das nicht ein Schimpfwort? Wenn ich mich nicht täusche, heißt das Sinti und Roma.«

»Tanner darf das«, widersprach Enis. »Weil ich weiß, wie er es meint. Er liebt mein Zigeunertemperament. Stimmt doch, oder?« Schmunzelnd sah er zu seinem Freund hoch, der eifrig nickte. Dann wurde sein Blick ernst. »Das größere Problem ist, dass bei uns« – er malte Anführungszeichen in die Luft – »eigentlich keine Homosexualität toleriert wird. So etwas hat schlichtweg nicht zu existieren. Gott sei Dank ist meine Sippe da anders. Moderner. Deswegen haben sie sich auch von der Gemeinschaft separiert. Lange und tragische Geschichte und nichts für heute Abend.« Jubelnd warf er die Hände in die Luft. »Heute wird gefeiert!«

Er hielt mir eins der Gläser hin, aber ich lehnte ab. Enis zuckte die Schultern, trank es auf ex und holte sich gleich darauf ein neues vom Tablett.

»Du wirst hier wirklich keinen Ärger kriegen«, versicherte Tristan und nippte an seinem Cola-was-auch-immer.

»Das ist es nicht. Ich trinke einfach keinen Alkohol.«

»Nie?« Er schien überrascht, was verständlich war, weil ich niemanden kannte, der Alkohol so vehement ablehnte wie ich. »Der Freund meiner Schwester trinkt auch nie. Bei ihm hat es medizinische Gründe. Und bei dir?«

Ich zögerte. Immer wollten alle wissen, warum ich keinen Alkohol konsumierte. Als wäre das ein abartiger Fetisch. Ich war es so leid, mich deswegen rechtfertigen zu müssen. Trotzdem antwortete ich Tristan. Er meinte es ja nicht böse, er war nur neugierig.

»Ich habe kein Interesse daran. Vor allem, weil ich weiß, was Alkohol im Körper anrichtet. Das brauche ich nicht. Außerdem will ich die Kontrolle über meine Handlungen zu jeder Zeit behalten.«

Tristan sah in sein Glas und runzelte die Stirn, als wäre es nicht allgemein bekannt, wie ungesund und schädlich Alkohol war und wie er sich auf das Gehirn auswirkte. »Na ja, nach einem Glas ist man noch nicht willenlos, sondern allenfalls beduselt. Aber ich weiß, was du meinst. Ich trinke auch selten.« Er nippte noch einmal und sah in sein Glas. Dann stellte er es beiseite. »Trotzdem. Nie probiert?« Wieder verneinte ich. »Faszinierend«, sagte er wie Spock. Kurz schwieg er. »Und ungewöhnlich.«

»Ich weiß, dass ich diesbezüglich ein Alien bin«, gab ich zu. Wie in anderen Dingen ebenfalls. Ich seufzte im Stillen.

»Ich finde das gut. Du stehst dazu, nicht mit der Masse mitzuschwimmen. Das erfordert viel Mut.« Er war auch anders als andere junge Männer, das strahlte er ebenso aus wie Wärme und Intelligenz. »Tanner hat erzählt, du willst Therapeutin werden?« Mit beiden Ellbogen stützte er sich auf einen Stehtisch und musterte mich leicht lächelnd.

»Ja. In Chicago habe ich in einem Zentrum für traumatisierte Kinder und Jugendliche gearbeitet. Die meisten wurden sexuell missbraucht, andere mussten den Tod eines oder beider Elternteile verarbeiten. Manche stammten aus Kriegsgebieten wie Afghanistan oder Syrien.«

»So ein Job muss hart sein«, sagte er ernst.

Viele Menschen, vor allem in meinem Alter, wollten von solchen Schicksalen nichts wissen. Sie wollte lieber Spaß haben und nicht darüber nachdenken, wie viel Glück sie hatten, zufällig im richtigen Land geboren worden zu sein. Tristan dagegen schien ehrlich betroffen.

»Ja, das war es. Ein Junge hatte ständig Kopfweh und ist lebenslang hörgeschädigt, weil neben ihm eine Tellermine explodiert ist, wobei sein Vater und sein Bruder in Kleinstteile zerfetzt wurden. Seine Mutter und seine Schwestern wurden von den Taliban verschleppt. Vorher durfte er noch zusehen, wie sie von mehreren Männern vergewaltigt wurden. Er spricht nicht darüber, aber wir vermuten, dass er auch missbraucht wurde. Nicht nur einmal. Er ist ein hübscher, androgyner Typ, die werden zum Teil in Afghanistan und übrigens auch anderen Ländern an so eine Art Prostitutionsringe verkauft. Die Jungen müssen dann viel älteren Männern zu Diensten sein. Widerlich.« Allein bei dem Gedanken schüttelte es mich.

Tristans Miene hatte sich immer mehr verfinstert. »Das ist abartig und zutiefst menschenverachtend«, stimmte er mir zu. »Wie geht es ihm jetzt?«

»Mittlerweile spricht er, wenn auch nicht über seine Erlebnisse. Nicht nur wegen der Sprachbarriere. Das ist das Schöne an dieser Arbeit. Zu sehen, wie die Kinder langsam wieder Vertrauen aufbauen, Nähe zulassen und sich wieder trauen zu leben.«

Tristan nickte, schenkte mir das strahlende Lächeln, das ihn und Donovan verband und mir unweigerlich weiche Knie bescherte. Einen Moment betrachtete er mich wortlos. Sein Blick verunsicherte mich, weil er so intensiv war, ließ aber gleichzeitig mein Herz und meinen Magen Purzelbäume schlagen.

»Du brauchst nicht zufällig einen Job?«, fragte er dann unvermittelt.

Sah ich so bedürftig aus? »Doch, wieso?«, antwortete ich vorsichtig.

»Ich weiß nicht, ob du es schon mitbekommen hast, dass Donovan im Fitnessstudio arbeitet.« Ich kam nicht dazu zu antworten, denn er redete einfach weiter. »Egal. Auf jeden Fall suchen sie dort aktuell jemanden für die Kinderbetreuung, hat Donovan erzählt. Die Studentin, die dafür zuständig war, hat gekündigt. Falls du Interesse hast, solltest du aber schnell sein. In Minot sind wegen des Colleges und der Academy freie Stellen unheimlich schnell besetzt. Ich kann dich Rami, dem Studiobesitzer, empfehlen, wenn du magst. Und Donovan kann sicher auch ein gutes Wort für dich einlegen.«

Ich konnte mir schon vorstellen, wie er mich anpries. Brüste würden dabei vermutlich eine entscheidende Rolle spielen. Der Job reizte mich trotzdem. Es war mir wichtig, mich sinnvoll zu beschäftigen, und ich wollte Mom nicht auf der Tasche liegen. Ich war alt genug, selbst zu meinem Lebensunterhalt beizutragen, auch wenn Mom es nicht verlangte.

»Das wäre großartig. Danke.«

»Gern geschehen.«

»Mir bedeutet die Arbeit mit Kindern wirklich viel«, bekräftigte ich, während ich an den Rillen meines Glases herumspielte. »In Chicago durfte ich am Schluss sogar eine eigene Therapiegruppe leiten.«

»Respekt.« Tristan nickte anerkennend. Ihn konnte man mit Taten beeindrucken, seinen Bruder mit tiefem Ausschnitt und viel Bein. »Hoffentlich langweilst du dich dann nicht. Bei der Kinderbetreuung dort hättest du es nur mit ganz normalen Kleinstadtkindern zu tun. Keine Traumata, keine Dramen, außer den alltäglichen, dass es mal wieder Gemüse statt Pommes zum Essen gab oder dass man wegen einer schlechten Note zu Hause Ärger bekam oder der Freund einem im Sandkasten die Schaufel weggenommen hat.«

Lachend zeigte er auf zwei leere Sessel. Ich verstand seine stumme Aufforderung und setzte mich in einen, er sich in den mir gegenüber, wo er die Beine überschlug und sich leicht vorbeugte, damit wir wegen der lauten Musik nicht so brüllen mussten.

»Ach, kein Drama ist zwischendrin schon ganz okay. Das Studium wird Herausforderung genug.«

»Auch wieder wahr«, stimmte er mir zu.

Es war so leicht, sich mit ihm zu unterhalten. Und es machte unheimlich Spaß, weil er sich nur auf mich konzentrierte.

Wir plauderten noch eine Weile über meine Pläne, meine Arbeit mit den Kindern, seinen Job im Buchladen seiner Schwester, sein Studium an der Acting Academy und seine Träume als Schauspieler, über Bücher und Serien, die wir mochten, über unsere Familien. Ich erfuhr, dass er selten Fleisch aß, aber in naher Zukunft ganz aufhören wollte, und dass er sich mit veganer und ökologischer Lebensweise beschäftigte. Ich gab ihm Tipps, wo er sich detailliert einlesen konnte, und bot an, ihn jederzeit in diese wunderbare Welt einzuführen. Völlig ohne Hintergedanken natürlich.

Kein einziges Mal machte er während unserer Unterhaltung einen doofen oder anzüglichen Witz oder glotzte in meinen Ausschnitt oder auf meine nackten Beine. Stattdessen hielt sein Blick die ganze Zeit meinem stand. Unsere Themen hatten Tiefe und zeugten von echtem Interesse am anderen. Die Zeit mit ihm verging wie im Flug.

Tristan war ein Mann, wie ich ihn mir wünschte. Intelligent und kultiviert, redegewandt und vielseitig interessiert, sowohl an anderen Menschen als auch an unserem Planeten. Frauen waren für ihn nicht da, um sie zu jagen und flachzulegen. Sie waren gleichwertig, ohne einem das Gefühl zu vermitteln, man wäre ein geschlechtsloses Etwas. Dazu war er attraktiv und sexy. Sein Wesen machte ihn anziehender als das rein äußerlich gute Aussehen seines Zwillingsbruders. Insgesamt wirkte er viel reifer, ruhiger, gefestigter. Sein Leben bestand nicht nur aus Spaß, er wollte etwas hinterlassen, das über Sauf- und Sexgeschichten hinausging.

Über sein Handy schickte er mir YouTube-Links von Theaterstücken, in denen er mitgespielt hatte. Gleich zu Hause würde ich sie mir ansehen.

»Ich bin gespannt. Vielen Dank.«

»Falls du auf Zombies stehst, das letzte Stück ist eine Bühnenadaption von *The Walking Dead*.«

Bisher hatte ich um solche Serien einen weiten Bogen gemacht, weil mich die Vorstellung einer tatsächlichen, menschgemachten Apokalypse ängstigte und ich mich lieber mit realen Problemen befassen wollte. Trotzdem nickte ich.

»Ja, klar, wer mag sie nicht«, sagte ich und kicherte albern. »Du und dein Bruder, ihr seid euch bis auf das Aussehen gar nicht ähnlich. Wenn ihr euch gleich anziehen würdet, könnte man euch nicht unterscheiden«, meinte ich und lenkte das Thema auf ein anderes Gebiet.

Tristan lachte. »Na, Gott sei Dank sind wir nicht gleich. Wir sind ja auch verschiedene Menschen. Es ist schwer genug, quasi doppelt zu existieren.«

»Das kann ich mir vorstellen.« Vor allem bei einem nervigen Bruder wie Donovan.

»Mit der Zeit wirst du uns gut auseinanderhalten können. Keine Sorge.« Mit dem Finger lockte er mich zu sich und ich folgte ihm, bis sich unsere Gesichter so nah waren, dass ich seinen warmen Atem spüren konnte. »Ich verrate dir etwas. Wir haben etwas, woran man uns eindeutig unterscheiden kann. Allerdings muss man uns dabei ziemlich nahe kommen.« Dagegen hätte ich nichts. »Willst du wissen, was es ist?«, raunte er.

»Ja, bitte.« Meine Stimme klang wie ein piepsiges Krächzen.

Ohne Vorwarnung lehnte er sich zurück, entblößte seinen Bauch und schob den Bund seiner Hose ein Stück nach unten. »Blinddarm«, erklärte er und patschte auf die schmale Narbe seitlich unterhalb des Bauchnabels. Dann bedeckte er sich wieder und richtete sich auf.

Ich schluckte. In puncto Offenherzigkeit glich er seinem Bruder offenbar.

»War bestimmt schmerzhaft.« Dämlicher Kommentar.

Er zuckte die Schultern. »Ich habe es überlebt.«

»Wo ist die Toilette?«, erkundigte ich mich, statt weiter nachzufragen, wann das passiert war oder Ähnliches, was gesellschaftliche Konventionen fordern würden. Ich musste nicht wirklich austreten, ich brauchte nur dringend eine kurze Pause. Tristan löste in mir Wünsche aus, von denen ich dachte, dass ich dagegen immun war. Er war der erste Mann seit Langem, dessen Lippen ich gern auf meinen gespürt hätte. Dessen durchtrainierten Bauch ich gern anfassen würde. Und mit dem ich mir auch andere, weitaus intimere und unanständigere Dinge vorstellen konnte. Da ich aber im Flirten genauso wenig Erfahrung hatte wie mit Sex, hatte ich keine Ahnung, wie es nun weiterging. Abgesehen davon, dass ich nicht einschätzen konnte, ob und in welcher Weise ich ihm auch gefiel.

Tristan deutete Richtung Bar, wo ich ein beleuchtetes WC-Schild entdeckte, und widmete sich dann seinen Freunden Emily und Omar, die sich mit einem neuen Tablett Getränke zu ihm gesellten.

Im Flur zu den Toiletten war es ruhiger. Vereinzelt standen Paare oder kleine Grüppchen zusammen und unterhielten sich. Ein Mann und eine Frau küssten sich. Der Kerl presste die Frau an die Wand neben dem Kondomautomaten und rieb sich an ihr, ihr Bein war um seins geschlungen und sie hielt sich an seinem Nacken fest, als würde sie sonst umfallen. Dann erst erkannte ich die zwei als Donovan und die Tussi von vorhin. Sie leckten und grapschten so ungeniert aneinander herum, dass ich mich fremdschämte.

»Lass uns zu mir gehen. Meine Mitbewohnerin ist nicht da«,

keuchte die Frau, als Donovan kurz von ihr abließ. Schwer atmend lehnte er seine Stirn an ihre und nickte. Dann stieß er sich von der Wand ab, griff nach der Hand seiner aktuellen »Freundin« und wirbelte mit ihr an der Hand herum.

Als er mich bemerkte, verharrte er in der Bewegung. Seine Lippen waren von dem Geküsse feucht und geschwollen, die Wangen gerötet, sein Haar noch zerzauster als sonst. Und in seiner Hose glaubte ich eine Wölbung zu erkennen. Warum sah ich überhaupt auf seinen Schritt? Leider konnte ich nicht verhindern, dass mir ebenfalls Hitze in die Wangen und in andere Körperteile schoss. Und warum stieg bei seinem Anblick das Bild in mir auf, wie wir beide hier Trockensex betrieben?

Schnell wandte ich den Blick ab und flüchtete in die Damentoilette, wo ich mich in einer Kabine einsperrte und erleichtert auf die Klobrille sank. Ich wollte nicht, dass er mich aus der Fassung brachte. Die Fantasien über Tristan reichten schon. Aber der war es wenigstens wert.

Nachdem ich mich ein wenig beruhigt hatte, wusch ich mir die Hände und tupfte mir kaltes Wasser ins Gesicht. Erst nach einer Ewigkeit fühlte ich mich wieder wie ich, straffte die Schultern und öffnete vorsichtig die Tür.

Aber der Flur war mittlerweile leer.

Donovan

Mit dröhnendem Schädel und wahnsinnigem Durst wachte ich in Lexys Bett auf. Obwohl ich ziemlich viel getrunken hatte, erinnerte ich mich an jedes Detail von gestern Abend. Auch daran, dass ich nicht mit Lexy geschlafen hatte. Ich hätte keine Kondome dabei, hatte ich mich rausgeredet. Gott sei Dank waren ihre eigenen aus, sonst hätte ich wirklich noch mit ihr schlafen müssen. Die Lüge hatte sie mir sogar abgekauft. Erstaunlich. Donovan hatte grundsätzlich keinen Kondomnotstand. Und sie normalerweise auch nicht. Ich hatte immer Lust. Egal wann, egal wo. Bis gestern Abend.

Keine Ahnung, was mit mir los war. Es fühlte sich an, als würde ich Eve betrügen. Was Blödsinn war, weil sie nicht meine Freundin war. Und so, wie sie sich mir gegenüber benahm, würde sich auch nichts daran ändern. Ich konnte also tun und lassen, worauf ich Lust hatte. Nur wollte ich dann plötzlich nicht mehr. Nicht mit Lexy zumindest. Und zu meiner Schande weigerte sich auch mein Penis. Hoffentlich wurde das nicht zum Dauerzustand, denn ohne Sex war das Leben nur halb so spaßig. Soweit kam es noch, dass ich wegen eines Mädchens, das mich offensichtlich nicht ausstehen konnte und deswegen sicher nicht mit mir vögeln würde, keinen mehr hochbekam.

Dank Alkohol war Lexy schnell eingeschlafen, während ich noch stundenlang wach lag und an Eve dachte. Erbärmlich.

Lexy räkelte sich neben mir und kuschelte sich an mich. Ihre Hand wanderte zu meinem Schritt, aber ich hielt sie auf und rollte mich herum. Viel zu schnell für meinen Kopf, weil mir sofort schwindlig wurde. Trotzdem stand ich auf, angelte nach meinen Klamotten und schlüpfte hinein.

Lexy gab ein verschlafen-heiseres Geräusch von sich. Der Rest von ihr sah nicht so sexy aus und beide dünsteten wir einen ekelhaften Gestank nach altem Alkohol aus. Außerdem sollten wir dringend unsere Zähne putzen. Sonst war mir so was egal. Heute widerte es mich regelrecht an.

»Kannst du nicht noch ein wenig bleiben? Ich könnte schnell zum Drugstore laufen und Kondome holen.« Sie strich sich lasziv durch ihr verwuscheltes Haar, streckte mir ihre nackten Brüste entgegen und spielte mit ihren Nippeln. Normalerweise bekam sie mich mit ihrem Tittending zuverlässig zurück ins Bett. Heute erzielte sie damit keine Wirkung, außer dass ich mir wie Hunderte Male zuvor in den letzten Tagen vorstellte, wie sich wohl Eves Brüste anfühlten und welche Unterwäsche sie trug. Leider hatte Tristan ausnahmsweise einmal recht, auch wenn es mir schwerfiel, es zuzugeben. Ich war regelrecht von Eve besessen. Das musste sich schleunigst ändern. Verdammtes Öko-Gutmensch-Girl von nebenan!

»Okay«, stimmte ich deswegen zu und setzte mein Womanizer-Grinsen auf. »Aber bleib liegen, ich geh schnell.«

Sie strahlte mich an, als wäre ich ein lebensgroßer Dildo, und leckte sich die vollen Lippen. »Beeil dich«, hauchte sie. »Sonst fang ich ohne dich an.« Mit beiden Händen fuhr sie an ihrem Körper hinab. Sie strampelte die Decke weg und zeigte mir, wie ihre Finger zwischen ihren Schenkeln verschwanden.

»Wehe«, warnte ich sie schmunzelnd. Wenigstens hatte sich mein Schwanz wieder eingekriegt und reagierte brav auf Lexys Stöhnen und Streicheln. »Bin gleich wieder da.«

Ich musste nicht zur Drogerie, weil ich natürlich wie immer ein Kondom im Geldbeutel hatte. Aber das konnte ich Lexy ja schlecht sagen, ohne wie ein Vollidiot dazustehen. Also steuerte ich den Laden gegenüber an und kaufte eine frische Packung, mit der ich dann zurück in Lexys Zimmer ging.

Wie angekündigt wartete sie aufgegeilt auf mich und nach einem kurzen Vorspiel vögelten wir wie gewohnt hemmungslos miteinander.

Ablenkung von Eve erfolgreich erledigt.

Danach duschten wir – getrennt – und ich ließ sie wieder allein. Ein nächstes Mal verabredeten wir nicht.

Mittlerweile kannten wir uns seit fast drei Jahren und unsere Fickdates verliefen stets spontan. Dazwischen telefonierten wir nicht, schrieben uns keine Nachrichten und sprachen nicht einmal viel miteinander, wenn wir uns zufällig auf dem Campus oder irgendwo anders begegneten. Sie war nicht verliebt in mich und ich nicht in sie. Deshalb funktionierte es so gut zwischen uns. Keiner von uns verlangte Exklusivität, es gab keine Eifersucht, keine Dramen, keine Geschenke oder Komplimente, nur Sex. Mal schliefen wir monatelang nicht miteinander, mal mehrmals pro Woche. Wie es sich gerade ergab. Eine Zeit lang hatte Lexy eine richtige Beziehung geführt, mir aber trotzdem eindeutige Angebote gemacht. Natürlich hatte ich abgelehnt. Und tatsächlich überlegt, mich nie mehr mit ihr zu treffen, denn hinter dem Rücken seines Kerls mit anderen zu vögeln, war das Allerletzte. Ich liebte Sex, aber wenn ich eine feste Freundin hatte, war ich so treu wie ein Pinguin. Oder ein Erpel oder welche Tiere auch immer monogame Partnerschaften führten.

Da das College noch nicht wieder begonnen hatte und ich erst am Nachmittag arbeiten musste, fuhr ich nach Hause. Leider mit dem Bus, weil ich mir mit Lexy ein Taxi zu ihr geteilt hatte.

In der Einfahrt stand Nates Wagen.

Ich: *Wie bist du heimgekommen?*

Tanner: *Gar nicht. Bin noch bei Enis. Wieso?*

Ich: *Der Ford ist da. Ich bin mit Lexy mit.*

> *Tanner: Muss Eve gewesen sein. Sie war die Einzige, die nüchtern war.*

Ich ließ mir von Tanner Eves Handynummer geben und schrieb ihr gleich eine Nachricht

> *Ich: Guten Morgen, Bienchen. Danke fürs Autobringen. Du hast mir den Arsch gerettet. Nate leiht mir seinen Wagen zwar gern, aber er flippt aus, wenn ich ihn nicht pünktlich zurückbringe.*

Doch sie antwortete nicht.

Nates Autoschlüssel hingen am Schlüsselbrett. Weil niemand zu Hause war, konnte ich nicht fragen, ob tatsächlich Eve den Wagen gebracht hatte. Alles hatte irgendwie mit ihr zu tun. Das nervte. Deswegen zog ich mich für eine Joggingrunde um, von der ich hoffte, dass sie meinen Kopf frei machen würde.

Fast zwei Stunden rannte ich wie ein Irrer durch Minot und sogar bis an den See etwas außerhalb, drehte aber wieder um, als ich dort Emily und Rylee sitzen sah. Ich hatte keine Lust auf Gesellschaft. Im schlimmsten Fall würden Omar und Tristan auch noch dazustoßen und dann hätte ich erst recht keine glaubwürdige Ausrede gefunden, warum ich mich vom Acker machte. Donovan, der Typ, der immer Leute und Leben um sich herum brauchte, der jedes harmlose Treffen in eine Party verwandeln konnte. Der sich immer benahm, als wäre ihm alles und jeder egal, Hauptsache, er selbst konnte seinen Vorteil daraus ziehen. Manchmal verletzte es mich, wie andere mich sahen, aber im Grunde hatte ich kein Recht, mich darüber aufzuregen. Ich hatte durch mein Verhalten die letzten Jahre meinen Ruf selbst verschuldet. Und eigentlich war ich ja auch so. Aber eben nicht nur. In dem spaßsüchtigen, sexbesessenen, faulen Typen steckte ein ... Ja, was? Ein Sensibelchen? Ein tiefsinniger Grübler? Sicher nicht. Keine Ahnung, was in mir steckte, außer meine Finger beim Nasebohren. Ob ich es herausfinden wollte, wusste ich jedoch genauso wenig.

Wieder zu Hause duschte ich erneut. Weil ich keine frischen Boxershorts mehr fand, nahm ich mir von Tristan eine seiner engen Retropants und lümmelte mich mit meinem Handy aufs Bett. Ich lehnte mich an die Wand, stopfte mir ein Kissen in den Rücken und scrollte mehr aus Langeweile als aus wirklichem Interesse durch Instagram. Tristan hätte mein Verhalten Prokrastinieren genannt, weil ich mich eigentlich auf das anstehende Semester vorbereiten sollte. Mich endlich den Unterlagen widmen sollte, die unsere Profs uns gemailt hatten. Das Community College in Minot war nicht Harvard, aber bot ein solides, qualitativ hochwertiges Studium mit ausgewählten, engagierten Dozenten. Reinhängen musste man sich also trotzdem. Meine Faulheit bezüglich des Lernens merkte man deswegen an meinen Noten und Credits. Aber bisher hatte ich jedes Seminar bestanden, weil ich es immer schaffte, mich irgendwie durchzulavieren. Eine geheime Superkraft von mir quasi. Im Gegensatz zu meinem Streberbrudi, der zuverlässig Bestnoten lieferte.

Morgan hatte mir zum Studienbeginn auf Ebay ein Skelett in Lebensgröße ersteigert, damit ich die menschliche Anatomie bildlich vor mir hatte und sie leichter lernen konnte. Als visueller und haptischer Mensch langweilte mich reines Lesen oder Hören schnell. Ablenken ließ ich mich auch gern.

Der Vorbesitzer hatte das Skelett Jimbo getauft, nicht wirklich politisch und moralisch zeitgemäß, trotzdem hatte ich den Namen so übernommen.

Jimbo hing lasch in seinem Gestell vor dem offenen Fenster und baumelte vom Luftzug leicht hin und her, den knochigen Schädel in meine Richtung gewandt.

»Schau mich nicht so vorwurfsvoll an«, murmelte ich und warf mit einer leeren Red-Bull-Dose vom Nachttisch nach ihm, traf aber nicht. Stattdessen prallte sie vom Fensterbrett ab und schlug scheppernd auf dem Boden auf. Ein Rest Red Bull sickerte heraus. Seufzend stand ich auf und wischte die Tropfen mit einem herumliegenden Socken weg.

Von draußen hörte ich Tanners Stimme und eine zuschlagende Wagentür. Weil ich ohnehin nichts Besseres zu tun hatte, rutschte ich vom Bett, lief zu Jimbo und stützte mich mit den Unterarmen aufs Fensterbrett. Tanner lud mit George ein in Ploppfolie eingepacktes Möbelstück aus dem Kofferraum und fluchte dabei lautstark vor sich hin.

»Ist es schwer?«, rief ich ihnen zu und grinste.

»Hilf lieber tragen, Arschloch, und spar dir deine Scheißbemerkungen«, brüllte mein Freund zurück.

Hätte er nicht die Hände voll gehabt, hätte er mir den Stinkefinger gezeigt.

Ich richtete mich auf und zeigte auf meine bis auf die Unterhose nackte Vorderseite. »Soll ich so runterkommen? Das hättest du wohl gern.«

»Hört auf zu quatschen. Meine Arme fallen gleich ab«, motzte George.

In Tippelschritten liefen sie mit dem Monstrum zur Haustür, die sich in dem Moment öffnete.

Eve trat heraus, stellte sich seitlich, damit die Männer vorbeipassten, und hielt ihnen die Tür auf. Ihre Haare waren zu einem Knoten hochgesteckt und sie trug eine riesige Sonnenbrille mit dunklem Rahmen und – verflucht – einen so knappen Bikini, dass ihre Brüste beinahe herausquollen. Sie konnte sich gerne im Vorgarten sonnen, dann könnte ich sie dabei beobachten.

Sie lächelte und sagte irgendetwas, das ich nicht verstand. Tanner antwortete ihr und zeigte mit dem Kinn über die Schulter herüber. Ihr Blick ruckte hoch und blieb an meinem hängen. Noch nie war ich so froh darüber gewesen, wie dicht unsere Häuser beieinanderstanden. Natürlich hatte ich bereits herausgefunden, dass Eves Zimmer meinem gegenüberlag.

Selbst von hier oben konnte ich erkennen, wie sie mich abcheckte. Also stellte ich mich aufrechter hin, damit sie mich besser sehen konnte. Nicht einmal meinen wegen ihres Anblicks halbsteifen Penis verbarg ich.

Da siehst du mal, was du verpasst, Bienchen.

Wir sprachen nicht, bewegten uns nicht, sahen uns nur über die Distanz in die Augen. Was sie wohl dachte? Es war eine seltsame Situation, aber gleichzeitig auch verdammt heiß. Wie in einem feuchten Traum. Gleich würde sie bei mir klingeln, ich würde sie hereinlassen und nach ein oder zwei einleitenden Sätzen würde ich sie über die Küchentheke legen oder das Sofa oder was auch immer und sie zuerst lecken und dann nehmen.

Leider war mein Leben kein Traum.

Unser Moment wurde durchbrochen, als eine der Schwestern, Aurora glaubte ich, aus dem Haus sprang. Im Gegensatz zu Eve entdeckte sie mich sofort und winkte fröhlich. Dass ich fast nackt war, schien sie nicht zu stören. Spontan griff ich nach Jimbos Handgelenk und grüßte mit ihm synchron.

Das Mädchen kicherte. Dann quietschte sie. »Ist das ein Skelett?«, rief sie mir zu.

Ich nickte, zog Jimbo näher zu mir und legte ihm kumpelmäßig den Arm um seine hageren Schultern. »Das ist mein Freund Jimbo«, stellte ich ihn vor.

Wieder gab sie ein Geräusch von sich, das ich als Begeisterung interpretierte. »Wieso hast du so was?«, fragte sie und legte den Kopf schief.

»Er hilft mir beim Studieren.« Ich drehte mich halb herum und kratze mich mit Jimbos Hand am Rücken. »Und weil er praktisch ist, zum Beispiel, wenn es an Stellen juckt, an die man selber nicht rankommt.«

Sie kicherte wieder, Eves Gesichtsausdruck schwankte zwischen genervt und amüsiert. »Darf ich ihn kennenlernen?«, rief Aurora.

Wie zum Gebet faltete sie die Hände und setzte einen Hundeblick auf. Ich hatte selbst eine kleine Schwester, weshalb dieser Blick bei mir nicht funktionierte.

»Klar«, sagte ich trotzdem. »Kannst gerne auch deine große Schwester mitbringen.«

Die verengte die Augen, weil sie meinen Plan natürlich durchschaute.

Aurora wirbelte zu ihr herum. »Gehen wir rüber? Bitte! Du bist die Beste, Beste, Beste, wenn ich das darf.«

Eve seufzte, schließlich nickte sie. »Nur, wenn er sich etwas anzieht«, verlangte sie von Aurora, schaute aber dabei mich an. Sie konnte von mir aus im Bikini bleiben.

»Juhuu!«, schrie Aurora und rannte los.

Weil ich nicht so unzivilisiert war, wie Eve glaubte, schlüpfte ich in eine Jogginghose und ein T-Shirt und nur einen Augenblick später klingelte es. Ich lief zu meiner Zimmertür, öffnete sie und wollte nach unten, um Aurora und Eve hereinzulassen, aber jemand anders war schneller.

»Oh, hallo«, hörte ich Morgan.

»Donovan hat mich eingeladen, Jimbo kennenzulernen«, erwiderte die aufgeregte Stimme von Aurora. Morgans Lachen drang zu mir hoch. Lässig lehnte ich mich in den Türrahmen und wartete grinsend auf meine neue Freundin.

»Na dann, hereinspaziert. Er ist oben.«

Kurz darauf stiegen Aurora und Eve die Treppe hoch, Aurora freudig strahlend, Eve etwas langsamer und skeptischer. Leider hatte sie ein Tuch um sich gewickelt und die Brille ins Haar geschoben. Mit einer tiefen Verbeugung streckte ich meinen Arm aus und ließ die beiden eintreten. Von unten herauf linste ich zu Eve, die mich intensiv musterte. Von Nahem erkannte ich, dass ihre Brille braun mit schwarzer Maserung war, ähnlich wie Holz. Die Farbe ihrer Augen ähnelte meiner.

»Wenigstens bist du jetzt angezogen«, murmelte sie. Extraleise, damit Aurora es nicht hören konnte. »Man stellt sich nicht nackt ans Fenster? Das weißt du hoffentlich, oder?«

Während ich mich aufrichtete, stieg mir ihr Duft in die Nase. Sie roch nach einem blumigen Duschgel und etwas, das ich nicht benennen konnte. Wahrscheinlich ihr eigener Evegeruch.

»Und du weißt, dass man nicht im knappen Bikini auf die Straße geht, oder?«, konterte ich. Sofort wurde sie rot, antwortete aber diesmal nicht. Schließlich hatte ich recht und das konnte sie nicht abstreiten.

Aurora eilte zwischenzeitlich zu Jimbo und starrte ihn an. Beinahe ehrfürchtig und ein wenig respektvoll, oder als würde sie sich gruseln. Allerdings auf wohlige Weise, wie in der Geisterbahn.

»Und außerdem: Erstens war ich nicht nackt«, verbesserte ich Eve. »Sondern hatte eine Unterhose an.« Dass es Tristans war, ließ ich weg. »Zweitens: Wer sagt, dass man sich nicht nackt ans Fenster stellen darf? Wen es stört, der soll eben nicht hinschauen.« Ich zuckte die Schultern.

Eve verdrehte wieder die Augen, konnte sich aber ein Schmunzeln nicht verkneifen. Schließlich hatte sie von meinem Prachtkörper profitiert. Vielleicht konnte ich sie mit meinem unbändigen Charme und meiner Ehrlichkeit doch noch knacken. Hoffen durfte man ja.

»Hallo, Jimbo«, hauchte Aurora, bevor Eve widersprechen konnte, und beide drehten wir uns zu dem Mädchen, das vorsichtig Jimbos Knochenfinger streichelte und ihm etwas zuflüsterte. Liebe auf den ersten Blick nannte man das wohl. Jimbos Knochen klapperten, als sie mit seiner Hand in ihrer zu mir herumwirbelte.

»Ich hätte auch so gern ein Skelett. Anatomie ist so spannend. Aber Mom kauft mir keins. Sie meint, ich kann dann nicht gut schlafen, wenn es in meinem Zimmer wohnt.« Ihre Augen blitzten regelrecht. Sie sah aus wie Parker, wenn sie stinksauer war. »Dabei könnte es auch im Keller stehen. Oder woanders. Und ich fürchte mich auch nicht. Aber das lässt Mom alles nicht gelten. Sie denkt immer, sie wisse alles besser als ich. Weil ich erst acht bin.«

Dieses Mädchen fürchtete sich vermutlich vor gar nichts.

»Du darfst Jimbo jederzeit besuchen«, schlug ich vor.

Ihre Augen weiteten sich. »Ehrlich?«

Mit Zeige- und Mittelfinger formte ich ein V, die der anderen Hand überkreuzte ich. »Indianerehrenwort. Auch wenn ich nicht da bin.«

Ohne Vorwarnung ließ Aurora Jimbo los, rannte zu mir und umarmte mich so fest, dass ich beinahe hintenüberfiel. »Indianer sagt man nicht«, nuschelte sie an meiner Brust. »Trotzdem danke.«

Ich lachte und erwiderte kurz ihre Umarmung, dann schob ich sie von mir und hielt sie an den Schultern fest. Aus den Augenwinkeln sah ich, wie Eve lächelte.

»Kennst du denn die Namen von den ganzen Knochen?«, forderte ich Aurora heraus.

»Natürlich. Du etwa nicht? Bist du bescheuert?«, fragte sie so entrüstet, dass ich auflachte.

»So redet man nicht mit Erwachsenen«, schalt Eve sie, aber Aurora schien kein schlechtes Gewissen zu haben, obwohl sie mich eben noch selbst auf meine Wortwahl hingewiesen hatte.

»Er ist nicht erwachsen«, widersprach sie. »Mom ist erwachsen. Oder George.«

Ich grinste. Die Kleine war der Hammer.

Aurora klatschte in die Hände und hibbelte auf der Stelle herum. Wie ich früher, wenn ich eine gute Idee hatte. »Ich weiß etwas Tolles. Jeder von uns sagt einen Knochen und wer am meisten weiß, hat gewonnen.« Unsere Antwort wartete sie nicht ab, sondern setzte sich neben Jimbo auf die Fensterbank und ließ die Beine baumeln. Vorsichtshalber schloss ich das Fenster und verriegelte es, damit Aurora nicht aus Versehen abstürzte. Sie hatte Hummeln im Hintern und war unberechenbar und ich wollte nicht schuld sein, wenn sie sich das Genick brach. »Ich fange an, weil ich die Jüngste bin.«

Fantastisch, so konnte ich nebenbei meinen Lernstoff wiederholen. Ich zog meinen Schreibtischstuhl heran, Eve blieb mit verschränkten Armen am anderen Ende des Zimmers stehen. »Du musst auch herkommen«, wies Aurora ihre Schwester an und deutete mit strengem Lehrerinnenblick auf Jimbo. »Du musst auf den Knochen zeigen, sonst gilt es nicht.«

Mit ihr würde ihre Familie noch viel Spaß haben, spätestens dann, wenn die Jungs sich für sie interessierten. Bereits jetzt konnte man erahnen, wie hübsch sie einmal als Teenager sein würde. Vom Typ her anders als Eve, mehr auf die klassische Art attraktiv. Sie würde den Jungs reihenweise den Kopf verdrehen. Dazu noch ihre freche Klappe und ihre Intelligenz und ihr unwiderstehlicher Charme. Sie würde es immer leicht haben im Leben.

Vorsichtig trat Eve näher, wich meinem Blick aber aus und setzte sich ans Fußende meines Bettes. So knapp an die Kante, dass sie fast herunterrutschte.

»Brustbein«, dozierte Aurora und tippte auf den flachen Knochen zwischen den Rippen. »Sternum«, fügte sie hinzu. »Wenn man den lateinischen Namen auch weiß, zählt es doppelt.« Die kleine Mistkröte erweiterte die Regeln, wie es ihr passte. Ich mochte sie immer mehr. »Du bist dran«, befahl sie mir. »Als Letztes Eve.«

Ich gab vor, angestrengt zu überlegen, runzelte meine Stirn und kratzte mich mit dem Zeigefinger unter der Nase. Dann berührte ich den waagrechten Knochen unter dem Hals. »Schlüsselbein. Lateinisch Clavicula.« Mit dem Finger fuhr ich langsam den benannten Knochen entlang und suchte Eves Blick. Ihr Finger lag locker auf ihrem eigenen Schlüsselbein und spiegelte meine Bewegungen. Mich sah sie dabei nicht an, verfolgte nur den Weg meiner Hand auf Jimbos Knochengerüst.

»Jetzt Eve«, rief Aurora. Eve zuckte, als würde sie aus einem tiefen Traum erwachen. »Du musst zu uns kommen, sonst kannst du Jimbo nicht anfassen.«

Eve nickte und stand auf. Dabei streifte ihr Bein versehentlich meins. Sie sprang beiseite, als hätte ich ihr an den Hintern gegrapscht.

»Ich finde das Spiel doof«, stieß sie hervor. »Man muss nicht mit seinem Wissen angeben oder in Wettbewerb treten.«

»Pff«, stieß Aurora hervor. »Nur weil du die Namen der Knochen nicht weißt, musst du nicht wieder rumstänkern. Du bist so langweilig. Nichts darf man machen, weil es ja Spaß machen könnte. Stimmt's, Doni?« Aurora rutschte von der Fensterbank, umrundete Jimbo und setzte sich auf meinen Schoß. Dem Arm um ihre Hüfte hielt ich sie fest, mit der anderen Hand fuhr ich mir durch die Haare.

»Stimmt, Kleines.« Ich beugte mich vor. »Deine Schwester ist total langweilig«, flüsterte ich ihr ins Ohr.

Sie nickte ernst und deutete mit dem Finger auf Eve. »Siehst du, er findet das auch.« Als würden wir uns schon ewig kennen, kuschelte sie sich an mich. Von Parker kannte ich so etwas nicht. Die war weniger körperlich. Zumindest ihren Brüdern gegenüber. Hoffentlich legte Aurora das später ein wenig ab, sonst war sie leichte Beute für Idioten.

»Er ist kein Maß«, berichtigte Eve ihre Schwester.

Aurora setzte sich auf. »Warum bist du überhaupt mitgekommen, wenn du ihn so doof findest?«

Berechtigte Frage. Deswegen war ich gespannt auf die Antwort.

»Weil ich dich nicht mit ihm allein lassen wollte. Kleine Mädchen sollten nicht einfach unbeaufsichtigt zu älteren Männern gehen. Und erst recht nicht auf ihrem Schoß sitzen.«

Das war der Grund? Ich war doch kein krankes Pädophilenarschloch.

»Das ist nicht dein Ernst, oder?«, fragte ich fassungslos. »Denkst du tatsächlich, ich würde sie auf diese Weise anfassen? Was geht bei dir ab? Sie ist acht, verdammt!«

»Nein«, gab sie zu. »Es ist nur ...« Sie stockte und ich erkannte an ihrem Gesichtsausdruck und daran, wie sie ihre Hände knetete, dass sie noch mehr sagen wollte, sich aber zurückhielt. Vermutlich wegen Aurora. Sie ging ein paar Schritte abseits und winkte mich zu sich.

»Geh doch noch mal zu Jimbo und schau dir seine Handwurzelknochen an. Ich glaube, ich brauche Hilfe, sie mir alle zu merken.« Sanft hob ich Aurora von mir herunter und ohne Widerspruch lief sie zu Jimbo und untersuchte mit konzentriertem Blick seine Hände. In drei Schritten war ich bei Eve.

»Erklär mir mal bitte, wie du darauf kommst, ich könnte ein Kinderficker sein«, zischte ich. War ihr bewusst, wie sehr sie mich damit verletzte?

Sie verzog ihre Lippen. Bedauern und Scham erschienen in ihrem Gesicht. »Tut mir leid«, sagte sie leise und ich spürte, dass ihr die Entschuldigung nicht leichtfiel. »Ich habe in Chicago mit missbrauchten Kindern gearbeitet. Da habe ich Dinge gesehen und gehört, die so unglaublich sind. Diesbezüglich kann man keinem Mann trauen.«

»Mir schon. Ich steh nicht auf Kinder.«

»Das glaube ich dir.« Sie sprach so leise, dass ich sie kaum noch verstand, und senkte den Kopf. »Ehrlich.«

Gut. Erleichterung durchflutete mich. Im Hintergrund hörte ich Aurora die verschiedenen Knochen aufzählen. Kahnbein, Mondbein, Erbsenbein ... Sie kannte sich wirklich gut aus. Besser als ich jedenfalls. Aber ich war ja auch nicht hochbegabt.

»Warum bist du wirklich mitgekommen?«, fragte ich sie und hoffte auf eine ehrliche Antwort.

»Ich weiß es nicht.« Sie funkelte mich an. »Du bist nämlich überheblich und arrogant und glaubst, du wärst so sexy und toll.« Sie warf mir die Worte entgegen. »Und dass jede Frau bei dir schwach wird. Das ist ein Trugschluss, Donovan. Ein schöner Körper beinhaltet nicht zwingend einen schönen Charakter.«

»Du findest also, dass ich einen schönen Körper habe?«, fragte ich sie triumphierend.

Sie schüttelte den Kopf, als wäre ich schwachsinnig. »Halt dich einfach von mir und meiner Familie fern. Geh anderen Leuten auf die Nerven.«

Ich blickte über die Schulter zu Aurora. »Willst du mich weiter besuchen?« Sie nickte begeistert. »Und darf ich euch auch besuchen?« Wieder stimmte sie breit lächelnd zu. »Du kannst es mir nicht verbieten, meine Freunde zu besuchen. Jetzt sind es nebenan nämlich schon zwei. Tanner und Aurora.« Ich setzte ein breites Grinsen auf. »Ich bringe dir auch ein Erbsensteak mit. Oder selbst fermentierten Kokosjoghurt. In einer Papiertüte natürlich. Ich bin nämlich im Gegensatz zu dir ein netter Mensch, der sich um seine Mitmenschen sorgt.«

Sie stieß resigniert Luft aus. »Du bist eine Plage.«

»Ich weiß«, antwortete ich stolz, weil sie es erkannt hatte.

»Dann werde ich eben jedes Mal das Haus verlassen, wenn du kommst.«

War da ein winziges Schmunzeln in ihrem Gesicht?

Ich beugte mich zu ihr. Eine Ader an ihrem Hals pochte heftig. Ohne darüber nachzudenken, strich ich mit dem Zeigefinger darüber und spürte ihren kräftigen Puls, der sich bei meiner Berührung noch beschleunigte. »Das finde ich sehr schade. Mein überaus schöner Körper würde sich nämlich zufällig gern intensiver mit deinem ebenfalls schönen Körper beschäftigen.« Sie schluckte und wich ein Stück zurück. »Ich kann dabei auch meinen Mund halten, wenn dir das lieber ist. Mit dem kann ich außerdem noch ganz andere Dinge anstellen als Reden.« Nur ganz leicht pustete ich auf ihren Hals. Aber das reichte, um sie zittern zu lassen. Ganz unempfänglich war sie mir gegenüber offensichtlich nicht. Gut.

»Nicht in diesem Leben. Und auch in keinem anderen«, fauchte sie, klang aber unsicherer, als sie vorgab.

»Trotzdem wolltest du mitkommen. Und das ärgert dich«, stellte ich fest. »Du ärgerst dich mehr über dich selbst als über mich.« Ich tat bewusst überheblich. »Gehst du mit mir aus?« Ich konnte sie nicht nicht fragen. Schon aus Prinzip.

Sie kam nicht mehr dazu, zu antworten, denn Tristan trat aus dem Badezimmer.

»Wusste ich doch, dass ich deine Stimme gehört habe. Hi, Eve«, begrüßte er sie und lächelte. »Hi, Aurora.« Doch die beachtete ihn nicht, ganz in Jimbos Anatomie vertieft.

»Hi, Tristan«, piepste Eve. Ihre Stimme klang ganz anders, als wenn sie mit mir sprach. Viel mädchenhafter. Ihre Pupillen weiteten sich, und sie bewegte nervös die Finger. Stand sie etwa auf ihn? Warum dann nicht auch auf mich? Schließlich sahen wir gleich aus.

Weil er so ist, wie sich Frauen wie sie Männer wünschen, antwortete ich mir selbst. Wusste sie nicht, dass Tristan vergeben war? Gestern hatten sie sich doch ewig unterhalten. Hatte er nichts von Rylee erzählt? Sonst redete er den ganzen Tag von ihr. Wahrscheinlich hatte er nur nicht gecheckt, wie Eve auf ihn abfuhr. Aber jetzt, da er vor ihr stand, war es nicht zu übersehen.

Spontan hasste ich meinen Bruder dafür. Meine Finger verkrampften sich und Hitze stieg mir in den Kopf. Mein Herz schlug plötzlich nur noch unregelmäßig. Normalerweise war ich der, auf den die Mädchen abfuhren, nicht er. Den meisten war er zu brav und zu schüchtern. Am liebsten hätte ich ihn von Eve weggeschubst. Aber ich verkniff es mir. Damit wäre keinem geholfen. Eve würde mich nur noch mehr hassen und Aurora würde es nicht verstehen.

»Ich wollte dir nur kurz von meinem Gespräch mit Rami berichten«, sagte Tristan zu Eve. »Du kannst dich morgen um zwei im Studio vorstellen.«

»Was ist mit Rami? Kann mich mal einer aufklären?«, hakte ich nach.

»Wegen der offenen Stelle für die Kinderbetreuung. Eve wäre mit ihren Erfahrungen im Kinder- und Jugendbereich perfekt dafür geeignet. Ich hätte dir ja davon erzählt, aber du warst nicht da. Hast du bei Lexy geschlafen?«

»Das geht dich einen feuchten Scheiß an«, antwortete ich, was ihn nicht tangierte, weil er meine Launen seit einundzwanzig Jahren kannte und buddhagleich aushielt. »Ich arbeite ebenfalls im Fitnessstudio. Das ist dir klar, oder?«, fragte ich in freundlicherem Ton Eve. »Wir wären dann also Kollegen.«

»Tristan hat so etwas erwähnt, ja. Aber ich gehe mal stark davon aus, dass die Räume der Kinderbetreuung separat liegen und nicht mitten zwischen den Geräten. Wir haben also quasi nichts miteinander zu tun. Und das ist gut so.«

Ich zog einen Schmollmund. »Stoß mich nicht immer von dir, Arbeitsbienchen.«

»Nenn mich nicht so! Das ist total frauenverachtend. Frauen sind keine Bienchen oder Süßen oder Babes oder Prinzessinnen, oder wie auch immer ihr uns nennt. Wir sind ebenso viel wert wie ihr.«

Ich verschränkte die Arme. »Habe ich etwas anderes behauptet? Mach dich mal locker, Judith Butler. Man kann Frauen toll finden und sie sogar vögeln und ihnen Kosenamen verpassen und sie trotzdem respektieren. Bienchen passt zu dir. Weil du süß bist und deine Beine verführerisch, als würde Blütenstaub dran hängen. Und weil du stichst, wenn man dich provoziert.«

»Woher kennst du denn Judith Butler?« *Sie* war überheblich, nicht ich. Sie stellte mich ständig als letzten Idioten hin, der von nichts einen Plan hatte.

»Was ist vögeln?«, fragte Aurora, die unbemerkt zu uns geschlichen war, Jimbo auf seinem fahrbaren Gestell hinter sich herziehend, immer noch seine Hand haltend. Zusammen wirkten die beiden wie in einem Horrorfilm. Das unschuldige blonde Mädchen mit den Zöpfen und der Tod. Gruslig und putzig zugleich.

Eve schnaubte. »Siehst du, was du schon wieder angerichtet hast?« Sie streckte ihre Hand aus. »Komm, Aurora, wir gehen.«

»Ich will aber noch bleiben«, quengelte die. Doch Eve blieb hart, löste Auroras Finger von Jimbo und zog sie am Handgelenk zur Tür.

»Morgen also vierzehn Uhr. Danke für deinen Einsatz«, sagte sie zu Tristan und bemühte sich um ein Lächeln. »Wirst du auch da sein?«

Er bejahte und Eve verließ mit Aurora mein Zimmer.

Ich drehte mich zu meinem Bruder herum. »Du hast sie gefragt, ob sie im Studio arbeiten will? Wieso?«

Er zuckte die Schultern und sah mich verständnislos an. »Sie braucht einen Job. Rami sucht gerade. Sie hat Erfahrung mit Kindern. Was ist dabei?«

»Hast du dich auch gefragt, ob mir das recht ist?«

»Was machst du denn schon wieder für einen Aufstand? Hast du etwa etwas gegen sie? Ich finde sie nett.«

Nein, ich hatte nichts gegen sie. Im Gegenteil. Eigentlich war ich auch nicht wirklich sauer auf ihn, denn so konnte sie mir nicht so leicht aus dem Weg gehen. Seine andere Frage ignorierte ich. »Zeig ihr bloß nicht zu deutlich, dass du sie nett findest. Ich glaube, sie steht auf dich.«

Er patschte sich auf die Brust und riss die Augen auf. »Auf mich? Wieso? Ich liebe Rylee und würde sie nie betrügen!«

»Du weißt das und ich weiß das. Aber weiß sie überhaupt von Rylee? Außerdem: Wie konntest du das nicht merken? Sie himmelt dich ja richtig an. War klar, dass sie auf dieses Intellektuellengelaber abfährt.«

Sein Nachdenkgesichtsausdruck erschien. »Ich kann mich nicht erinnern, Rylee erwähnt zu haben. Es hat sich nicht ergeben«, überlegte er laut. Er stieß einen tiefen Seufzer aus und massierte sich mit angestrengter Miene die Stirn. »Fuck. Was mache ich denn jetzt?«

»Ihr zeigen, wie glücklich du vergeben bist, würde ich sagen. Was sonst? Nimm Rylee einfach morgen mit und mach mit ihr rum. Sache erledigt. Eve ist niemand, der anderen den Freund ausspannt.«

»Warum steht sie nicht auf dich?«, quengelte er und fuchtelte zwischen uns hin und her. »Ich meine, wir sind quasi gleich.«

»Nö, sind wir nicht. Und das weißt du genau. Ich bin ein Prolet. Denkt sie zumindest. Und sie hasst Proleten.«

Mein Arschbruder prustete. Natürlich fand er das lustig. Schließlich war er der gleichen Meinung. Rückwärts ließ er sich auf mein Bett fallen und verschränkte die Hände hinter dem Kopf. Sein selbstgerechtes Grinsen ging mir auf den Sack.

Ich steckte meine Hände in die Hosentaschen. »Was glotzt du so?«

Kichernd schüttelte er den Kopf. »Nichts, nichts.« Zur Strafe warf ich mich bewusst heftig neben ihn, sodass er abfederte und beinahe auf mir landete. Er rollte sich herum, stützte sich mit dem Ellbogen ab und legte seine Wange auf seine Hand. Seine Haut wurde dabei in die Länge gezogen, was reichlich dämlich aussah. Wie eine misslungene Hautstraffungs-OP oder ein Comic-Gruselclown. »Stehst du denn auf sie?« Durch das Aufstützen nuschelte er.

Warum verdammt kannte mich mein Zwillingsbruder so gut? Deswegen hatte Leugnen ohnehin keinen Sinn, er wusste immer, wann ich log. Und ich bei ihm ebenso. Wir rochen das gegenseitig.

»Weiß nicht«, hielt ich meine Antwort trotzdem vage, weil ich mir selbst nicht sicher war. Außer ihrem Aussehen entsprach Eve null dem, was mir an Frauen gefiel. »Sie ist so ...« Ich suchte nach dem richtigen Wort. »So ekelhaft gut. Wie du mit Titten. Immer korrekt und alles heititei und für den Planeten und so. Zum Kotzen.« Ich steckte meinen Zeigefinger in den Mund und machte ein Würgegeräusch.

»Aber sie reizt dich, stimmt's?«, stellte er richtigerweise fest.

»Irgendwie schon. Dabei nervt sie mich die ganze Zeit. Trotzdem macht sie mich scharf. Seltsame Sache.« Ich schnaufte tief ein und aus und krallte meine Finger in meine Kopfhaut. Seit wann verliebte ich mich eigentlich? Und wünschte mir eine Beziehung? Das war doch nicht normal. Zumindest in Donovankategorien.

Zwar war sie verdammt hübsch und sexy, aber ansonsten entsprach sie nicht meinen Vorstellungen von einer Frau, mit der ich auch angezogen Zeit verbringen wollte. Eve war viel zu ernst und schlau und unnahbar und schwer zu knacken. Deswegen passte sie überhaupt nicht zu mir. Für sie bedeutete Spaß wahrscheinlich, ihre Bücher alphabetisch zu ordnen oder Marienkäfer vor dem Ertrinken aus Regentonnen zu retten. Sie strahlte dieses unangenehme Gutmenschending aus, das ich nicht leiden konnte. Gutmenschen waren anstrengend und spaßbefreit. Wahrscheinlich trug sie nur Klamotten aus fair gehandelter Biobaumwolle. Gegen meine Witze und mein Flirten war sie offenbar immun. Natürlich hatte ich schnell gecheckt, dass sie kein Interesse an mir hatte, schließlich war ich nicht so dumm und unempathisch, wie man mir oft unterstellte. Trotzdem konnte ich nicht anders, als sie zu provozieren und sie nach einem Date zu fragen. Aus Langeweile. Und Neugierde, wie sie reagierte.

Und vielleicht wollte ich sogar, dass sie mich mochte. Und dass sie mich sah, wie ich wirklich war. Nicht nur den oberflächlichen Idioten.

Aber das hatte alles keinen Sinn.

Sie war verklemmt.

Und sexy.

Und seltsam.

Und sexy.

Und zu schlau.

Und sexy.

Und zickig.

Und sexy.

Und konnte mich nicht leiden.

Und war sexy.

»Gar nicht seltsam.« Endlich nahm Tristan sein Gesicht von seiner Hand und sah wieder normal aus. »Du bist dabei, dich in sie zu verknallen. In wen man sich verliebt, kann man nicht steuern. Leider.«

Klugscheißer!

»Aber sie steht ja auf dich. Momentan kann ich dich echt nicht leiden. Du bist ein Arsch!«

»Bin ich nicht. Ich würde erstens niemals Rylee betrügen, zweitens gefällt mir Eve nicht als Frau und drittens.« Er hob einen Finger. »Und das ist der allerwichtigste Punkt dabei, würde ich nie etwas mit einer Frau anfangen, die dir wichtig ist. Deswegen kannst du mich gar nicht hassen, weil ich nichts verbrochen habe.«

»Tue ich aber.«

»Aber du flippst gar nicht aus wie sonst, wenn du sauer bist«, stellte er fest. »Kein irgendwo dagegentreten, kein Schubsen, kein Anschreien, kein Beschimpfen, keine Ausdrücke. Was ist mit dir los?«

Ich seufzte. »Keine Ahnung. Ich fühle mich schon die ganze Zeit so komisch. Kraftlos. Richtig scheiße. Ich habe nicht mal Lust, dich zu verprügeln. Mann, Brudi, ich bin es nicht gewohnt, nicht gegen dich anstinken zu können.«

»Tut mir leid«, sagte er leise, obwohl es nichts gab, wofür er sich entschuldigen musste.

»Außerdem verliebe ich mich nicht. Nie. Schon gar nicht in Mädchen wie sie. Was sollte ich denn mit der? Wahrscheinlich ist sie noch Jungfrau und will bis zur Ehe warten. Oder vorher ein Entjungferungsritual bei Vollmond aufführen. Oder lehnt Kondome ab, weil sie nicht zu ihrer No-Plastic-low-Waste-Einstellung passen. Nein danke. Darauf kann ich verzichten.« Ich schüttelte mich, obwohl die Vorstellung, mit Eve zu schlafen, überhaupt nicht furchtbar war.

»Du wirfst mir immer vor, ich sei feige. Dabei bist du es. Es gibt viele Varianten von Feigheit. Männer, die sich nicht trauen, die Frau, die sie lieben, zu erobern. Wie ich damals bei Ry. Leute, die sich nie aus ihrer Komfortzone trauen, um nichts zu riskieren. Welche, die Angst vor Spinnen haben oder vor Hunden oder Dunkelheit oder Knöpfen oder whatever.«

Unwillkürlich musste ich lachen. »Angst vor Knöpfen? Das hast du dir doch ausgedacht.«

Er schlug mir gegen die Schulter. »Jetzt lenk nicht ab, sondern hör zu. Denn dann gibt es auch noch so Typen wie dich. Nach außen großspurig und vorlaut und strotzend vor Selbstbewusstsein. Aber das ändert nichts an der Tatsache, dass du innen ein feiges kleines Würstchen bist. Weil du Angst vor der Liebe hast. Du bestreitest, dass du Gefühle für sie hast. Dass du so eifersüchtig bist, dass du mich am liebsten ermorden würdest. Ich sehe dir an, wie es in dir rumort. Aber wie immer tust du total cool. Der souveräne Spaßboy Donovan Jones. Aber den nehme ich dir diesmal nicht ab. Du bist verliebt.«

Ich hasste ihn. »Bullshit. In mir rumort es nicht.« Doch, eigentlich traf es das ganz gut. Er sprach nur aus, was ich mir selbst nicht eingestehen wollte. »Ich bin doch kein Darm nach zu viel Kohl.«

»Warum versuchst du dann ständig, sie zu einem Date zu überreden?«, bohrte er weiter. »Abgesehen davon gibt es heutzutage vegane Kondome aus Naturkautschuklatex. Das sollte also das kleinste Problem sein. Und da du noch kaum mit ihr gesprochen hast, sondern sie nur angebaggert hast, kannst du gar nicht beurteilen, wie sie tickt.«

Er kapierte einfach nicht, worum es mir ging. »Halt die Klappe!« Ich schloss resigniert die Augen. Warum musste er immer extra in den Wunden rumbohren? Konnte er sich nicht um sein eigenes Leben kümmern?

»Also? Warum belagerst du sie dann, wenn du sie so abstoßend findest und nicht auf sie stehst?«

»Ich belagere sie nicht.«

Er tippte mir gegen die Brust, weshalb ich seine Hand wegwischte. »Doch, tust du.«

Zuerst versuchte ich es mit einer Ausrede. »Es macht Spaß, sie zu ärgern und zu provozieren.« Er zog die Augenbrauen hoch und wartete, weil er genau wusste, dass das nicht alles war. »Und ich hab das Bedürfnis, in ihrer Nähe zu sein«, gab ich schließlich zu.

Damit redete ich mehr über meine Gefühle als sonst. Gefühle waren etwas für Idioten und Anfänger. Kein Mensch brauchte das. Sex funktionierte wunderbar ohne. Gefühle brachten nur Ärger.

»Willst du mit ihr ins Bett?«

Dämliche Frage. »Klar will ich das. Sie ist fucking sexy. Aber sie will nicht. Sie benimmt sich, als wäre ich ein Vergewaltiger.« Natürlich war das übertrieben, aber so fühlte es sich an.

Er setzte sich auf und in den Schneidersitz und sah auf mich herab. »In der Regel schlafen Frauen nicht mit Typen, die sie nicht ausstehen können. Würdest du mit jemandem schlafen, den du unsympathisch findest?«

Nein, würde ich nicht. Ich musste nicht verliebt sein, aber ich musste meinen Bettpartner oder meine Bettpartnerin auf irgendeine Weise mögen. Sonst war es nur ein mechanischer Akt und dann konnte ich auch wichsen. Da musste ich mich wenigstens auf niemand anderen konzentrieren. Mein Schweigen war ihm offenbar Antwort genug, denn er nickte befriedigt und streckte klugscheißermäßig seinen Zeigefinger hoch. Ich hasste es, wenn er das tat.

»Siehst du«, sagte er und ließ seinen Finger sinken. »Das ist der Punkt. Vielleicht solltest du mal weniger Arsch und Prolet sein und mehr Mensch. Dann mag sie dich vielleicht auch irgendwann. Aber da du sie nicht nur flachlegen willst, wird das harte Arbeit.«

»Wer sagt, dass ich mehr will?«, imitierte ich seinen Besserwissertonfall.

»Ich sage das«, antwortete er überflüssigerweise.

»Weil du ja so ein Beziehungsexperte bist«, murmelte ich, aber er verstand es trotzdem.

»Ich habe für Rylee intensiv an mir gearbeitet. Das war schwer, aber hat sich letztendlich gelohnt.«

»Ich bin aber nicht du. Ich werde mich garantiert nicht für eine Frau verbiegen. Ich mag mich so, wie ich bin.«

»Verbiegen und weiterentwickeln ist nicht das Gleiche«, belehrte er mich. Hatte er heute einen Psychologen gefrühstückt?

»Du kannst mich mal mit deinen doofen Ratschlägen. Hau ab und nerv jemand anderen. Oder lies Shakespeare oder häkel dir dein nächsten Bühnenoutfit. Oder lern schmalzige Liebesschwüre auswendig, die du Ry vortragen kannst. Aber lass mich in Ruhe.«

»Ich liebe dich auch«, säuselte er fröhlich. Er grinste, beugte sich vor und küsste mich auf die Wange. Ekelhaft.

Demonstrativ rubbelte ich seine Spucke weg und rutschte zurück. Bevor ich ihm entweder eine scheuern oder wenigstens eine Bemerkung an den Kopf werfen konnte, krabbelte er aus dem Bett und schlenderte pfeifend aus dem Zimmer.

Eve

Den ganzen Nachmittag redete Aurora von nichts anderem als ihren neuen Freunden Jimbo und Donovan. Allein dieser Name. Jimbo klang nach Sklavenhaltung und Rassismus. Aber mal abgesehen davon, Donovan brachte mich dermaßen aus der Fassung. Das kannte ich von mir nicht. Wenn ich jemanden nicht mochte, beschäftigte ich mich nicht mit ihm oder distanzierte mich und schon hatte ich kein Problem mehr. Bei ihm schaffte ich das nicht.

»Doni hat gesagt, ich darf Jimbo jederzeit besuchen«, erzählte Aurora beim Abendessen. Statt zu essen, zappelte sie auf ihrem Stuhl herum. Neben ihrem unstillbaren Wissensdurst wies sie einen unbändigen Bewegungsdrang auf, der mich an Donovan erinnerte. Mist, schon wieder hatte er sich in meine Gedanken gedrängt. Wie ein Parasitenwurm, der sich von meinem Gehirn ernährte.

Mom lächelte milde und deutete auf Auroras Teller. »Das ist großartig, Schätzchen.« Weil ihre kleinste Tochter nicht reagierte, tippte sie ihr auf den Handrücken und Aurora piekte ein Stück Kartoffel auf und schob es sich in den Mund.

»Skelette sind eklig«, fand Gabriella. Sie schüttelte sich und zerdrückte eine Kartoffel mit der Gabel, mischte Erbsen darunter und goss Fleischsoße darüber. Ich hatte stattdessen Ofengemüse aus Kürbis, Paprika und Tomaten, außerdem waren meine Kartoffeln nicht mit Butter, sondern Kokosfett angebraten. Damit Mom nicht doppelt kochen musste, bereitete ich mir meine vegane Variante oft selbst zu.

»Sind sie gar nicht«, widersprach Aurora.

»Sind sie doch«, gab Gabi zurück.

»Nein!«

»Doch!«

So würde das ewig weitergehen.

»Hört auf zu streiten«, sagte ich deshalb. »Jeder darf seine eigene Einstellung haben. Wir respektieren alle Meinungen.«

Genau, Eve. Deswegen begegnest du Donovan auch völlig vorurteilsfrei. Ich war so scheinheilig.

Mom nickte und lächelte mich dankbar an. Je weiter ihre Schwangerschaft fortschritt, umso schwächer wurden ihre Nerven, auch wenn sie sich Mühe gab, es zu verbergen und nicht an uns auszulassen.

»Ich finde den Knochentypen auch seltsam«, warf Tanner ein, woraufhin Gabi ihn anstrahlte, als hätte er ihr gerade ein Riesengeschenk überreicht. »Sollen wir uns mal rüberschleichen, wenn Donovan nicht da ist, und Jimbo ein Kleid anziehen?«, raunte er Gabi zu. Sie hielt die Hand vor den Mund und kicherte. Dann nickte sie heftig. »Vielleicht vertauschen wir ja auch Hände und Füße oder stecken seine Finger in seine Augenhöhlen. Oder montieren ein kleines Mikrofon in den Schädel und lassen ihn nachts gruslige Geräusche machen.«

»Oder legen ihn in sein Bett«, schlug Gabi begeistert vor. Tanner und sie klatschten grinsend ab.

In Auroras Augenwinkeln erschienen Tränen und sie schniefte. »Ihr seid gemein. Ihr dürft Jimbo nicht wehtun. Und Doni auch nicht. Sie sind meine Freunde.«

Tanner sah sie ernst an, aber ich bemerkte das Schmunzeln, das an seinem Mundwinkel zuckte. »Keine Sorge, ihnen wird nichts passieren.«

Erleichtert atmete Aurora aus.

»Ihr seid solche Kindsköpfe«, meinte George und schüttelte, allerdings ebenfalls grinsend, den Kopf.

Tanner hob eine Schulter und nahm eine Gabel voll Kalbfleisch. »Das hat er sich selbst zuzuschreiben«, nuschelte er mit vollem Mund.

Sein Dad zeigte mit dem Messer auf ihn. »Wir haben jetzt Damen im Haus, bitte schluck zuerst runter, bevor du redest.«

Das Gespräch wandte sich anderen Themen zu, sodass Aurora vom Thema Donovan und Jimbo beschützen abgelenkt wurde.

Mit Tanner und George zusammenzuleben fühlte sich vertraut an, obwohl wir uns erst so kurz kannten. Die beiden halfen mir allein durch ihr Wesen, Chicago nicht so sehr zu vermissen. Und vor allem war es schön, zu sehen, wie glücklich Mom und die Mädchen mit George waren.

Nach dem Essen durften die Mädchen vor dem Schlafengehen eine halbe Stunde fernsehen, Tanner verabschiedete sich zu Enis und George verzog sich in den Keller, um irgendetwas zu reparieren. In Wahrheit brauchte er vermutlich einfach ein wenig Zeit für sich, war aber zu höflich, das so offen auszusprechen.

Ganz rollenklischeemäßig räumten Mom und ich dafür die Küche auf, spülten ab und füllten die Reste des Abendessens in Glasschüsseln.

»Mom?«

Mit dem Geschirrtuch in der Hand drehte sie sich zu mir um.

»Kann ich dich etwas fragen?«

»Natürlich, Engelchen. Alles, was du willst. Was beschäftigt dich denn?«

Ich sprach nie mit meiner Mom über Jungs, nicht einmal über Elliot, umso schwerer fiel es mir, die richtigen Worte zu finden. »Woher weiß ich, ob sich ein Mann für mich interessiert?«

Ein Lächeln breitete sich in ihrem Gesicht aus. Sie faltete das Handtuch in der Mitte zusammen, hängte es über den Wasserhahn und lehnte sich ans Waschbecken. Ihre Finger verschränkte sie auf ihrem runden Bauch. »Hm. Das ist eine schwierige Frage, die man nicht eindeutig beantworten kann. Bei manchen ist es so eindeutig, als würden sie ein Schild mit deinem Namen und mit Herzchen umrahmt vor sich hertragen. Andere senden überhaupt keine oder nur schwer deutbare Signale aus. Das kommt immer auf den Mann an.«

Diese Antwort half mir nicht wirklich weiter. Falls Tristan mich auf diese Weise mochte, gehörte er zur zweiten Fraktion.

»Bei deinem Vater wusste ich es sofort, weil er mir ganz offensiv den Hof gemacht hat. Fast schon aggressiv. Eigentlich mag ich so etwas nicht, aber er hat es trotzdem geschafft, dass ich schwach wurde.« Ein trauriger Zug schlich sich in ihr Gesicht, wie immer, wenn sie von Dad sprach. »Bei George dagegen war es mehr subtiles Herantasten, von beiden Seiten aus. Wir waren beide wegen unseres Alters und unserer Vergangenheit einfach vorsichtiger. Schließlich hatten wir beide bereits eine große Liebe verloren und Angst, wieder verletzt zu werden. Obwohl er mir vom ersten Moment an gefallen hat. Wir mussten uns regelrecht Mut antrinken. Ohne Alkohol wären wir sicher nicht an unserem ersten Abend im Bett gelandet.« Sie lachte, während mir Hitze in die Wangen stieg. Von ihrem Liebesleben wollte ich nichts hören, aber Mom schämte sich nicht, darüber zu sprechen. So war das mit einer Frauenärztin als Mom. »Danach war irgendwie der Bann gebrochen und alles war ganz leicht.«

Na toll. Ich sollte Tristan also mit Alkohol gefügig machen, ihn verführen und dann wäre es nur noch ein winziger Schritt zu Liebe und Familie?

Noch nicht wirklich schlauer und dementsprechend frustriert setzte ich mich an den Küchentisch und stützte das Kinn in die Hand. Mom löste sich ebenfalls von der Theke und glitt auf den Stuhl mir gegenüber. Sanft nahm sie meine Finger und drückte sie.

»Geht es um diesen Jungen von nebenan? Tanners Freund? Er ist ganz sicher an dir interessiert. Das ist eindeutig.« Wieder lachte sie. »Er sieht dich an, als wärst du sein Lieblingsgericht auf Beinen.«

»Donovan?« Ich richtete mich auf. »Oh Gott, nein!«, rief ich so laut, dass Mom zurückzuckte und die Augen aufriss. »Donovan will mich nur flachlegen, als Trophäe für seine Eroberungsliste. Er ist der Letzte, mit dem ich etwas anfangen würde. Dazu bin ich mir zu wertvoll.«

»Ich glaube trotzdem, dass du ihm darüber hinaus auch gefällst«, gab sie zu bedenken. In einer besänftigenden Geste hob sie die Hände.

»Nur meine Interpretation. Nenn es mütterliche Intuition. Oder schwangerschaftshormonbedingte Hellsichtigkeit.« Die existierte nicht. »Er mag dich. Daran gibt es keinen Zweifel.«

Vehement schüttelte ich den Kopf. »Aber *er* gefällt *mir* nicht! Und ich mag ihn auch nicht.«

»Das ist dein gutes Recht, auch wenn es schade ist. Ich finde ihn erfrischend.« Ein kühles Bad im Sommer war erfrischend. Donovan war eher, wie im tiefsten Winter in den See zu fallen. »Über wen sprechen wir dann?«

»Donovan hat einen Zwillingsbruder.«

»Stimmt, ich habe sie schon zusammen gesehen. Sehr hübsch die beiden«, erinnerte sich Mom und nickte. »Was ist an ihm anders?«

Die nächsten Minuten schwärmte ich ihr von Tristan vor. Jetzt, da ich angefangen hatte, mich zu öffnen, sprudelten die Worte nur so aus mir heraus.

»Verbringt gemeinsam Zeit und lass das Schicksal für dich entscheiden«, riet sie mir schließlich, obwohl ich mir etwas konkretere Tipps erhofft hatte. »Manchmal muss man die Dinge laufen lassen und sie ergeben sich wie von selbst. Du bist so wunderbar, er wird gar nicht anders können, als sich ebenfalls in dich zu verlieben.«

Wirklich weiter brachte mich das immer noch nicht. »Und wenn nicht?«

»Dann kannst du immer noch den ersten Schritt machen und ihm deine Gefühle gestehen.« Sie streichelte mein Gesicht und ließ ihre Handfläche auf meiner Wange liegen. Ihr Blick war weich und liebevoll.

»Mom, bin ich ein Freak, weil ich mit fast neunzehn noch Jungfrau bin?«

Sie ließ ihre Hand sinken. Mit ernstem Ausdruck schüttelte sie den Kopf. »Nein. Wer behauptet denn so etwas?«

Alle. Die Gesellschaft. Die anderen Menschen in meinem Alter. Doch ich antwortete nicht.

»Jeder hat sein eigenes Tempo. In der Liebe und auch beim Sex gibt es keine Regeln. Vergleich dich nie mit anderen.«

Aber diesbezüglich *war* ich anders, das ließ sich nicht schönreden.

»Es ist dein Leben. Und deine Entscheidung, wann du so weit bist. Selbst wenn du nie Sex haben würdest, geht das niemanden etwas an. Ich würde dich immer akzeptieren. Niemand, auch ich nicht, hat das Recht, ein Urteil darüber zu fällen. Ich wünsche mir nur, dass du glücklich bist. Ob allein oder mit deinem Vibrator oder mit einem Mann oder einer Frau oder in einer polyamoren Beziehung spielt für mich keine Rolle. Wichtig ist allein, dass du dahinterstehst.«

»Danke, Mom«, sagte ich leise.

»Ich liebe dich, Engelchen.«

Noch einmal strich sie mir übers Haar, dann stemmte sie sich ächzend hoch, streckte ihren Rücken, küsste mich auf die Stirn und schlappte aus dem Raum. Ich hörte, wie sie mit Gabi und Aurora sprach und die beiden ins Bad schickte, um sich bettfertig zu machen, und wie die beiden versuchten, Mom zum Längeraufbleiben zu überreden, schließlich aber doch die Anweisungen befolgten.

Eine Weile blieb ich noch in der stillen Küche sitzen und dachte über Moms Worte nach. Dann ging ich ebenfalls schlafen.

Als ich mein Handy auf den Nachttisch legte, fiel mir Donovans SMS wieder ein, in der er sich für den Autobringdienst bedankt hatte. Weil es unverschämt gewesen wäre, überhaupt nicht zu antworten, öffnete ich meine Nachrichten-App.

> Ich: *Ich habe den Wagen nicht für dich zurückgebracht, sondern weil ich irgendwie nach Hause kommen musste. Ihr habt mich ja beide einfach sitzen gelassen.*

Er antwortete sofort.

> Donovan: *Sei froh, dass ich dir gleich die Schlüssel gegeben habe, sonst hättest du den Wagen kurzschließen müssen. Ich traue dir viel zu, aber das gehört sicher nicht zu deinen Fähigkeiten.*

Ich wollte gerade eine bissige Bemerkung zurückschreiben, da traf eine weitere Nachricht von ihm ein.

Donovan: *Und jetzt stör mich nicht weiter. Ich arbeite. Spätdienst im Studio. Oder stehst du so auf mich, dass du mich nicht in Ruhe lassen kannst?*

Der hatte sie wohl nicht mehr alle. Wovon träumte er nachts? Schnell schaltete ich das Handy aus und legte es mit dem Display nach unten auf den Nachttisch.

Ein paar Minuten zu früh kam ich am nächsten Tag zu meinem Vorstellungsgespräch ins Fitnessstudio. Ein Geräuschpegel von Stimmen, Schnaufen und dem Scharren von Laufbändern und anderen Geräten empfing mich, ebenso der Geruch nach Schweiß, Metall, Deo und gebrauchten Socken. Hoffentlich roch es in den Räumen der Kinderbetreuung besser. Sicher an die dreißig Leute trainierten im Raum verteilt.

An der Empfangstheke saß eine junge Frau, die mir lächelnd entgegensah.

»Du musst Eve sein«, sagte sie. »Trissi hat dich schon angekündigt.« Trissi? Ich musste mir ein Lachen verkneifen. »Rami verspätet sich etwas. Du kannst hier bei mir auf ihn warten.« Sie deutete auf die Barhocker und ich zog einen heraus und kletterte darauf. »Magst du einen Kaffee?«

»Nein danke, ich trinke keinen Kaffee. Lieber ein Wasser, wenn das möglich ist.«

Die Frau, deren Namensschild sie als Laura auswies, kräuselte ihre Nase und gab ein leises Geräusch von sich, das ich nicht deuten konnte. »Möglich schon. Auch wenn es für mich schwer nachvollziehbar ist, wie man keinen Kaffee trinken kann.« Sie klang ehrlich verwirrt.

»Ich mag den Geschmack nicht. Und außerdem will ich die desaströsen Arbeitsbedingungen und die Ausbeutung der Kaffeebauern nicht unterstützen«, erklärte ich und hörte selbst, wie spießig das klang. Deswegen sagte ich lieber nichts mehr. Warum war es mir plötzlich so wichtig, was andere von mir dachten?

Laura verzog die Lippen zu einem Strich. »Du machst einem ja ein ganz schlechtes Gewissen. Na, danke auch.« In ihrer Stimme hörte ich aber, dass sie nicht wirklich beleidigt war. Aus einer Karaffe goss sie ein Glas Wasser ein und stellte es mir hin. Dann nahm sie ihre Tasse mit dem Logo ihres Arbeitgebers, schloss die Augen und trank einen großen Schluck. »Mmmhh ... Kaffee ... lecker.«

Sie seufzte, dann wischte sie sich über den Mund und lachte. Von ihrer fröhlichen Art wurde man instinktiv angesteckt. Bis auf Donovan hatte ich in Minot bisher nur sympathische, nette Menschen kennengelernt. Antworten konnte ich nicht mehr, weil ein Kunde sie heranwinkte und sie zu ihm lief und an seinem Gerät herumtippte.

Während ich wartete und an meinem politisch korrekten Wasser nippte, blickte ich mich um. War Tristan doch nicht wie versprochen hier?

Ich entdeckte ihn auf der gegenüberliegenden Seite des Studios, wo er gerade an einem gefährlich aussehenden Monstrum trainierte. Breitbeinig saß er auf der Bank, seine Beine steckten in einer knielangen Jogginghose, sein Oberkörper in einem weißen Feinrippunterhemd. Seine Oberarmmuskeln und seine Brustmuskeln spannten sich jedes Mal an, wenn er die Stangen von hinten holte und vorne zusammenpresste. Verstohlen musterte ich ihn und genoss die geschmeidigen Bewegungen seines trainierten, aber nicht aufgepumpten Körpers. Aus einem Nebenraum erschien ein zweiter Tristan, in identischer Kleidung. Er setzte sich auf das Gerät neben seinem Bruder und begann ebenfalls mit der Übung, nur dass er die Stangen nach hinten drücken musste.

Plötzlich war ich mir nicht mehr so sicher, wen ich gerade angeschmachtet hatte. Mist. Warum mussten sich die beiden auch so ähnlich sehen? Die Narbe war unter dem Shirt natürlich nicht zu erkennen. Hoffentlich lernte ich es noch, sie zu unterscheiden, auch ohne mit ihnen zu sprechen, sonst konnte das in peinlichen Situationen enden.

Ein paar Minuten versuchte ich zu erraten, wer Donovan und wer Tristan war, konnte mich aber nicht entscheiden.

Aus dem gleichen Nebenraum wie vorhin trat nun ein Mädchen, dessen Aussehen jemand, der weniger auf seine Wortwahl achtete, als exotisch-asiatisch bezeichnet hätte. Ihre schwarzen Haare waren zu einem akkuraten, kinnlangen Bob mit kurzem Pony geschnitten. Gezielt lief sie auf einen der Jungs zu, beugte sich herunter und küsste ihn in eindeutig nicht platonisch-freundschaftlicher Weise auf den Mund. Sofort unterbrach er sein Tun, schlang die Arme um sie und zog sie auf seinen Schoß, wo sie ungeniert weiterknutschten.

Das musste Donovan sein. Tristan hatte keine Freundin, das hätte er mir gegenüber doch sicher erwähnt, als wir uns so lange unterhalten hatten. Und wenn, dann würde er es nicht so offen zur Schau stellen, dazu war er viel zu zivilisiert. Trotzdem wurde ich unsicher. Mein Herz wummerte in meiner Brust, Eifersucht stieg in mir hoch. Und Traurigkeit.

Laura, die wieder an der Theke zurück war, stützte das Kinn auf die gefalteten Hände und seufzte. »Hach ja, junge Liebe. Trissi ist so verliebt. Rylee tut ihm so gut. Seit sie zusammen sind, ist er viel lockerer.« Sie schlug die Hand vor den Mund. »Ups, das hätte ich nicht sagen sollen. Er mag es nicht, wenn man ihn als verklemmt hinstellt.«

Ich fand ihn überhaupt nicht verklemmt, sondern hinreißend. Musste ja nicht jeder so ein Draufgänger wie Donovan sein. Mein Mund wurde trocken und ich versuchte krampfhaft den Kloß in meinem Hals runterzuschlucken. Wieso passierte mir so etwas? Da interessierte ich mich ausnahmsweise für einen Mann und dann war er – sichtlich glücklich – vergeben. Ich konnte ihm nicht einmal böse sein. Weder hatte ich ihn nach seinem Beziehungsstatus gefragt, noch war er verpflichtet, mir diesen mitzuteilen. Schließlich hatten wir uns nur unterhalten. Nicht einmal ansatzweise geflirtet. Ich hatte mich in etwas hineingesteigert, das ich nicht bis zum Ende durchdacht hatte. Ich war einfach davon ausgegangen, dass er Single war. Andernfalls wäre ich jetzt nicht so geschockt gewesen.

Trotzdem fiel es mir schwer, Rylee nicht spontan zu hassen. Sie war sicher wunderbar, sonst wäre Tristan nicht mit ihr zusammen. Ich gönnte ihnen ihr Glück und ihre Liebe, aber noch mehr wünschte ich mir, ich wäre an Rylees Stelle. Gefühle, selbst so frische, konnte man nicht einfach abschalten.

»He, Jones-Twins, eure Prachtkörper sind für heute genug gestählt. Kommt rüber, Eve ist da«, rief Laura, was mich aus meinem Selbstmitleid aufschrecken ließ.

Donovan blickte zuerst auf, grinste breit und winkte mir zu. Mit einem Handtuch wischte er sich über die Stirn und den Nacken und erhob sich dann. Tristan reagierte nicht, weil er viel zu sehr mit Rylee beschäftigt war. Donovan trat ihn ins Schienbein und boxte seinen Bruder zusätzlich gegen die Schulter. Der zuckte zusammen, löste seine Lippen von Rylees Hals und schaute seinen Bruder sauer an. Vor sich hin brummelnd rieb er sich das Bein. Rylee lachte nur und tätschelte Tristan den Kopf. Mit dem Kinn deutete Donovan in meine Richtung und sagte etwas und erst da registrierte mich Tristan ebenfalls.

Die drei schlenderten zu mir und Laura herüber, Donovan lässig mit dem Handtuch über der Schulter, Tristan und Rylee Arm in Arm einen Schritt dahinter.

»Hey, Kollegenbienchen«, sagte Donovan, sobald er uns erreichte.

Bevor ich kapierte, was er vorhatte, schlang Donovan das Handtuch um meinen Hals und zog mich mit einem Ruck zu sich, sodass ich gegen seinen Oberkörper knallte und mich an seinen Schultern festhalten musste, um nicht vom Barhocker zu purzeln. Lachend fing er mich auf und hielt mich fest. Für meinen Geschmack zu lang, weswegen ich ihn von mir schubste.

»Was soll das?«, fauchte ich. »Ich bin doch keine Kuh, die du mit dem Lasso einfangen kannst.« Von dem verschwitzten Handtuch fühlte sich mein Nacken eklig feucht an.

»Nein, du bist sicher keine Kuh. Kühe sind nicht so sexy. Aber wenn du willst, kann ich dein Cowboy sein. Von mir aus auch das Pferd. Darfst gern auf mir reiten.« Er wackelte mit den Augenbrauen und beugte sich wieder ein wenig vor, bis mir sein leichter Schweißgeruch in die Nase stieg. »Ich kann ein braves Pony oder ein wilder Hengst sein, ganz nach deinem Geschmack. Oder auch ein Bulle beim Rodeo und du darfst mich bezwingen. Hoffentlich länger als fünf Sekunden. Sogar mit Sporen-in-die-Seite-Rammen, wenn du drauf stehst«, raunte er in mein Ohr. Er grinste, als er bemerkte, wie sich meine Härchen vom Luftzug aufstellten. Das war nicht, weil ich erregt war, sondern weil ich leider so kitzlig war. Darauf brauchte er sich nichts einbilden.

»Du bist widerlich! Ich bekomme Gänsehaut vor Ekel und Abscheu. Über Rodeo macht man keine Witze. Das ist das Allerletzte! Weißt du überhaupt, wie die Tiere dort leiden müssen? Wenn nicht, solltest du dich vielleicht mal erkundigen. Das ist Tierquälerei hoch eine Million. Nur zur Belustigung der Massen.« Für einen Moment vergaß ich sogar Tristan und Rylee, so sehr regte er mich auf. »Das sind Tiere. Lebewesen wie du und ich. Und du ziehst das ins Lächerliche, indem du ein Sexding draus machst?«

Natürlich glaubte ich nicht, dass alle Menschen, die auf Rollenspiele beim Sex standen, automatisch pervers oder schlechte Menschen waren. Trotzdem war es mir wichtig, mit so einem Thema sensibel umzugehen.

»Man kann es auch übertreiben, findest du nicht? Nur weil es beim Sex gern wilder zugehen darf oder du mich Stier oder Cowboy nennen darfst, bin ich doch kein krankes Arschloch. Zuerst unterstellst du mir, dass ich ein Pädophiler bin, und jetzt, dass mir Tierquälerei am Arsch vorbei geht. Zu deiner Info: Tut es nicht. Rodeos sollten verboten werden. Trotzdem ist die Vorstellung fantastisch, dass du auf mir reitest wie auf einem bockenden Pferd.« Er tippte mir gegen die Schläfe. »Unterschied verstanden, du Schlaubergerin? Wenn nicht, bist du nicht halb so schlau, wie dein angeblich so hoher IQ vermuten lässt.«

»Natürlich verstehe ich den Unterschied. Trotzdem muss man ja nicht immer alles so unreflektiert herausposaunen.«

»Muss man nicht. Kann man aber.« Erstaunlicherweise veränderte sich Donovans Gesichtsausdruck von sauer zu ernst. »Aber wenn du dann glücklich bist und mich lieber magst, werde ich mir Mühe geben, in deiner Gegenwart nur noch achtsam zu sprechen.«

»Das schaffst du sowieso nicht«, prophezeite ich.

Er zuckte die Schultern. »Wir werden sehen. Bienchen werde ich dich trotzdem weiter nennen. Weil es mir gefällt. Allein aus diesem Grund.«

»Untersteh dich!«

Mit dem Ellbogen stützte er sich auf der Theke ab und lehnte sich vor, bis sich unsere Nasenspitzen beinahe berührten. Doch ich wich nicht zurück. Zu dem komischerweise gar nicht mal so unangenehmen Schweißgeruch gesellte sich ein unterschwelliger Duft nach Deo oder Duschgel und etwas, das ich nicht definieren konnte und für das mir nur das Wort *männlich* einfiel. Die Mischung war nicht unangenehm, vielmehr hatte ich das Bedürfnis, meine Nase an seiner Brust vergraben und an ihm schnüffeln zu wollen.

Ich war doch nicht mehr ganz dicht.

»Ich liebe es, wie ich dich aufrege«, sagte er in einem Ton, der sich fast wie ein Schnurren anhörte. »Aufregen ist schon mal ein Anfang. Zumindest hast du Gefühle für mich.«

Er lachte und zog sich ein kleines Stück zurück. Da war er wieder, der gewohnte Donovan. Die anderen beobachteten uns mit teils verwirrten, teils belustigten Mienen, die Köpfe ruckten zwischen uns hin und her wie bei einem Tennismatch.

»Gehst du mit mir aus?«, fragte er dann wieder.

Er konnte es einfach nicht lassen. Die Antwort würde immer Nein lauten. Kapierte er das nicht? Oder waren ihm meine Bedürfnisse schlichtweg egal?

Natürlich wusste ich selbst, dass ich mit meiner Moralpredigt über Rodeos übertrieben hatte.

»Du solltest dringend duschen«, riet ich stattdessen und rümpfte demonstrativ die Nase. Seine Nähe machte mich nervös und sein Geruch löste ein Kribbeln in Körperstellen aus, die nichts mit ihm zu tun haben wollten. Blödes Testosteron. Blöde Biologie. Gut, dass ich noch einen freien Willen und Verstand besaß und wählen konnte, bei wem ich die Anziehung zuließ (Tristan) und bei wem nicht (Donovan). Mit ihm war das ein ewiges Hin und Her der Gefühle. Furchtbar.

»Seid ihr jetzt fertig mit Streiten?«, fragte Tristan hörbar genervt.

Donovan lehnte sich rückwärts an die Theke, nun beide Ellbogen aufgestützt. »Wir streiten nicht, Brudi, wir diskutieren.« Er sah zu mir. »Stimmt doch, oder, Kampfbienchen?«

Als Antwort verdrehte ich nur die Augen und ignorierte meinen Verräterkörper, der sich nicht entscheiden konnte, an wen er sich lieber schmiegen wollte.

»Rylee«, stellte mir Tristan das Mädchen in seinem Arm vor. »Meine feste Freundin«, fügte er überflüssigerweise hinzu, als wäre es mir bei seiner Knutscheinlage nicht klar geworden.

Ich bemühte mich um ein höfliches Lächeln. Sie konnte ja nichts dafür, dass ich auf ihren Freund stand. Schließlich hatte sie ihn mir nicht ausgespannt, sondern war zuerst dagewesen. Als sich ihre Mundwinkel ebenfalls hoben, verstand ich, warum Tristan sie liebte. Wenn Rylee lächelte, ging die Sonne auf. So eine Ausstrahlung besaßen nur wenige Menschen. Das änderte allerdings nichts daran, dass sie hatte, was ich wollte.

»Nett, dich endlich kennenzulernen. Tris hat schon viel von dir erzählt.« Hatte er das? Ähnlich wie Tristan klang sie, als hätte sie eine Sprecherziehung erhalten. War sie auch auf der Academy?

»Ich hoffe, nur Gutes«, erwiderte ich und versuchte die Stimmung aufzulockern. Während ich mich angespannt und verkrampft, regelrecht gehemmt fühlte, wirkten die anderen, inklusive Laura, die uns amüsiert zuhörte, tiefenentspannt.

»Natürlich!«, platzte Tristan heraus. Er klang empört, als wäre es undenkbar, nicht nur Gutes über jemanden zu sagen. War es für ihn vermutlich auch.

Jetzt, da beide Brüder so dicht beisammenstanden, bemerkte ich auch die feinen Unterschiede zwischen ihnen. Donovans Mimik und Körperhaltung, seine gesamte Aura war stets ein wenig überheblich, extrovertiert, wohingegen Tristan Zurückhaltung ausstrahlte. Trotzdem, auf den ersten und zweiten Blick, und wahrscheinlich auch auf den dritten, glichen sie sich wie das sprichwörtliche Ei dem anderen.

»Er hat dich sogar in den höchsten Tönen gelobt und angepriesen. Und mich angefleht, dich unbedingt einzustellen«, sagte ein Mann, der plötzlich neben uns aufgetaucht war. Er lachte und klopfte Tristan auf die Schulter, der augenblicklich rot wurde und sich räusperte.

»Ich habe dich nicht angefleht«, murmelte er. »Ich habe gesagt, dass sie aufgrund ihrer Erfahrung die beste Wahl sei. Ich verschachere keine Frauen.« Wieso ging er auf das eindeutig als Spaß Gemeinte ein? »Das ist übrigens dein hoffentlich neuer Chef. Rami Ahmed Kalil Abdelbakar.«

»Du kannst mir die zwanzig Kamele als Bestechungshonorar nach Hause liefern lassen«, schlug Rami vor. »Du kennst ja meine Adresse.«

Machte er tatsächlich über sich selbst Araberwitze? Die Leute hier waren komisch.

Er wandte sich mir zu. »Rami reicht. Sorry wegen der Verspätung. Ich will einen neuen Kraft-Ausdauer-Zirkel speziell für Senioren installieren und bin mit verschiedenen Anbietern in Kontakt. Das Telefonat hat länger gedauert als geplant. Aber ich sehe, du hattest gute Gesellschaft.«

»Kein Problem«, sagte ich, woraufhin er mir ein Zeichen gab, ihm zu folgen.

»Komm, wir gehen in mein Büro, da sind wir ungestört.« Donovan patschte er leicht gegen den Hinterkopf. »Musst du nicht arbeiten? Du sollst nicht immer die Gäste belästigen. Du vertreibst mir ja alle.« Weil er dabei schmunzelte, konnte ich nicht einschätzen, wie ernst er es meinte.

Donovan richtete sich auf und rieb sich mit übertriebenem Schmerzgesicht den Hinterkopf. »Erstens fängt meine Schicht erst um drei an. Chef«, setzte er betont hinzu. »Zweitens ist Eve kein Gast, sondern eine Kollegin. Denn wenn du sie nicht einstellst, bist du echt dämlich. Eine Bessere als sie wirst du nicht finden.« Ich brauchte sein Lob nicht. Ich wollte wegen meiner Kompetenzen eingestellt werden und nicht, weil er dafür sorgte. »Drittens belästige ich niemanden. Warum denken das immer alle?« Vielleicht weil er wirklich penetrant war? »Und viertens.« Zur Verdeutlichung klappte er den Daumen ein und spreizte die vier anderen Finger ab. »Viertens vertreibe ich keine Gäste. Seit ich hier arbeite und vor allem seit meinem erweiterten Trainerschein, sind die Anmeldungen der weiblichen Gäste gestiegen. Und woran liegt das?« Er klatschte sich mit beiden Handflächen auf die Brust. »Weil ich so toll bin.« Er streckte die Zunge heraus, was reichlich kindisch war. Ich wartete darauf, dass er ein Ätsch nachschob. Aber es blieb aus.

»Dein Selbstbewusstsein möchte ich haben«, brummelte Rami und stieß lang gezogen Luft aus. »Leider hat er recht«, erklärte er mir. »Er ist ein fantastischer Trainer und die Frauen lieben ihn. Selbst die Rentnerinnen.«

Das konnte ich nicht nachvollziehen.

»Die Männer auch«, fügte Donovan hinzu.

»Komm mit«, wiederholte Rami und lief los. Ich folgte ihm, froh, endlich von Donovan wegzukommen.

»Viel Erfolg«, wünschte einer und ich musste mich noch einmal umblicken, um zu erkennen, wer. Es war Tristan.

Donovan grinste nur und wenn ich mich nicht täuschte, glotzte er mir auf den Po.

Eine halbe Stunde später hatte ich meinen Arbeitsvertrag in der Tasche. Als ich nach meinem Gespräch mit Rami zur Theke zurückkehrte, waren Tristan und Rylee verschwunden.

»Und?«, fragte Laura, noch bevor ich sie erreichte. Ich nickte freudig und sie klatschte. »Dann herzlich willkommen, Kollegin!« Sie trat um die Theke herum, umarmte mich und setzte sich anschließend auf den Hocker neben mir. »Ich zeig dir an deinem ersten Arbeitstag dann alles. Okay?«

Ich bejahte und weil das Telefon klingelte und sie ranging, blieb es dabei.

Bei einem Blick durchs Studio entdeckte ich Donovan, der sich gerade um eine Frau im Alter meiner Mom kümmerte, die allerdings sicher vierzig Kilo mehr auf die Waage brachte. Schwitzend und keuchend mühte sie sich auf einem Crosstrainer ab, kam dabei immer wieder ins Stolpern. Sie tat mir leid, ich hätte mich auf so einem Gerät genauso ungeschickt angestellt. Meine Intelligenz hörte auf, wenn es darum ging, Arme und Beine unabhängig voneinander zu bewegen. Doch statt sie auszulachen, wie ich es Donovan zugetraut hätte, ermutigte er sie stetig, lobte sie, gab ihr Tipps, seine Hand lag unterstützend auf ihrem unteren Rücken. Ein paar Augenblicke beobachtete ich die beiden, ob irgendeine Gemeinheit folgen würde.

Nichts.

Er konnte ja tatsächlich nett sein. Wärme stieg in mir auf. Vielleicht würde ich ihn doch irgendwann ein wenig mögen.

Als die Frau endlich ihren Rhythmus gefunden hatte, lächelte er breit und erstaunlicherweise wirkte es echt. So, als würde er sich wirklich mit der Kundin freuen. Hatte er nicht gesagt, seine Schicht fange erst um drei an? Half er etwa in der Freizeit? Oder tat er das alles nur, um vor mir gut dazustehen? Er fuhr sich durch die Haare, wobei sich seine Armmuskeln anspannten, was mich mehr beeindruckte, als ich wollte.

»Ich finde, man sieht ihm an, wie sehr er seinen Job hier liebt«, sagte Laura, deren Telefonat beendet war. »Er ist so geduldig mit den Leuten, zeigt ihnen, wenn es sein muss, die Übung auch hundertmal, selbst wenn sie völlig talentfrei sind. Nie redet er schlecht oder abfällig über die Gäste oder lästert. Und natürlich gefällt es ihnen, wenn er mit ihnen schäkert.« Sie nickte und sah gemeinsam mit mir zu, wie Donovan der Frau von dem Gerät half, sie wieder anlächelte und ihr eine Flasche Wasser reichte. Ich glaubte, *gut gemacht* von seinen Lippen zu lesen, war mir aber nicht sicher. »Seine Schwester Morgan ist meine beste Freundin«, erzählte sie.

Aha. Was sollte ich jetzt mit dieser Information anfangen?

Weil ein Gast zur Theke kam, um den sich Laura kümmern musste, verabschiedete ich mich und verließ meinen neuen Arbeitsplatz in Richtung meines Zuhauses.

Donovan

Heute war Eves erster Arbeitstag im Studio. Natürlich hatte ich Rami meinen Dienstplan entsprechend anpassen lassen. Außerdem hatte ich Laura gebeten, die Einführung für neue Mitarbeiter übernehmen zu dürfen. Viel Überredungskunst war nicht nötig gewesen, Laura liebte es, Amor zu spielen. Ihre Worte, nicht meine. Als Alibi holte sie sich drei dicke Ordner aus dem Büro, breitete sie an ihrem Arbeitsplatz aus und tat ultrabeschäftigt.

»Sorry, Schätzchen, ich kann gerade nicht. Donovan wird dir alles zeigen«, sagte sie genervt zur überpünktlichen Eve und scheuchte sie mit einem Handwedeln weg.

Zwar wirkte Eve nicht begeistert, fügte sich aber. Wahrscheinlich wollte sie an ihrem ersten Arbeitstag gut dastehen. Um möglichst viel Zeit mit ihr zu verbringen, erhielt Eve die ausführlichste Führung durchs Studio, die ein neuer Mitarbeiter je bekommen hatte. Angefangen bei den Umkleiden und Duschen, den Kursräumen, Ramis Büro und dem Aufenthaltsraum für die Mitarbeiter bis hin zu jedem einzelnen Gerät. Als Angestellte durfte sie alle Angebote hier kostenlos nutzen, was den mickrigen Stundenlohn ausglich. Steven und ich kamen auch in unserer Freizeit fast täglich hierher. Andere mehrmals pro Woche, Laura allerdings hatte ich kein einziges Mal trainieren gesehen. Außerdem hatte Rami alle meine Trainerscheine bezahlt.

Damit ich Eve unauffällig anfassen konnte, versuchte ich sie zu überreden, die Geräte auszuprobieren, aber leider lehnte sie ab. Erst am Schluss führte ich sie zu unserem Kinderparadies, in dem sie zukünftig zweimal pro Woche arbeiten würde, aber auch nur, weil es sonst nichts mehr zu zeigen gab.

»Hier ist dein Reich.« Ich öffnete die Glastür und malte mit den Armen dämliche, völlig übertriebene Kreise in die Luft. Schlimmer als Tris in einem Theaterstück.

Ohne mich anzusehen, schob sie sich an mir vorbei, achtete dabei aber peinlichst darauf, mich nicht zu berühren, und blickte sich um. Viel Ausstattung hatten wir nicht. Ein Bällebad, einen Tisch zum Puzzeln oder Basteln oder sonst irgendwelche hochpädagogischen Dinge, ein Regal mit Büchern für verschiedene Altersstufen, einen Fernseher mit DVD-Player, ein Sofa und eine Wickelkommode. Es sah aus wie ein etwas abgenutztes Kinderland in einem Möbelhaus.

»Schön hier«, war das Erste, was ich heute aus ihrem Mund hörte. Aber vielleicht sagte sie es auch zu den Stofftieren auf dem Sofa, die uns mit ihren grusligen Plastikaugen anglotzten.

Sie ging hinüber, nahm den Panda und die Giraffe und setzte sie mit mehr Abstand wieder hin. Gestern nach Dienstschluss hatten Steven und ich die beiden so drapiert, als würde es der Panda der Giraffe von hinten besorgen. Tanner hatte mich abgeholt und eine Flasche Wodka mitgebracht und wir hatten sie spontan zu dritt im Bällebad geleert, während die doofen Spielsachen uns vorwurfsvoll beobachteten. Da konnte einem nur Blödsinn einfallen. Vor allem, wenn man nebenbei auch noch *Toy Story* 1 bis 3 laufen lässt. Dass Garfield dem T. Rex gerade einen runterholte, erkannte Eve Gott sei Dank nicht. Der arme Dino hatte wegen seiner absurd kurzen Arme ja keine Möglichkeit, es selbst zu erledigen. Wahrscheinlich waren sie wegen Samenstau ausgestorben. Barbie hatte sich mit Ken in ihr Wohnmobil verzogen und der Elefant malte mit seinem Rüssel ein Mandala aus.

Eve riss das Fenster auf und kräuselte ihre süße Nase. »Hier riecht es ein bisschen stickig. Und irgendwie würzig.«

Mist, wir hatten gestern, nachdem die Flasche leer war und wir noch ein oder zwei durchgezogen hatten, nicht mehr daran gedacht, zu lüften. Wenigstens waren wir nicht stockbesoffen im Bällebad eingeschlafen. Gut, dass Steven es noch rechtzeitig aufs Klo geschafft und nicht ins Becken gekotzt hatte.

Heute hatte er sich übrigens krankgemeldet. Memme.

Ich hob eine Schulter. Für jemanden, der bis vor Kurzem mit seinem Bruder ein Zimmer teilen musste, war Gestank nichts Besonderes. »Das ist, weil Kinder ständig furzen«, erklärte ich.

Und zum ersten Mal, seit ich Eve kannte, lachte sie über einen meiner Witze. Ehrlich und offen und fröhlich. Dabei war das nicht einmal einer meiner besten. Wunderschön sah sie dabei aus. Mein Herz wummerte in meiner Brust und ein warmer Schauer durchflutete mich. Wie ein plötzlicher Herzorgasmus, falls so etwas anatomisch möglich war.

»Stimmt.« Sie gluckste. Eigentlich hatte ich etwas wie »lass dein kindisches Gerede« oder »wahrscheinlich stinkst du so« erwartet, irgendetwas, das mich beleidigte oder mit dem sie mir mal wieder zeigen konnte, wie unreif und dumm sie mich fand. »Egal in welchem Alter. Irgendwer müffelt immer«, bestätigte sie stattdessen.

Furzwitze fand sie witzig? Gut, denn davon hatte ich eine ganze Menge auf Lager.

Immer noch leise kichernd drehte sie sich um und lehnte sich ein Stück aus dem Fenster. Schloss die Augen und atmete tief ein, lächelte leicht. Genoss die Sonne auf ihrem Gesicht, den Wind in ihren Haaren, die Geräusche und Gerüche des Spätsommers. In dieser Position hatte ich einen fantastischen Blick auf ihren festen Hintern in dem kurzen Jeansoverall.

Bevor ich mich zurückhalten konnte, trat ich einen Schritt auf sie zu. Ich wollte sie in meine Arme ziehen, meine Nase in ihrem sicher daunenweichen Haar vergraben und ihren Duft in mich einsaugen. Ihr etwas Nettes oder Unanständiges ins Ohr flüstern. Ihr Gesicht in meine Hände nehmen und sie küssen, bis sie vergaß, dass sie mich hasste. Aber das würde sie sicher nicht zulassen. Ich durfte sie nicht überfordern, wenn ich sie nicht vertreiben wollte. Obwohl sie nervte und obwohl ich wusste, wie wenig wir zusammenpassten, begehrte ich sie wie niemanden zuvor. Seltsame Sache. Das sollte jemand verstehen. Ich tat es nicht.

Als hätte sie gespürt, wie ich mit mir kämpfte, wirbelte sie herum. Sie sah mich an und ich erwiderte ihren Blick, der diesmal nicht wütend oder ablehnend oder abschätzend oder angewidert oder sonst wie negativ war. Sondern freundlich? Neugierig? Sehnsüchtig? Keine Ahnung. Tristan konnte Gesichtsausdrücke besser entschlüsseln als ich.

Und dann lächelte sie wieder. Da niemand anders im Raum war, musste sie mich meinen. Ich spiegelte ihren Gesichtsausdruck und für einen Moment schwiegen wir, lösten unsere Blicke nicht voneinander. Ihre Lippen zuckten, ganz leicht nur, ich bemerkte es trotzdem. Mir wurde flau, weil sie mich so intensiv musterte. Hatte ich Essensreste zwischen den Zähnen? Oder einen Pickel auf der Stirn? Oder fing sie an, mich anders zu sehen?

Ich schob meine Hände in die Hosentaschen und krampfte meine Finger zu Fäusten, damit ich mich nicht einfach auf sie stürzte. Das Ticken der Donald-Uhr hallte ohrenbetäubend laut zwischen uns wider, aber wenigstens übertönte es mein pochendes Herz.

Urplötzlich war der besondere Moment vorbei, denn Laura platzte herein und zerstörte damit dieses Etwas, das sich angebahnt hatte. An der Hand hielt sie ein Kind, das, so glaubte ich, zu Lisa, einer langjährigen Kundin gehörte.

Mit geröteten Wangen wandte Eve sich ab, eilte die wenigen Schritte zu Laura und ging vor dem kleinen Mädchen in die Knie. »Hallo. Ich bin Eve. Und wie heißt du?«

Ihre Stimme klang so beruhigend, liebevoll und freundlich, dass man sich zwangsläufig sofort angenommen und aufgehoben fühlen musste. Mit mir sprach sie leider nie so. Ich kannte bisher nur ihre bissige Seite, die allerdings schien allein für mich reserviert zu sein. Allen anderen zeigte sie ihre liebe, weiche.

»Aubree«, piepste die Kleine.

»Oh, das ist aber ein schöner Name«, sagte Eve sanft. Sie erhob sich und streckte Aubree ihre Hand hin. »Willst du mitkommen? Wir können zusammen ein Bild malen. Malst du gern?«

Aubree nickte, schob anstandslos ihre kleine Hand in Eves und ließ Lauras los. Am liebsten hätte ich mich auch wegführen lassen. Dabei hasste ich malen und basteln und den ganzen Kram. Dazu musste man still sitzen und das mochte ich nicht.

»Die Kunden warten auf dich, Don«, informierte mich Laura. Also ging ich gezwungenermaßen zurück an meine Arbeit. Dabei hatte ich Eve noch gar nicht gefragt, ob sie mit mir ausgehen würde.

Fast jeden Tag begegneten wir uns entweder im Studio oder zu Hause, trotzdem kam ich mit meiner Mission »Eve erobern« nicht weiter. Wenigstens redeten wir miteinander. Ich ärgerte sie, provozierte sie, flirtete mit ihr. Sie gab mir Kontra. Manchmal ertappte ich sie, wie sie mich verstohlen beobachtete. Irgendwann würde ich ihre Mauer einreißen. Darauf freute ich mich schon. Obwohl wir selten ein normales Gespräch führten, erfuhr ich eine Menge über sie. Sie liebte Tiere und Pflanzen und Menschen (außer mich) und Helfen und Regeln und Gesetze. Nur Männern »wie mir« gegenüber hatte sie offenbar keine gute Meinung. Ob das an schlechten Erfahrungen lag oder einfach daran, weil ich das Gegenteil ihrer eigenen Überzeugungen darstellte, fand ich nicht heraus.

Es verletzte mich, dass sie so eine schlechte Meinung über mich hatte und sich offenbar nicht davon abbringen ließ. Sie abhaken konnte ich allerdings, auch wenn es vernünftiger gewesen wäre, nicht. Aber wann machte ich schon einmal etwas Vernünftiges? Außerdem machte es viel zu viel Spaß, zu sehen, wie sie es nicht schaffte, mich zu ignorieren. Immer öfter gelang es mir sogar, sie zum Lachen zu bringen oder sich ohne bissige Bemerkungen mit mir zu unterhalten. Natürlich fragte ich sie jeden Tag nach einem Date, und natürlich lehnte sie jedes Mal ab.

Seit Eve nebenan eingezogen war, hatte ich außer mit mir selbst und dem einen Mal mit Lexy keinen Sex mehr gehabt. Seltsamerweise störte es mich nicht. Was anfangs nur Neugier und sexuelles Interesse an Eve gewesen war, entwickelte sich zu etwas, mit dem ich nicht umgehen konnte. Ich verliebte mich tatsächlich in sie. Sie sich allerdings leider nicht in mich.

Als ich Eve diesmal im Kinderparadies besuchte, räumte sie gerade Bilderbücher ins Regal und sang dabei leise vor sich hin. Ihr Po wackelte rhythmisch hin und her, was mir und vor allem meinem Schwanz außerordentlich gefiel. Die Abendsonne fiel durch das geöffnete Fenster und tauchte sie und den Raum in ein warmes Gelb. Sie bemerkte mich nicht, deswegen gönnte ich mir einen Moment, lehnte mich in den Türrahmen und betrachtete sie einfach nur.

»Wann liest du mir mal etwas vor?«, fragte ich dann. Sie fuhr herum. Ihr Gesichtsausdruck wechselte von erschrocken zu – natürlich – genervt, allerdings meinte ich, ein kurzes Lächeln aufblitzen zu sehen, das sie schnell wieder versteckte. Falls sie doch begann, mich zu mögen oder mich zumindest nicht mehr so extrem abzulehnen, wollte sie verhindern, dass ich es merkte. Sich so zu sperren, musste unheimlich anstrengend sein. Warum konnte sie nicht einmal lockerlassen? »Ich hätte gern eine Gutenachtgeschichte von dir. In meinem Bett.«

Ich trat zu ihr und blieb so nah vor ihr stehen, dass ihre Brüste bei jedem Einatmen meinen Oberkörper berührten. Auch diesmal hielt sie meinem Blick stand und wich nicht zurück. Sie wollte sich keine Blöße geben, obwohl ich sie eindeutig verunsicherte. So gut kannte ich sie mittlerweile.

»Nackt«, fügte ich aus Gewohnheit hinzu.

»Ich bin sicher, dass du selbst lesen kannst«, konterte sie.

Ich strich ihr eine verirrte Strähne hinters Ohr. Sie zuckte leicht, bewegte sich aber immer noch nicht. Zwar gab sie sich größte Mühe, sich nichts anmerken zu lassen, aber ich bemerkte ihren beschleunigten Atem und das leichte Flattern ihrer Lider. Spürte das Pochen ihrer Halsschlagader unter meinen Fingern. Langsam strich ich nach oben. Stoppte auf ihrem Gesicht, den Daumen auf ihrem Kiefer, und streichelte sie sanft.

»Ja, ich kann lesen. Und noch viel mehr. Soll ich es dir zeigen? Gemeinsam macht es mehr Spaß. Die Buchauswahl überlasse ich dir.« Meine Finger lagen immer noch auf ihrer Haut. Ihr Geruch hüllte mich ein. Nach Eve und Babycreme. So roch sie nur beim Arbeiten. Das lag daran, weil die Kinder immer mit ihr kuschelten. Ich beneidete sie darum.

»Ich besitze keine Bücher für Kleinkinder. Ich stehe mehr auf Erwachsenenliteratur. Das ist zu hoch für dich.«

Sie unterschätzte mich permanent. Oder tat so. Aber ich ließ ihr den Spaß. Vielleicht provozierte sie mich ja genauso gern wie ich sie. Ihre Stimme klang dünn und leise. Ich verunsicherte sie. Das gefiel mir. Weil es bedeutete, dass sie sich öffnete. Für einen winzigen Moment entspannte sie sich und schloss die Augen, kam mir beinahe unmerklich entgegen und schmiegte ihre Wange in meine Hand.

»Rami hat sicher nichts dagegen, wenn du dir welche von hier ausleihst. Er würde es nicht einmal merken. Nicht jeder ist so aufmerksam wie du, Bienchen.«

Ich löste meine Finger von ihr und fuhr mit der Nase an ihrer Schläfe hinab zu ihrem Hals. Es kostete mich unmenschliche Beherrschung, sie nicht zu küssen. Kurz ließ sie es zu, dann schluckte sie und schubste mich weg.

»Lass das!«, fauchte sie. Offenbar hatte sie sich wieder im Griff. »Deine Selbstgefälligkeit kotzt mich an.«

»Nein, tut sie nicht. Du liebst es, wie ich dich wahnsinnig mache, und es macht dich kribbelig, wenn ich dich anfasse. Weil du dann merkst, dass du lebst.« Ich leckte einmal über ihr Ohr. »Es erregt dich«, flüsterte ich und richtete mich dann wieder auf und verschränkte die Arme.

Sie verzog das Gesicht. »Ehrlich? Das denkst du? Daran merkt man ja schon, dass du null Empathie hast. Sonst würdest du nämlich endlich kapieren, dass du mit dieser Masche bei mir null Chancen hast.«

Ich zuckte die Schultern und setzte mein bestes Womanizergrinsen auf. »Gehst du trotzdem mit mir aus?«

Sie kniff Augen und Lippen zusammen und drängelte sich an mir vorbei.

»Irgendwann wirst du Ja sagen«, rief ich ihr lachend hinterher, aber sie antwortete nicht mehr, eilte nur mit wehenden Haaren aus dem Raum.

Zu Hause duschte ich nicht einmal mehr, zog ich mich nur nackt aus und fiel ins Bett. Aus irgendeinem Grund war ich wahnsinnig müde. Wahrscheinlich erschöpfte mich das ewige Hin und Her mit Eve so.

Ich war schon fast eingeschlafen, als mein Handy klingelte. Genervt und frustriert angelte ich nach meiner Jeans und fischte das Telefon aus der Hosentasche. Wer verdammt rief so spät noch an? Es war schon weit nach Mitternacht.

Parkers Nummer leuchtete auf dem Display. Nicht gut. Sofort war ich hellwach.

Schnell setzte ich mich auf, knipste meine Nachttischlampe an und tippte auf Annehmen. »Parker? Ist was passiert?«

»Donovan?«, fragte eine helle, eindeutig aufgeregte und etwas verängstige Stimme. Aber nicht die meiner Schwester, sondern die ihrer besten – und einzigen – Freundin. Ein mulmiges Gefühl stieg in mir auf. Ich gab ein zustimmendes Geräusch von mir. »Hier ist Gwen.«

»Wo ist sie? Was ist mit ihr?« Ich musste den Namen nicht aussprechen. Gwen würde nur mit Parkers Handy bei mir anrufen, wenn die Kacke am Dampfen war. Ansonsten deckten sich die beiden grundsätzlich gegenseitig.

»Wir sind auf einer Party. Und PJ ist mit diesem Typen abgezogen. Und ...« Sie schniefte. »Kannst du uns abholen?«

Sie war völlig neben der Spur.

»Wie viel habt ihr getrunken?«

»Ich weiß nicht. Vielleicht ein bisschen zu viel. Kann sein. Ich habe so Angst um sie. Der Typ hat die Türe zugesperrt und lässt keinen rein. Sie antwortet auch nicht. Ich habe nur ihr Handy, weil sie ihren Rucksack bei mir gelassen hat. Bitte, kannst du nicht einfach kommen?«

»Klar. Ich bin sofort da. Alles wird gut«, versuchte ich sie zu beruhigen. Dabei war das gar nicht sicher. Bei Typen, die sich mit betrunkenen Mädchen einsperrten, war gar nichts gut. Dafür gab es nämlich nur einen einzigen Grund: um sie zu vögeln. Und danach auch noch damit anzugeben. Solche erbärmlichen Kerle kannte ich genug. »Wo seid ihr?«

Sie nannte mir eine Adresse.

»Dein Ernst? Ihr seid auf einer Studentenparty in einem Wohnheim? Seid ihr irre? Ihr wisst doch ganz genau, was da abgeht. Und was man mit Erstsemestern wie euch macht.«

Das war natürlich übertrieben, denn die meisten Studenten waren keine abartigen Bastarde. Aber Gwen brauchte momentan einen verdammten Arschtritt. Sie und Parker steckten nicht zum ersten Mal bis zum Anschlag in Schwierigkeiten. Gwen fing an zu weinen, schluchzte laut ins Telefon und zog die Nase hoch.

Ich seufzte. »Bleib einfach dort. Setz dich vor die Türe von dem Typen und wenn du irgendwas Verdächtiges hörst, rufst du mich sofort noch mal an. Ich bin in fünfzehn Minuten da.«

Während ich Gwen weiter beruhigte, schlüpfte ich ohne Unterhose in meine Jogginghose und ein Shirt und sockenlos in meine Sneakers und rannte die Treppe hinunter. Ohne zu fragen, schnappte ich mir Nates Autoschlüssel. Er brauchte seinen Wagen jetzt ohnehin nicht.

Den Weg zum Campus schaffte ich in zehn Minuten. Ich parkte direkt vor dem Eingang auf dem Rasen und ignorierte die verwirrten Blicke von ein paar Besoffenen. Im Treppenhaus nahm ich zwei Stufen auf einmal. Die Tür zu der WG stand offen, Musik wummerte heraus, die lauten Bässe vibrierten in meinem Körper. Ich kannte die Wohnung und ihre Bewohner und wusste, dass sie allesamt verdammte Drecksäcke waren. Vereinzelt lagen, saßen oder standen Leute herum, ansonsten war die Party offenbar schon vorbei.

Gezielt steuerte ich das mittlere der drei Zimmer an, vor dem ich Gwen sitzen sah. Sie hatte die Knie angezogen und die Arme darum geschlungen. Bei meinen Schritten schreckte sie auf, entspannte sich aber, als sie mich erkannte, und rappelte sich auf. Ihre Augen waren rot und glänzten, ihre Haare zerzaust und sie schwankte stark und roch wie ein Schnapsladen. Hoffentlich waren sie wirklich nur betrunken. Solche Typen schreckten für einen schnellen Fick auch vor K.-o.-Tropfen nicht zurück. Sex mit Willenlosen war das Allerletzte. Gleichzusetzen mit Vergewaltigung. Einer der Typen aus dieser Wohnung war deswegen letztes Jahr vom College geflogen.

Gwen warf sich an meine Brust und klammerte sich an mir fest. »Seit über einer Stunde ist sie da drin. Sie machen einfach nicht auf.«

»Hast du was gehört?«, erkundigte ich mich. »Stöhnen? Schreien? Ein Nein? Irgendwas?«

Sie schüttelte schniefend den Kopf. Keine Ahnung, ob das ein gutes Zeichen war.

Ich schob Gwen von mir. »Bleib da stehen«, wies ich sie an.

Sie nickte und drückte sich an die Wand, ihre Tasche und Parkers Rucksack wie einen Schutzschild an die Brust gepresst.

Mit beiden Fäusten hämmerte ich gegen die Tür. »Mach die Tür auf, Arschloch!«, brüllte ich. »Sonst tret ich sie ein.« Keine Reaktion. Also rammte ich den Fuß gegen die Tür. Sie wackelte, aber als einziges Ergebnis tat mein großer Zeh scheiße weh. »Hast du mich gehört? Ich ruf die Cops, wenn du nicht aufmachst. Du fickst gerade meine kleine Schwester. Das gefällt mir gar nicht. Ich reiß dir deinen jämmerlichen Schwanz ab!«

Das wirkte, denn ein paar Sekunden später wurde die Tür aufgeschlossen und geöffnet.

Obenrum war der Typ nackt. Mein Blick wanderte weiter nach unten, wo er nur ausgeleierte gestreifte Boxershorts trug.

Mit den Handflächen stieß ich ihn zurück in sein Zimmer. »Wo ist sie, du Flachwichser?«

»Was willst du überhaupt von mir?«, blaffte er. Ich schubste ihn so heftig beiseite, dass er strauchelte und auf seinen dürren Arsch fiel. Von unten sah er mich erschrocken, aber ohne schlechtes Gewissen im Blick an.

»Ist das dein verfickter Ernst? Meine Schwester ist hier drin. Meine

Schwester, die viel zu gut für dich ist. Wenn du sie auch nur angefasst hast, stopf ich dir deine Eier in deinen feigen Arsch. Und dann zeig ich dich wegen Vergewaltigung an. Mit einem wie dir würde sie freiwillig nie ins Bett steigen. Sie hat nämlich Klasse. Im Gegensatz zu dir, du jämmerliches Stück Scheiße! Was hast du ihr gegeben?« Ich baute mich drohend über ihm auf. Jetzt wirkte er doch nicht mehr ganz so selbstsicher.

»Ich ...«, stammelte er und krabbelte rückwärts ein Stück zurück. »Wir hatten keinen Sex. Ehrlich.« Dann ging er auf die Knie, als wollte er mir einen verdammten Heiratsantrag machen. »Das musst du mir glauben. Ich hab ihr auch nichts gegeben. Ich habe sie nur gefragt, ob sie mein Zimmer sehen will, und sie hat Ja gesagt. Ich habe sie zu gar nichts gezwungen.« Auf einmal grinste er wieder ekelhaft. »Vielleicht ist dein Schwesterchen ja eine viel größere Schlampe, als sie dich glauben machen will.«

Parker war kein Unschuldslamm und sie war garantiert schon seit Jahren keine Jungfrau mehr. Aber sie war keine Schlampe, nur weil sie gern Sex hatte. Und erst recht nicht gab das selbstherrlichen Hackfressen wie ihm einen Freifahrtschein. Um ihm nicht in seinen baumelden Sack zu treten, schnaubte ich nur und wandte ich mich ab. Auf eine Anzeige wegen Körperverletzung hatte ich keinen Bock, auch wenn er es verdient hätte. Gwen lugte ins Zimmer, aber ich gab ihr ein Zeichen, gefälligst draußen zu warten. Ich wollte nicht auch noch auf sie aufpassen müssen.

»Wir haben uns geküsst und dann hat sie auf meinen Teppich gekotzt und ist eingeschlafen«, sagte er. »Das war's.«

»Warum bist du dann quasi nackt?«

»Sie wollte, dass ich mich zuerst ausziehe. Ihre eigenen Klamotten hat sie nicht mehr geschafft.«

Klang gar nicht mal so abwegig. Trotzdem fragte ich mich, warum Parker mit einem wie ihm mitgegangen war. Die Typen, mit denen sie sonst etwas anfing, waren Männer, keine Würstchen. Zumindest, was ich so mitbekam. In letzter Zeit offenbar viel zu wenig. Weil ich durch

Eve abgelenkt gewesen war. Ich musste dringend ein ernstes Gespräch mit Parker führen. Und es auf die Reihe kriegen, Eves Widerstand zu knacken und trotzdem dafür zu sorgen, dass meine Schwester nicht völlig vor die Hunde ging.

»Ich hoffe für dich, dass du deinen Schwanz bei dir gelassen und dir nicht auf sie einen runtergeholt hast. Sonst sorg ich dafür, dass du nie wieder wichsen kannst.«

Er riss die Augen auf und schüttelte heftig den Kopf. »Nein!«, beteuerte er. »Ich bin doch nicht pervers.«

Das sah ich anders.

Vom Bett her kam ein leises Stöhnen und kurz darauf ein Würgen. In drei Schritten war ich bei Parker, die halb auf dem Bauch auf dem Bett lag, der Oberkörper hing über die Bettkante, der Kopf wackelte von den Würganfällen. Auf dem Boden entdeckte ich eine Lache Erbrochenes. Ich kletterte hinter ihr ins Bett, richtete sie vorsichtig auf, damit sie besser Luft bekam, und hielt sie fest. Sie atmete schwer, stank erbärmlich, aber sie war bis auf ein hochgeschobenes T-Shirt und den geöffneten Reißverschluss an der Jeans vollständig angezogen. Gut für ihn.

»Gwen?«, rief ich. Sie eilte herein und zu mir. Dabei trat sie aus Versehen in die Kotzlache und verzog das Gesicht. Beim Anblick ihrer Freundin jedoch verwandelte sich ihr Gesichtsausdruck in Sorge. »Was hat sie alles getrunken?«

Gwen zuckte mit den Schultern. »Ein paar Bier vielleicht. Und ein oder zwei Shots. Keine Ahnung. Wir waren nicht den ganzen Abend zusammen.«

»Das solltet ihr aber!« Ich stieß eine Reihe Flüche aus, die Gwen zusammenzucken ließen. »Ihr müsst aufeinander aufpassen, verdammt! Wie oft habe ich euch das schon gesagt? Das hier.« Ich deutete auf Parker, die schlaff und stöhnend in meinen Armen hing. »Sind nicht ein paar Bier und ein oder zwei Shots.«

»Es tut mir leid«, quiekte Gwen und fing wieder an zu weinen. Aber ich ging nicht auf ihr Gejammer ein, denn Parker würgte erneut so stark, dass sich ihr magerer Körper aufbäumte. Ich lehnte sie zur Seite und sie kotzte im Schwall auf das Kopfkissen und die Decke des Typen. Gut gemacht, kleine Schwester. Wer halb bewusstlose Mädchen vögeln wollte, hatte nichts anderes als ein stinkendes Kotzbett verdient.

»He, das ist mein Bettzeug. Kannst du sie nicht wenigstens aufs Klo schleppen?«, beschwerte sich der Sack.

»Halt bloß dein notgeiles Maul, bevor ich mich doch noch vergesse«, warnte ich.

Parker wimmerte und zitterte und ich drückte sie fester an mich, streichelte ihren Kopf und ihren Rücken, bis sie sich beruhigte und wieder erschlaffte.

»Ich will nach Hause«, jammerte sie lallend.

»Ja, ich bring dich nach Hause«, versprach ich leise und küsste sie auf den Kopf und die Stirn.

Kurz ließ ich sie los, um aus dem Bett zu steigen. Dann hob ich sie hoch und drückte sie an meine Brust. Sie lehnte ihren Kopf an mich und krallte sich in meinem Shirt fest, wimmerte leicht, als ich mich bewegte.

»Mir ist so schlecht«, sagte sie überflüssigerweise.

Ich machte ein beruhigendes Geräusch. »Alles wird gut.« Bevor ich den Raum verließ, drehte ich mich noch einmal um. »Halt dich von ihr fern. Hast du mich verstanden?«

»Sonst was? Holst du sonst doch noch die Cops? Ich bin sicher, die kennen dich dort gut«, ätzte er.

Mit dem Kinn wies ich zur Tür. »Komm, Gwen, wir gehen. Hast du Parkers Sachen? Und ihre Schuhe?«

Sie nickte stumm und folgte mir anstandslos nach draußen.

Vorsichtig legte ich meine Schwester auf die Rückbank. Die Arme war total im Arsch. Leider nicht das erste Mal. Regelmäßig musste ich sie von irgendwo betrunken abholen oder aus irgendeinem anderen Ärger ziehen. Allerdings war es noch nie so schlimm gewesen wie heute.

»Schaffst du es bis nach Hause ohne Kotzen?«, fragte ich sie. »Nate bringt uns um, wenn du seinen geliebten Wagen vollsaust.«

Sie stöhnte nur jämmerlich und ich hoffte, dass das Zustimmung bedeutete. Auf dem Weg zu Gwen schwiegen wir, aber was hätte ich auch sagen sollen? Moralpredigten würden die zwei weder von einer Wiederholung abhalten noch hätte es die momentane Situation verbessert. Und es hätte ihr benebeltes Hirn sowieso nicht erreicht.

»Danke«, flüsterte Gwen beim Aussteigen.

Ich antwortete nicht, sondern nickte nur. Gwen stieg aus dem Wagen und rannte zu der Kellertür, durch die sie sich raus- und reinschlich, wenn ihre Eltern es nicht mitbekommen sollten.

Weil Parker mittlerweile eingeschlafen war und ich sie nicht wachbekam, war es wesentlich schwieriger, sie aus dem Auto wieder herauszuhieven, als wir zu Hause ankamen. Schließlich hatte ich es geschafft und nahm sie auf den Arm. Parkers Hand fiel herunter und schlenkerte gegen den Wagen, aber sie zuckte nicht einmal. Mit dem Fuß stieß ich die Tür zu und wandte mich um.

Eve stand auf einmal da. Von der Laterne zwischen unseren Grundstücken wurde sie wie auf einer Bühne beleuchtet. Sie trug einen knappen Schlafanzug mit Palmen und Flamingos darauf und keine Schuhe. »Was ist passiert? Brauchst du Hilfe?«

Als wollte sie mir Parker abnehmen, streckte sie die Arme aus. Ich wollte nur noch ins Haus, Parker in ihr Bett legen und selbst schlafen. Langsam wurde sie schwer. Zwar war ich trainiert, aber nicht Hulk.

»Verschon mich mit deinem Helferkomplex«, blaffte ich. »Was machst du überhaupt um diese Zeit hier draußen? Hast du am Fenster gelauert, bis zufällig jemand vorbeikommt, den du mit deinem Gutmenschgeschwätz und deinen veganen Schuhen und dieser bedächtigen, überlegten Stimme retten kannst? Weil ja alle außer dir so erbärmlich sind?«

Ich schnaubte. Keine Ahnung, warum ich dermaßen ausflippte. Schließlich hatte sie nur eine nett gemeinte Frage gestellt. Jeder normale Mensch hätte wie sie reagiert. Aber ich war genervt, roch nach Kotze und machte mir verdammt noch mal Sorgen um meine Schwester. Eve bekam meinen Frust und meine Wut auf Parker und den Typen jetzt eben ab. Pech für sie. Ich musste auch ständig ihre Launen aushalten.

»Wir brauchen deine Hilfe nicht! Wir kriegen unser Leben gut allein hin. Ohne so spaßbefreite Klugscheißerinnen wie dich, die denken, dass sie was Besseres sind. Verschwinde wieder in dein perfektes Leben und lass uns in Frieden! Tanz mit fliegenden Einhörnern eine Wir-haben-uns-alle-so-lieb-Polonäse oder sammle Kröten auf, damit sie nicht überfahren werden. Weißt du überhaupt, wie furchtbar gut du bist? Das ist nicht normal! *Du* bist nicht normal.« Nicht einmal durch meinen Ausbruch wachte Parker auf. Sie regte sich lediglich ein wenig in meinen Armen, schmatzte und schlief dann weiter. Wenigstens war die Kotzphase jetzt vorbei. »Ich bringe jetzt meine Schwester rein und kümmere mich um die wirklichen Probleme. Oder passt dir das auch nicht? Weil ich ja so ein lächerlicher Arsch bin, der nichts auf die Reihe kriegt außer Feiern und Ficken?«

Eve wich ein paar Schritte zurück, sah aus aufgerissenen Augen zu mir hoch. Bisher kannte sie schließlich nur den harmlosen, immer lustigen Idioten, der scheinbar alle Probleme weglachte. So konnte man sich täuschen, Püppchen.

»Ich konnte nicht schlafen«, sagte sie leise. »Dann habe ich mich auf die Terrasse gesetzt und ein bisschen gelesen.«

Unwillkürlich ruckte mein Blick zu ihrer Haustür. Tatsächlich lagen dort auf der Hollywoodschaukel eine Decke und ein E-Book-Reader, der in der Dunkelheit leuchtete. Gequält schloss ich die Augen. Sie hatte meinen Wutausbruch nicht verdient.

Ohne weiter darauf einzugehen, schob ich Parker anders hin und lief los. Vor der Tür blieb ich stehen. Wie bekam ich die jetzt auf? Ich versuchte es einhändig, aber schaffte es nicht, ohne dass Parker auf den Boden geknallt wäre. Ich konnte sie ja schlecht über die Schulter werfen. Das hätte ihr Magen sicher nicht ausgehalten.

Auf einmal stand Eve wieder da. Diesmal war ich froh darüber. Wortlos tastete sie meine Hosentaschen ab. In einer anderen Welt hätte ich deswegen einen versauten Witz gemacht, in dieser verlagerte ich lediglich mein Gewicht auf ein Bein, damit sie den Schlüssel herausfummeln konnte. Obwohl sie sich Mühe gab, mich nicht zu berühren, streifte sie dabei versehentlich meinen Schwanz. Beide taten wir so, als wäre es nicht passiert. Bevor sie aufsperrte, tippte ich sie mit dem Fuß an und sie sah zu mir hoch.

Für eine Sekunde stand die Welt still.

»Bitte behalte das hier für dich, okay?«, bat ich sie.

Sie nickte, lächelte leicht und öffnete die Tür. Den Schlüssel legte sie auf Parkers Bauch ab. Ich erwiderte ihr Lächeln, dann trat ich ins Innere und Eve zog von außen vorsichtig die Tür zu.

Im Haus war es still und dunkel. So leise es mit Parker auf dem Arm möglich war, stieg ich die Stufen hoch. In ihrem Zimmer angekommen, schob ich mit dem Fuß die Decke zurück, damit ich sie hinlegen konnte. Sie brummelte irgendetwas und seufzte und grapschte nach meinem Arm. Aber ich machte mich los. Wenn Parker betrunken war, wurde sie immer extrem anhänglich. Vorsichtig zog ich ihr die Jeans aus. Das Oberteil ließ ich ihr, weil ich sie nicht noch mehr herumwuchten wollte. Ich deckte sie zu, stellte ihren Papierkorb neben das Bett auf den Boden und die Wasserflasche vom Schreibtisch daneben.

Von oben blickte ich auf sie herab. Sie sah so jung aus. War sie ja auch. Und so schutzlos und verloren. Ich hoffte so sehr, dass sie irgendwann anfangen konnte zu leben. Ihre Wut und ihre Trauer ablegen konnte. An all dem war Mom schuld. Weil sie uns im Stich gelassen hatte.

Wieder einmal hatte ich Parker den Arsch gerettet. Wie immer würde ich dichthalten und weder Morgan noch Dad etwas von ihrem Absturz erzählen, damit Parker nicht die nächsten Jahre Hausarrest bekam. Parker konnte man ebenso wenig einsperren wie mich. Wir brauchten die Freiheit. Party, Sex, Bewegung, Action. Alles nur, um uns nicht zu sehr mit uns selbst beschäftigen zu müssen.

Ich schlich mich noch einmal nach unten, um ihren Rucksack und ihre Schuhe aus Nates Wagen zu holen und zu kontrollieren, ob wir nicht doch Spuren hinterlassen hatten.

Alles gut.

Erst jetzt konnte ich mich wieder ein wenig entspannen. Mittlerweile war es halb drei und ich fix und fertig.

Beinahe bemerkte ich das fahle Licht auf der Nachbarterrasse nicht. Ohne darüber nachzudenken, lief ich darauf zu.

Eve saß mit angezogenen Beinen und in die Decke gewickelt auf der Hollywoodschaukel, das Gesicht über den Reader gebeugt, und schwang dabei leicht hin und her. Entweder registrierte sie mich nicht oder sie ignorierte mich. Das hatte ich nach meinen Worten vorhin ehrlich gesagt verdient. Auf jeden Fall sah sie nicht auf, reagierte auch sonst nicht, als ich mich neben sie setzte.

Zuerst schwieg ich ebenfalls. Starrte in den wolkenlosen Sternenhimmel, während sie in ihr Buch vertieft war. Oder so tat als ob.

»Tut mir leid, dass ich dich so angeschnauzt habe«, sagte ich leise und suchte ihren Blick, aber der war weiter auf das Lesegerät gerichtet.

Nach langen Sekunden ließ sie endlich langsam das Buch sinken und hob ihren Kopf. Musterte mich wortlos. Außer dem Licht des Readers war es dunkel. Aber das genügte. Ich wusste, wie wunderschön ihre Augen waren.

»Und mir tut es leid, dass ich manchmal so furchtbar selbstgerecht zu dir bin und dass ich vorhin so aufdringlich war«, antwortete sie. »Ich wollte nur helfen. Natürlich hättest du es auch allein geschafft.«

Ich stützte meine Ellbogen auf meine Knie und mein Kinn auf die Fäuste und stieß Luft aus. »Ist das so? Ich dachte, ich bin ein dummes Arschloch, das nichts gebacken kriegt?«

Darauf sagte sie nichts, was Antwort genug war. Unausgesprochene Fragen hingen in der Luft. Über Parker, über das, was heute Abend passiert war, über uns. Gab es überhaupt ein Uns?

Dieses seltsame, für beide Seiten verletzende Ding musste aufhören. Wir machten uns sonst nur beide unglücklich. Ich wollte sie, aber nicht um jeden Preis. Ich hatte verloren und das musste ich akzeptieren. Parker hatte mich in die beschissene Realität zurückgebracht. Und in der verliebte sich eben kein Good Girl in einen Proleten.

»Ich werde dich ab sofort nicht mehr nerven. Nicht mehr belästigen und nicht mehr provozieren«, versprach ich deshalb.

»Wieso?« Sie schlang die Arme um die Knie. Mir war auch saukalt, aber ich ließ es mir nicht anmerken.

»Weil ich nicht so bin, wie du mich siehst.« Unsere Stimmen waren gedämpft, um niemanden zu stören, trotzdem schien es, als würden sie überlaut in der Nacht widerhallen.

Erneut breitete sich unangenehmes Schweigen zwischen uns aus.

»Ich denke nicht, dass du ein dummer Prolet bist«, flüsterte sie schließlich.

Ich lachte durch die Nase. »Aber du magst mich trotzdem nicht.« Sie widersprach nicht. »Weil ich nicht Tristan bin«, sprach ich die Wahrheit, die uns beiden klar war, aus. »Aber er wird Rylee nie verlassen.«

»Ich weiß. Es tut mir leid«, versicherte sie wieder.

»Was? Dass du in ihn statt in mich verliebt bist?«

Sie fiel in sich zusammen und zog die Decke enger um sich.

»Oder dass du mir nicht einmal eine Chance gibst? Willst du, dass ich mich in ihn verwandle, damit du endlich mit mir ausgehst?«

»Nein, das will ich nicht. Du bist, wie du bist. Du bist echt. Du verstellst dich für niemanden. Und das ist gut so.«

»Also findest du doch nicht alles scheiße an mir.« Was kein Trost war. »Ich mag dich wirklich, ich will dich nicht nur flachlegen«, gestand ich. Heute war ohnehin schon alles egal, da konnte ich ihr auch gleich noch mein Herz vor die Füße werfen, damit sie weiter darauf herumtrampeln konnte.

»Donovan«, setzte sie an, redete aber nicht weiter. Die Fronten waren geklärt.

Ich wollte sie.

Sie wollte mich nicht.

Punkt.

»Frag mich noch mal«, bat sie mich dann aus dem Nichts heraus.

»Was meinst du?«

»Frag mich, ob ich mit dir ausgehe.«

»Damit du wieder ablehnst? Nein danke, ich verzichte. Ich habe keine Chance. Verstanden. Ich bin nicht doof.«

Eigentlich wünschte ich mir das genaue Gegenteil. Die Vorstellung, sie in Zukunft in Ruhe zu lassen, verursachte ein schmerzhaftes Ziehen in meiner Brust. Aber momentan hatte ich keine Kraft mehr, zu kämpfen. Auch das Spielerische war mir vergangen. Vielleicht wurde es Zeit, erwachsen zu werden. Die Realität zu akzeptieren. Vielleicht konnte ich dann besser für Parker da sein. Und irgendwann eine Frau finden, die auch in mich verliebt war.

»Frag mich trotzdem«, wiederholte sie.

»Was soll das?«, fragte ich nun wieder deutlich ungeduldiger.

»Ich will mit dir ausgehen«, sagte sie schlicht. Lächelte nicht, zeigte auch sonst keine Regung.

»Und warum auf einmal?«

»Muss es immer für alles einen Grund geben?«

»Bei mir nicht, bei dir schon.«

Wieder schwieg sie. Na toll. Wenn wir uns nicht stritten, hatten wir uns nichts zu sagen. Noch ein Punkt, der gegen uns sprach. Trotzdem wollte ich sie in diesem Augenblick mehr als je zuvor, obwohl ich mir noch vor ein paar Minuten vorgenommen hatte, sie ziehen zu lassen.

»Ich will mit dir ausgehen, damit du mir den Donovan zeigen kannst, den ich mögen kann.«

Ich drehte mich zu ihr, damit ich sie ansehen konnte. »Das würde voraussetzen, dass du daran glaubst, dass dieser Teil in mir existiert.«

Ohne mich anzusehen, nestelte sie an den Zipfeln ihrer Decke herum. »Tut er das nicht?«

»Finde es heraus«, schlug ich vor. »Wenn du mich lässt.«

»Okay.« Sonst sagte sie nichts, den Blick immer noch abgewandt.

Bevor ich es richtig registrierte, verflochten sich meine Finger mit ihren. Sie entzog sich mir nicht. Obwohl mein Körper müde war, war mein Geist hellwach. Überdeutlich spürte ich ihre Haut auf meiner. Weich und unfassbar intensiv.

Eve

Was machte ich hier eigentlich? Ich saß mitten in der Nacht auf der Terrasse und erlaubte Donovan, meine Hand zu halten. Und es fühlte sich unerwartet schön an. Tatsächlich begann ich, ihn zu mögen. Ein bisschen. Für den Augenblick.

Vielleicht war er ja doch nicht so übel. Vielleicht tat ich ihm unrecht. Vielleicht sollte ich wirklich mit ihm ausgehen. Vielleicht sollte ich ihm die Chance geben, den anderen Donovan zu entdecken.

Wieder einmal so viele Vielleichts, auf die ich keine Antwort wusste.

Die Rettungsaktion seiner Schwester hätte ich nicht von ihm erwartet. Eher von Tristan. Bisher kannte ich nur den egoistischen und überheblichen Donovan. Wenn er sich bei Parker so verhalten konnte, dann möglicherweise auch anderen gegenüber.

Vorsichtig linste ich zu ihm hinüber. Stumm starrte er mit ausdruckslosem Gesicht in die Dunkelheit. Mit Donovan auszugehen, könnte mich von Tristan ablenken. Ich könnte mir ja vorstellen, ich wäre stattdessen mit ihm zusammen. Schließlich sahen sie gleich aus. War das verrückt? Vermutlich. War das Donovan gegenüber fair? Vermutlich nicht. Garantiert nicht. Es war falsch. Und gemein. Aber ein Teil von mir wollte tatsächlich Donovan. Das musste ich mir eingestehen, so schwer es mir auch fiel und so verwunderlich es auch war. Den Donovan von heute Abend. Den, der gerade meine Hand hielt und so viel Liebe für seine Schwester, so viel Kummer und Verunsicherung und allerlei andere Gefühle ausstrahlte. Ich hoffte, er könnte mit der Zeit Tristans Platz in meinem Herzen einnehmen.

»Ist dir kalt? Deine Finger sind eisig und du zitterst.«

Seit wann war Donovan so aufmerksam? Diese Version neben mir verwirrte mich. Ich hob unsere verschränkten Hände und betrachtete sie von allen Seiten. »Du bist doch Donovan, oder?«

»Warum? Weil ich keine dämlichen Witze reiße?« Er stieß ein tonloses Lachen aus. »Aber um deine Frage zu beantworten: Ja, ich bin Donovan. Glaub's oder nicht. Ich bin zu müde, um mich mit dir zu streiten.«

»Ich glaube dir«, versicherte ich. Wieder saßen wir wortlos im Dunkeln, nur das Zirpen der Zikaden und das leise Schleifen der Hollywoodschaukel um uns herum. »Ich geh besser rein, bevor mir meine Finger endgültig abfrieren.«

Nur widerwillig ließ er meine Hand los. »Denkst du, du kannst jetzt besser schlafen?«

Ich wartete auf eine Ergänzung nach dem Motto »Ich kann dich müde vögeln« oder »Wir können zusammen Schafe zählen« oder etwas in der Art, aber es kam nichts. »Ja, danke. Ich denke schon.«

Er lächelte und sah mir zu, wie ich aufstand und meinen Reader und die Decke nahm. Doch er rührte sich nicht. »Schlaf gut. Und träum was Schönes, Bienchen«, sagte er sanft. Auch das sonst so obligatorische »von mir« blieb aus.

Beinahe vermisste ich seine Kommentare.

»Du auch«, wünschte ich ihm noch, dann drehte ich den Türknauf und schlüpfte leise ins Innere des Hauses.

Viel zu früh wurde ich unsanft geweckt, weil Gabriella zu mir ins Bett kletterte und sich halb auf mich warf, halb an mich kuschelte.

»Mommy und George haben ihr Zimmer zugesperrt. Aber ich habe so Hunger. Machst du mir was zu essen?«

Ich gab nur ein undefinierbares Geräusch von mir. Meine kleine Schwester allerdings verstand es als Zustimmung.

»Pancakes bitte«, bestellte sie und rappelte sich wieder auf. Sie rutschte zum Bettende, hüpfte herunter und zog mir die Decke weg. »Mit Ahornsirup.«

Weil ich nicht sofort reagierte, zwickte sie mich in den großen Zeh. Ich wusste, sie würde mich ohnehin nicht in Ruhe lassen, also seufzte ich, gähnte und hievte mich an den Bettrand in eine sitzende Position. Gabi konnte nichts dafür, dass ich erst im Morgengrauen eingeschlafen war, weil mir Donovans Verhalten und meine plötzliche Sympathie für ihn im Kopf herumgespukt waren. Ungeduldig zappelnd wartete sie, bis ich endlich aufstand. Sie nahm meine Hand und zusammen stiegen wir in unseren Schlafanzügen die Stufen hinunter.

»Warum hat Mommy zugesperrt?«, fragte sie, als wir in der Küche waren und die Pfanne und Zutaten heraussuchten. »Hat sie mich nicht mehr lieb?«

Ihre Unterlippe zitterte. Momentan hatte Mom vermutlich George besonders lieb und wollte deshalb nicht gestört werden. Ich stellte die Pfanne ab und beugte mich zu ihr herunter.

»Mom hat dich immer lieb«, versprach ich. »Sehr sogar. Aber manchmal brauchen Mommys und Daddys ein bisschen Zeit für sich.«

Sie sah mich entgeistert an. »Wofür denn?«

»Möchtest du Blaubeeren oder Bananen zu den Pancakes?«, fragte ich, weil ich nicht wusste, was ich antworten sollte. Das Aufklärungsgespräch überließ ich Mom.

»Beides natürlich.«

Ich lachte, weil sie so empört klang, als wäre das eine unverschämte Frage gewesen. »Kommt sofort. Setz dich doch schon mal an den Tisch. Oder möchtest du helfen?«

Sie nickte, obwohl es bei einer Oder-Frage keine Ja- oder Nein-Antwort gab. Gabi war oft überfordert mit der Auswahl verschiedener Optionen, nur war ich noch zu müde, um eindeutige Sätze zu formulieren. Ich verstand auch so, dass sie helfen wollte. Also reichte ich ihr den Schneebesen und eine Schüssel und schüttete Mehl hinein. Beim Eieraufschlagen benötigte sie meine Unterstützung, aber dann rührte sie hingebungsvoll den Teig und ich goss Milch hinein, bis die richtige Konsistenz erreicht war. Sobald die ersten Pancakes in der Pfanne brutzelten, hüpfte auch Aurora in die Küche.

»Hast du das Frühstück gerochen?«, fragte ich sie lachend.

»Nein, ich bin von deinem blöden Handy aufgewacht. Es piept die ganze Zeit. Ich höre das sogar durch die Wand.« Sie drückte es mir in die Hand. »Vielleicht ist es Donovan, der eigentlich mich sprechen will, und er ruft bei dir an, weil ich kein Handy besitze«, überlegte sie laut. »Wegen Jimbo. Bestimmt braucht er wieder Hilfe beim Lernen.«

Natürlich war ich neugierig, doch zuerst wendete ich den Teigling, bevor er anbrannte. Aurora setzte sich an den Tisch und schlenkerte mit den Beinen.

»Jetzt schau doch endlich nach«, drängte sie mich. »Oder meinst du, ich soll gleich rübergehen und klingeln? Vielleicht traut er sich nicht, weil er denkt, wir schlafen alle noch.«

Diese Bemerkung brachte mich erneut zum Lachen. Donovan sollte sich nicht trauen, jemanden spontan zu besuchen? Im Leben nicht.

Ich ließ die fertigen Pancakes auf einen Teller gleiten, holte Ahornsirup aus dem Schrank und Orangensaft aus dem Kühlschrank und stellte alles auf den Tisch. Gabriella brachte zwischenzeitlich Gläser, Teller und Besteck, während Aurora versuchte, die PIN für mein Handy herauszufinden. Blaubeeren und Bananen gab ich in eine Schüssel und platzierte sie in der Mitte. Sofort fingen die beiden Mädchen mit Appetit an zu essen. Ich briet weiter und stapelte die Pfannkuchen zu einem Turm, während sie sich um den Sirup kabbelten.

»Wer hat denn nun angerufen?«, wollte Gabriella mit vollem Mund wissen. Ein Stück Banane fiel auf den Tisch, woraufhin Aurora angeekelt das Gesicht verzog.

»Zuerst runterschlucken, bevor du redest«, belehrte sie ihre Schwester. Die streckte ihr die Zunge raus, schob sich eine weitere Gabel Pancake-Banane in den Mund und kaute mit offenem Mund weiter.

»Das war nur eine SMS. Die kann bis nach dem Frühstück warten«, informierte ich Gabi, die mich ansah, als hätte sie ihre Frage bereits vergessen.

Aurora verschränkte die Arme vor der Brust und lehnte sich zurück.

»Nein, kann sie nicht.« Ihr Zickengesicht erschien, was mich aber nicht beeindruckte.

Mit dem Pfannenwender deutete ich auf ihren halben Pancake. »Iss, bevor es kalt wird«, sagte ich mit strenger Stimme.

Sie schüttelte den Kopf. »Erst, wenn du mir sagst, wer dir schreibt.«

Gabriella dagegen nahm sich seelenruhig noch einen Pfannkuchen, arrangierte Obst darauf und schüttete Sirup darüber, in einer Menge, bei der Mom einen Herzinfarkt bekommen hätte. Meinen legte ich pur auf meinen Teller und streute nur eine Handvoll Blaubeeren darüber. Den Herd schaltete ich aus und gesellte mich zu meinen Schwestern an den Tisch.

Kurz darauf schlappte Tanner in die Küche, sichtlich verschlafen und zerzaust und mit einem Kissenabdruck im Gesicht. Enis folgte dicht hinter ihm, allerdings wirkte der wesentlich fitter.

»Ihr habt ja beide nur Unterhosen an. Man kann eure Bäuche sehen«, sagte Gabriella in ihrer typischen Art. Sie zeigte zuerst auf Tanner, dann auf seinen Freund, die beide an sich herunterblickten.

Statt sich zu entschuldigen oder sich etwas überzuziehen, grinste Tanner, piekte in seinen Bauchnabel und gab ein Hupgeräusch von sich. Dann wiederholte er das gleiche bei Enis, wobei dessen Nabel aber quakte. Gabi und Aurora kicherten gleichzeitig los und auch ich konnte mir ein Grinsen nicht verkneifen. Sofort begann Gabi, wie wild auf ihrem eigenen Bauch herumzudrücken, und piepste dabei in verschiedenen Tonlagen, je nachdem, wo der Finger landete. Tanner feuerte sie an und griff nach einer Blaubeere. Weil ich schon ahnte, was er vorhatte, hielt ich ihn jedoch auf, bevor er sie sich in den Bauchnabel stecken konnte. Das war das Los, wenn man plötzlich einen lustigen großen Bruder hatte. Der brachte den beiden nur Blödsinn bei.

»Hunger?«, fragte ich ihn, weil ihn das zuverlässig ablenkte.

»Oh, Wahnsinn. Richtiges Frühstück«, rief Tanner beim Anblick des Pancaketurms und steckte die Beere stattdessen in den Mund. »Echt praktisch, mit Frauen zusammenzuleben.«

»Männer können auch kochen«, erinnerte ihn Aurora berechtigterweise.

Er lachte, schnappte sich einen der Pfannkuchen und biss hinein. »Klar können wir das. Aber wir wollen oft nicht.« Er zwinkerte. Enis gähnte, ich hörte, wie sein Kiefer leise knackte, und schob sich ebenfalls auf einen Stuhl. »Und, was geht?«, fragte Tanner in die Runde, während er kaute.

»Doni hat Eve eine Nachricht geschrieben, aber sie will mir nicht verraten, was drinsteht.«

Tanner hob die Augenbrauen und hielt im Kauen inne. »Ach ja? Hat er das?«

Konnte er nicht wie sonst einfach essen? »Ich weiß nicht, von wem die Nachricht ist. Und außerdem geht das niemanden etwas an.«

Aurora senkte den Kopf, war aber immer noch sichtlich sauer auf mich. Enis sah zwischen uns hin und her und grinste, als wäre er Zuschauer bei einer Sitcom.

»Ich weiß gar nicht, woher Donovan meine Nummer hat. Ich habe sie ihm nicht gegeben. Letztens hat er sich schon für das Herfahren von Nates Wagen bedankt.«

Tanner zuckte die Schultern. »Von mir.« Er sagte das, als wäre es völlig normal, ungefragt Telefonnummern auszuplaudern. Noch nie etwas von Datenschutz gehört?

»Warum?«

Er sah mich verwirrt an. »Weil er sie wollte. Hätte ich das nicht tun dürfen?«

Ich stieß Luft aus. Tanner hatte ja nicht in böser Absicht gehandelt. »Schon okay«, sagte ich deshalb. »Ich entscheide nur gern selbst, wem ich meine Nummer gebe oder nicht.« Zu meinem Erstaunen blitzte ein schlechtes Gewissen in seinem Blick auf. »Und überhaupt: Hast du mich nicht vor ihm gewarnt?«

»So würde ich das nicht nennen«, widersprach er.

Ich hatte keine Lust und keinen Nerv zu diskutieren und konnte mich mit niemandem ernsthaft unterhalten, der auf seiner Unterhose ein riesiges Herz im Schritt, einen Doppelpancake gefüllt mit Bananenscheiben vor dem Mund und Ahornsirup im Bart hatte. Er stöhnte leise, kaute und schluckte. »Die sind der Hammer. Total lecker.«

»Ich hab sie gemacht«, erzählte Gabriella strahlend.

»Respekt. Gut gemacht, Kleine.« Bei seinem Lob lächelte sie noch breiter. »Bitte morgen das Gleiche.« Sie nickte. »Oder kochst du mir welche, Babe?«, säuselte er und knabberte an Enis' Hals. Seine Hand fuhr währenddessen Enis' Schenkel hinauf.

Enis schnaubte, lachte dann aber. »Vergiss es. Bin ich dein Sklave?«

Gabi ließ ihren Pancake sinken. Ahornsirup tropfte von ihren Fingern auf den Tisch und ihren Schlafanzug. »Was ist ein Sklave?«, fragte sie die Männer.

Während Tanner umständlich erklärte, was ein Sklave war, und Aurora ihn immer wieder unterbrach und berichtigte, Gabriella sichtlich nichts verstand und Enis duschen ging, las ich endlich doch die Nachricht auf meinem Handy. Oder besser gesagt die Nachrichten. Ganze vierzehn Stück. Alle von Donovan. Und eindeutig nicht für Aurora geeignet.

Donovan: *Schon wach?*

Donovan: *Gut geschlafen?*

Donovan: *Ich schon, weil du endlich mit mir ausgehen willst. Mission erfüllt.*

Ich war doch keine Mission!

Donovan: *Apropos: Ich habe schon eine Idee. Hast du heute Abend schon etwas vor?*

Donovan: *Hallo? Stellst du dich jetzt tot?*

Donovan: *Machst du einen Rückzieher? Dann sag's einfach. Einfach nicht antworten ist mies.*

Donovan: *Hallo???? Ich sterbe, wenn du nicht antwortest!!!!!!*

Donovan: *Nur, damit du's weißt. Ich sitze in meinem Zimmer, schaue sehnsüchtig zu dir rüber und weine. Weil du so gemein bist.*

Bevor ich mich zurückhalten konnte, lachte ich laut auf. Tanner runzelte die Stirn, dann bildete sich ein wissendes Lächeln auf seinem Gesicht. Blödmann. Schnell konzentrierte ich mich wieder darauf, meine Gesichtszüge unter Kontrolle zu bringen. Wäre ja noch schöner, wenn mir Donovans Nachrichten gefallen würden. Und andere das auch noch merkten.

Donovan: *Und hoffentlich sehe ich dich noch mal in deinem Schlafanzug. Weißt du überhaupt, wie sexy der ist?*

Donovan: *Oder vielleicht sehe ich dich ja auch ganz nackt. Wenn du die Vorhänge offen lässt ...*

Ganz sicher nicht!

Donovan: *Komm schon, Bienchen. Lass mich jetzt nicht hängen. Ich dachte, gestern hätte sich was verändert zwischen uns.*

Donovan: *Bitte, geh mit mir aus. Siehst du, was du aus mir machst? Ich fange schon an zu betteln. Das ist jämmerlich.*

Donovan: *Also? Heute Abend? Ich werde auch ganz brav sein. Versprochen.*

Donovan: *Oder versuche es zumindest.*

Zuerst wollte ich automatisch Kontra geben, zum Beispiel schreiben, dass er mich in Ruhe lassen sollte. Aber ich freute mich tatsächlich auf unser Date.

Ich: *Nein, ich machte keinen Rückzieher. Ich stehe zu meinem Wort.*

Ich: *Obwohl du nervst. Und nur, wenn du mich nicht mehr Bienchen nennst. Und wenn du nicht die ganze Zeit herumzappelst.*

Er antwortete nur wenige Sekunden später mit einem Zwinkersmiley.

Donovan: *Ich hole dich um acht ab*

Donovan: *Bienchen*

»Und? War er's?« Tanner beugte sich zu mir herüber, um auf mein Display schauen zu können. Aber ich drehte es weg und er brummte enttäuscht.

»Wir gehen heute Abend zusammen aus«, gab ich zu. Von seinem besten Freund würde er es ja ohnehin erfahren.

Tanner streckte das Kinn vor und wölbte mit der Hand sein Ohr nach vorne. »Wie bitte? Kannst du das bitte wiederholen? Ich dachte gerade, du hast gesagt, du gehst mit Donovan aus.«

Ich schlug mit der Handfläche nach ihm, aber er wich mir aus und ich erwischte nur noch seinen Ellbogen. »Hör auf! Ich kann selbst nicht glauben, dass ich Ja gesagt habe.«

Er lehnte sich ein wenig vor und stützte die Unterarme auf den Tisch. »Wirst sehen. Es wird super. Mit D kann man eine Menge Spaß haben.«

Das bezweifelte ich nicht. Nur war Spaß nicht das, was ich mir von einem Mann wünschte.

Wir kamen nicht dazu, weiterzusprechen, weil Mom die Küche betrat. Ihre Wangen waren gerötet, die Haare nur notdürftig zusammengefasst und sie lächelte glücklich und streichelte über dem Morgenmantel ihren Babybauch.

»Guten Morgen, Familie«, wünschte sie in die Runde. Sie trat zu mir und umarmte mich von der Seite. »Danke, dass du dich gekümmert hast.« Sie küsste mich auf die Wange und legte ihre Stirn auf meine Schulter.

»Was hast du so lange gemacht, Mommy?«, platzte Gabriella heraus und Tanner und ich prusteten gleichzeitig los. Mom sah uns rügend an, konnte sich aber ebenfalls das Schmunzeln nicht verkneifen.

»Hast du die gebacken?«, erkundigte sich Mom. Die Ablenkung funktionierte. Gabi nickte begeistert und erzählte Mom haarklein von der Zubereitung.

Bereits um Viertel vor acht klingelte es Sturm. Ich war noch nicht ganz angezogen, weil ich erst vor wenigen Minuten aus der Dusche gestiegen war. Nach dem Frühstück hatte ich mich hingelegt, eigentlich nur, um zu lesen, war aber dann eingeschlafen und erst am späten Nachmittag wieder aufgewacht. Dementsprechend ausgeruht fühlte ich mich jetzt. Wahllos schlüpfte ich in eine Bluse und eine Jeans. Nur weil ich anfing, mich ihm und seinen Eroberungsversuchen gegenüber zu öffnen, würde ich mich sicher nicht aufbrezeln.

Irgendjemand ließ Donovan herein und dann hörte ich ihn auch schon die Treppe hochpoltern. Im nächsten Moment wurde die Tür aufgerissen.

»Schon mal was von Klopfen gehört?«, motzte ich, während ich meine Haare mit den Fingern durchkämmte und sie zu einem lockeren Knoten zusammenfasste.

Er lehnte sich in den Türrahmen und verschränkte Arme und Füße. In dieser Stellung erinnerte er mich an einen Dealer, der an einer Hausecke herumlungerte und auf Kunden wartete.

»Lass sie offen.« Mit dem Kinn zeigte er auf meinen Kopf. »Bitte«, schob er hinterher. »Du hast so schöne Haare, die solltest du zeigen.« Er grinste. »Und ja, natürlich habe ich schon von Klopfen gehört. Ist mir nur egal.«

Ich verdrehte die Augen. »War klar.« Eigentlich ließ ich mir von keinem Mann sagen, wie ich rausgehen durfte. Trotzdem zog ich die Spange wieder heraus. Sein Kompliment sorgte dafür, dass mein Herz plötzlich raste und sich Wärme in meinem Magen sammelte. Ich verschränkte ebenfalls meine Arme vor der Brust und sah ihn herausfordernd an, um ihm nicht zu zeigen, wie verlegen ich war. »Was hättest du gemacht, wenn ich noch nicht angezogen gewesen wäre?«

Er stieß sich vom Türrahmen ab und schlenderte zu mir. Grinste, als wäre das Antwort genug, und zuckte unbeteiligt mit den Schultern. »Vielleicht war das mein Plan.« Seine Stimme klang auf einmal tiefer, seine Lider waren halb gesenkt. Obwohl das sicher ein einstudierter Blick war, der sexy wirken sollte, und ich das durchschaute, kribbelte meine Haut. Donovan war so intensiv. In jeglicher Hinsicht. Leider nicht nur auf die gute Art. »Dann hätte ich mich überzeugen können, ob du naturblond bist.«

Zuerst kapierte ich nicht, was er meinte. Dann stieg mir Hitze in die Wangen. »Davon träumst du wohl«, sagte ich weniger giftig als geplant.

Er machte mich nervös und das fand ich nicht gut.

Er schon.

»Stimmt.« Er sah dermaßen selbstzufrieden aus, dass ich am liebsten doch noch unser Date abgesagt hätte. Doch ich wollte mit ihm ausgehen.

»Im Übrigen ist an mir alles echt. Ich sehe keinen Sinn darin, etwas an sich zu verändern. Wir sollten nicht in die Natur eingreifen, wenn es nicht nötig ist.«

Er runzelte die Stirn. »Also lehnst du auch Operationen ab?«

Ich schüttelte den Kopf. »Natürlich nicht. Nur die medizinisch nicht notwendigen. Ich meine so etwas wie Brust-OPs oder Fettabsaugen oder Botox oder so.«

»Ich will Schönheitschirurg werden. Mit Spezialisierung auf Brustvergrößerung«, sagte er.

Ich würde es nie verstehen, warum man sich für ein paar Körbchengrößen Chemie in den Körper stopfte. Wieder grinste er unverschämt. Unverschämt arrogant und unverschämt sexy. Ich schnaufte. »Warum wundert mich das nicht? Du willst diesen übertriebenen Schönheitswahn ehrlich unterstützen? Jeder Mensch ist schön. Man muss sich nicht für die Gesellschaft verbiegen.«

Ich schlüpfte in meine Sneakers und band die Schnürsenkel zu einem Doppelknoten. Ich wusste, dass er mich musterte, aber ich tat so, als wäre mir das egal. Erst als ich fertig war, setzte ich mich wieder auf und sah ihn an.

Er zog die Augenbrauen hoch. »Haarefärben ist verwerflich?« Blödsinn. Kapierte er wirklich nicht, was ich meinte? Oder wollte er mich nur wieder provozieren? »Fang jetzt bloß nicht mit Gott an oder so Quatsch.«

Ich schlug meine Beine übereinander. Der eine Schuh war etwas eng, aber das musste warten. »Religion ist kein Quatsch. Viele Menschen finden Trost und Erfüllung darin«, widersprach ich. Ich respektierte jeglichen Glauben, auch wenn ich selbst nicht religiös war. »Aber das meine ich nicht. Ich finde einfach, dass Menschen lieber lernen sollten, sich selbst zu lieben. Anzunehmen, wie sie sind. Dann brauchen sie keine Eingriffe von außen. Weder bei Haaren noch bei Brüsten oder sonstigen Körperteilen.«

Zu meinem Erstaunen schien er tatsächlich darüber nachzudenken. Er setzte sich auf meinen Schreibtischstuhl, drehte langsam hin und her und schwieg für einen Moment. Spielte dabei mit einem meiner Kugelschreiber und ließ die Mine rein- und rausklicken.

»Ist schminken erlaubt?«, fragte er dann. »Oder Verhütung?«

Ich stieß leicht genervt Luft aus. »Ja, schminken ist erlaubt. So, wie du das ausdrückst, klingt es, als wäre ich von der Moralpolizei. Das ist lediglich meine Meinung, mehr nicht. Sogar ich schminke mich ab und zu.«

»Was du nicht nötig hast«, unterbrach er mich.

Obwohl ich es nicht wollte, lächelte ich. »Jeder kann darüber denken, wie er will«, fügte ich hinzu. »Und ja: Verhütung befürworte ich natürlich auch, schon wegen Geschlechtskrankheiten. Ich lebe doch nicht im Mittelalter. Außerdem sollte jede Frau selbst bestimmen können, ob und wann sie schwanger wird. Oder ob sie überhaupt jemals Kinder will. Nur weil eine Frau eine Gebärmutter hat, ist sie ja nicht verpflichtet, diese zu Fortpflanzungszwecken zur Verfügung stellen zu müssen.«
Er nickte ernst. Wie so oft zappelte er mit einem Fuß. Donovan wirkte immer ruhelos. Als wäre er durchgehend auf Speed. »Warum reden wir überhaupt schon wieder über Sex?«

»Tun wir nicht. Wenn wir das täten, würde das ganz anders klingen.«
Er stieß sich mit den Füßen vom Boden ab und rollte zu mir herüber. Bevor ich reagieren konnte, packte er mich an der Hüfte und zog mich auf seinen Schoß. »Mmhh, du riechst gut«, brummte er mit der Nase in meinen Haaren.

Sein Griff war fest, aber nicht so, dass ich mich nicht hätte befreien können. Stattdessen blieb ich, wo ich war. Weil es sich gut anfühlte. Auf ungewohnte Art war es schön, begehrt zu werden und die Hände eines Mannes auf meinem Körper zu spüren. Mit weichen Lippen fuhr er meine Schläfe hinab bis zu meinem Hals. Sein Atem kitzelte und unwillkürlich bekam ich Gänsehaut. Falls er es bemerkte, kommentierte er es nicht, verstärkte nur den Druck seiner Lippen auf meiner Haut. Knabberte zart an meinem Schlüsselbein und küsste mich leicht wie ein Schmetterling auf die Schulter.

Für einen Augenblick erlaubte ich mir zu fantasieren, es wären Tristans Arme, die mich umschlangen, und Tristans Lippen, die mich liebkosten. Ein Schaudern durchlief mich von den Haarspitzen bis in die Zehen. Ohne darüber nachzudenken, schmiegte ich mich an Donovan. Er verstand das offenbar als Aufforderung, denn er verstärkte den Griff um meine Taille, seine Lippen wurden entschlossener. Außerdem spürte ich etwas Hartes unter meinen Schenkeln.

Mehr aus Reflex stemmte ich mich gegen seine Brust und sprang regelrecht von seinem Schoß. Doch in Wirklichkeit wünschte ich mir mehr von diesen Berührungen. Von seinen, nicht von ihm, während ich von Tristan träumte. Wortlos sah er mich an, musterte mich mit einem Blick, den ich nicht deuten konnte.

»Können wir los?« Seine Stimme klang rau und ungewohnt unsicher. Ich nickte, woraufhin er aufstand, seine Hose zurechtzupfte und sich an mir vorbeidrängte. »Ich warte draußen.«

Dann hörte ich, wie er die Treppe hinunterhastete.

Donovan saß breitbeinig auf den Stufen zur Terrasse, die Unterarme auf den Knien abgelegt, die Hände baumelten dazwischen und spielten auf einem unsichtbaren Klavier. Sein Gesicht und seine Körperhaltung waren gewohnt souverän und selbstbewusst. Als er mich bemerkte, drehte er sich um und lächelte ehrlich und offen. Wie Tristan.

»Wohin gehen wir?«, erkundigte ich mich, obwohl ich mich in Minot ohnehin nicht auskannte.

»Eigentlich wollte ich dich zum Essen ausführen. In der Innenstadt hat so ein neuer Bio-Veggie-irgendwas-Laden aufgemacht. Mit Burgern aus Bohnen und Süßkartoffelpommes und Kürbisketchup und so. Für mich muss ein Burger zwar mit viel Fleisch und Käse sein, aber für dich hätte ich es probiert.« Er zwinkerte. »Ich brauche das Eiweiß vom Fleisch«, fügte er hinzu und wackelte mit den Augenbrauen. »Um diesen Wahnsinnskörper in Form zu halten.«

Das Kichern brach aus mir heraus, bevor ich es aufhalten konnte. Sein Blick ruckte zu mir, aber er kommentierte meine Reaktion nicht, schmunzelte nur.

»Es gibt viele pflanzliche Lebensmittel, die sehr viel Eiweiß und Eisen beinhalten. Haferflocken zum Beispiel. Oder Hirse«, klärte ich ihn auf. Im selben Moment bemerkte ich, wie besserwisserisch das schon wieder klang.

»Jaja, schon klar. Muss ich mir von Trissi auch ständig anhören.« Er winkte ab. »Egal. Weil wir sowieso nicht hingehen.«

Schade, denn das Restaurant hörte sich vielversprechend an. Hunger hatte ich keinen. Mir war eher ein wenig flau. Was auf keinen Fall an Donovan lag. Oder an der Aufregung. Wahrscheinlich zu viele Pancakes.

»Wir gehen nämlich ins Freiluftkino. Da ist heute Stummfilmnacht. Du magst doch so intellektuelles Zeug.«

Was an Stummfilmen intellektuell sein sollte, erschloss sich mir nicht und zeigte nur wieder, wie wenig Ahnung Donovan von Kultur hatte. Aber ich fand es süß, dass er sich Gedanken gemacht hatte.

»Was zu essen und zu trinken habe ich dabei. Natürlich komplett tierfrei.« Er klopfte auf den Rucksack neben sich. Vorhin in meinem Zimmer hatte er ihn nicht dabei. Er stand so mühelos und geschmeidig auf, wie ich es niemals geschafft hätte, schulterte seinen Rucksack und streckte die Hand aus. »Komm, wir gehen zu Fuß. Ist nicht weit.«

Automatisch nahm ich sein stummes Angebot, mit ihm schon wieder Händchen zu halten, an und folgte ihm die Stufen hinunter. Seine Hand war warm und seltsam vertraut und irgendwie tröstend. Die ersten Meter liefen wir stumm nebeneinanderher.

»Und, was hast du heute so getrieben?«, fragte er dann. Small Talk? Das passte gar nicht zu ihm. Aber mir gefiel dieser Donovan immer mehr. Mit ihm Zeit zu verbringen war leicht. Wenn man sich darauf einließ. Was ich mir für heute Abend tatsächlich vorgenommen hatte. Er hatte eine Chance verdient. Jedem anderen Menschen gab ich sie ja sonst auch.

»Wenn ich ehrlich bin, habe ich den Tag verschlafen«, antwortete ich deswegen offen. »Meine kleine Schwester hat mich viel zu früh geweckt, damit ich ihr Frühstück mache. Und danach bin ich beim Lesen eingeschlafen. Ganz schön peinlich, oder? In meinem Alter sollte man eine durchgemachte Nacht besser wegstecken.«

Er seufzte laut, schwenkte unsere verschränkten Finger leicht hin und her, während der Daumen rhythmisch auf meinen Handrücken tippte. »Du Glückliche. Ich musste arbeiten und Morgan hat von mir verlangt, dass ich ihr beim Umgraben helfe.« Er gähnte und hielt seine freie Hand vor den Mund. »Also, falls ich wegpenne, liegt das sicher nicht an dir. Oder nur indirekt, weil du ja schuld an meinem Schlafdefizit bist.«

Ohne ihn loszulassen, stieß ich ihm mit dem Ellbogen in die Seite. »Ich habe dich nicht gebeten, dich zu mir zu setzen. Also lass ich mir den Schuh nicht anziehen.«

»Aber du hast mich auch nicht weggeschickt.« Er sah mich von der Seite an. Sein Blick brannte auf meiner Haut. Hatte er Laseraugen? »Du hättest jedes Recht dazu gehabt, nachdem ich dich so angepflaumt hatte.«

»Nur, weil du so traurig ausgesehen hast. Ich kann nichts dafür. Da ist so ein Instinkt.« Ich lächelte. »Mein Helfersyndrom. Außerdem hast du dich entschuldigt. Ich war auch nicht immer nett zu dir«, gab ich zu. Das war untertrieben. Eigentlich hatte ich noch kein einziges Mal freundlich mit ihm gesprochen, fiel mir zu meinem Entsetzen auf. Bis gestern.

»Ja, ich habe mich tatsächlich entschuldigt. Und du dich bei mir«, sagte er, als wäre das nicht selbstverständlich und als könnte er es selbst nicht richtig glauben. »Kommt nicht wieder vor.«

»Das Entschuldigen oder das Anschnauzen?«, fragte ich.

Er legte den Kopf in den Nacken und stieß ein lautes Lachen aus. »Das eine bedingt das andere, würde ich sagen.« Er löste unsere Finger, was schade war. Dafür landete sein Arm auf meiner Schulter. »Du bist echt speziell, weißt du das?« Meinte er das jetzt wertend? Vorsichtshalber reagierte ich nicht. »Und du kannst echt nervig sein.« Er beugte sich herunter und küsste mich auf die Wange. »Keine Ahnung, was ich an dir finde«, murmelte er an meiner Haut. Da waren wir schon zu zweit, denn ich fand ihn auch gar nicht mehr so furchtbar wie zu Beginn.

Ohne dass ich es verhindern konnte, wurde mir warm, meine Haut kribbelte, und ein Ziehen entstand zwischen meinen Beinen. Vielleicht war ich ja allergisch auf ihn. Allerdings existierte gegen ihn kein Antihistaminikum.

Ich hasste Donovan dafür, dass mein Körper so auf ihn reagierte.

Irgendetwas hatte sich verändert. Was, konnte ich nicht benennen. Trotzdem blieb ich vorsichtig.

Donovan

Eve war erregt, auch wenn sie es nicht zugeben würde. Es gefiel ihr, was ich mit ihr anstellte. Fuck! Sie brachte mich um den Verstand. Ihre Haut schmeckte so gut. Und ihr Geruch war so süß. Dazu wirkte sie so unschuldig. Vermutlich hatte sie nicht viel Erfahrung mit Männern. Aber sie war neugierig auf mehr, das konnte ich spüren.

Eve schien immer, als würde sie im ersten Gang fahren. Als würde sie sich jeglichen Spaß und Unvernunft verbieten. Mit mir könnte sie lernen, loszulassen. Zu leben. Zu genießen. Mit allen Sinnen.

Zwar wollte ich sie dringend und zeigte ihr das auch, aber ich durfte sie nicht überfordern. Sie sollte mich auch wollen. Je weniger ich sie drängte, umso mehr öffnete und näherte sie sich. Manchmal musste man seine Strategien eben überdenken. Sie war anders als die anderen Frauen. Das erforderte neue Wege. Deswegen löste ich mich wieder von ihr, auch wenn es mir schwerfiel. Ich hörte ihr leises, schnelles Atmen, sah, wie sich ihr Brustkorb hob und senkte, spürte, wie ihre Finger leicht zitterten.

Um mich abzukühlen, wechselte ich das Thema. »Heute Morgen saß Jimbo auf meinem Klo. Ich habe fast einen Herzinfarkt bekommen und dachte zuerst, ich halluziniere wegen des Schlafmangels. Aber es war tatsächlich so. Als ich heimkam, habe ich nicht bemerkt, dass er gar nicht mehr am Fenster stand. Tristan war bei Ry, er kann es also nicht gewesen sein.« Ich kniff die Augen zusammen. »Hast du zufällig etwas damit zu tun?«

»Leider nicht«, sagte sie. Offensichtlich musste sie sich ein Kichern verkneifen.

»Aber du weißt, wer's war, oder? Ich sehe es dir an der Nasenspitze an.« Mit einem Finger tippte er darauf. »Also, spuck's aus!«

Sie zuckte die Schultern. »Ich weiß gar nichts.«

Natürlich stimmte das nicht, wenn ich ihre Reaktionen richtig deutete. Genauso sicher war aber auch, dass sie mir nichts verraten würde. Wahrscheinlich steckte Tanner hinter der Sache. Ich nahm mir vor, mich demnächst dafür an ihm zu rächen. Zum Beispiel, indem ich seine geliebten weißen Tennissocken rosa färbte.

»Aber gute Aktion, hätte von mir sein können«, gab ich zu. »Jetzt steht Jimbo übrigens wieder an seinem Platz und oberserviert dein Zimmer.«

Sie hielt an und sah zu mir hoch. »Ich will nicht beobachtet werden, das ist gruslig und außerdem verboten. Sag ihm, er soll bei jemand anderem spannen.«

Ich lachte. »Er wird nicht auf mich hören, Bienchen.«

»Na, ihr passt ja hervorragend zusammen«, brummelte sie. Sie setzte sich wieder in Bewegung und zeigte mir damit, dass sie nicht weiter darüber reden wollte. Wahrscheinlich war es ihr zu profan. Ihr Pech.

Wortlos, aber nicht abweisend spazierte sie neben mir her und klammerte sich an ihren eigenen Unterarmen fest. Ich machte sie nervös. Das war gut. Von mir aus hätten wir gern wieder Händchen halten können.

Wie ein Touristenführer zeigte ich rechts und links auf Gebäude oder Plätze und dozierte über Namen, Zweck oder sonst irgendwelchen Stuss, den niemand interessierte. Ich hatte das Bedürfnis, die Stille und die erneut aufgeflammte Distanz zwischen uns zu füllen. Nur dummerweise fiel mir kein besseres Gesprächsthema ein. Besonders spannend oder geschichtsträchtig war Minot weiß Gott nicht. Drugstore, Bäckerei, Omars Wohnblock, Spielplatz, Supermarkt, Baseballplatz, Bushaltestelle. Gut, dass das Freiluftkino nur wenige Blocks entfernt lag.

Zu jedem einzelnen verdammten Fleck Erde hier in diesem Kaff erzählte ich eine lahme Geschichte. Dass ich in dem Drugstore meine ersten Kondome gekauft hatte. Dass die Bagels in der Bäckerei frisch aus dem Ofen am besten schmeckten und die Tochter des Bäckers mit fünfzehn schwanger von ihrem verheirateten Flötenlehrer geworden war und jetzt mit ihm und seiner Frau in einer Dreierbeziehung lebte, zusammen mit dem Kind. Dass Omar mit seinen Eltern und seinen vier Schwestern in einer mit türkischem Bling-Bling-Dekokram vollgestopften Wohnung hauste und seine Mom das beste Hähnchenfleisch mit Reis der Welt zubereiten konnte, das so scharf war, dass einem Feuer aus den Ohren zischte. Dass der Spielplatz beliebter Treffpunkt für Teenager war und sie ihren Schwestern deswegen nie erlauben sollte, in dem Holzhäuschen zu spielen, weil dort gebrauchte Gummis und leere Bierflaschen herumlagen. Dass ich selbst dort viele Stunden verbracht hatte und dass ich einmal aus dem winzigen Fenster des Spielhauses gekotzt hatte, direkt in den Sandkasten, und dass Tristan versucht hatte, die Schweinerei mit einem Stock herauszuschaufeln, es letztendlich aber vergraben hatte. Dass der Supermarkt der Familie eines ehemaligen Klassenkameraden gehörte, der ein verdammter Idiot war, und dass sie lausig bezahlten, trotzdem aber immer wieder arme Studenten fanden, die sie ausnutzen konnten. Dass die Baseballmannschaft von Minot die letzten zwanzig Saisons verloren hatten, weil jeder, der einigermaßen spielen konnte, sich für Stipendien an wichtigeren Colleges bewarb. Dass ich mich weder für Baseball noch für Football noch für Fußball interessierte, Basketball aber gern gespielt hätte, was aber daran scheiterte, dass es in Minot weder einen Basketballplatz noch eine Mannschaft gab und ich mit meinen eins fünfundachtzig sowieso zu klein für Basketball war. Dass der Bus Nummer 3 nur viermal am Tag fuhr, der Bus Nummer 7 dafür jede Stunde, auch nachts, dass man aber bis zu unseren Häusern noch ein paar Minuten laufen musste.

Sie hörte sich alles an, nickte ab und zu, hakte aber nicht weiter nach. Kein Wunder, bei dem Müll, den ich von mir gab. Sogar mir fiel auf, dass ich nur redete, damit sich die Luft bewegte. Und damit sie nicht dachte, ich hätte keine Lust, mich mit ihr zu unterhalten. Zugegeben, ich hätte eigentlich lieber andere Dinge mit ihr angestellt, aber sie war kein Mädchen, das einfach so mit einem Typen vögelte. Und außerdem wollte ich sie ja nicht nur flachlegen, sondern mehr. Sie war mir wichtig. Und das sollte sie spüren. Nur deswegen tat ich mir diese Aktion an. Wäre sie ein normales Mädchen gewesen, hätte ich sie zu Burger King eingeladen und wäre mit ihr anschließend auf irgendeinen Waldweg oder zu ihr nach Hause gefahren. Aber sie war nicht nur eine von vielen. Sie war besonders und verdiente einen besonderen Abend. Ihrer Ansicht nach wahrscheinlich auch einen besseren Kerl.

»Wir sind da«, informierte ich sie, obwohl das unübersehbar war. Der Parkplatz war voller Autos und Menschen und die riesige Leinwand war schon von Weitem zu erkennen.

»Wow«, hauchte sie und sah sich mit großen Augen um. »Das war eine tolle Idee. Danke. Das wird sicher großartig.«

Ihr Lob wärmte mich und ich sperrte es in mir ein. Wer wusste schon, wann sie das nächste Mal etwas so Nettes zu mir sagen würde?

Ich stellte mich in die Schlange an der Kasse, vor und hinter mir vorwiegend Leute, die ich schon mein Leben lang zumindest vom Sehen kannte. Unser Alter war nur vereinzelt vertreten, was bei der Filmauswahl nicht verwunderlich war. Stummfilme. Ging's noch langweiliger?

Eve ging zwischenzeitlich auf die Toilette.

»Hi, einer der Twins«, begrüßte mich der Typ an dem zur Kasse umfunktionierten Biertisch.

Seymor. Ein selten dämlicher Name. Wir hatten gemeinsam die Middle School und anschließend die Highschool besucht, aber wie die meisten Menschen konnte er Tristan und mich nicht unterscheiden.

»Donovan«, klärte ich ihn auf. »Zweimal bitte.«

Er reichte mir die Karten und ich schob ihm einen Schein hin. »Dich hätte ich hier nicht erwartet. Eher deinen Bruder«, stellte Seymor berechtigterweise fest.

Ich setzte einen überheblichen Blick auf und tippte gegen meine Schläfe. »Tja, dann solltest du nicht so viel denken, Seymor. Anscheinend kommt nichts Gescheites dabei raus.«

Er ignorierte meinen Tonfall und den Inhalt und beugte sich ein Stück vor. »Ist doch sicher wegen einer Frau, oder? Warum gibt man sich sonst so was? Ich würde das nie, wenn ich nicht die Aussicht auf eine warme Muschi hätte.« Er sah an mir vorbei und grinste, weshalb ich mich umdrehte und Eve entdeckte, die mit wiegenden Hüften auf uns zulief. Ihre Haare und ihre Brüste wippten bei jedem Schritt. Mehrere Männer drehten sich zu ihr um. Aber sie gehörte zu mir. »Bist du mit ihr hier?«, fragte Seymor.

Ich antwortete nicht. Eve war keine warme Muschi. Ich würde noch ganz andere Sachen anstellen, damit sie die meine wurde. Weil der Rentner hinter uns bereits zu motzen anfing, warum das hier so lange dauerte, klopfte ich zum Abschied auf den Tisch und ging zu Eve.

»Nur damit das noch mal geklärt ist. Ich gehe nicht mit dir aus, um mit dir zu schlafen«, sagte sie, sobald ich sie erreicht hatte.

»Nein, natürlich nicht.« Obwohl ich nicht ablehnen würde, wenn sich die Gelegenheit bieten würde. »Hat das jemand behauptet?«

Sie schüttelte den Kopf. »Ich wollte nur sichergehen.«

Wir suchten uns einen Platz am Rand, von dem aus man gute Sicht hatte, aber nicht zwischen den vielen Zuschauern saß. Feierlich öffnete ich meinen Rucksack und zog die Decke heraus, die ich von unserem Wohnzimmersofa ausgeliehen hatte, und breitete sie auf dem Boden aus. Den Rucksack stopfte ich als Kissenlehne darunter.

Grinsend deutete ich auf das von mir gebaute Nest. »Bitte schön, Bienchen. Setz dich.«

Bei ihrem Lächeln schwoll mein Herz an.

Sie ließ sich auf der Decke nieder, lehnte sich aber nicht an den Rucksack, sondern schlang ihre Arme um ihre angezogenen Knie. Immer noch wirkte sie leicht angespannt. Vielleicht weil sie dem Frieden nicht traute und immer noch darauf wartete, dass ich sie schikanierte. Da konnte sie heute lange drauf warten.

Ich pflanzte mich neben sie. Nah genug, um ihre Wärme zu spüren, aber weit genug weg, um sie nicht zu bedrängen. Während die Sonne langsam unterging, schwiegen wir, aber diesmal fühlte es sich nicht unangenehm an. Der Abend war klar und wolkenlos.

Bewegungslos hockten wir auf der Decke, berührten uns nicht, sahen uns nicht an, aber für den Moment genügte es mir, einfach bei ihr zu sein. Ich konnte warten. Was für mich nicht selbstverständlich war, weil Ungeduld zu meinen Haupteigenschaften zählte. Nach und nach entspannte sie sich, streckte ihre Beine aus und stützte sich hinter sich ab.

Als es ganz dunkel war, die ersten Sterne hervorblitzten, der Mond über der Leinwand erschien und ich mir wie auf einem kitschigen Gemälde vorkam, verstummte das Gemurmel um uns herum und ohne Werbung begann die Handlung. Ich wusste bereits in den ersten Minuten, wie stinklangweilig der Film war. Unter normalen Umständen wäre ich sofort wieder abgehauen, aber ich war mit Eve hier. Das hier war für sie. Deswegen blieb ich tapfer sitzen und ließ alles über mich ergehen und versuchte, nicht zu offensichtlich zu gähnen.

Auf einmal spürte ich ihre Hand auf meinem Oberschenkel. Unbemerkt war sie näher gerückt. Wo ihre Finger mich berührten, prickelte meine Haut und mein Schwanz regte sich. So empfindlich reagierte ich sonst nicht auf so harmloses Anfassen.

Vorsichtig, um sie nicht zu vertreiben, legte ich meine Hand auf ihre. Sie war wieder eiskalt.

»Frierst du?«, fragte ich leise.

Warum hatte ich keine zweite Decke dabei? Zwar war es erst September, aber die Nächte kühlten zum Teil schon empfindlich ab. Minot lag eben nicht in Kalifornien, sondern in North Dakota. Wir konnten froh sein, dass es nicht regnete.

Sie schüttelte den Kopf, zitterte aber weiter. Also legte ich meinen Arm um sie und zog sie an mich. Wärmte sie mit meinem Körper. Erfreulicherweise versteifte sie sich nicht, rutschte sogar noch näher und kuschelte sich an mich. Erstaunlich, wie lächerlich glücklich so eine winzige Annäherung machen konnte. Ich rubbelte über ihren Arm, was ihre Haut ungefähr so erwärmte, als hätte ich einen Eisklotz gestreichelt. Deshalb öffnete ich meine Beine, und sie verstand und kletterte über mich. Wie selbstverständlich platzierte sie sich zwischen meinen Schenkeln und lehnte sich an mich. Ihre Haare berührten mein Gesicht, ihr Rücken presste sich an meine Brust und für einen Moment schloss ich meine Augen und genoss ihre Nähe und ihren Duft, bevor ich sie von hinten umarmte. Offenbar half das, denn endlich wurde sie weich, hörte auf zu zittern und legte ihre Unterarme auf meinen ab.

So saßen wir eine Weile und sahen zu, wie ein Schwarz-Weiß-Typ mit Frack, Fliege und Zylinder zu dramatischer Musik die Lippen bewegte und sich einer Frau zuwandte, die daraufhin ein entsetztes Emoji mimte. Mir waren Actionfilme eindeutig lieber. Aber das war egal. Eve lag in meinen Armen und fand es anscheinend nicht furchtbar. Das zählte.

Langsam, Donovan, mahnte ich mich. Ein donovanmäßiger Verführungsangriff hätte ihre schlechte Meinung über mich nur bestätigt. Ganz konnte ich mich jedoch nicht zurückhalten. Ich senkte meinen Kopf, strich mit der Nase ihre Haare beiseite und küsste sie auf den Hals. Nur ganz leicht und viel zu kurz. Sie schmeckte süß und frisch und nach Unschuld. Wieder wehrte sie sich nicht, neigte beinahe unmerklich ihren Kopf, ihre Finger schlossen sich um mein Handgelenk. Um sie nicht zu überfordern, beließ ich es jedoch dabei, löste meine Lippen von ihr und gab vor, mich weiter für den Film zu interessieren.

Allerdings hielt ich nur fünf Minuten durch. Dann suchten meine Lippen erneut ihre Haut. Es war wie ein Zwang. Wie von selbst fuhr mein Mund von ihren Schultern hoch zu der Stelle hinter ihrem Ohr. Diesmal erschauderte sie nicht vor Kälte. Sie zog zischend Luft ein, ihr Griff um meine Arme verstärkte sich. Weil sie mich immer noch nicht aufhielt, wurde ich mutiger. Meine Hand wanderte von ihrer Hüfte zu ihrer Wange und strich zart darüber. Langsam drehte ich ihr Gesicht seitlich. Hielt sie sanft fest und beugte mich über sie. Küsste sie auf die Stirn, auf die Nase, auf den Mundwinkel.

Ihr Kopf sank an meine Schulter und sie schmiegte sich leise seufzend an mich. Innerlich jubelte ich, weil sie mir erlaubte, sie zu entdecken, und es ihr offenbar gefiel. Sonst hätte sie mich schon längst zur Sau gemacht. Trotzdem wollte ich nichts überstürzen. Dieses ungewohnt vorsichtige Herantasten fühlte sich intimer und bedeutender an als das schnelle Ich-will-Sex-Ding, das sonst mit Frauen ablief. Eves Lider waren geschlossen, flatterten leicht. Träge leckte sie sich über die Lippen. Nie hatte ich mir mehr gewünscht, eine Zunge zu schmecken.

Die ganze Zeit über blieben wir stumm wie der Film vor uns auf der Leinwand.

Unvermittelt setzte sie sich auf, schwang ihre Schenkel über meine und drängte sich noch dichter an mich. Was kaum möglich war. Ihr Gesicht war jedoch weiter auf die zwei schwarz-weißen Liebenden gerichtet.

Wieder bewegten wir uns minutenlang nicht, bis sie auf einmal ihre Hand hinten unter meinen Pullover schob und ich mädchenhaft kreischte, weil ihre Finger verdammte Eiszapfen waren. Die Zuschauer um uns herum starrten uns mit rügenden Gesichtern an, jemand zischte »Pscht« und ich hob entschuldigend meine Hand.

»Tut mir leid«, flüsterte sie und kicherte. »Mir ist immer noch kalt.«

Wegen der aktuellen Entwicklungen hatte ich die Thermoskanne Tee in meinem Rucksack ganz vergessen. »Warte kurz«, bat ich sie deshalb, obwohl ich eigentlich nichts an der momentanen Situation ändern wollte. Umständlich, um den Körperkontakt zu ihr nicht ganz zu verlieren, fummelte ich die Flasche heraus. Ihre Hand blieb dabei auf meinem Rücken. Von mir aus auch weitere fünf Millionen Jahre, obwohl sich meine Niere langsam in ein Tiefkühlorgan verwandelte.

»Du hast wohl an alles gedacht«, sagte sie leise, aber für die Leute in den Stühlen zwei Meter entfernt immer noch zu laut, die sich erneut zu uns umdrehten.

»Leise«, motzte ein Mann.

Dabei wurde in dem Film ja ohnehin nichts gesprochen, was man verpassen konnte. Diesmal ignorierte ich ihn, schraubte den Becher und den Deckel der Isolierkanne ab und goss Tee hinein. Der Geruch nach warmen Früchten verbreitete sich. Ich reichte ihr den Behälter und mit ihrem umwerfenden Lächeln nahm sie ihn und schloss ihre Finger darum. Leider musste sie dabei ihre Hand unter meinem Pulli hervorziehen. Sobald sie mich nicht mehr berührte, fror ich mehr als von ihren Schneemannfingern. Oder Schneefrau, um es für Eve gendergerecht auszudrücken.

Sie spitzte ihre Lippen, pustete in die dampfende Flüssigkeit und probierte vorsichtig. Schluckte, nippte, pustete wieder. Ich konnte meinen Blick nicht von ihrem Mund abwenden, der vom Licht der Leinwand in Szene gesetzt wurde. Meine Kehle war auf einmal staubtrocken und ich schluckte hart. Nur half da kein Tee der Welt.

Ohne meine Augen von ihren zu lassen, brachte ich mein Gesicht näher an ihres. Sie hielt mir den Becher hin, sah mich an, vielleicht erschrocken, vielleicht sehnsüchtig, vielleicht neugierig. Keine Ahnung. Wichtig war, sie wich nicht zurück und schüttete mir auch nicht den heißen Tee ins Gesicht oder über meinen Schritt. Wortlos griff ich die Tasse und stellte sie neben der Decke ins Gras. Dann beugte ich mich noch weiter vor, verharrte kurz, um ihr die Chance zu geben, doch noch abzulehnen. Doch das tat sie nicht. Stattdessen starrte sie auf meinen Mund, ihre Lippen glänzten. Also küsste ich sie, wie ich es bereits wollte, seit ich sie von meinem Fenster aus bei ihrem Einzug beobachtet hatte.

Sie schmeckte noch besser als erwartet, ihre Lippen waren unfassbar weich. Weicher als alle, die ich jemals geküsst hatte. Und das waren, ohne anzugeben, eine ganze Menge.

Sie erwiderte meinen Kuss, zuerst vorsichtig, dann forscher. Zumindest im Küssen hatte sie mehr Erfahrung als gedacht. Vielleicht war sie doch nicht so unschuldig, wie sie wirkte und wie sie sich gab. Oder sie war ein Naturtalent. Ihre Hände landeten in meinem Nacken, hielten mich fest, als würde ich sonst abhauen. Was ich garantiert nicht vorhatte!

Meine Finger umschlossen ihr Gesicht, meine Daumen streichelten ihre Wangen. Von einer Sekunde auf die andere lag sie auf dem Rücken und ich halb über ihr. Keine Ahnung, wer die Initiative ergriffen hatte.

Mir war das auch völlig schnurz. Ich spürte sie, mit allen Sinnen, mit Lippen und Händen und Körper. Gott sei Dank verbarg die Dunkelheit meine Erektion. Vor Eve jedoch konnte – und wollte – ich sie nicht verstecken.

Meine Kontrolle schwand immer mehr. Wie hatte ich nur glauben können, dass ich mich bei ihr beherrschen und langsam machen konnte? Nur weil wir in der Öffentlichkeit waren, zwang ich mich aufzuhören und nahm meine Lippen von ihren. Meine Finger jedoch nicht. Sie keuchte leise, sah zu mir hoch und die Fragezeichen in ihren Augen sprangen mir regelrecht entgegen.

»Du gehörst mir und ich will dich sofort in meinem Bett. Oder wahlweise in einem der Büsche hier«, wollte ich ihr am liebsten sagen. Doch ich küsste sie wieder auf die Stirn, setzte mich hin und half ihr, sich ebenfalls wieder aufzurichten. Ihr Shirt war verrutscht, ihre Haare zerzaust. So stellte ich sie mir nach dem Sex vor, was mir nicht half, mich abzukühlen.

Den restlichen Film über (vielleicht waren es auch mehrere hintereinander) küssten wir uns nicht mehr, blieben aber in der gleichen Stellung wie vorhin, sie zwischen meinen Beinen, ihr Rücken an meine Brust geschmiegt, meine Arme um sie.

Kalt war es auf jeden Fall nicht mehr. Das Blut rauschte heiß und pochend durch meine Adern, mein Herz wummerte schnell und unregelmäßig. Falls sie meine Dauererektion an ihrem Steiß bemerkte, kommentierte sie es zumindest nicht. Also hatte sich tatsächlich etwas zwischen uns geändert. Gestern noch hätte sie mich als notgeilen Arsch beschimpft. Heute jedoch war sie ungewohnt zahm, was schön war. Und gleichzeitig auch irgendwie schade.

Endlich war das Stummfilmmarathonelend vorbei, aber dadurch auch leider unser gemütliches Kuschelirgendwas. Während die anderen Menschen sich Richtung Ausgang bewegten, saßen wir noch auf unserer Decke und genossen unsere kleine Blase. Erst als der Aufräumer, ein Kerl, den ich vom College und diversen Partys kannte, durch die Reihen lief, Müll aufsammelte und die Plastikstühle stapelte, mussten wir zwangsläufig zurück in die Realität.

Ich wartete, bis Eve sich aufgerappelt hatte, bevor ich aufstand und die Decke und die Thermosflasche in den Rucksack stopfte. Gegessen hatten wir von meinem Picknick nichts. Dabei hatte ich extra vegane Müsliriegel gekauft und Obst und Gemüse geschnitten. Eigenhändig, ohne Morgans Hilfe.

Auf dem Heimweg plapperte ich diesmal nicht wie ein Idiot über irgendwelches belangloses Zeug, sondern wollte ihr zeigen, dass ich mich für sie und ihr Innerstes interessierte (und das meinte ich nicht zweideutig, zumindest nicht ausschließlich). Ich zermarterte mir den Kopf, wie ich eine Unterhaltung ohne Provokationen beginnen sollte. In normaler Konversation war ich nicht wirklich geübt. Meistens redete ich Blödsinn, nicht über tiefschürfende Themen. Sie dagegen erzählte scheinbar problemlos, was sie an Stummfilmen so toll fand.

Im Gegensatz zum Hinweg waren ihre Schritte diesmal leicht und beinahe tänzelnd. Aufgeregt tippelte sie neben mir her und blickte immer wieder zu mir hoch. Von dem, was sie erzählte, bekam ich nur die Hälfte mit, weil ich von ihrem Anblick so abgelenkt war. Aber ich riss mich zusammen und hörte zu.

»Natürlich sind die Gesichtsausdrücke überzeichnet und für heutige Verhältnisse übertrieben. Aber sie schaffen es, ganz ohne Text eine Stimmung zu erzeugen und eine komplette Geschichte zu erzählen. Viele Schauspieler von heute wären dazu nicht in der Lage«, sagte sie gerade. Das mochte alles stimmen, trotzdem würde ich kein Fan von solchen Filmen werden. Sie zu küssen, dafür hatte sich der Abend auf alle Fälle gelohnt. »In Chicago gab es auch ein Freiluftkino. Mehrere sogar. Aber das beste war das im Freibad. Manchmal blieben meine Freundinnen und ich einfach so lange dort, bis der Film anfing. Vom Bikini in die Abendgarderobe sozusagen.« Ich verzichtete auf einen Bikinikommentar, obwohl ich wusste, wie heiß sie darin aussah. Echte Konversation war angesagt.

»Wie ist es, in einer Großstadt zu leben?«, fragte ich und war ganz stolz auf mich, weil mir eine normale Frage eingefallen war.

Sie stoppte und drehte sich halb zu mir herum. Ein Windstoß wehte ihr eine Strähne ins Gesicht. Mit geschlossenen Augen schüttelte sie sie wie in einer Shampoowerbung weg. »Es ist großartig«, schwärmte sie dann und sah mich endlich wieder an. »Es gibt dort so viele Möglichkeiten. Man kann alles tun, was man will. Sein, wie man will. Man findet immer Orte oder Menschen, denen man sich nahe fühlt. Die so sind wie man selbst. Wo man sich ausleben kann. Wo es alles gibt, was das Leben und die Gesellschaft zu bieten hat. Vom Bodensatz bis zu perfekten Biografien. Hier ist alles so ...« Sie stockte und machte eine hilflos wirkende Geste.

»So langweilig und gleichförmig?«, half ich nach.

Sie nickte, verzog gleichzeitig das Gesicht, als wäre es ihr unangenehm, so zu denken.

»Man kann es sich hier schon passend machen. Wenn einem langweilig ist, muss man eben dafür sorgen, dass es spannend und spaßig wird.« Ich zwinkerte und grinste, woraufhin sie wie gewohnt die Augen verdrehte, dabei aber grinste. »Aber ich weiß, was du meinst«, fügte ich ernster hinzu. »Ich fühle mich manchmal wie im Altenheim.«

Sie kicherte. »Oder in einer dieser Kleinstadtserien.« Sie nahm meine Hand. »Tut mir leid. Es ist dein Zuhause. Ich wollte es nicht schlechtmachen. Minot ist toll. Es ist nur nicht Chicago. Verstehst du?«

»Schon okay. Alles gut.« Zur Bestätigung küsste ich sie kurz auf den Mund. »Ich hänge nicht an der Stadt, ich hänge an meiner Familie. Nur deswegen bin ich noch hier.« Das hatte ich eigentlich nicht sagen wollen. Ihr Blick wurde weich.

»Aus dem gleichen Grund bin ich mit hierhergekommen«, gab sie zu.

Also waren wir uns wenigstens in einem Punkt ähnlich.

»Was vermisst du am meisten?«

»Meine Freundinnen. Aber die sind ohnehin alle weggezogen, im ganzen Land auf Eliteunis verteilt.«

Ich setzte mich auf eine Bank an einer Bushaltestelle. Weil sie zögerte, klopfte ich auf den freien Platz neben mir. Sie setzte sich, allerdings in für meinen Geschmack viel zu großem Abstand. Ihre Finger spielten mit einem Stück abgeblättertem Lack. Ihr Blick war auf ihre Knie gerichtet.

»Viele Freunde waren es ohnehin nicht«, fügte sie leise hinzu, ohne mich anzusehen. »Und meine Arbeit. Der Job hier ist toll, keine Frage. Aber der zu Hause hatte mehr Sinn.« Sie wandte sich mir zu und ich nickte. »Die kulturellen Veranstaltungen. Die Museen und Bibliotheken.«

»Wir haben hier auch Museen.« Sie hob die Augenbrauen. »Nicht mit denen in Chicago vergleichbar, das ist logisch. Aber trotzdem sehenswert. Wir sollten uns mal gemeinsam das Eisenbahnmuseum anschauen.«

Warum verteidigte ich diese Stadt? Die Museen und Sehenswürdigkeiten hier waren ungefähr so spannend wie Fußkäse. Aber Eve zu widersprechen war wie ein Reflex. Wahrscheinlich würde das nie aufhören. Selbst wenn wir wirklich ein Paar werden sollten.

Ihr Blick war Antwort genug. Natürlich konnte Minot nicht im Entferntesten gegen Chicago anstinken.

»Die tollsten Dinge sind eben oft versteckt. Das gilt für Menschen wie für Orte. Man sollte nicht vorschnell urteilen«, raunte ich in ihr Ohr und meinte damit nicht das Luftfahrtmuseum oder die Kunstgalerie, die beide wirklich, wirklich zum Gähnen waren. Ich stand auf und lief ein paar Schritte rückwärts von ihr weg, streckte aber meine Hand aus und lockte sie zu mir. Tatsächlich erhob sie sich ebenfalls, trat zu mir und ließ sich von mir umarmen. Sie schluckte und stellte sich auf die Zehenspitzen, um meine Lippen zu erreichen. Aber ich ärgerte sie, indem mich aufrichtete, sodass sie lediglich mein Kinn erwischte. »Wenn du wüsstest, was hinter den gewienerten Haustüren alles so abgeht.«

»Zum Beispiel?«, hakte sie nach.

Sie brachte einen Meter Abstand zwischen uns und sah mich herausfordernd an. Sie war frustriert, weil ich sie ins Leere hatte laufen lassen. Das gefiel mir.

»Im Ernst? Du interessierst dich für Kleinstadttratsch?«

Sie stemmte die Hände in die Hüften. »Warum nicht? Denkst du, intelligente Frauen lesen nie Klatschzeitschriften und immer nur Bücher von Literaturnobelpreisträgern oder beschäftigen sich den ganzen Tag mit Quantentheorie oder der Rolle der Frau in der Gesellschaft?«

Ich zuckte die Schultern. »Was andere Frauen so machen, ist nicht das Thema. Dir auf jeden Fall ist der Alltag doch viel zu trivial.«

Sie verzog den Mund. »Das stimmt nicht. Du stellst mich hin, als wäre ich ein Freak.«

»Du *bist* ein Freak«, diagnostizierte ich und verschränkte meine Arme. Ohne Vorwarnung schubste sie mich. Zuerst dachte ich, sie wollte sich nur aus Spaß rächen, aber sie wirkte ehrlich gekränkt. »Du bist kein Freak«, ruderte ich zurück. »Das war nicht so gemeint. Und wenn, dann bist du ein ganz entzückender und sexy Freak.«

Ich wollte sie berühren, aber sie wich noch weiter zurück. Mist. Ich sollte wirklich besser aufpassen, was ich sagte.

»Doch, bin ich. Ich höre das schließlich nicht zum ersten Mal. Vor allem von Männern.« Sie biss sich auf die Lippe, als hätte sie etwas ausgeplaudert, was sie lieber für sich behalten hätte, und wandte sich ab.

Ich lief zu ihr und zog sie wieder an mich. »Die spinnen alle. Ich mag Freaks. Ich finde deine Intelligenz fucking sexy. Merkst du, was du mit mir machst?«

Obwohl ich wusste, dass sie es nicht leiden konnte, rieb ich mich an ihr. Damit wollte ich sie ablenken, auch wenn ich damit wieder den oberflächlichen Donovan spielte. Von mir aus konnte sie sauer auf mich sein oder genervt, aber sie sollte nicht traurig sein. Mit negativen Gefühlen konnte ich nicht umgehen.

Es funktionierte. Aber nicht so, wie gedacht. Denn statt mich wegzustoßen oder anzublaffen, schob sie ihre Arme unter meinen durch und kam mir entgegen. Ihre Hände rutschten auf meinen Po und kneteten ihn leicht. Holla! Damit hätte ich nicht gerechnet. Ich liebte unvorhersehbare Frauen. So sehr mir ihre Berührung gefiel, ich löste trotzdem ihre Finger von meinem Hinterteil und drückte unsere Hände an meine Brust. »Magst du mir erzählen, wer dich so verletzt hat? Und warum?«, fragte ich vorsichtig. Schließlich wollte ich nicht den gleichen Fehler machen.

Ohne Vorwarnung zog sie die Hände weg und lief vor mir davon.

»Bienchen«, flehte ich. »Was ist los? Was habe ich jetzt wieder falsch gemacht?«

»Du sollst mich nicht so nennen! Das habe ich so oft gesagt. Du hörst nie zu und was andere wollen, ist dir total schnuppe«, rief sie.

Was war denn jetzt los? Von ihren Stimmungswechseln bekam man ja Kopfweh. Von weich und anschmiegsam zu abweisend und zickig innerhalb einer Sekunde. Respekt.

Abrupt stoppte sie, sodass ich sie aus Versehen anrempelte und sie strauchelte. Schnell hielt ich sie fest, aber sie schüttelte mich ab.

»Typen wie du, ihr wollt doch ohnehin immer nur das eine. Und wenn ihr den Freak dann geknackt habt, könnt ihr damit angeben.«

»Häh?« Mehr konnte ich nicht sagen. Aber ich ahnte, woher der Wind wehte. Sicher war sie von irgendeinem Vollpfosten in Chicago derb verarscht worden.

»Häh?«, äffte sie mich nach. »Sehr intelligent und kultiviert, Donovan. Typisch.«

»Ich bin nicht dieser Wer-auch-immer, der dich offenbar verletzt hat. Ich bin ich.« Sie widersprach nicht, weshalb ich davon ausging, dass ich mit meiner Vermutung richtig lag. »Projiziere die Vergangenheit mit diesem Arsch nicht auf mich. Und wenn ich mich richtig erinnere, habe ich dich nicht gezwungen, mich zu küssen. Du hast sehr engagiert mitgemacht. Also red keinen Scheiß und unterstell mir nicht, dass ich dich nur ficken will. Wenn das so wäre, hätte ich mir nicht diesen langweiligen Film angetan. Dann hätte ich dich schon längst gevögelt. Du hättest mich angebettelt, es dir endlich zu besorgen. So viel Aufwand habe ich nämlich nicht nötig. Und mit Eroberungen angeben erst recht nicht. Bin ich vierzehn, oder was? Ich bin nicht der Prolet, für den du mich hältst, kapier das doch endlich. Ich verbringe gern Zeit mit dir. Denkst du, ich koche Tee oder schneide tonnenweise Rohkost für eine Frau, der ich nur zwischen die Beine will? Garantiert nicht! So weit solltest du mich mittlerweile kennen, dass ich nichts mache, was Stress bedeutet. Ist doch einer deiner Vorwürfe gegen mich.«

»Du behauptest also, du willst keinen Sex mit mir?«, fauchte sie. Auf den Rest ging sie nicht ein, was nicht nötig war, weil ihr Gesichtsausdruck alles sagte.

»Natürlich will ich das! Weil du so sexy bist, dass ich nur noch an dich und deine Lippen und diese Haare und diese Beine denken kann.«

Ich fuchtelte vor ihrem Körper in der Luft herum. Dann packte ich sie am Handgelenk und riss sie zu mir. Mit einem Ächzen prallte sie gegen mich, stützte sich mit den Handflächen auf meiner Brust ab und krallte sich in mein Hemd. Ich drängte sie rückwärts, bis wir an eine Hauswand stießen und sie zwischen mir und dem Putz eingeklemmt war. Mein Schwanz pochte und drückte schmerzhaft gegen meine Jeans. Ich ließ sie ihn spüren. Instinktiv bewegte sie ihre Hüften, aber als sie es registrierte, versteifte sie sich.

»Merkst du, was du mit mir machst? Du störrische, besserwisserische Gutmenschin? Ja, ich will dich vögeln. In allen möglichen Stellungen. Aber ich warte. Weil ich vor allem dich will. *Dich*. Ich kann's gern buchstabieren. Das kann ich nämlich auch, erstaunlicherweise.«

»Lass mich los, du tust mir weh«, keuchte sie, wehrte sich aber nicht. Stattdessen drängte sie sich eher an mich. Sie war ein wandelndes Paradoxon.

Sofort nahm ich meine Hände von ihr und rückte ein Stück ab. Sie hätte locker an mir vorbei und flüchten können, aber sie bewegte sich nicht. Starrte mich nur an. Ihr Brustkorb bewegte sich schnell im Rhythmus meines eigenen.

»Ich hasse dich!«, flüsterte sie.

»Ich dich auch!«, gab ich ebenso leise zurück. Ein Auto fuhr vorbei und hupte und ich zeigte ihm, ohne hinzuschauen, den Mittelfinger. Lachen folgte.

»Du bist wie all die anderen«, warf sie mir vor.

»Machen die anderen auch das?« So zärtlich ich konnte, berührte ich mit den Fingerspitzen ihre Schläfe, streichelte mit dem Daumen ihre Unterlippe. Sie schmiegte sich in meine Berührung und gab ein leises Geräusch von sich. »Oder küssen sie dich so?«

Ich senkte meinen Mund auf ihren, schob meine Zunge zwischen ihre Lippen, legte all meine Gefühle in diesen Kuss. Mein Genervtsein, meine Sehnsucht, meine Ungeduld.

Zuerst verharrte sie regungslos, dann kam Bewegung in sie und sie überraschte mich mit unerwarteter Leidenschaft. Vielleicht, weil sie so wütend war oder weil sie irgendwelche alten Verletzungen an mir auslassen wollte. Aber vielleicht auch, weil sie ebenso scharf auf mich war wie ich auf sie. Aber heute würden wir nicht miteinander schlafen. Schon aus Trotz nicht, um ihr zu beweisen, dass ich warten konnte. Auch wenn ich genau das Gegenteil wollte.

Keuchend ließen wir irgendwann voneinander ab. Meine Stirn lehnte an ihrer. Ihre Finger waren um meine Oberarme gekrampft, meine zu Fäusten geballt an meine Schenkel gepresst. Ihr heißer, süßer Atem streifte mein Gesicht. Die Luft um uns flimmerte, obwohl es schweinekalt war.

»Du bist verdammt verwirrend, Kampfemanzenbienchen. Und du solltest dringend deine Vorurteile Männern gegenüber reflektieren. Da schaffst du es nämlich nicht, jeden so sein zu lassen, wie er ist. Fällt dir das auf?«

»Und du bist ein selbstgefälliger Arsch, der denkt, wenn er mich um den Verstand küsst und mit seinem Knackarsch wackelt, ist alles wieder gut.«

Ich grinste an ihren Lippen. »Und? Hat's funktioniert? Ist alles wieder gut? Danke übrigens für das Kompliment für meinen Hintern.« Demonstrativ presste ich ihre Hände auf meinen Po und wackelte damit hin und her, was ihr tatsächlich ein Lachen entlockte. »Komm, ich bring dich heim.«

Ich leckte über ihre Nase, sie quietschte und wischte sich mit dem

Ärmel die Spucke ab. Ich stieß mich von der Wand ab und hielt ihr meine Hand hin. Nach kurzem Zögern ergriff sie sie und ließ sich von mir nach Hause führen.

Als Gentleman brachte ich sie natürlich bis zur Eingangstür. Während ihr Haus bis auf Tanners Zimmer dunkel und still war, waren die Lichter bei uns noch fast überall an. Selbst das Terrassenlicht leuchtete und zeigte das Chaos darauf.

»Danke für den Abend«, sagte sie, die Hand bereits auf der Klinke.

Ich hob einen Finger. »Du hast das Adjektiv vergessen.«

Sie sah mich verständnislos an.

»Normalerweise sagt man ›Danke für den *schönen* Abend‹. Oder ›Danke für den *fantastischen* Abend‹. Oder so was in der Art. Hast du es nur weggelassen, weil dir keines eingefallen ist, das die Großartigkeit angemessen beschreibt? Oder warst du nur höflich und wolltest mich nicht kränken, weil es so schlimm war?«

Sie legte den Kopf schräg und musterte mich. »Such dir was aus«, entschied sie dann. Sie riss die Tür auf und verschwand im Haus, ohne mir die Chance zu geben, zu antworten oder sie noch einmal zu küssen.

Mit dem Rücken lehnte ich mich an die Tür und rutschte daran herunter. Was für ein seltsamer Abend. Wir hatten uns geküsst – was großartig war. Wir hatten einen furchtbaren Film angeschaut – was dank ihr erträglich gewesen war. Wir hatten gekuschelt. Und wir hatten uns angebrüllt – was sich nicht wirklich falsch anfühlte, weil das eben wir waren.

Waren wir jetzt zusammen? Solche Fragen hatte ich mir das letzte Mal in der Middle School gestellt.

Ich küsste ständig Frauen, trotzdem dachte ich danach nie daran, ob sie nun meine feste Freundin war. Ich war das Gegenteil von dem, was sie wollte. Trotzdem hatte sie mich nicht abgewiesen.

Diese Frau machte mich fertig. Im einen Moment hasste sie mich und im nächsten schob sie mir ihre Zunge in den Hals.

Eve

Ich duschte heiß, bis sich mein Körper nicht mehr so durchgefroren anfühlte. Dann kuschelte ich mich mit einer Wärmflasche unter meine Decke.

Was für ein seltsamer und verwirrender Abend. Ich wünschte, Klara wäre hier. Sie war die Einzige, die mir seit unserer Kindheit als Freundin treu geblieben war. Vor ein paar Wochen war sie zum Studieren nach LA gegangen. Seitdem hatten wir nur kurze Nachrichten ausgetauscht. Unsere neuen Leben beschäftigten uns und beide hassten wir telefonieren. Uns war klar, dass unsere Freundschaft durch die Trennung nicht mehr die gleiche sein würde. Klara würde neue Freunde finden, sich einen netten Kerl angeln und vermutlich bald eine Familie gründen, wie sie es immer schon wollte. Ich vermisste sie, aber ich kam auch gut allein zurecht. Nach diesem Abend jedoch hätte ich jemanden zum Reden gut gebrauchen können.

Bevor ich weitergrübeln konnte, piepste mein Handy. Ich angelte es vom Nachttisch und sah aufs Display. Donovan.

> Donovan: *Ich höre immer zu, wenn du mir etwas erzählst. Also bin ich nicht so ignorant, wie du behauptest. Übrigens musst du mich nicht anbrüllen, ich höre nämlich ziemlich gut. Und ich interessiere mich auch für das, was andere wollen. Zum Beispiel habe ich durchaus mitbekommen, was du an Stummfilmen gut findest.*

Donovan: *Komm zum Fenster.*

Ich: *Wieso? Ich schlafe schon.*

Was nicht stimmte, weil mich die Gedanken an ihn vom Schlafen abhielten.

Donovan: *Tust du nicht. Du schreibst mit mir. Also schwing deinen sexy Hintern aus dem Bett und schau zu mir rüber.*

Mein genervtes Schnaub-Seufzen konnte er nicht hören. Aus unerfindlichem Grund befolgte ich aber seine Anweisung und zog die Vorhänge auf. Hinter Donovans Fenster brannte Licht, ebenso wie bei Tristan, bei ihm allerdings etwas dunkler. Ich sah ihn im Bett mit einem Buch, Rylee an seine Brust geschmiegt. Wahrscheinlich las er ihr etwas vor. Mein Herz stolperte und ein Kloß bildete sich in meinem Hals. Donovan würde mir nie etwas vorlesen.

Kurz darauf begannen sie, sich zu küssen. Es war falsch, ihnen zuzusehen, aber ich konnte meinen Blick nicht abwenden, selbst dann nicht, als sie weiter gingen. Wie eine Spannerin beobachtete ich die beiden und schämte mich gleichzeitig dafür. War ihnen bewusst, wie deutlich man von hier aus alles sehen konnte? Während Rylee rittlings auf Tristan kletterte und sie dabei weiter knutschten, tastete Tristan nach der Lampe neben dem Bett und schaltete sie aus, sodass das Zimmer im Dunkeln lag und mein Privatporno zu Ende war.

Wieder meldete sich mein Telefon.

Donovan: *Schaust du zu mir, Bienchen?*

Ich: *ja*

Notgedrungen richtete ich meine Aufmerksamkeit auf Donovans Fenster, allerdings abgelenkt von dem Gedanken an das Treiben nebenan. Grinsend winkte Donovan zu mir herüber und ich hob meine Hand und erwiderte den Gruß.

Er gab mir ein Zeichen, dass ich kurz warten sollte. Dann verschwand er aus meinem Blickfeld und das Licht wurde gedimmt. Als er zurückkam, war er nur noch als schwarze Silhouette zu erkennen. Einen Moment passierte nichts und ich dachte schon, er wollte mich verarschen. Doch dann bewegte er sich. Sein Schatten beugte sich vor, die Hände wanderten zum Gesicht, der Rücken war nach vorn gekrümmt, der Körper zitterte. Erst wenig, dann immer stärker.

Er weinte. Oder stellte es pantomimisch dar. Er fasste sich an die Brust, richtete sich auf, streckte die Arme aus.

Eine zweite Person kam ins Blickfeld. Eine sehr dünne Person. Erst nach ein paar Sekunden identifizierte ich Jimbo, was mich auflachen ließ. Donovan umarmte Jimbo, wiegte sich mit ihm hin und her. Tanzten sie etwa?

Auf einmal schubste er ihn weg. Im nächsten Moment rollte Jimbo zurück und sie küssten sich. Jimbos Gliedmaßen schaukelten dabei wild hin und her. Einen Augenblick später hob Jimbo die Knochenhand und patschte sie gegen Donovans Wange. Drehte sich herum und rannte weg. Beziehungsweise wurde von Donovan weggekickt. Nur um kurz darauf wieder von ihm umarmt zu werden. Donovan legte den Kopf in den Nacken, lachte mit offenem Mund, schmiegte sich an Jimbo, streichelte seinen Rücken und seinen Po, rieb sich an ihm.

Spielte er uns nach? Das Verhältnis zwischen Donovan und mir? Unser ewiges Streiten trotz der unbestreitbaren Anziehung? Ich wusste nicht, wie ich das finden sollte.

Über mehrere Runden ging es so, bis das Licht komplett ausging und ich nichts mehr erkennen konnte. Die Vorstellung war vorbei.

Ich: *Warum tust du das?*

Donovan: *Weil du Stummfilme liebst. Weil ich dir zeigen*

will, dass ich auch intellektuell sein kann. Weil ich dich zum Lachen bringen will. Weil ich dich gern noch mal küssen würde. Weil ich das Letzte bin, an das du heute vor dem Einschlafen denken sollst.

Das hatte er geschafft.

Donovan: *Und weil Jimbo Samenstau hat und mich dazu gezwungen hat, es ihm zu besorgen.*

Ich: *Du solltest Jimbo dringend eine Freundin besorgen. Sonst entwickelt sich eure Beziehung in eine ungesunde Richtung.*

Auf seine anderen Gründe ging ich bewusst nicht ein, obwohl mir jeder einzelne davon gefiel. Auf Herzklopfenart. Trotzdem traute ich dem netten Donovan noch nicht ganz. Diesmal passte ich auf mein Herz besser auf als bei Elliot. Denn Donovan barg die Gefahr, mein Herz zu brechen.

Donovan: *Keine Sorge, ich habe alles im Griff. Wir helfen uns da gegenseitig. Im Gegenzug leihe ich mir manchmal seine Hand.*

Ich: *Igitt. Ich will nichts davon hören. Du bist ekelhaft. Und kannst wieder mal an nichts anderes als an deinen Penis denken.*

Donovan: *Hihi, du hast Penis gesagt.*

Ein Zwinkersmiley folgte.

Donovan: *Ich habe nie behauptet, dass Jimbo mir einen*

runterholt. Er kratzt mir den Rücken. Habe ich Aurora doch schon erzählt. Manchmal hält er meine Bierdose. Oder mein Handy. Oder ist mein Kleiderständer. Wer hat hier also die versauten Gedanken?

Ich zog die Vorhänge zu und schlüpfte zurück unter meine Decke.

Ich: *Danke für die Vorstellung.*

Donovan: *Du hast wieder das Adjektiv vergessen, Alzheimerbienchen. Aber kein Problem. Ich setze es selbst ein. Danke für die* GROSSARTIGE *Show. Die* OSKARREIFE *Show. Die* BERÜHRENDE *Show.* EMOTIONALE *Show.* LEBENSVERÄNDERNDE *Show. Hach, mir fallen so viele ein. Ich kann mich gar nicht entscheiden.*

Ich: *Es war toll. Danke. Zufrieden? Kann ich jetzt endlich schlafen?*

Donovan: *Nur, wenn du mir sagst, was du gerade anhast. Schläfst du nackt? Ich schon. Immer und überall.*

Ich: *Das werde ich dir sicher nicht auf die Nase binden.*

Obwohl ich versuchte, es zu verhindern, stellte sich mein Verrätergehirn jetzt Donovan nackt vor. Und das Ergebnis gefiel mir ausgesprochen gut.

Donovan: *Ich werde es bald herausfinden. Schlaf gut, Bienchen. Denk an mich, wenn du dich anfasst und wenn du kommst.*

Glaubte er tatsächlich, ich würde ihn als Masturbationsvorlage verwenden? Garantiert nicht. Abgesehen davon, dass ich es selten tat. Nicht, weil ich mich schämte. Sondern weil ich irgendwie noch nicht herausgefunden hatte, was daran so toll sein sollte. Einen Orgasmus hatte ich dabei noch nie bekommen. Oder hatte es nicht bemerkt. Also sparte ich mir die Mühe.

Vielleicht konnte Donovan mich diesbezüglich ja aus meinem sexmäßigen Dornröschenschlaf wecken. Erfahrung, was Frauen Lust bereitete, hatte er sicher genug. Der Gedanke erschreckte, verstörte und erregte mich gleichermaßen.

> Ich: *Das Michanfassen überlasse ich dir.*

> Donovan: *Schreibe ich gerade mit der richtigen Eve? Aber natürlich gern. Jederzeit. Soll ich gleich rüberkommen? Ich habe gerade nichts anderes vor.*

> Ich: *Vergiss die Nachricht. GUTE NACHT!*

> Donovan: *Du schreist schon wieder. Heb dir das lieber für die wichtigen Situationen auf. Zum Beispiel, wenn meine Finger in dir sind. Oder andere Körperteile.*

Warum hatte ich mich zu diesem Kommentar hinreißen lassen?

> Ich: *Gute Nacht, Neandertaler. (Diesmal ohne Schreien. Und im Übrigen wird das, was du willst, nicht passieren. Das oben war ein Witz. Ein WITZ!)*

Dass ich tatsächlich mit ihm schlafen wollte, würde ich ihm nicht auf die Nase binden. Und vor allem sollte er sich – wenn er schon nicht Tristan war – gefälligst weiter anstrengen.

> Donovan: *Jeder Witz hat einen wahren Kern. Zwingen*

werde ich dich zu gar nichts. Du wirst mich anbetteln. Wirst schon sehen. ;) Wichtiger Fun Fact: Neandertaler waren nicht die Proleten, für die sie alle halten. Sie waren eine hoch entwickelte Kultur mit Kunst und Musik und allem, was sich jemand wie du wünscht. Und jetzt darfst du schlafen.
Wir sehen uns morgen in der Praxis.

Ach ja. Morgen war großes Praxisrenovieren angesagt. Mit Streichen und Bödenabschleifen und neuen Möbeln. Mom hatte erzählt, dass die Jonesfamilie mithalf, und war ganz entzückt darüber. Ich weniger.

Donovan: *Ich weiß, dass du dich gerade fragst, ob ich nur helfe, um dich ärgern und nerven zu können. Nein. Tanner ist seit hundert Jahren mein Freund und wenn er oder George Hilfe benötigen, bin ich da. Trissi und Rylee kommen auch. Und Enis. Und mein Dad und Nate und Parker und Mo. Und Omar und Emily. So ist das nämlich in einer Kleinstadt. Man ist füreinander da. Wir werden viel zu viele sein, aber hey, was soll's. Dann wird es eben eine Party. Zieh den kurzen Jeansoverall an, in dem hast du so einen sexy Hintern. Gute Nacht. Bis morgen, Malerbienchen.*

Mist, genau den hatte ich tatsächlich tragen wollen, weil er bequem und praktisch war. Aber ich ließ mir nichts vorschreiben, also musste ich umplanen.

Ich: *In einer Großstadt hilft man sich auch. Man muss nur die richtigen Leute kennen. Also bilde dir nichts ein. Du bist nicht der Superheld, der du gern wärst. Bis morgen.*

Donovan: *Ich bilde mir gar nichts ein. Ich bin ein*

Superheld! Natürlich ohne Cape. Das ist für Anfänger und Angeber. Willst du wissen, was meine Superkraft ist? Ich kann sie dir zeigen.

Ich konnte regelrecht vor mir sehen, wie er mit den Augenbrauen wackelte und grinste.

Ich: *Falls – und ich sage bewusst* falls *– du eine Superkraft besitzt, dann lediglich die, andere Leute in den Wahnsinn zu treiben.*

Donovan: *In den Wahnsinn also? Was ist daran schlecht?*

Ich: *Ich bin sicher, wir meinen nicht den gleichen Wahnsinn. Jetzt lass mich in Ruhe. Es reicht, dass du mir morgen wieder auf meinen nicht vorhandenen Sack gehst.*

Donovan: *Solche schlimmen Worte aus deinem zuckersüßen Mund? Ich bin entsetzt. Aber okay, ich lass dich in Ruhe.*

Ich antwortete lediglich mit dem Daumen hoch und schaltete mein Handy aus, bevor ich endlich, müde und verwirrt, meine Augen schloss. Doch ich konnte nicht einschlafen. Als hätte Donovan seine ewige Ruhelosigkeit auf mich übertragen. Mein Wecker zeigte 0:35 Uhr. Also war es in Kalifornien gerade mal halb elf. Da Klara gern lange aufblieb, war es also noch nicht zu spät. Ich musste dringend mit jemandem reden.

Es klingelte ewig und ich wollte schon auflegen, als Klara endlich ranging. Im Hintergrund hörte ich laute Musik und Leute. Seit wann ging Klara auf Partys? Sofort fühlte ich mich einsam. Alles veränderte sich.

»Eve?«, brüllte sie ins Telefon. »Warte mal, ich geh mal kurz raus.«

Es knisterte und eine Minute später hörte ich sie wieder.

»Was ist passiert? Du rufst sonst nie an. Ist jemand gestorben?« Sie klang besorgt. Kein Wunder. Wir telefonierten tatsächlich nur in Notfällen. Aber meine momentane Situation war quasi einer.

»Nein, niemand ist gestorben«, beruhigte ich sie. »Ich bin nur etwas durch den Wind.«

»Steckt ein Kerl dahinter?«, vermutete sie laut. Ich nickte, aber weil sie das ja nicht sehen konnte, bestätigte ich es noch einmal.

»Eigentlich zwei«, gab ich zu. Karla pfiff und vor Schreck wäre mir fast das Handy aus der Hand gefallen. »Aber wenn du keine Zeit hast.«

»Quatsch«, unterbrach sie mich. »Die Party ist ohnehin langweilig. Nur doofe Studenten, die sich sinnlos betrinken und begatten. Das ist einfach nicht meine Welt.« Ich war erleichtert. Dann hatte sich doch nicht so viel verändert. »Schieß los. Ich bin ganz Ohr.«

»Also, da wo ich jetzt wohne, in Minot, da haben wir so Nachbarn«, begann ich. »Und zwei davon sind Zwillinge. Eineiige Zwillinge.«

Karla kicherte. »Lass mich raten. Sie sehen fantastisch aus, oder?«

»Ja, das tun sie. Aber das ist nicht das eigentliche Problem. Ich ... Keine Ahnung, wie ich es zusammenfassen soll. Es ist superkompliziert.«

»Stell dir vor, wir treffen uns in einem Aufzug und du müsstest mir dein Problem wie einen Pitch in zwei Sätzen erzählen«, schlug Karla vor.

Ich wechselte das Handy auf die andere Seite und rutschte tiefer ins Kissen.

»Okay, ich versuche es.« Ich atmete tief durch und konzentrierte mich. »Ich bin in den einen der Zwillinge verliebt, aber der hat eine Freundin und ist außerdem nicht an mir interessiert. Und deswegen gehe ich mit dem anderen aus, weil der so aussieht wie der, in den ich verliebt bin. Heute habe ich ihn geküsst und es war toll. Und jetzt fühle ich mich mies, weil ich weiß, dass er mehr will, und ich nutze ihn quasi aus. Ich wollte nur mit ihm ausgehen und mir vorstellen, er wäre sein Bruder. Irgendwie sind meine Gefühle außer Kontrolle geraten. Denn jetzt gefällt er mir viel besser als vorher. Und vielleicht bin ich auch in ihn ein bisschen verliebt.«

»Hm. Und wo ist das Problem? Dann nimm doch einfach den ohne Freundin, wenn du beide toll findest«, schlug Karla pragmatisch vor.

»Weil ich den anderen trotzdem toller finde. Und weil er eigentlich ein Arsch ist und ein Prolet. Wie Elliot. Und er nervt mich. Weil er nichts ernst nimmt. Das Leben nicht, sein Studium nicht, mich vermutlich auch nicht. Hat mit jeder Sex. Ich will mich da nicht einreihen.«

Eine lange Weile schwieg Karla. »Also erstens«, begann sie dann zu erklären, »ist nicht jeder Typ, der nicht deinem hochintellektuellen Traummann entspricht, wie Elliot. Heiß und männlich bedeutet nicht zwangsläufig Arsch. Zweitens würde dir ein bisschen Spaß durchaus guttun. Und drittens ist es echt mies, jemandem Hoffnungen zu machen, obwohl du ihn nicht willst. Zumindest nicht so sehr wie den anderen.«

Warum war sie nur so ehrlich? Was hatte ich erwartet? Dass sie mir bestätigte, es sei richtig, Donovan als Tristanersatz zu missbrauchen? Das wäre nicht Klara. Sie sah die Dinge auf eine Weise, die manchmal wehtat, die aber stets unverfälscht war.

»So einfach ist das nicht. Klar, ein wenig hoffe ich, mich durch den einen vom anderen zu entlieben. Falls das möglich ist. Eine Mischung aus beiden wäre ideal. Das ist ja das Fatale. Der eine belebt meinen Geist, der andere meinen Körper.«

»Okay, fangen wir noch mal von vorn an. War das Date denn schön?«

Ich seufzte. »Und wie. Er hat mich in ein Freiluftkino eingeladen. Wir haben rumgemacht und gestritten, uns versöhnt und geküsst. Eigentlich machen wir nichts anderes als streiten. Und dummerweise ist da eine sexuelle Spannung zwischen uns –« Ich beendete den Satz nicht.

Klara lachte. »Sag bloß, du willst dein Zölibat beenden?«

»Kann sein«, gab ich zu.

»Sehr gut. Vielleicht schaltest du einfach mal dein Hirn aus und genießt den Augenblick. Schaust, was passiert und wie sich alles entwickelt. Vielleicht hat sich das mit dem anderen dann bald erledigt, wenn du dir es von dem einen mal so richtig besorgen lässt. Sex ohne Liebe gibt es bei dir nicht. Wenn du also auf ihn scharf bist, bist du ohnehin schon mehr in ihn verliebt, als du zugeben willst. Nicht nur ein bisschen. Jetzt musst du nur noch dafür sorgen, dass es so bleibt und du den anderen vergisst.«

Wenn das so einfach wäre. »Seit wann redest du denn solche Sachen?«, erkundigte ich mich verwundert. Karla war sexuell ungefähr so erfahren wie ich. »Ist da etwas, das du mir sagen willst?«

»Mein Liebesleben tut momentan nichts zur Sache. Nur so viel: Wir haben eine Menge verpasst die letzten Jahre, meine Liebe. Also hast du wie ich viel aufzuholen. Magisch, sag ich dir.«

Unwillkürlich musste ich lachen. Dass Karla und ich einmal solche Gespräche über Männer führen würden, hätte ich nie gedacht. »Aber ist es nicht falsch, den einen zu küssen, wenn das Herz nicht zu einhundert Prozent bei ihm ist?«

Sie schnaubte. »Leute machen so etwas ständig. Sie haben One-Night-Stands, küssen, flirten. Solange du ihm nicht die große Liebe vorspielst, ist doch alles gut. Lebe und genieße, Eve. Das haben wir uns viel zu lange versagt.«

Ich atmete tief aus. Im Grunde hatte sie recht. »Auch wenn er mehr will? Und weiß, dass ich auf seinen Bruder stehe?«

»Es ist seine Entscheidung, Eve. Oder lügst du ihn an?«

Kurz dachte ich darüber nach. Nein, obwohl ich eigentlich Tristan küssen wollte, war ich in dem Moment bei Donovan gewesen. Hatte mich ihm hingegeben und wollte ihm nahe sein. Oder doch Tristan? Gestand ich es mir nur nicht ein, dass ich Donovan mehr benutzte, als ich zugab? Wirklich weitergebracht hatte mich das Gespräch bisher nicht. Außer einen Freischein für Sex mit Donovan.

»Ich geh jetzt wieder rein«, sagte Karla, weil ich nichts mehr erwiderte. »Mein Date wartet auf der langweiligen Party auf mich. Ich hoffe, er ist noch nicht zu betrunken, um mich flachzulegen.« Wieder lachte sie. »Fühl dich gedrückt und mach, was dir gefällt. Und ruf erst wieder an, wenn du keine Jungfrau mehr bist. Nicht dass dieses Telefonieren zur Gewohnheit wird. Wofür gibt es Nachrichten-Apps und Mails?«

Sie kicherte und ich stimmte mit ein.

»Danke, Karla«, sagte ich leise und dann legten wir auf.

Als ich mich am nächsten Morgen total verschlafen aus dem Bett quälte, waren alle schon mit dem Frühstück fertig und abmarschbereit. Mom holte gerade einen Schokokuchen aus dem Ofen, ein Berg Muffins wartete auf dem Tisch. Aurora und Gabriella rannten in der Küche herum und spielten Fangen, während Tanner und George in blauen Arbeitslatzhosen im Flur ihre Schuhe anzogen und sich verabschiedeten.

Den Tee, den Mom mir servierte, nahm ich gerne an, ebenso den Marmeladentoast. Danach duschte ich schnell, schlüpfte in eine alte Jeans und ein ausgeleiertes Longsleeve und brach mit Mom, den Mädchen und dem Kuchen zur Praxis auf.

Auf der Fahrt überlegte ich, wie ich mit Donovan nach gestern Abend umgehen sollte. Wir hatten nicht darüber geredet, was wir nun zusammen waren und wie wir in der Öffentlichkeit auftreten wollten. Ich wusste ja nicht einmal, wie ich wirklich zu ihm stand. Vielleicht war es von seiner Seite aus ohnehin nur eine Laune gewesen.

Er beantwortete meine Frage, indem er grinsend auf mich zuschlenderte, mich vor aller Augen in die Arme zog und seine Lippen auf meine drückte. Vor Überraschung wehrte ich mich nicht und erwiderte automatisch seinen Kuss. Selbst als er seinen Mund von meinem löste, ließ er mich nicht los. Drehte sich mit mir im Arm herum und führte mich von der Tür weg ins Innere der Praxis.

Die Gespräche um uns herum verstummten und alle starrten uns an, als würden uns plötzlich Äste aus dem Kopf wachsen. Aber keiner sagte etwas, wofür ich dankbar war. Trotzdem machte ich mich los und trat einen Schritt zur Seite. Die Aufmerksamkeit war mir unangenehm. Donovan offensichtlich nicht. Ihm war gar nichts peinlich.

Plötzlich sprachen alle durcheinander, aber ich bekam nur Fetzen mit. Von »Das hält nicht lang, er wird's verbocken« und »Ihr seid so süß zusammen«, »Ich freue mich für euch« über »Wusste ich's doch, dass er sie rumkriegt« bis zu einem gesäuselten »Doni ist verliehiebt« war alles dabei. Parker musterte mich skeptisch, die Augenbrauen zusammengezogen, die Mundwinkel zeigten wie die meiste Zeit nach unten. »Bist du jetzt seine Freundin?«

Donovan schlang lässig seinen Arm um meine Schultern. »Yepp.«

Aha, dann war der Beziehungsstatus von seiner Seite auch geklärt. Und wer fragte mich? Ich hasste es, wenn jemand für mich antwortete. Doch ich bekam nicht die Gelegenheit, etwas zu erklären, weil wieder alle zu reden anfingen.

»Ihr zwei? Never ever«, meinte Parker und verzog den Mund, als wären wir beide total ekelhaft.

»Wir haben kein Recht, das zu beurteilen«, schalt Morgan sie. »Wenn sie glücklich miteinander sind, hat niemand etwas dagegen zu sagen. Es ist allein ihre Entscheidung.« Sie lächelte uns an.

Vom Glücklichsein mit Donovan war ich allerdings weit entfernt.

Endlich machte ich mich los, wich einen Meter zurück und verschränkte die Arme. »Wäre schön gewesen, wenn ich vor allen anderen davon erfahren hätte, dass wir offenbar zusammen sind.« So etwas Wichtiges konnte er nicht einfach über meinen Kopf hinweg bestimmen. Ich mochte es ja nicht einmal, wenn jemand für mich Essen bestellte, ohne mich zu fragen, was ich wollte.

»Ach komm, Meckerbienchen. Sei nicht so kompliziert. Ich bin scharf auf dich. Du bist scharf auf mich.« Er hob die Hände und zuckte die Schultern. »Wo ist das Problem?«

Ich reckte mein Kinn vor. »Dass ich gern selbst entscheiden würde, ob ich eine Beziehung habe oder nicht?«

Donovan schnaufte kopfschüttelnd und rubbelte sich über das Gesicht. »Du bist so anstrengend.« Kurz schloss er die Augen und atmete tief ein. »Okay«, sagte er dann und nahm meine Hand. »Liebe Eve Watkins, willst du mit mir gehen?«

Tanner prustete, Tristan und Omar lachten, Emily kicherte und Rylee verdrehte die Augen. Mom, George und Mo sahen mich neugierig und gespannt an, Nate schmunzelte. Toll, dass unser Auftritt alle so amüsierte. Ich war ja gern die Sensation des Tages. Würde sicher eine gute Instagramstory abgeben.

»Müssen wir das in der Öffentlichkeit besprechen?«

Donovan grinste. »Nö, müssen wir nicht. Macht aber mehr Spaß.« Er streckte mir die Hand hin, aber ich lehnte ab. Mit dem Ellbogen deutete er auf einen Nebenraum und ohne zu prüfen, ob er mir folgte, lief ich los. Sobald er drin war, knallte ich die Tür zu.

»Was soll das? Wieso stellst du mich vor den anderen so bloß?«, fragte ich ihn.

»Was? Wieso bloßstellen? Mache ich doch gar nicht! Weil ich dich geküsst habe? Du hast mich zurückgeküsst, schon vergessen?«

Ich seufzte. »Nein. Weil ... Ich hätte das mit uns«, ich fuchtelte zwischen uns hin und her, »einfach gern im Vorfeld geklärt.«

Er schüttelte den Kopf. »Also, für mich ist alles klar. Wir wollen uns.«

Ich wollte zum Widerspruch ansetzen, aber er stoppte mich mit einer Handbewegung. »Schon klar, nicht in allem. Wir machen uns gegenseitig wahnsinnig. Aber sonst. Sag nicht, dass du gestern nichts gespürt hast. Der Kuss war der Hammer. Und alles andere auch«, sprach er das Offensichtliche aus. »Das kann man nicht leugnen. Nicht mal du. Und wenn du ganz ehrlich bist, machen dir unsere Streitereien doch genauso viel Spaß wie mir.« Wieder ließ er mich nicht zu Wort kommen. »Sind ja eigentlich keine Streits, sondern nicht ernst zu nehmende Meinungsverschiedenheiten. Sogar meine unanständigen Andeutungen gefallen dir.« Er wackelte grinsend mit den Augenbrauen.

Es wirkte so dermaßen überheblich, wenn er das machte. Schrecklich. Leider hatte er mit allem recht. »Du bist so von dir selbst überzeugt, das ist zum Kotzen.«

Er ging nicht darauf ein. »Ich weiß, ich bin nicht Tristan. Bei ihm würdest du dich nicht so zieren. Aber gib mir eine Chance. Du wolltest doch, dass ich dir den Donovan zeige, den du mögen kannst. Dann lass es mich auch tun.«

Ich schob meine Hände in meine Ärmel und umfasste meine Unterarme. »Indem du mich damit überrumpelst, dass du rumerzählst, wir seien jetzt ein Paar, sammelst du keine Sympathiepunkte.«

Er lehnte sich an die Wand. »Ich will dir beweisen, wie toll ich bin, nicht mich verbiegen oder in meinen Bruder verwandeln.«

Im Grunde wollte ich das auch nicht. Schließlich wollte ich auch so akzeptiert werden, wie ich war. Aber hätte ich wählen können, hätte ich mich trotzdem für Tristan entschieden. Wir sahen uns für einen langen Moment wortlos in die Augen.

»Komm her, Bienchen«, sagte er dann leise. Er stieß sich von der Wand ab, breitete seine Arme aus und bevor ich darüber nachdachte, lief ich los und ließ mich von ihm umarmen. Erwiderte seine Nähe und bettete meinen Kopf auf seine Brust. Er legte sein Kinn auf meinen Scheitel und streichelte meinen Rücken. »Tut mir leid. Ich wollte dich nicht vor vollendete Tatsachen stellen. Ich dachte nur, nach gestern wäre alles klar.«

»Du solltest nicht so viel denken«, brummelte ich in sein Hemd.

Mit seinen Händen umschloss er mein Gesicht und bog meinen Kopf nach hinten. »Ich will mit dir zusammen sein. Trotz unserer Unterschiede. Und obwohl du auch auf meinen Bruder stehst. Lass es uns versuchen. Wir könnten großartig zusammen sein.« Er lächelte. »Mit uns beiden wird es zumindest nie langweilig. Lass mich nicht betteln«, flehte er, weil ich immer noch nicht reagierte. »Gönn mir einen Rest Würde. Ich versuche normalerweise nicht, Frauen zu überreden. Die meisten reißen sich darum, dass ich mich mit ihnen abgebe.«

Ein bisschen Langeweile schadete nicht. Trotzdem nickte ich. »Wie hältst du es eigentlich mit dir selbst aus?«, murmelte ich.

Er grinste. »Reine Gewöhnungssache.«

Seine Lippen senkten sich auf meine und er küsste mich. Vorsichtig, zärtlich, unerwartet liebevoll. Ich hielt mich an seinem Hemd fest, stellte mich auf die Zehenspitzen und kam ihm entgegen, drängte mich regelrecht an ihn. Ich wollte Tristan mit Donovans Hilfe vergessen. Wünschte, es würde mit Donovan funktionieren und ich mich endgültig in ihm verlieren.

Unsere Zungen trafen sich und spielten miteinander. Falls er bemerkte, wie wenig Erfahrung ich hatte, beschwerte er sich nicht. Er war ein hervorragendes Übungsobjekt und ein noch besserer Lehrer. Wenn er mich küsste, brannte mein Körper, schauderte es mich überall, außen und innen, und Stellen, denen ich sonst wenig Beachtung schenkte, pochten. Er brummte tief, das Vibrieren kitzelte an meinen Lippen und ich stöhnte leise. Das Geräusch war mir ein wenig peinlich. Donovan jedoch schien es anzustacheln, denn er drängte sich noch näher an mich. Seine Hände fuhren an meinem Rücken hinunter zu meinem Po, packten fest zu und auf einmal fand ich mich rittlings auf seiner Hüfte sitzend wieder, meine Beine um ihn gewickelt.

Mit großen Schritten trug er mich, ohne dabei unseren Lippenkontakt zu unterbrechen, zu einem Sideboard, wo er mich absetzte und sich über mich beugte und weiter meinen Mund eroberte. Als er aufhörte, mich zu küssen, fühlte ich mich einsam und kalt, was sich aber sofort änderte, als er begann, an meinem Hals zu knabbern und mit seiner Zunge eine feuchte Spur über meine Kehle und mein Schlüsselbein zu ziehen. Immer weiter nach unten fuhren seine Lippen, über mein Shirt bis zu meinem Busen. Dann spürte ich seinen Mund auf meiner Brustwarze und ich keuchte halb erschrocken, halb erregt auf. Die andere Hand streichelte die zweite Brust.

»Du machst mich fertig«, keuchte er.

Ich konnte nicht antworten, weil meine ganze Aufmerksamkeit auf das gerichtet war, was er mit mir anstellte. Worte formen gehörte momentan nicht zu meinen Fähigkeiten. Dann lag sein Mund wieder auf meinem. Sein Schritt drückte gegen meinen, ich spürte seine Erektion. Es war berauschend, dass ich das in ihm auslöste. Allerdings bekamen Männer doch in allen möglichen Situationen einen Ständer, oder?

Es klopfte. »Seid ihr fertig da drinnen?« Tanners Stimme. »Könnt ihr nicht zu Hause vögeln? Ihr seid zum Arbeiten hier.«

Donovan presste seine Stirn an meine. Er atmete schwer. Wie ich auch. Beide lachten wir leise.

»Verpiss dich!«, rief er über die Schulter. »Ich bin noch nicht fertig«, flüsterte er mir ins Ohr.

Mich dagegen hatte Tanners Bemerkung in die Realität zurückkatapultiert. Nebenan waren Menschen, die sich alle ihren Teil darüber dachten, was wir hier drin wohl trieben. Aber ich war kein Flittchen, das sich zu einem Quickie in den Materialraum einer Frauenarztpraxis verzog. So nötig hatte ich es doch noch nicht. Obwohl Donovan mich diesbezüglich wirklich schwach werden ließ.

»Donovan.«

»Hm?« Sein Atem strich heiß über meine Haut.

»Nicht hier. Nicht so.«

»Schade.« Er richtete sich auf. »Aber du hast recht. Du hast was Besseres verdient. Ich will dich in meinem Bett. Oder in deinem. Ich will mir Zeit lassen und dich verwöhnen, bis wir beide nicht mehr können.« Er setzte sein freches Donovangrinsen auf. »Ein bisschen Knutschen im Abstellraum hat allerdings noch keinem geschadet.«

Noch einmal küsste er mich, dann griff er sich an den Schritt und zupfte an seiner eindeutig ausgebeulten Hose herum, trat zurück und half mir von der Kommode herunter.

Donovan

Ich verschränkte meine Finger mit ihren und lächelte sie ermunternd an, weil sie plötzlich schüchtern und unsicher wirkte. War ich ihr peinlich? Oder wollte sie mich doch nicht mehr? Ich war selbst nicht halb so souverän, wie ich vorgab. Mein Plan war nicht nur zu sehen, wohin das mit uns führte. Ich wollte sie als feste Freundin. Das allein schon brachte mich völlig durcheinander.

»Sollen wir?«, fragte ich sie.

Sie zögerte kurz, dann reckte sie ihr Kinn und nickte. »Was sollen wir den anderen sagen? Wegen uns?«

Mir war es egal, wie sie es bezeichnete. Hauptsache, sie gehörte in irgendeiner Weise mir.

»Das mit uns beiden geht niemanden etwas an. Die sollen ihre neugierigen Nasen in ihre eigenen Angelegenheiten stecken. Aber wenn es nach mir geht, bist du meine Freundin.« Ich versuchte mich an meinem selbstbewussten Gesichtsausdruck, war mir aber nicht sicher, ob er mir gelang. Eine seltsame Nervosität packte mich. Was, wenn sie einen Rückzieher machte? Dieses Gefühlschaos war schrecklich.

»Okay«, sagte sie bloß. Für dieses eine Wort, gepaart mit diesem unglaublichen Lächeln, hätte ich sie gleich wieder küssen können. »Ich mag es, wenn die Dinge geregelt sind.«

»Ich weiß, Bienchen.« Ich drückte ihre Hand. »Dann wäre das ja jetzt endlich geklärt.«

Mann, war ich erleichtert. Ich öffnete die Tür und führte sie nach draußen, wo wie erwartet die sensationsgeile Meute auf uns wartete.

Tapfer ließen wir Kommentare, Glückwünsche, Umarmungen und Witze über uns ergehen.

Nur Aurora schien nicht begeistert. Mit wütendem Gesichtsausdruck stapfte sie herüber, riss unsere Hände auseinander und drängte sich zwischen uns.

»Doni ist mein Freund!« Erstaunlich kräftig schubste sie ihre Schwester beiseite.

Eve stolperte rückwärts, verwirrt und belustigt dreinschauend. Sofort eilte Margery zu uns, fasste ihre jüngste Tochter an den Schultern und ging in die Knie, soweit es ihr dicker Bauch zuließ.

»Ich bin sicher, Donovan bleibt weiterhin dein Freund, auch wenn er jetzt mit Eve zusammen ist. Man hat im Herzen Platz für mehr als einen Menschen.«

»Stimmt genau. Jimbo und ich brauchen dich«, bestätigte ich, was sie ein wenig zu besänftigen schien.

Sie schniefte erneut. Es war irgendwie putzig, aber auch verstörend, dass eine Achtjährige eifersüchtig war. Trotzdem ließ sie sich anstandslos von ihrer Mom weglocken, während die anderen uns weiter belagerten.

Auch Tristan hielt sich zurück. Mit einer Kopfbewegung holte er mich zu sich und ging etwas abseits.

»Was machst du? Sie ist viel zu nett und unschuldig für dich«, zischte er, sobald wir außer Hörweite der anderen waren. »Der Stress ist vorprogrammiert. Ihr passt überhaupt nicht zusammen.«

Unwillkürlich verletzte mich seine Predigt. Sollte ein Bruder sich nicht mit einem freuen?

»Gönnst du mir keine Freundin?«

»Doch, natürlich. Aber muss es gerade Eve sein?«

Seine Hand landete auf meinem Arm, aber ich schüttelte sie ab. Diese Väterlicher-Freund-Geste konnte er stecken lassen und sich für die Bühne aufheben.

»Was ist los mit dir? Dir sind meine Frauengeschichten sonst auch egal.«

Er beugte sich noch weiter vor, bis ich seinen Kaffeeatem riechen konnte. Um ihn auf Abstand zu halten, drückte ich meine Hände gegen seine Schultern. Aber er verstand es als brüderliches Nähebedürfnis und legte seine Hände um meinen Nacken. Von außen mussten wir aussehen, als würden wir gleich zu knutschen anfangen.

»Eve ist keine Frauengeschichte«, mahnte er, seine Stirn an meine gelehnt. »Und falls doch, dann solltest du das schnellstens beenden. Oder empfindest du wirklich etwas für sie?«

Ich schob ihn von mir. »Eve und ich ... Ach, keine Ahnung.«

»Dann hatte ich recht? Bist du etwa wirklich verliebt?«

»Nein«, widersprach ich. Aber er kannte mich zu gut, um nicht zu merken, wann ich log. Eigentlich wusste ich die Antwort seit einer Ewigkeit. Ich wollte sie. Warum also zierte ich mich so, die Wahrheit einfach auszusprechen? »Okay, vielleicht doch«, gab ich zu.

Er tippte mir auf die Brust. »Hah! Na bitte«, stieß er aus.

»Wehe, du erzählst es irgendjemandem. Dann erzähl ich Rylee, dass ich dir diese ganzen Liebesbriefe diktiert habe.«

»Machst du eh nicht. Abgesehen davon würde sie dir nicht glauben. Dazu kennt sie dich zu gut.« Er küsste mich auf die Wange. »Wenn du sie wirklich liebst, dann freue ich mich und wünsche dir alles Glück der Welt.« Musste er so schmalziges Zeug von sich geben? Er strahlte, zog mich kurz an sich und klopfte mir auf den Rücken. »Das ist großartig.« Zwar ließ er von mir ab und trat einen Schritt zurück, aber seine Hände quetschten weiter meine Oberarme. »Moment. Hast du nicht gesagt, sie steht auf *mich*? Woher plötzlich die Wendung?«

»Was weiß denn ich. Frauen ändern doch ständig ihre Meinung. Ich hoffe einfach, dass sie mich nicht verarscht und sich vorstellt, ich wäre du, oder so krankes Zeug.«

Er runzelte die Stirn. »Das glaube ich nicht. So ist sie nicht.«

Ich war mir nicht ganz so sicher, versuchte aber, diese Zweifel beiseitezuschieben. Andere wären vermutlich zu stolz gewesen, sich als Plan B zufriedenzugeben. Aber ich hatte keinen Stolz. Deswegen glich sich das wieder aus. Lieber machte ich mich zum Affen, als auf sie zu verzichten.

»Besser für uns alle, wenn sie mich abgehakt hat«, fügte Tristan hinzu. »Wobei ich trotzdem nicht ganz nachvollziehen kann, warum sie dann gerade mit dir zusammen ist. Wenn sie auf Typen wie mich steht, ist sie bei dir so was von falsch.«

Die Wahrheit schmerzte, auch wenn er damit den sprichwörtlichen Nagel auf den Kopf getroffen hatte. »Danke, du Arsch. Ich liebe dich auch, Brudi.«

Ich packte ihn am Nacken, riss ihn zu mir und drückte ihm einen feuchten Kuss auf die Stirn. Angewidert verzog er das Gesicht.

»Sie hat eben kapiert, dass ich viel toller als du bin.« Ich lachte, er schnaubte. »Schön, dass du dir Gedanken machst. Aber alles ist gut.«

»Tu ihr bloß nicht weh. Sie ist kein Mädchen, das du einmal vögelst und dann nicht mehr anrufst«, wiederholte er unnötigerweise.

»Habe ich nicht vor. Das ist keine Bettgeschichte.«

»Und lass dir von ihr auch nicht wehtun. Pass bitte auf, Donovan. Du bist keiner dieser harten Kerle, denen alles am Hintern vorbeigeht. Ich will nicht, dass du leidest.«

»Ich habe alles im Griff, Brudi. Keine Sorge«, versicherte ich wieder.

»Na dann.« Er lächelte gequält. »Alles Gute euch beiden.«

Er sah mich auf die Weise an, die nur wir beide verstanden und die mir zeigte, dass er immer hinter mir stand. Egal, was passierte. Wortlose Zwillingskommunikation nannten das andere.

Zwei Arme schlangen sich von hinten um mich. Ich drehte mich halb herum und zog Eve mit einem Arm neben und an mich.

Sie sah zu mir hoch. »Über was redet ihr?«

»Nur Bruderkram. Nichts Wichtiges.«

Tristan hob eine Augenbraue, berichtigte mich aber nicht.

»So direkt nebeneinander ist es eigentlich ganz leicht, euch auseinanderzuhalten«, stellte sie mit gerunzelter Stirn fest. »Auch ohne Narbe.«

»Woher weißt du von seiner Narbe?«, fragte ich.

»Ich habe sie ihr gezeigt«, antwortete Tristan, obwohl ich ihn nicht gefragt hatte.

»Wieso?«

Er zuckte die Schultern. »Hat sich so ergeben, aus dem Gespräch heraus.«

Welches Gespräch denn? Ich wandte mich an sie, unerwartet eifersüchtig. »Du hast seinen nackten Bauch vor meinem gesehen?«

»Was willst du jetzt hören? Wir haben nur über seine Blinddarmoperation geredet. Sonst nichts. Du benimmst dich mal wieder wie ein Idiot«, beschwerte sie sich.

»Vergiss es«, blaffte ich zurück und verschränkte meine Arme vor der Brust. Ich wollte nicht schon wieder streiten.

Mit nachdenklichem Blick musterte sie mich. »Wir sind mit Parker fürs Wartezimmer eingeteilt. Bilder abhängen, Fenster abkleben und so«, informierte sie mich dann. Sie wandte sich an meinen Bruder. Unauffällig versuchte ich die Art, wie sie ihn ansah und mit ihm sprach, zu deuten. Doch ich konnte nicht erkennen, was sie für ihn empfand. »Du und Tanner sollt die alten Schränke aus den Untersuchungsräumen abbauen. Nate und George helfen euch dabei.«

Tristan klatschte wie ein Handwerker in einem Sechzigerjahrefilm in die Hände. »Alles klar.« Manchmal verwechselte er Bühne und Realität. Gleich spuckte er noch in die Handflächen. Gott sei Dank rieb er sie nur an seiner Hose, warf mir noch einen letzten mahnenden Blick zu und lief zu den Untersuchungsräumen.

Obwohl ich Tanner und George mein Leben lang kannte, war ich noch nie in der Praxis gewesen. Wozu auch? Ich war keine Frau und hatte nie eine meiner Freundinnen begleitet. Komische Vorstellung, dass hier täglich Dutzende nackte Geschlechtsteile herumlagen. Nicht einzeln natürlich, sondern mit Frauen dran.

Im Wartezimmer lungerte Parker auf einem der Stühle herum und blätterte in einer Zeitschrift.

»Wir sind zum Arbeiten hier, nicht zum Chillen«, sagte ich zu ihr. Das Malerkrepp warf ich auf das Fensterbrett. Eve band sich mit einem dieser Spiraldinger die Haare zurück. Dabei rutschte ihr Shirt nach oben und zeigte ihre glatte und unglaublich weiche Haut. Ihre Achseln waren sauber rasiert und ein leichter Geruch nach Deo stieg auf.

»Kümmer dich um deinen eigenen Scheiß«, erwiderte meine kleine Schwester gewohnt unfreundlich. »Du musst reden. Verziehst dich mit ihr zum Rummachen. Das ist so pubertär.« Sie verdrehte die Augen.

Weil es ohnehin nichts nützte, ging ich nicht auf ihr Motzen ein und streckte ihr nur die Plastikfolie entgegen. Mit einem abfälligen Geräusch stand sie auf, riss mir die Packung aus der Hand und die Folie heraus und begann, sie auf dem Boden und über den Möbeln auszubreiten.

Eine Weile arbeiteten wir drei schweigend nebeneinander, wobei ich allerdings mehr Eves Hintern anstarrte, mit dem sie auf der Leiter balancierend vor mir herumwackelte, als sie den Fensterrahmen abklebte. War das Absicht? Ich stellte mir vor, wie ich sie von der Leiter hob, auf den Boden legte und es auf der knisternden Folie mit ihr trieb. Nicht gut. Ein Ständer war das Letzte, das ich momentan brauchte.

»Ich geh aufs Klo«, sagte Parker irgendwann und verschwand. So schnell würde sie nicht wiederkommen. Ich hatte nämlich das Brummen ihres Handys gehört und vermutlich würde sie auch heimlich eine rauchen. Oder einen Joint. Kurz überlegte ich, ihr zu folgen, blieb aber dann doch lieber bei meiner neuen Freundin.

Eve drehte sich herum und setzte sich auf die Trittfläche der Leiter. Eine Strähne hatte sich aus ihrem Zopf gelöst und ein kleines Stück Kreppband klebte daran. Ich zupfte es aus ihren Haaren und strich es am Fensterbrett von meinen Fingern ab. Ihre Brüste waren genau auf meiner Augenhöhe und zogen mich zwangsläufig an. Sie waren einfach zu fantastisch. Ich konnte gar nicht anders, als meine Nase dazwischenzustecken. Gleichzeitig hielt ich mich an dem oberen Bügel fest. Sie kicherte und wand sich, wehrte sich aber nicht. Auch nicht, als ich an ihrem Schlüsselbein knabberte. Sie wölbte ihren Rücken, kam mir leise stöhnend entgegen. Ihre Finger fuhren am Nacken in meine Haare und zogen leicht daran. Der unterschwellige Schmerz schoss direkt in meinen Unterleib. Damit ich sie nicht doch noch sofort vernaschte, löste ich mich von ihr, küsste sie auf den Mundwinkel und griff nach einer neuen Kleberolle.

»Später, Bienchen«, versprach ich ihr, woraufhin sie lächelte.

Eve band sich ihren Zopf neu und sah mich an.

»Warum ist Parker immer so wütend?«, fragte sie aus heiterem Himmel. Ich dachte ans Vögeln, sie an meine verkorkste Schwester?

Ich ließ das Klebeband sinken und lehnte mich ans Fensterbrett. »Weil sie nicht verkraftet, dass wir unserer Mom scheißegal waren.«

»Was ist passiert? Willst du es erzählen?« Eves Stimme war leise und sanft. Bestimmt sprach sie auch so mit den Kindern in den Therapiesitzungen.

Ich zuckte die Schultern, tat so, als würde Moms Verrat mich nicht mehr jucken. »Da gibt es nicht viel zu erzählen. Mom hatte keinen Bock mehr auf uns und ist in einer Nacht- und Nebelaktion abgehauen. Seitdem haben wir nie wieder etwas von ihr gehört.«

Mitleid erschien in ihrem Gesicht. Wenn sie mich so ansah, fühlte ich mich erbärmlich und schwach. Konnte sie das nicht lassen?

»Wie lange ist das her?«, hakte sie nach.

»Wir waren alle noch Kinder, Parker etwas jünger als Aurora jetzt, Tris und ich wie Gabi und Morgan noch auf der Highschool. Sie hat dann Moms Rolle übernommen, damit Dad arbeiten gehen und uns alle versorgen konnte. War echt heftig für alle damals. Wir sind ziemlich abgestürzt. Jeder auf seine Art. Tristan hat sich ins Theaterspielen gestürzt, ich in Partys und so.« Das »und so« konkretisierte ich lieber nicht. Ich hatte mit allem früh angefangen. Feiern, Alkohol, Gras, Sex. Stolz war ich darauf nicht. »Aber wir kamen zurecht. Nur Parker hat sich nie mehr so richtig aufgerappelt.«

Eve presste die Lippen zusammen und seufzte lautlos. »Das tut mir so leid.« An ihrem Gesichtsausdruck erkannte ich, dass sie es ernst meinte. »Sie sollte eine Therapie machen«, sagte sie dann, obwohl ich sie nicht nach ihrem Rat gefragt hatte.

Plötzlich wütend schleuderte ich das Krepp gegen die Wand.

»Denkst du, das haben wir nicht versucht? Denkst du, wir sind zu blöd? Haben die ganzen Jahre nichts unternommen? Geschissen auf deine Ratschläge! Natürlich war sie in Therapie. Die hat nur nichts gebracht außer dummem Rumgelabere und einer Menge rausgeschmissenem Geld. Das uns egal gewesen wäre, wenn es Parker dadurch besser gegangen wäre. Wir alle haben unseren Schlag weg von unserer tollen sogenannten Mutter. Die ganzen Therapien sind doch für den Arsch.«

Sie wirkte verletzt, weil ich so ausgeflippt war. Aber das kümmerte mich nicht. Wir hatten alles versucht, Parker zu helfen und gleichzeitig nicht selbst unterzugehen. Eves Selbstgefälligkeit ging mir auf den Keks. Sie dachte, sie wüsste alles, nur weil sie in Chicago mit Psychokindern gearbeitet hatte? Als ob. Wenn sie so schlau und einfühlsam wäre, hätte sie auch merken müssen, wann sie Grenzen überschritt.

»Dann hatte sie nicht den richtigen Therapeuten.« Als selbst ernannte Möchtegernweltenretterin gab sie einfach nicht auf. Ich wollte nicht mehr darüber reden. Zumindest nicht, wenn sie meiner Familie und mir Versagen auf ganzer Linie unterstellte. Kapierte sie das nicht?

Ich gab ein abfälliges Geräusch von mir. »Pft. Sie hatte mindestens ein halbes Dutzend verschiedene Therapeuten. Einzelsitzungen, Gruppen, sogar eine Zeit lang stationär. Und? Hat's was gebracht? Sieh sie dir an. Sie ist gebrochen. Am Arsch. Zerstört. Das kann man mit achtsamem Heititeigedöns nicht so einfach kleben wie mit diesem Scheißkreppband.« Weil sie meine feuchten Augen nicht sehen sollte, drehte ich mich weg.

Einen Augenblick später spürte ich ihre Hand auf meiner Schulter. »Sie ist traumatisiert. Aber auch da kann man ihr helfen.«

Ich antwortete nicht und reagierte auch nicht. Ihre Hand fühlte sich schwer wie Blei an. »Willst du sie etwa heilen?«, stieß ich hervor und wirbelte wieder herum. Ihre Hand fiel dabei herunter, aber diesmal ließ sie sie bei sich. »Weil du mit deinem übertriebenen Helfersyndrom alles und jeden retten kannst? Du bist schwach. Genau wie alle anderen. Du weißt es nur nicht, weil in deiner heilen Regenbogen-wir-habenuns-alle-so-lieb-Welt immer alles tutti ist. Sag bloß nicht, dass der Tod deines Dads keinen Schaden bei dir hinterlassen hat. Und? Warst du selbst in Therapie? Hat es dich wieder zusammengesetzt? Vor dem Zerfallen bewahrt?« Ich zog meine Augenbrauen hoch und verschränkte die Arme. Wartete auf ihre Antwort.

»Ja. Es hat mir geholfen, mit dem Leben wieder klarzukommen«, erwiderte sie leise.

Ich stieß genervt Luft durch die Nase aus. »Du kommst nicht klar. Du denkst, du bist was Besseres, weil du alles und jeden lieb hast und respektierst und achtest. Schaffst es aber nicht mal bei mir. Oder die Vorurteile Männern ›wie mir‹ gegenüber.« Ich malte Anführungszeichen in die Luft. »Dabei reiß ich mir für dich den Arsch auf. Nur der werten Dame reicht das ja alles nicht.«

Sie schluckte, ihre Unterlippe zitterte. Sie setzte zum Sprechen an, aber ich stoppte sie mit einer Handbewegung.

»Fang endlich an, ehrlich und echt zu sein. Dieses aufgesetzte Gutmenschding macht dich nicht heil und bringt ihn nicht zurück. Du kannst ihn nicht retten und dich auch nicht, indem du so tust, als wolltest du die ganze Welt retten. Das ist nämlich nicht möglich. Dazu ist sie zu kaputt.« Sie schluckte, starrte mich mit großen Augen an. Eine Träne löste sich und rann ihre Schläfe hinab. »Weißt du, warum ich meine Therapie nach zwei Sitzungen abgebrochen habe?« Ich schlug mir mit den Handflächen auf die Brust. »Ich selbst bin meine Therapie. Dass ich so bin, wie ich bin.« Ich atmete schwer, mein Puls raste. Bei diesem Thema durfte man mich nicht auf dem falschen Fuß erwischen. »Ich lebe, verstehst du? Indem ich so lebe, wie ich es tue, spüre ich, dass ich verdammt noch mal lebe. Nicht nur *über*lebe. Leben«, wiederholte ich. »Hier drin.« Wieder klopfte ich gegen meine Brust. »Hier.« Ich griff an meinen Schritt. »Und hier.« Ich tippte mir gegen die Stirn. »Nur so funktioniert es für mich. Und für Parker. Wir sind nicht du.«

Sie senkte den Kopf und knetete ihre Finger. »Ich denke nicht, dass du unfähig bist. Ich wollte nur helfen«, flüsterte sie.

Ich winkte ab und hob das Kreppband wieder auf. »Lass es einfach, okay?«

Weil ich so heftig am Band herumriss, verhedderte es sich und blieb an meinen Fingern kleben. Ich schüttelte meine Hand, aber das blöde Ding ging nicht ab.

Wortlos kletterte Eve von der Leiter, griff nach meiner Hand und dem Klebeband und befreite mich vorsichtig davon. Dann legte sie die Arme um mich und ihren Kopf auf meine Schulter. Je länger sie mich hielt, umso mehr entspannte ich mich.

»Tut mir leid.« Weil sie in mein Shirt redete, klang sie gedämpft.

Ich umschlang sie so ruckartig und fest, dass sie keuchte. Aber ich brauchte sie. Wenn sie mit mir zusammen war, musste sie das aushalten.

Und tatsächlich beschwerte sie sich nicht. So verharrten wir eine Weile, versöhnten uns, ohne es auszusprechen. Nur sie schaffte es, dass ich sie mir im einen Moment in mein Bett wünschte und sie mich im nächsten auf die Palme brachte. Und dann wieder von vorn. Die Frau war Wahnsinn und Untergang zugleich. Und sie war sich dessen vermutlich nicht einmal bewusst. Ihr Herz pochte gegen meine Brust, ihre Hände strichen über meinen Rücken. Meine Finger lagen auf ihrem Steiß und zwischen den Schulterblättern. Sie wirkte so zart und klein und zerbrechlich. Aber sie war nicht schwach. Sie war stark, weil sie gut sein wollte. Daran war nichts Verwerfliches. Jeder sollte versuchen, sich zum Besseren zu entwickeln. Vielleicht konnte sie mir dabei helfen.

»Knutscht ihr schon wieder, statt zu arbeiten?« George hatte unbemerkt das Zimmer betreten. »Ich würde ja schimpfen, wenn ich euch nicht so gut verstehen könnte.« Er lachte. »Wollte nur schauen, wie weit ihr seid.«

Eve machte sich los und nestelte an ihren Klamotten herum. Typische Übersprunghandlung, würde ich sagen.

»Wir sind fast fertig.« Sie räusperte sich und versuchte sich an einem Lächeln.

»Perfekt. Dann können wir nach dem Mittagessen mit Streichen hier drin anfangen.« Er klopfte uns beiden auf die Schultern. »Danke für eure Hilfe.«

Später brachte ich Eve nach Hause und verabschiedete mich vor der Haustür mit einem langen Kuss, mit dem ich ihr zeigen wollte, was noch alles auf sie wartete. Zu meinem Erstaunen bat sie mich herein.

Die anderen waren noch zu MacBoo gefahren, weil die Mädchen so gebettelt hatten, bis George und Margery schließlich zugestimmt hatten. Mir war Eve lieber als ein labberiger Burger.

»Willst du was trinken?«, fragte sie, vermutlich, um die Stimmung aufzulockern. Sie wirkte angespannt. Und auch ich war ungewohnt nervös.

Langsam schüttelte ich den Kopf. »Zeigst du mir dein Zimmer?«

Sie nickte schmunzelnd und lief an mir vorbei zur Treppe.

Sobald wir ihr Zimmer betraten, packte ich sie, stieß mit dem Fuß die Tür zu und wirbelte sie herum. Presste sie an das Holz und meine Lippen auf ihre. Ich konnte nicht mehr warten. Ich musste sie schmecken. Sofort. Um ihr zu zeigen, wie scharf sie mich machte, rieb ich meine Erektion an ihr. Sie klammerte sich an mir fest, spiegelte meinen Kuss in gleicher Wildheit.

Auf einmal löste sie ihre Fäuste von meinem Shirt und schob ihre Finger von hinten in meine Jeans und auf meinen Po. Weil ich heute keine Unterwäsche trug, stieß sie sofort auf nackte Haut. Sie gab einen überraschten Laut von sich und stoppte kurz, fing sich aber dann und begann, vorsichtig meine Pobacken zu kneten. Alles, was sie mit mir anstellte, fühlte sich gigantisch an. Mein Schwanz dachte genauso, denn je länger sie mich bearbeitete, umso härter wurde ich.

Wie heute Vormittag in der Praxis setzte ich sie auf meine Hüfte und trug sie rückwärts zum Bett. Dabei stolperte ich fast, was ihr ein süßes Kichern an meinem Mund entlockte. Zusammen fielen wir aufs Bett und erst jetzt ließ ich sie los. Sie rutschte nach oben, bettete ihren Kopf auf ihr geblümtes Kissen und sah mich erwartungsvoll an. Ich stieg über sie, stützte mich auf die Unterarme und blickte auf sie hinab. Prägte mir ihr Gesicht und ihre Mimik ein. Fuhr sie mit dem Finger nach und hauchte zarte Küsse auf ihre Augenlider. Das leise Geräusch, das sie von sich gab, brachte mich beinahe um den Verstand.

Ungeduldig zerrte sie an meinem Oberteil und ich verstand, zog es mir über den Kopf und warf es neben das Bett. Meine Hose behielt ich vorerst an, obwohl ich mich am liebsten sofort in sie versenkt hätte. Aber ich wollte sie nicht drängen. Sie sollte das Tempo bestimmen.

Als sie sich aufsetzte und ebenfalls aus ihrem Longsleeve samt Unterhemd schlüpfte, jubelte ich innerlich vor Glück. Zum Vorschein kam ein weißer Baumwoll-BH mit winzigen roten Punkten und einer kleinen roten Schleife. Obwohl er schlicht und völlig anders war als die Dessous, die die Mädchen, mit denen ich sonst rummachte, trugen, war er das sexieste, was mir jemals vor die Augen und die Finger geraten war.

»Darf ich ihn aufmachen?« *Bitte sag Ja.*

Sie nickte und bog sich mir entgegen. Vorderverschluss. Sehr praktisch. Mit zitternden Fingern hakte ich die Schließe auf. Ihre Brüste sprangen mir regelrecht entgegen, die Nippel spitz, was mir verriet, wie erregt sie war.

Mit einem Blick holte ich mir ihre Erlaubnis, dann senkte ich meinen Kopf und leckte über ihre Brustwarzen. Sie schrie kurz auf, schlug aber sofort die Hand vor den Mund.

»Schäm dich nicht deiner Lust. Außerdem ist niemand da, der uns hören kann«, sagte ich und wieder nickte sie, schloss die Augen und verzog entzückt die Lippen, als ich meine Lippenerkundungstour über ihren Körper fortsetzte. Sie schmeckte wie das Paradies. Ihr Becken bewegte sich unruhig hin und her, als wollte sie sich auf diese Weise Erleichterung verschaffen. Ich legte mich neben sie, stützte mich auf den Ellbogen und fuhr mit meiner Handfläche ihren Brustkorb hinab bis zum Bund ihrer Jeans. Erneut musterte ich sie, um zu sehen, ob sie mich aufhalten würde, aber sie schien wie abwesend, gab sich mir vertrauensvoll hin.

Also schob ich meine Hand in ihre Hose und ihren Slip. Feuchte Hitze empfing mich, was mich aufkeuchen ließ. Vorsichtig streichelte ich über ihre Spalte, erst mit einem Finger, dann mit zwei. Fand ihre Knospe und rieb darüber. Sie stöhnte, bewegte ungeduldig ihren Unterleib, drückte ihren Kopf ins Kissen. Es gefiel ihr. Ihre Reaktion ermutigte mich, weiterzumachen.

Offenbar ging es ihr nicht schnell genug, denn sie öffnete ihren Reißverschluss, fummelte die Jeans nach unten und strampelte sie von den Füßen. Der Slip folgte. Ich half ihr, aber dabei musste ich meine Finger von ihr nehmen, was sie murrend kommentierte und mich zum Lachen brachte. Deswegen erlöste ich sie, indem ich meine Finger wieder zwischen ihre Schenkel führte und sie weiter verwöhnte. Ihre Knie fielen auseinander und sie präsentierte mir ihre Mitte. Nur an ihren roten Wangen konnte man ihre Verlegenheit erahnen. Aber vielleicht trieb ihr auch die Lust Hitze ins Gesicht.

Es dauerte nicht lange, da verkrampfte sie sich um mich, ihre Beine zitterten und sie kam zum Höhepunkt. Wunderschön sah sie dabei aus, wie sich ihr Gesicht verzerrte und ihre Lippen sich leicht öffneten. Anschließend erschlaffte sie, rang um Atem, ein träges Grinsen in den Mundwinkeln. Ich küsste sie, selbst so erregt, dass ich es kaum aushielt.

»Wow«, keuchte sie. Öffnete flatternd ihre Lider und sah mir in die Augen.

»Willkommen zurück vom Höhenflug, sexy Bienchen. Gut gelandet?« Sofort wurde sie wieder rot und knuffte mich in die Seite.

»Du bist doof. Nicht einmal jetzt kannst du ernst sein.«

»Sex ist keine toternste Sache. Es soll Spaß machen. Und darf auch witzig sein«, erklärte ich überzeugt. Dabei war hier nichts witzig. Nur fucking fantastisch.

Sie rollte sich herum und legte ihre Wange auf meine Brust, schmiegte ihren nackten Körper an meinen, der leider immer noch viel zu angezogen war.

Ihre Finger streichelten über meinen Oberkörper, umkreisten meine Nippel, bevor sie nach unten fuhren und am Verschluss meiner Jeans nestelten. Ich hielt sie auf, indem ich ihr Handgelenk packte.

»Du musst das nicht tun«, versicherte ich.

»Ich will aber. Es muss wenigstens einen Punkt in unserer Beziehung geben, über den wir nicht streiten. Vielleicht könnte das das Thema sein, in dem wir uns ausnahmsweise mal einig sind.«

Ich grinste. Dieses Mädchen war unglaublich.

»Nichts dagegen.« Als würde ich mich ergeben, streckte ich meine Hände von mir.

Knopf für Knopf öffnete sie die Hose, dann klopfte sie auf meinen Hüftknochen, damit ich den Po hob. »Warum keine Unterhose?«, erkundigte sie sich. »Kratzt das nicht? Oder hast du nicht Angst, dir etwas einzuklemmen?«

Das beschäftigte sie momentan?

Statt zu antworten, keuchte ich nur, weil sie mir endlich die lästige Hose abstreifte. Sobald sie mich davon befreit hatte, widmete sie sich meinem sehnsüchtig zuckenden Penis. Sie strich mit einem Finger meinen Schaft entlang, über die Eichel und verteilte die ersten Tropfen. *Mach endlich und quäl mich nicht länger*, hätte ich am liebsten gerufen, hielt mich aber zurück.

Mit konzentriertem Gesichtsausdruck wichste sie mich, den Kopf schief gelegt. Immer wieder leckte sie sich die Lippen, als wollte sie mich probieren, traute sich aber anscheinend nicht. Mir war alles recht, was sie machte. Denn jede Berührung fühlte sich wie Weihnachten, Geburtstag und dem besten Rausch ever zusammen an.

»Ich komme gleich«, wimmerte ich, um sie vorzuwarnen, falls sie nicht vollgesaut werden wollte. Allerdings hoffte ich, dass ihre Finger blieben, wo sie waren. Mein unausgesprochener Wunsch wurde erfüllt und kurz darauf ergoss ich mich stöhnend über ihre Hand.

Ich reichte ihr ein Taschentuch aus dem Spender auf ihrem Nachttisch, mit dem sie ihre Finger und ich meinen halbharten Schwanz abwischte. Dann drängte sie sich wieder an mich. Sofort legte ich meine Arme um sie, immer noch nach Luft schnappend, aber unheimlich zufrieden und befriedigt.

Als ich hörte, wie jemand die Treppe hochkam, deckte ich uns schnell zu. Gerade noch rechtzeitig, weil im nächsten Moment die Tür aufgerissen wurde und Gabriella hereinstürmte.

Warum hatten wir eigentlich nicht abgesperrt?

Bei unserem Anblick stoppte sie und runzelte die Stirn. »Was macht ihr da? Warum liegt ihr im Bett? Es ist doch noch gar nicht Schlafenszeit.«

»Gabi?«, hörte ich Eves Mom. »Wo bist du?«

»Bei Eve und Donovan«, rief sie zurück.

Einen Augenblick später stand auch schon Margery im Zimmer. War ja schlimmer als bei uns zu Hause. Eve war das Ganze sichtlich unangenehm. Sie zog so heftig an der Decke, um ihr Gesicht zu bedecken, dass ich spontan keine mehr hatte und mit den Händen meinen nackten Unterleib verstecken musste. Obwohl Margery sicher schon mehr als einen Penis in ihrem Leben gesehen hatte, kniff sie die Augen zu und drehte Gabi von uns weg, konnte sich aber ein Grinsen nicht verkneifen. Anschließend schob sie ihre Tochter aus dem Zimmer und ermahnte sie, nächstes Mal anzuklopfen. Die Tür wurde von außen zugezogen und endlich waren wir wieder allein.

Ich prustete los. Die Szene hatte etwas Absurdes. Als wären wir zwei Teenager, die beim Fummeln überrascht worden waren. »Die Luft ist rein, Bienchen. Du kannst rauskommen.« Ich lüpfte die Decke ein Stück und linste darunter. »Alles okay?«

Vorsichtig steckte sie ihren Kopf heraus, ihre Wangen leuchteten rot. »Das ist so peinlich«, jammerte sie.

Ich zuckte die Schultern und küsste sie auf die Nasenspitze. »Wieso? Jeder hat Sex.«

Ich verstand ihr Problem nicht. Wie von selbst landeten meine Hände wieder auf ihren Brüsten. Damit beschäftigte ich mich viel lieber. Sie senkte den Blick und schüttelte leicht den Kopf, weshalb ich meine Finger wegnahm. Sie sollte sich nicht so anstellen.

»Mag sein, aber das muss ja nicht jeder mitbekommen.«

Sie rutschte zum Bettrand, angelte nach ihrem Shirt und zog es über. Schade. Nackt gefiel sie mir nämlich ausgesprochen gut.

»Deine Mom und George sind Gynäkologen, die kriegen sicher ganz andere Sachen mit.«

»Das macht die Sache nicht besser«, murmelte sie.

»Nächstes Mal sperren wir ab«, versprach ich. Für einen Moment hatte ich Angst, dass sie mich nicht mehr anfassen oder sich nicht mehr anfassen lassen würde, wenn jemand anderes im Haus war. »Komm her.«

Ich streckte meinen Arm aus und nach kurzem Zögern seufzte sie und legte sich wieder zu mir. Ihr Kopf ruhte auf meiner Schulter, ansonsten berührte sie mich nicht. Was nicht akzeptabel war. Also presste ich sie fest an mich. Nur wenige Augenblicke später landete ihre Hand auf meiner Brust. Ich spürte ihren warmen Atem und wie ihre Finger wie abwesend meine Bauchmuskeln nachzeichneten.

»Erzähl mir mehr von deinen Plänen als Chirurg«, bat sie mich. »Du willst also in die Chirurgie, damit du Brüste so modellieren kannst, wie du sie am liebsten hast?«

Ich musste ein Stöhnen unterdrücken, weil sie mit ihrem Zeigefinger weiter nach unten fuhr, gefährlich dicht an eine Stelle, die deutlich bewies, wie heiß ich auf sie war. Es war verdammt schwer, sich zusammenzureißen. Aber ich wollte nicht das sexgeile Monster geben, das sie mir so oft vorwarf. Oder vorgeworfen hatte. In letzter Zeit war sie erstaunlich zahm. Untätig neben ihr liegen konnte ich trotzdem nicht. Ohne Vorwarnung rollte ich mich auf sie und rutschte so weit herunter, bis mein Mund auf Höhe ihres Busens war. »Deine Brüste sind perfekt.«

Sie schnaubte leise. Glaubte sie mir nicht? Deswegen umschloss ich mit meinen Lippen einen ihrer Nippel und saugte daran. Sie keuchte und wand sich.

»Siehst du, wie sehr ich auf sie abfahre?«, brummte ich, ohne dabei von ihr abzulassen, biss leicht hinein und sah zu ihr hoch, um ihre Reaktion zu beobachten. Vielleicht mochte sie es ja etwas härter. Stille Wasser und so. Sie schrie auf und drückte sich fast zeitgleich wieder die Hand auf den Mund. Bevor ich noch weiter ging und mich dann vielleicht doch nicht mehr zurückhalten konnte, löste ich meine Lippen von ihren Brüsten und machte es mir wieder neben ihr bequem. »Aber unabhängig von deinen Tittis.«

»Musst du sie so nennen?«, fragte sie und verzog missbilligend das Gesicht.

Ja, musste ich, eben weil sie es doof fand. Schließlich war sie zu ärgern und zu provozieren meine zweitliebste Beschäftigung mit ihr.

»Unabhängig von deinem Hammerkörper, den man niemals so hinoperieren könnte.«

»Schleimer«, murmelte sie.

»Jetzt hör doch mal zu. Da will ich einmal ernst sein und dir meine tiefsten Geheimnisse offenbaren und du lässt mich nicht ausreden.« Ich schob meine Unterlippe vor und spielte beleidigt.

Sie presste die Lippen aufeinander und verschloss sie mit einem unsichtbaren Reißverschluss. »Bin ganz still«, nuschelte sie durch die Finger.

»Hoffentlich.«

Sie nickte. Ihr Busen wackelte dabei, was mich ablenkte.

Ich schlucke und riss mich von ihrem leckeren Anblick los. »Eigentlich will ich kein Schönheitschirurg werden. Das behaupte ich nur, weil es zu meinem Image passt.«

»Was für ein Image? Dass du ein oberflächlicher Höhlenmensch bist, der sich nur für Party und Sex interessiert?«

Zur Strafe biss ich sie in die Nase, was ihr ein »Aua« entlockte und mir einen Boxhieb in den Bauch einbrachte. »Ich dachte, du wolltest still sein?«

Sie lachte und zuckte mit den Schultern, schwieg aber dann.

»So unrecht hast du gar nicht. Genau dieses Image habe ich. Die Leute in einer Kleinstadt reden. Gutes und Schlechtes. Wahres, aber vor allem Dinge, die ihnen in den Kram passen. Weil sie mich nicht kennen. Sie sehen einen attraktiven Typen, der das Leben nicht so ernst nimmt, gern Sex hat und macht, was er will, und schon ist man eine männliche Schlampe.«

»Aber das bist du nicht?« Warum klang das so, als würde sie etwas anderes denken?

»Das sind alles nur Definitionen von außen. Klar habe ich viel Sex mit unterschiedlichen Partnern. Das bestreite ich gar nicht. Aber sie machen es alle gern mit mir.« Sie gab ein undefinierbares Geräusch von sich. Was sollte das nun wieder? »Man behauptet übrigens auch über mich, dass ich ein guter Liebhaber bin.«

»Aha«, sagte sie bloß. Eigentlich hatte ich eine andere Reaktion erwartet.

»Aber das war nicht das Thema. Zurück in meine Zukunft.«

Sie kicherte, was Gänsehaut auf meiner Haut auslöste. »Mit dem Fluxkompensator?«

»Du magst die *Zurück-in-die-Zukunft*-Filme? Sind sie nicht zu unintellektuell?« Eve entwickelte sich langsam zur Traumfrau. Ich liebte, liebte, liebte diese Filme. Vor allem den ersten.

»Ich habe sie immer mit meinem Dad angeschaut. Seit seinem Tod allerdings nicht mehr.« Plötzlich klang sie traurig.

»Dann wird's mal wieder Zeit, Achtzigerbienchen.«

»Mal sehen. Ich habe Angst, dass es mich zu sehr an meinen Dad erinnert und ich dann weinen muss.«

»Dann tröste ich dich«, versicherte ich.

»Okay«, antwortete sie leise.

Eine wunderbare Weile hielten wir uns nur in den Armen. Es gab nichts zu sagen. Wir waren beide von geliebten Menschen verlassen worden und wussten, wie sich das anfühlte. Worte konnten das weder ausdrücken noch etwas daran ändern. Der Schmerz verband uns sozusagen.

»Also, was muss ich für eine Krankheit haben, damit du mich operierst, wenn du keine Brustvergrößerungen machen willst?«, fragte sie irgendwann in die Stille.

»Nichts, was ich irgendjemandem wünsche. Du bräuchtest dann nämlich zum Beispiel einen Gehirntumor. Oder ein Aneurysma. Oder irgendein anderes unschönes Zeug in deinem Kopf.«

»Du meinst, du willst ein realer Doctor Derek Shepherd werden? Wie der aus *Grey's Anatomy*?«

»Im Grunde ja. Nur ohne eine Meredith. Die Tussi ist so anstrengend. Morgan steht total auf die Serie und weil wir nur einen Fernseher hatten, mussten wir alle mitschauen. Schrecklich. Oder aufs Fernsehen verzichten, was natürlich indiskutabel war.«

»Bin ich auch so anstrengend wie Meredith Grey?« Sie klang unsicher. Darüber dachte sie nach? Ich lag hier nackt mit ihr und kuschelte, wir hatten uns gegenseitig zum Höhepunkt gebracht und ich war danach nicht abgehauen und sie zweifelte immer noch an meinen Gefühlen für sie?

»Du bist anstrengend und nervig. Aber trotzdem steh ich total auf dich.« Ich küsste sie auf ihre Haare.

»Das ist wunderbar«, sagte sie leise.

»Was? Dass ich dich besser finde als eine schlimme Serienfigur? Oder dass ich auf dich stehe? Oder dass ich Neurochirurg werden will?« Von meinem Plan, mich auf Neurochirurgie zu spezialisieren, hatte ich noch nie jemandem erzählt. Nicht einmal Tristan oder Tanner wussten davon. Dabei war es nichts, wofür ich mich schämen müsste. Vielleicht hatte ich Angst, dass sie es mir nicht zutrauten. An Gehirnen rumzuschnibbeln war sicher viel schwerer, als Silikonimplantate in Brüste zu stopfen.

»Alles.«

Dieses eine Wort ließ mein Herz anschwellen. Wie eine spontane Gefühlserektion sozusagen. »Kein Kommentar, dass das zu hoch für mich ist?«

Sie stützte sich wieder auf und sah mich ernst an. »Du bist vielleicht manchmal ein Idiot. Aber nicht dumm. Das habe ich ziemlich schnell kapiert.« Ein Grinsen breitete sich in meinem Gesicht aus. »Außerdem ist Dr. Shepherd heiß«, fügte sie hinzu.

»Heißt das, es gibt eine Chance, dass du mich auch heiß findest?«

Sie rappelte sich auf und schlüpfte aus dem Bett. Es dauerte eine Weile, aber schließlich fand sie ihren Slip unter dem Stuhl. »Wie du schon mehrmals festgestellt hast, ist körperliche Anziehung nicht das Problem zwischen uns«, erwiderte sie, während sie sich vorbeugte und ihre Unterwäsche aufhob. Sie stieg hinein und stand dann auf, um den

Slip ganz hochzuziehen. Aus einer Kommode fischte sie ein Nachthemd und wechselte es mit ihrem Shirt.

Wer trug denn heutzutage noch Nachthemden? Nur Omas besaßen so etwas. Aber zu meinem Erstaunen sah sie sogar darin sexy aus. Was vermutlich daran lag, dass das Teil ziemlich eng war mit seinen dünnen Trägern und nur bis zu den Oberschenkeln reichte. Die Mischung aus diesem unschuldigen weißen Baumwollhemd mit Spitzen an Bund und Ausschnitt und ihren überhaupt nicht unschuldigen großen Brüsten war eine berauschende Mischung.

»Was ist dann unser Problem?«, fragte ich nach, obwohl ich die Antwort weder wissen wollte, weil ich sie schon ahnte, noch den Abend mit sinnlosen Diskussionen zerstören wollte.

»Lass uns heute nicht darüber reden«, bat sie mich glücklicherweise. »Der Tag war zu schön.«

»Ich würde dich ja fragen, ob ich hierbleiben und bei dir schlafen und vielleicht noch mal ein bisschen mit dir rummachen darf. Aber du würdest ablehnen, weil du findest, dass wir dazu noch zu kurz zusammen sind. Also lasse ich es und gehe freiwillig, weil ich es hasse, abgewiesen zu werden.«

Sie nestelte an ihrem Nachthemd, das mir vermutlich unanständige Träume bescheren würde, und sah mich an. Konnte ich da ein schlechtes Gewissen erkennen?

Bevor ich es nicht mehr schaffte, wälzte ich mich aus dem Bett. Damit ihr klar war, was sie verpasste, streckte ich mich und ließ unauffällig meine Muskeln spielen. Von ihrem Fenster aus konnte man in mein Zimmer sehen, auch das ungemachte Bett und das Chaos auf dem Boden. Jimbo glotzte wie ein Stalker zu uns herüber. Hätte er funktionstüchtige Hände und einen Schwanz, hätte er sich bestimmt einen runtergeholt, während er uns beobachtete.

Auch Tristans Zimmer konnte man erkennen und wie aufgeräumt darin alles war. Ebenso das zwischen unseren Zimmern liegende Bad, das allerdings ein Milchglasfenster besaß. Tristans Bett war leer und sauber gemacht.

In dem Moment betrat er mit Rylee das Zimmer. Schnurstracks lief er zum Fenster und ließ den Rollladen herunter. Auf halber Höhe jedoch stoppte er und entdeckte mich. Blickte hinter sich, als wollte er sich vergewissern, dass ich tatsächlich nicht da war. Grinsend winkte ich ihm zu und automatisch hob er ebenfalls die Hand, bevor das Rollo komplett zuging.

»Wem winkst du?« Von hinten trat Eve an mich heran, legte ihre Arme um mich und ihre Stirn an meinen Rücken. Ihre Nase piekte sich zwischen meine Schulterblätter. Ich legte meine Hände auf ihre und streichelte über ihre Finger.

»Nur meinem Bruder.« Grinsend drehte ich mich in ihrer Umarmung herum. »Wir sollten nächstes Mal nicht nur zusperren, sondern auch die Vorhänge zuziehen. Außer du willst den Nachbarn eine Show liefern.«

Wie so oft errötete sie und räusperte sich. »Mist. Das habe ich ganz vergessen. Das ist deine Schuld.« Sie schlug mir gegen die Schulter.

Ich lachte. »Soll ich mich deswegen jetzt schlecht fühlen?« Sie wand sich aus meinen Armen, hob meine Jeans und mein Shirt auf und warf sie mir zu. »Tris würde nie spannen, lieber würde er am helllichten Tag sein eigenes Rollo runterlassen, als dich zu beschämen, weil er etwas sieht, was nicht für seine Augen bestimmt ist. Und der, der dich schamlos anstarren würde, ist zufällig hier.« Wie ein Moderator warf ich – immer noch nackt – die Arme in die Luft.

Sie antwortete nicht, stellte sich nur neben mich ans Fenster und sah ebenfalls hinüber, nachdenklich, als wäre es ihr völlig neu, wie nah sich unsere Häuser waren. Dabei hätte ich ohne diese Tatsache meine pantomimische Vorstellung mit Jimbo nicht liefern können.

»Wir könnten ein Brett zwischen unsere beiden Fenster legen«, schlug ich vor. »Dann könnte ich direkt zu dir rüberklettern.«

»Ich bevorzuge Treppen statt Katzenleitern.«

»Du bist so unromantisch«, beschwerte ich mich. Mit einem Ruck packte ich sie und zog sie an mich. Sie fühlte sich unglaublich gut an und passte genau an meinen Körper. Perfekt.

»Das ist nicht romantisch, das ist dämlich. Und gefährlich. Was, wenn du abstürzt?«

Ich knabberte an ihrem Hals, woraufhin sie leise keuchte und zitterte. »Dann besuchst du mich im Krankenhaus und pflegst mich anschließend hingebungsvoll zu Hause. Dann kannst du deinen Helferkomplex ausleben.«

»Vergiss es.« Ihre Worte passten nicht zu ihrem flehenden Ton. »Du bist sicher ein lausiger Patient.«

»Nicht, wenn die Krankenschwester die ganze Zeit nackt ist.«

»Ich bin sicher, das ist hygienetechnisch nicht zulässig«, gab sie zu bedenken und bog ihren Kopf weiter zur Seite, damit ich leichter an ihrem Hals lecken konnte. An der Art, wie sie sich an meinen Armen festklammerte, merkte ich, wie angetörnt sie war.

»Seit wann schere ich mich um Vorschriften?«, raunte ich.

»Du gehst jetzt besser.« Ihre Worte klangen nicht so überzeugt, wie sie sicher wollte.

Notgedrungen hörte ich also mit meinen Liebkosungen auf und ließ sie los. Wenn auch nicht gern.

Zurück in meinem Zimmer kickte ich Jimbo beiseite und öffnete das Fenster. Aber bei Eve war es bereits dunkel. Trotzdem winkte ich in die Dunkelheit und schickte ihr über die Luft einen Kuss. Hoffentlich sah niemand, wie lächerlich ich mich benahm.

Ich war verliebt. Daran konnte ich nichts ändern.

Ein paar Tage später trafen wir uns mit den anderen im beFive. Ausnahmsweise kam Tanner allein, weil Enis bei irgendeiner Familienfeier eingeladen war. Bei einem Teil der Sippschaft, der nicht wissen durfte, dass Enis schwul war. Musste anstrengend sein, sein Innerstes verheimlichen zu müssen. Diesbezüglich tat er mir echt leid.

Der Abend war für North-Dakota-Verhältnisse angenehm warm, weshalb Eve und ich spontan beschlossen, zum beFive zu laufen. Mein Arm lag locker über ihrer Schulter und baumelte vor ihren Brüsten, die sie heute in ein ungewöhnlich enges Shirt gepackt hatte. Dazu trug sie eine schlichte Jeans. Trotz der milden Temperaturen und der Strickjacke fröstelte sie. Also zog ich gentlemanlike meine Lederjacke aus und hängte sie ihr um. Sie lächelte mich dankbar an und hielt sie vor sich zusammen. Einen Kommentar zu Leder sparte sie sich. War ja ohnehin kein echtes.

Auf dem Weg plauderten wir über nichts Bestimmtes. Die Uni, Minot, unsere Familien und Freunde, das beFive, das Studio. Nichts Spektakuläres, völlig normal, aber gerade deswegen gefiel es mir so. Ab und zu lachte sie, wenn ich eine Anekdote erzählte. Ihre Finger fanden meine und ich schwenkte unsere verschränkten Hände leicht hin und her, während wir auf das beFive zuliefen.

Tristan und Rylee warteten mit Emily, Omar und Tanner am Eingang. Die Mädels winkten uns lachend und fröhlich erwiderte Eve den Gruß. Zur Begrüßung umarmten sie sich, wir Männer schüttelten uns die Hände und stießen die Schultern gegeneinander.

Drinnen war es für einen Freitagabend erstaunlich ruhig. Was vielleicht auch an dem Konzert lag, das zeitgleich woanders stattfand. Aber da keiner von uns Lust auf Death Metal hatte, hatten wir darauf verzichtet und uns lieber hier verabredet.

Wir suchten uns einen ruhigen Tisch im Loungebereich. Omar holte für uns alle Getränke. Emily steckte mit Rylee die Köpfe zusammen und gleich darauf fingen sie an zu kichern und immer wieder verstohlen zu ihren Kerlen zu blicken. Die bekamen offenbar nicht mit, dass über sie geredet – oder vermutlich gelästert – wurde, und starrten mit ihren Bierflaschen in der Hand zur Tanzfläche. Ab und zu wechselten sie ein paar Worte.

Eve war auf dem Klo.

Als sie zurückkam, lief sie zielstrebig auf mich zu und setzte sich auf meinen Schoß. Sofort schlang ich meine Arme um sie und hielt sie fest. Mit der Nase wühlte ich in ihre Haare und kitzelte sie mit der Zunge am Hals. Sie wand sich kichernd und rutschte auf mir herum, wehrte sich aber nicht. Stattdessen landete ihre Hand auf meinem Rücken, wo sie kleine Kreise mit ihren Fingern malte. Vor Wohligkeit schauderte ich und zog sie noch näher an mich. Kurz, aber intensiv küsste sie mich und der Blick, den sie mir danach schenkte, fuhr mir bis ins Innerste. Er war so liebevoll, dass ich schlucken musste. Zärtlich strich sie mir durch die Haare und über meine Wange, wo sie verharrte und mich lächelnd musterte. In dem Moment wusste ich, dass ich nicht nur verliebt in sie war. Ich liebte sie.

Über ihre Schulter sah ich, wie Tristan uns beobachtete und wie sich ein breites Grinsen auf seinem Gesicht ausbreitete. Er streckte seinen Daumen nach oben und nickte, als würde er mich für irgendetwas loben. Heimlich zeigte ich ihm hinter Eves Rücken den Stinkefinger, spiegelte aber seinen zufriedenen Gesichtsausdruck.

So saßen wir eine Weile, sie seitlich an mich gelehnt, ihr Gesicht an meinen Hals geschmiegt. Plötzlich sprang sie auf und zerrte mich am Handgelenk hoch.

»Das ist mein Lieblingslied«, rief sie. Ihre Augen strahlten. »Lass uns tanzen!«

Auf der Tanzfläche begann sie sofort, ihre Hüften zu wiegen. Den Kopf in den Nacken gelegt, die Lider halb geschlossen, ihre Finger mit meinen verschlungen. Wie ein Idiot stand ich bewegungslos da und beobachtete sie beim Glücklichsein. So frei und gelöst erlebte ich sie selten. Erst als ich von hinten angerempelt wurde, setzte ich mich ebenfalls in Bewegung und fing an zu tanzen. Sie umfasste meinen Nacken und hielt sich an mir fest, ließ sich von mir herumwirbeln, lachte und kreischte, aber in ihrem Blick las ich nichts anderes als Vertrauen und Freude.

Ich stoppte und langsam rutschte sie an meiner Vorderseite herunter, bis sie auf meinen Füßen zu stehen kam. Unsere Blicke verhakten sich, unsere Gesichter näherten sich, unsere Lippen berührten sich.

Wir blieben im beFive, bis wir rausgeschmissen wurden. Weil wir zu müde zum Laufen waren, leisteten wir uns ein Taxi. Sie schlief in meinen Armen ein und brummelte leise vor sich hin, als ich sie auf meine Arme nahm und sie aus dem Taxi zu ihrem Haus trug.

»Ich kann selber laufen«, nuschelte sie.

»Ich weiß, Bienchen«, versicherte ich leise, setzte sie aber erst vor ihrer Tür ab. Umständlich fummelte sie den Schlüssel heraus und weil sie es nicht schaffte, aufzusperren, half ich ihr. »Schlaf gut.«

Ich küsste sie auf die Stirn und schloss dann die Tür von außen, bevor ich vor mich hin grinsend über den Rasen nach Hause lief.

Oktober

Eve

Donovan holte mich mit seinem Motorrad ab. Erst vor ein paar Tagen hatte er sich eine alte BMW aus dem vorigen Jahrhundert gekauft, auf die er lange gespart hatte. Obwohl mir die Aussicht, darauf mitzufahren, eine Höllenangst machte, fand ich es irritierenderweise auch irgendwie heiß, dass mein Freund ein Motorrad besaß.

Mittlerweile waren wir fast einen Monat zusammen. Hatten uns dabei mindestens dreimal pro Woche fast getrennt und spätestens am nächsten Tag wieder versöhnt. Als könnten wir weder ohne Streit noch ohneeinander. Natürlich stritten wir nicht nur. Jede freie Minute verbrachten wir zusammen. Bei ihm, bei mir, mit seinen Freunden, die langsam auch zu meinen wurden. Mit meinen Schwestern verstand er sich prächtig, vor allem an Aurora schien er einen Narren gefressen zu haben. Und sie an ihm.

Manchmal gingen wir zusammen essen oder einfach nur spazieren, unterhielten uns, lernten uns kennen. Und der Donovan, der sich mir zeigte, war ganz anders als der zu Beginn. Ich mochte ihn tatsächlich. Als Menschen. Und als Mann. Er zeigte mir seine Lieblingsplätze in Minot, hörte mir aufmerksam zu, wenn ich von Chicago erzählte. Es machte Spaß mit ihm. Das war unerwartet, aber schön.

Trotzdem war Donovan nach wie vor nicht Tristan. Und so sehr ich versuchte, den zu vergessen, ich schaffte es nicht in dem Maße, in dem ich es wollte und sollte. Da nützte auch das gleiche Aussehen nichts. Dazu war Donovan einfach zu sehr Donovan.

Natürlich begegnete ich Tristan oft, wenn ich Donovan besuchte oder wenn wir uns mit den anderen trafen. Und jedes Mal klopfte mein Herz wie wild bei seinem Anblick. Ich konnte es einfach nicht abstellen. Dabei war mir Donovan alles andere als egal. Ich empfand etwas für ihn. Viel sogar. Er war nicht nur ein Ersatz für seinen unerreichbaren Bruder.

Ich hoffte so sehr, Donovan irgendwann so lieben zu können, wie er es verdiente. Denn es war schön mit ihm. Spannend und lustig und aufregend. Langweilig wurde es mit ihm nie. Wenn auch nicht nur auf die gute Art. Manchmal regte er mich extrem auf. So sehr, dass ich ihn am liebsten an die Wand klatschen würde. Sobald er mich jedoch berührte, war das alles vergessen. Im Bett stritten wir nie. Weil reden dabei zweitrangig war. Dort verstanden wir uns ohne Worte, ergänzten uns instinktiv. Der Sex mit ihm war perfekt. Auch wenn wir noch nicht den letzten Schritt gegangen waren. Also befolgte ich Klaras Rat und genoss einfach. Lebte im Moment. Und dachte trotzdem öfter, als gut für mich war, an etwas anderes. An jemand anderen.

In mir tobte ein einziges Chaos.

Ich wollte Donovan.

Ich wollte nicht, dass ich Tristan immer noch wollte.

Ich liebte Donovan nicht.

Aber ich war verliebt in ihn.

Anders jedoch als in Tristan.

Hätte ich mich als Protagonistin in einem Buch gelesen, hätte ich abgebrochen, weil ich so nervig unentschlossen war. Und weil ich mit einem Mann zusammen war, obwohl ich eigentlich einen anderen wollte. Das war ja schlimmer als in einer Soap. Donovan hatte es nicht verdient, so behandelt zu werden. Er war gut. Zu mir und überhaupt. Keine zweite Wahl. Er war auf seine eigene Weise großartig und auch nicht so oberflächlich wie anfangs gedacht. Mir zeigte er seine Weichheit, seine Ernsthaftigkeit, sein Innerstes. Ich konnte es nicht leugnen, dass ich echte Gefühle für ihn hatte, die über die rein körperliche Anziehung hinausgingen. Mehr als einmal wünschte ich mir, ich könnte bis zum Ende blättern und mich selbst spoilern, wie es mit mir und Donovan – und Tristan – weitergehen würde. Obwohl ich sonst wenig Romance las, hoffte ich auf ein Happy End. Wie auch immer es aussehen mochte.

Ich wollte doch einfach nur glücklich sein. Aber das war schwerer, als ich es mir jemals hätte vorstellen können.

Natürlich hatte ich ein schlechtes Gewissen, weil ich mit ihm eine Beziehung führte und gleichzeitig auch von einem anderen träumte. Vor allem, weil Donovan sich so viel Mühe gab, mich glücklich zu machen. Er hängte sich im Gegensatz zu mir richtig in die Sache zwischen uns hinein, verheimlichte nie, wie sehr er mich wollte. Ich fühlte mich begehrt. Welcher Frau gefiel das nicht?

Im Fitnessstudio sorgte er dafür, dass wir in die gleichen Schichten eingeteilt wurden. Und wenn das nicht klappte, holte er mich ab, führte mich zum Essen aus oder zeigte mir seine Lieblingsplätze in Minot. Am College war er mein ständiger Begleiter, wie ein Bodyguard brachte er mich zu meinen Kursen und wartete anschließend vor der Tür auf mich. Lässig an die Wand gelehnt, die Hände in den Taschen seiner Lederjacke, ein träges Grinsen in seinem attraktiven Gesicht. Ich genoss die neidischen Blicke der Frauen. Nie schämte er sich, mich in der Öffentlichkeit zu küssen oder anzufassen oder mich zu berühren. Mich als seine Freundin vorzustellen. In jeder Tat spürte ich seine Zuneigung, seine Lust, seine Erfahrung. Mein Körper erwachte durch ihn zum Leben. Ich gierte nach seinen Küssen, konnte von seinen Händen nicht genug bekommen.

Doch eins fehlte.

Er war nicht Tristan.

Ich wollte Donovan nicht verletzen. Aufgeben wollte ich ihn trotzdem nicht. Dazu war es zu gut. Und dazu war er mir mittlerweile zu wichtig.

Mit ihm und durch ihn lernte ich eine neue Seite an mir kennen. Die unbeschwerte Seite, die sich dem Augenblick öffnen und hingeben konnte. Das Leben mit allen Sinnen aufsaugen und auskosten konnte. Aber das allein reichte nicht, um komplett glücklich zu sein. Mir fehlte die Tiefe, der Sinn in all dem Spaß und den Gesprächen, den ich bei Tristan gefunden hatte.

Aber das Leben war nun mal kein Wunschkonzert und mein Herz kein Fernseher, bei dem ich mit der Fernbedienung zu einem neuen Sender umschalten konnte.

Als hätte Tristan gemerkt, dass ich mehr als angemessen für ihn empfand – oder Donovan hatte es ihm verraten -, zog er sich immer weiter zurück. Vermied es, mit mir allein zu sein oder Gespräche mit mir zu führen, die über Small Talk hinausgingen. Einerseits war ich darüber traurig und verletzt, andererseits war es besser so.

Donovan dagegen belagerte mich regelrecht. Kaum einen Tag verbrachte ich ohne ihn. Wenn wir uns nicht trafen, schrieb er mir. Ohne zu klammern. Trotz allem ließ er mir immer noch meine Freiheit. Er bedrängte mich auch nicht, endlich mit ihm zu schlafen. Küssen und rummachen genügtem ihm. Oder auch nicht, aber zumindest beschwerte er sich nicht. Gab mir Zeit, bis ich bereit war. Dass ich noch Jungfrau war, verriet ich ihm nicht. Vielleicht ahnte er es.

In seiner geliebten Lederjacke, schwarzen Jeans und Boots (sein übliches Bad-Boy-Outfit) wartete er vor dem Haus, unter jedem Arm einen Helm geklemmt.

»Hi, Bienchen«, schnurrte er, als ich mich an ihn schmiegte und ihn zur Begrüßung auf den Hals küsste. »Hi, Kermit«, sagte er anschließend in weniger anzüglichem Ton zu Tanner, der ebenfalls mit mir herausgekommen war. Er würde mit Enis und dem Rest der Familie Jones zur Academy fahren, wo wir auf Emily und Omar treffen würden.

Rylee und Tristan stellten heute mit den anderen Schauspielschülern des Kurses eine Reihe kurzer Stücke vor, die sie selbst geplottet und geschrieben hatten. Ich freute mich darauf, Tristan endlich auf der Bühne zu erleben.

»Ihr beide zusammen. Daran werde ich mich nie gewöhnen«, brummte Tanner kopfschüttelnd. Er schlug Donovan auf die Schulter, nickte uns grinsend zu und lief über den Rasen zum Nachbarhaus.

Donovan reichte mir einen der Helme und ich stülpte ihn über, während er seinen aufsetzte. Unbeholfen fummelte ich an dem Verschluss herum, bekam ihn aber nicht zu, weswegen er meine Finger beiseiteschob und mir half. Obwohl wir wegen unserer dicken Helme beide extreme Fischmünder formen und unsere Köpfe unnatürlich seitlich legen mussten, ließ er es sich nicht nehmen, mich zu küssen. Unsere Lippen berührten sich kaum, trotzdem prickelte es zwischen uns. Wie immer. Donovan gab ein genüssliches Geräusch von sich, was an meinen Lippen kitzelte, dann löste er sich.

»Vor dem Helm wäre es besser gegangen«, beschwerte ich mich lachend.

Er zuckte die Schultern und strich mir über die Wange. »Wieso, geht doch.« Geschmeidig schwang er sein Bein über den Sitz. »Pflanz deinen süßen Bienenpopo rauf und halt dich fest.«

Ein Ächzen unterdrückend, kletterte ich hinter ihm auf den Sitz und schlang meine Arme um ihn. Sobald ich saß, startete er ohne Vorwarnung die Maschine und brauste los. Vor Schreck fiel ich fast hintenüber und klammerte mich an Donovans Bauch fest. Sein Körper vibrierte von seinem Lachen und den Schwingungen des Motors.

Die ersten Minuten hockte ich verkrampft hinter ihm und hoffte nur, nicht zu sterben. Aber nach und nach entspannte ich mich und legte mein behelmtes Kinn auf seine Schulter und schloss die Augen. Genoss den Fahrtwind und die Freiheit und die Wärme und Sicherheit, die Donovan ausstrahlte. Mit einer Hand lenkte er die BMW, die andere lag locker auf meinem Unterarm und streichelte darüber. Obwohl uns dicke Jacken und seine Handschuhe trennten, spürte ich seine harmlose und doch so intime Berührung überdeutlich.

In dem Moment wusste ich sicher: Ich war in Donovan verliebt.

Konnte man sich zu zwei Männern gleichzeitig hingezogen fühlen? Warum passierte gerade mir so etwas? In Filmen fand ich so etwas immer total unrealistisch. Ich hatte immer gedacht, Liebe wäre eindeutig. Aber da hatte ich mich getäuscht. Genau wie in Donovan.

Obwohl wir früher losgefahren waren, kamen wir seltsamerweise nach den anderen beim Academygebäude an. Donovan hielt neben Tanners und Nates Wagen, stieg ab und ruckelte die Maschine auf den Ständer. Dann half er mir herunter, wobei er es natürlich nicht lassen konnte, mir dabei »versehentlich« an den Po zu fassen. Im Grunde fasste er mich bei jeder Gelegenheit an, was mich allerdings zu meinem Erstaunen wenig störte. Er behandelte mich nicht wie ein Objekt, sondern wie seine Freundin.

Erleichtert, weil es vorbei war, und gleichzeitig enttäuscht, dass es nicht länger gedauert hatte, nahm ich den Helm ab und schüttelte meine Wellen aus. Bei ihm wusste ich nie eindeutig, was ich fühlte. Er brachte alles in mir durcheinander.

»Kann es sein, dass du extra einen Umweg gefahren bist?«

»Schon möglich«, gab er zu. Er fuhr sich ebenfalls durch die Haare, sodass sie wie gewohnt verwuschelt vom Kopf abstanden. Donovan sah immer aus, als wäre er gerade aufgestanden, was unheimlich sexy war, weil es mich an Dinge denken ließ, die ich erst durch ihn kennengelernt hatte.

Unsere Helme hängte er an den Lenker und lockte mich mit einem Finger zu sich. Wie ein Lamm setzte ich mich in Bewegung, bis ich mich an ihn lehnen konnte. Sofort landeten seine Hände auf meiner Hüfte, sein Kinn auf meinem Kopf. »Es war so schön, wie du dich vor Panik an mich geklammert hast.« Ich spürte sein Grinsen.

»Ich hatte keine Panik. Obwohl du wie eine gesengte Sau gefahren bist«, log ich.

Er kniff in meine Taille und ich quiekte erschrocken auf. »Sag das noch mal und ich kitzel dich durch, bis du vor Lachen in die Hose pinkelst.«

Wieder krallte er seine Finger in meine Haut. Aus Rache, weil er mich schon wieder ärgerte, trat ich ihm auf den Fuß, was ungefähr so viel Wirkung hatte, als wäre er ein Stein.

»Stehst du da etwa drauf?« *Bitte sag Nein!*

»Nein«, gestand er zu meiner Erleichterung. »Selbst bei mir gibt es Grenzen.« Er verzog das Gesicht und schüttelte sich. »Aber ich mag es, wenn du so aufsässig bist.«

Mit den Lippen arbeitete er sich meinen Hals hinunter. Leise keuchend neigte ich meinen Kopf, damit er besseren Zugang hatte, und drängte mich an ihn.

Doch er ließ mich los und streifte meine Haare zurück. »Du bist so schön, Motorradbienchen. Womit habe ich dich eigentlich verdient?« Sein Blick war so weich und liebevoll, dass mein Herz für ein paar Schläge aussetzte, nur um danach umso heftiger in meiner Brust zu pochen. Im Komplimentemachen war er Profi. Genauso wie darin, mich in ein willenloses Wesen zu verwandeln. Ich antwortete nicht. »Komm, das Stück fängt gleich an.«

Natürlich hatten uns die anderen zwei Plätze freigehalten. Alle waren da, um Tristan und Rylee zu unterstützen. Die gesamte Familie Jones inklusive Nate, außerdem Emily und Omar, Tanner und Enis und George mit Aurora. Nur Mom und Gabi fehlten. Gabi interessierte sich nicht für Theater und hatte dafür auch nicht genug Sitzfleisch, und Mom blieb so hochschwanger lieber zu Hause und legte die Beine hoch. Zur Begrüßung erhoben sich alle, dann folgte das übliche Umarmen und Wangenküssen und Abklatschen und Durcheinandergerede. Donovans Familie war das lebendige Chaos, aber voller Liebe und Zusammenhalt und Akzeptanz. Jeder durfte dort so sein, wie er war. Was in Donovans Fall oft anstrengend für das Umfeld war. Trotzdem gaben sie ihm nie das Gefühl, er wäre deswegen weniger wert.

Der Saal war bis auf den letzten Platz gefüllt, ein paar Zuschauer mussten sogar stehen oder hockten auf den Stufen in der Mitte des Saals. Wir saßen in der dritten Reihe, sodass wir einen hervorragenden Blick auf die erhöhte Bühne hatten. Nach ein paar Minuten ging das Licht aus, die Gespräche verstummten und der Vorhang öffnete sich. Ohne hinzusehen, tastete Donovan in meinem Schoß nach meiner Hand. Ich kam ihm entgegen und unsere Finger verschränkten sich und ich lehnte mich leicht an ihn. Im Augenwinkel erkannte ich, wie Morgan uns lächelnd musterte.

Ein Ansager in einem Kostüm wie ein Zirkusdirektor betrat die Bühne und begrüßte Zuschauer und Schauspieler und fasste den Abend kurz zusammen. Jedes Paar würde ein etwa zehnminütiges Stück performen. Danach gab es Gelegenheit, Fragen zu stellen, die Schauspieler zu treffen und etwas zu trinken.

Das erste Paar, ein Mann und eine Frau namens Carl und Monica, fing an und spielte eine Szene, in der es als Aliens auf der Erde strandete und sich zurechtfinden musste. Es war faszinierend und beklemmend, wie sie versuchten, die Menschen zu verstehen, und wie verkorkst unsere Welt wirken musste.

Es folgten fünf weitere Darbietungen zu unterschiedlichsten Themen und in unterschiedlichsten Konstellationen, denen man die gute Ausbildung hier auf der Academy und die Freude am Schauspielern anmerkte.

Dann endlich waren Tristan und Rylee an der Reihe. Beide trugen lediglich eine Art weißes Nachthemd, waren barfuß und legten sich aneinandergeschmiegt in die Mitte der Bühne. In den nächsten Minuten wurden wir Zeuge einer zerrütteten Beziehung zweier Menschen, die sich eigentlich wie wahnsinnig liebten. Ich fragte mich, warum gerade diese zwei, die sichtlich verrückt nacheinander waren, dieses Thema gewählt hatten. Die Interaktion der beiden wirkte so intim und vertraut, dass ich mir unwillkürlich wie ein Eindringling vorkam. Trotzdem schafften sie es, die unüberbrückbare Distanz zwischen ihnen als Bühnenpaar darzustellen, die einen selbst als Zuschauer schmerzte. Ich ahnte bereits das traurige Ende. Dann jedoch änderte sich die Stimmung schlagartig, als sich beide gleichzeitig die Hemden herunterrissen und mit bebender Brust in Unterwäsche voreinander standen und sich stumm betrachteten. Sie entblößten sich, im wahrsten Sinne des Wortes, boten sich dem anderen schutzlos und nackt in Körper und Seele an. Mich berührte ihr Spiel sehr.

Tristans Körper war ebenso sexy wie Donovans, beinahe unmerklich schmaler und er rasierte sich nicht die Brusthaare wie Donovan. Gepaart mit seinem Talent und seiner Sensibilität ergab das eine Mischung, die mich unweigerlich umhaute. Ich war erregt. Vom Anblick seiner nackten Haut, der Wölbung in seinem Schritt, seinen Muskeln, seinem emotionalen Spiel, seiner Tiefe, seiner Liebe zur Kultur und zum Theater. Zwischen meinen Beinen prickelte es und ich rutschte möglichst unauffällig hin und her, um mich zu beruhigen. Am liebsten wäre ich auf die Bühne gestürmt und hätte Tristan geküsst und seine glatte Haut gestreichelt.

Doch ich blieb brav neben meinem Freund sitzen, der ja nicht weniger sexy war. Mein Blick huschte zu Donovan, der meine Finger quetschte und aufmerksam das Geschehen auf der Bühne verfolgte. Sein Gesicht spiegelte die Gefühle der Darsteller. Als litte er selbst. Als liebte er selbst. Als präsentierte er sich selbst in seinem ganzen Sein vor der Öffentlichkeit. Wie hatte ich anfangs nur denken können, Donovan wäre ein oberflächlicher Prolet? Nicht nur hier bewies er, wie vielschichtig seine Persönlichkeit in Wirklichkeit war. Wie tief er empfinden konnte und wie frei und offen er es zeigte. Eine warme Zuneigungswelle zu diesem großartigen Mann überrollte mich.

Ohne darüber nachzudenken, beugte ich mich zu ihm und drückte meine Lippen auf seine Wange. Er wandte mir sein Gesicht zu und lächelte, bevor er sich wieder der Performance seines Bruders widmete und wie abwesend mit dem Daumen meinen Handrücken liebkoste. Als die Vorstellung der beiden zu Ende war, sprang er auf, applaudierte und jubelte und pfiff, als hätte Tristan gerade einen Oscar gewonnen.

»Möchtest du heute bei mir schlafen?«, flüsterte ich in Donovans Ohr. »Mit mir schlafen«, präzisierte ich, falls er meinen subtilen Hinweis nicht verstanden hatte. Heute wollte ich endlich meine Jungfräulichkeit verlieren.

Donovan hielt im Klatschen inne, sein Kopf ruckte zu mir und das Grinsen, das er allein für mich reserviert hatte, breitete sich in seinem Gesicht aus. Das war Antwort genug.

Ich konnte es kaum erwarten, bis endlich alle Kurzstücke vorbei waren. Endapplaus brandete auf, als alle Darsteller noch einmal auf die Bühne kamen und sich verbeugten. Tristan hielt Rylees Hand, den Blick auf sie gerichtet. Selbst aus der Entfernung konnte man erkennen, wie sehr die beiden sich liebten.

Donovan nutzte den anschließenden Tumult im Saal, um mich unbemerkt von seiner neugierigen Familie hinauszuführen. Ich war aufgeregt und freute mich auf die Nacht, hatte aber auch ein wenig Angst. Würde es wehtun? Und unsere Beziehung auf eine andere Stufe heben? Würde es wirklich so großartig sein, wie alle immer behaupteten? War es für Donovan so bedeutend wie für mich?

Bibbernd stieg ich vom Motorrad, meine Glieder steif und durchgefroren, als Donovan am Straßenrand vor unseren Häusern parkte. Er half mir, den Helm abzusetzen, nahm mein Gesicht in seine Hände, die immer noch in Handschuhen steckten, und sah mich für einen langen Moment nur an. Sein Blick verwirrte mich. Er wirkte nachdenklich und wenn ich es nicht besser gewusst hätte, hätte ich gesagt, sein Gesichtsausdruck ähnelte dem, den Tristan Rylee schenkte.

Mit dem Daumen strich er zart über meine Unterlippe. Ich roch das Leder, spürte die raue Oberfläche des Handschuhs. Dann küsste er mich. Zart und liebevoll und ohne Zunge. Ich spürte die ungesagten Worte zwischen uns.

»Du bist ja ein Eiszapfen. Ich kenne niemanden, der so schnell friert wie du, Frostbienchen.« Er rubbelte mir über die Arme. »Keine Sorge, dir wird bald warm werden.«

Wie so oft wackelte er mit den Augenbrauen. Diesmal nervte mich seine zweideutige Anspielung nicht, sondern erzeugte prickelnde Vorfreude.

»Zu mir oder zu dir?«, fragte er in plötzlich wieder belustigtem Tonfall und deutete nacheinander zuerst zum Joneshaus und dann zu unserem. »Dämliche Klischeefrage, ich weiß. Aber das musste einfach sein.« Er lachte.

»Dahin, wo weniger Leute sind«, entschied ich.

Er überlegte nicht lange. »Also zu dir. Gabi schläft sicher schon. Wenn George mit Aurora kommt, bringt er sie bestimmt auch gleich ins Bett. Er und deine Mom hören diskret weg, so wie ihr auch bei ihnen. Und Tanner wollte zu seinem Enis. Das hat er vorhin erzählt. Abgesehen davon wäre es mir ohnehin egal, ob er mitkriegt, was wir treiben.

Wir sind so lange befreundet, er kennt alles von mir. Inklusive der Geräusche, die ich beim Sex mache. Umgekehrt übrigens genauso.«

Ich verzichtete auf die Frage, warum Tanner Donovans Sexgeräusche kannte. Aber unwillkürlich störte es mich, dass außer mir noch jemand wusste, wie Donovan klang, wenn er erregt war. Dabei reihte ich mich lediglich in eine lange Schlange von Frauen ein, mit denen er vor mir intim gewesen war.

»Aber wir können auch einfach schlafen, wenn du dir unsicher bist und noch warten willst.« Zwar versicherte er das, aber ich spürte, wie sehr er sich etwas anderes wünschte. Ich hielt ihn schon viel zu lange hin. »So oder so wirst du mich heute nicht mehr los. Ich will dich die ganze Nacht in meinen Armen halten.«

Bisher hatten wir noch nicht beieinander übernachtet. Auch das würde eine Premiere sein und ich war freudig gespannt deswegen. Ich hatte noch nie mit einem anderen Menschen im Bett geschlafen, abgesehen von meinen kleinen Schwestern, und das war nicht sehr komfortabel, weil Aurora selbst im Tiefschlaf ständig herumzappelte und Gabriella einem beinahe die Luft abschnürte.

Als Antwort lächelte ich, nahm seine Hand und lief mit ihm zur Tür. Wie erwartet war nur noch Mom wach. Die Beine auf einem Hocker abgelegt, saß sie in einem Sessel und las. Als wir hereinkamen, um sie zu begrüßen, ließ sie ihr Buch auf ihren Bauch sinken. Sie sah unheimlich müde aus und unterdrückte ein Gähnen.

»Na, war's schön?« Sie streichelte über ihre Kugel, verzog kurz das Gesicht und zuckte. Wahrscheinlich hatte sich Brianna, wie meine neue Schwester heißen würde, mal wieder bewegt. Und tatsächlich konnte ich auf Höhe von Moms Bauchnabel eine Beule erkennen.

»Ja, es war großartig«, bestätigte ich. »Tristan ist ein fantastischer Schauspieler. Es ist unglaublich, wie er mit wenigen Gesten und noch weniger Worten so viele Gefühle darstellen kann. Ich musste beinahe weinen, weil es mich so berührt hat.«

Falls Donovan merkte, wie ich schwärmte, kommentierte er es nicht.

»Sag ich doch, dass er gut ist«, warf er stattdessen ein und klang dabei ein wenig angespannt. Ob wegen des bevorstehenden Sex oder wegen meiner Lobrede auf seinen Bruder, konnte ich nicht einschätzen.

»Ist es okay, wenn Donovan heute hier schläft?«

Mom sah auf. »Das musst du doch nicht fragen, Liebes. Tanner fragt auch nicht, wenn Enis hier übernachtet. Du weißt, dass jeder jederzeit willkommen ist.«

Ja, wusste ich. Trotzdem fand ich es fair, Bescheid zu sagen.

»Schlaft gut, ihr zwei. Ich geh ins Bett.« Ächzend stemmte sie sich hoch, machte ein Hohlkreuz und rieb ihren Rücken. »Aber immer schön aufpassen. Ich werde Mom, für eine Oma bin ich eindeutig zu jung.«

»Mom«, jammerte ich und merkte, wie mir schon wieder vor Verlegenheit Hitze in die Wangen stieg.

Donovan dagegen lachte nur und klopfte auf seine Jackentasche. »Immer allzeit bereit.«

Mom nickte, dann schlappte sie schwerfällig davon.

Erneut griff Donovan nach meinen Fingern. »Komm, wir gehen auch ins Bett.«

Nach unserem Beinahe-in-flagranti-Moment hatten wir uns angewöhnt, die Tür abzusperren, wenn wir nicht gestört werden wollten. Also eigentlich immer, wenn wir allein waren. Ich war geradezu süchtig nach Donovans Lippen und Fingern und seinem Körper und seiner nackten Haut auf meiner. Ich liebte es, ihm so nahe zu sein. Liebte es, wie sich sein Gesicht verzog und er ganz bei sich war, auf den Moment konzentriert, wenn er kam. Wie er mich ansah, wenn er sich auf mich und meine Lust konzentrierte.

Nun doch etwas befangen, blieb ich an der Tür stehen. Doch er nahm mir wie immer die Scheu, indem er seine Arme um mich legte und mich hielt, bis ich bereit für den nächsten Schritt war. Sein Herz pochte gegen meins und sein Rhythmus übertrug sich auf mich. Beruhigte mich. Als ich mich entspannte, schob er mich ein Stück von sich, umfasste mein Gesicht mit seinen Händen und bog sanft meinen Kopf nach hinten. Küsste mich intensiv und langsam und unheimlich zärtlich. Seine Zunge spielte zart mit meinen Lippen, öffnete sie und eroberte dann entschlossen, aber nicht drängend meinen Mund. Ich presste mich an ihn, wollte ihn noch näher spüren, rieb mich an seiner Härte. Doch er ließ von mir ab. Musterte mich mit dunklen Augen und bebendem Brustkorb.

»Eve«, flüsterte er. Seine Lippen waren gerötet und glänzten.

Wie konnte er nur so sexy sein?

Ich nahm meinen ganzen Mut zusammen. »Ich will mit dir schlafen, Donovan. Jetzt.«

Er gab ein leises Geräusch von sich, irgendetwas zwischen Brummen und Keuchen und Stöhnen. »Ich habe so darauf gewartet, dass du das sagst.«

Mit seinem Schlafzimmerblick beobachtete er mich, wie ich mit zittrigen Fingern meine Bluse aufknöpfte und sie über die Schultern gleiten und zu Boden fallen ließ. Wie ich an meinen Rücken griff und meinen BH öffnete und meine Brüste entblößte. Wie ich meine Hose über die Hüften schob und herausstieg. Wie ich den winzigen Spitzenslip, den ich extra für diesen Abend gekauft hatte, abstreifte.

Er leckte sie die Lippen, schlenderte näher, ein schiefes Grinsen zuckte an seinem Mundwinkel. Bevor wir uns berührten, stoppte er. Fasste sich in den Nacken und zog sich seinen Hoodie samt T-Shirt über den Kopf. Seine Jeans und seine Socken folgten. Wie so oft trug er keine Unterwäsche. Sein harter Schaft zuckte an seinem Bauch. Regungslos standen wir voreinander und betrachteten uns, als wäre es das erste Mal.

So kam es mir auch vor. Das hier war anders. Es würde mich verändern. Würde uns und unsere Beziehung verändern. Angst hatte ich keine mehr. Ich wusste, er würde es mir schön machen. Deswegen gab es auch keinen Grund, ihm im letzten Moment doch noch meine Unschuld zu gestehen.

Er erinnerte mich so sehr an den beinahe nackten Tristan heute Abend auf der Bühne. Wen von beiden liebte ich mehr? Wen von den beiden begehrte ich mehr?

Als hätten wir uns abgesprochen, setzten wir uns in Bewegung, ich rückwärts, er vorwärts und sanken aufs Bett. Ich rutschte ans Kopfende und bettete meinen Kopf aufs Kissen. Er stützte sich über mir ab, blickte schwer atmend auf mich herab.

»Ist alles okay?«, fragte er mich leise.

Ich nickte und befeuchtete meine Lippen. »Ja. Mehr als okay.«

Offenbar war das die richtige Antwort, denn ohne weiteres Zögern senkte er seinen Mund auf meinen und liebkoste mich mit seinen Lippen und mit seiner Zunge. Leider hörte er viel zu schnell wieder damit auf, aber sein Blick entschädigte mich millionenfach. Zärtlich und leidenschaftlich zugleich. Als der Donovan, den ich mir wünschte. In dem Moment wollte ich niemand anderen. Seine Daumen strichen zart über meine Schläfen und mit der Nase wischte er mir verirrte Haare von der erhitzten Stirn.

»Du bist der Wahnsinn«, flüsterte er.

Als Antwort bewegte ich mein Becken, was die gewünschte Wirkung erzielte. Zischend zog er Luft ein und versteifte sich. Er rutschte ein Stück an mir herunter, hinterließ dabei feuchte Küsse auf meiner Haut. Meine Hände entwickelten ein Eigenleben, krallten sich abwechselnd in seine Haare, kratzten über seinen Rücken oder dirigierten ihn an die Stellen, an denen ich mich nach ihm sehnte. Zogen ihn zu mir, schoben ihn weg, streichelten ihn fahrig, während er mich unablässig verwöhnte.

Auf einmal spürte ich seine Zunge an meiner Spalte. Noch ein erstes Mal. Wegen der Intensität der Empfindungen und des wunderbaren Schrecks riss ich die Augen auf. Er brummte etwas, aber ich verstand nicht, was. Es war auch egal. Er sollte dringend weitermachen. Die Vibrationen und die Bewegungen seiner Zunge und Lippen, das Saugen an meiner Klitoris brachten mich an den Rand des Aushaltbaren. Ohne vorherige Anzeichen erschauderte ich und verfiel in einen heftigen Orgasmus, den er durch unablässiges Lecken verlängerte und intensivierte.

Erst als die letzten Zuckungen abebbten, ließ er von mir ab. Er grinste zu mir hoch, seine Lippen glänzten von meiner Erregung, was mir in weniger kopflosem Zustand peinlich gewesen wäre. Jetzt nicht. Mein Verstand hatte sich verabschiedet, mein Körper die Kontrolle übernommen. Er leckte sich die Lippen und gab ein genüssliches Geräusch von sich.

»Lecker.«

Als er mich küsste, schmeckte ich mich selbst, was seltsam und erregend gleichermaßen war.

»Ich habe Kondome gekauft«, informierte ich ihn. »In der Schublade.« Dabei hatte er selbst welche dabei.

Grinsend rutschte er ein Stück hoch und rieb sich dabei an mir. Bestimmt absichtlich. Der Schuft.

Zielstrebig griff er in die Schublade, holte einen Blister heraus und riss ihn auf. Er kniete sich zwischen meine Beine und strich mit seiner Hand über seine Erektion. Dann rollte er geübt das Kondom über. Zwar wusste ich theoretisch, wie es funktionierte, in live hatte ich es aber noch nie gesehen, außer bei der Vorführung an einer Banane im Biologieunterricht. Fasziniert beobachtete ich ihn dabei. Nie hatte ich etwas Erotischeres erlebt. Ich wollte ihn. So schnell wie möglich.

Gott sei Dank ließ er mich nicht lange schmoren, sondern platzierte sich wieder zwischen meinen Schenkeln. Ich spürte seine zuckende Spitze an meiner pulsierenden Mitte. Worauf wartete er?

»Bist du dir sicher?«, fragte er.

Langsam reichte es mir. Er sollte mich nicht wie ein rohes Ei behandeln.

»Fragst du das alle deine Eroberungen?«, fragte ich ungeduldig.

Er lachte. »Nein«, gab er zu. »Aber du bist ja auch keine Eroberung. Mit dir bedeutet es mir etwas. Mit dir ist es etwas Besonderes. Und das soll es auch für dich sein.«

Wie konnte er so ein Idiot und gleichzeitig so ein Schatz sein?

»Ich will es. Jetzt. Mit dir. Bitte schlaf mit mir«, wiederholte ich, weil er es offenbar immer noch nicht kapiert hatte. Nie war ich mir einer Sache sicherer als in diesem Augenblick.

Und ohne weiteres lästiges Aufhalten drang er endlich in mich ein. Langsam, als wollte er jeden Zentimeter auskosten. Es tat wirklich weh, aber ich verkniff mir einen Schmerzlaut. Seine Augen waren geschlossen und für ein paar Momente verharrte er in mir, atmete gepresst, bevor er begann, sich zu bewegen.

Je länger er sich in mir wiegte, desto mehr rückte das Brennen in den Hintergrund. Jedes Mal, wenn er aus mir herausglitt, vermisste ich ihn. Wenn er sich in mich schob, kam ein Stöhnen über meine Lippen. Wieso hatte ich mir das so lange versagt? Sex mit Donovan war viel besser, als ich es mir hatte vorstellen können. Ich kam ihm entgegen, hielt mich an seinen Armen fest, genoss und bewunderte das Spiel seiner Muskeln auf seiner Brust, seinen Bizeps. An meinen Schenkeln spürte ich seinen kräftigen Po.

Er entfachte in mir nie vermutete Gefühle, sowohl körperlich als auch in meinem Innersten. Das verwirrte mich am meisten.

Plötzlich wirbelte er mich herum, sodass ich rittlings auf ihm saß und er noch tiefer in mich gleiten konnte. Seine Hände krallten sich in meine Hüfte und halfen mir, mich auf ihm und um ihn zu bewegen. Aber er überließ das Tempo und den Rhythmus ganz mir.

Donovan

Endlich. Wochenlang hatte ich genau darauf gewartet. Die Realität war noch besser als meine Fantasien. Sie war so verdammt eng und weich und anschmiegsam und umschloss mich perfekt. Ich musste mich konzentrieren, nicht zu schnell zu kommen. Denn ich wollte es so lange wie möglich herauszögern. Wollte dieses Gefühl bis in alle Ewigkeit festhalten. Sie ritt mich langsam, kreiste mit ihrem Becken, hob es, bis wir fast die Verbindung zueinander verloren, und senkte es wieder. Stützte sich dabei mit beiden Händen auf meiner Brust ab, die Augen geschlossen, den Mund leicht geöffnet. Und ihre Töne erst. Fuck! Ich war im Paradies.

Der ganze Sex mit den anderen Frauen vorher war mit dem hier nicht im Entferntesten zu vergleichen. Vielleicht lag es daran, dass ich so viel für Eve empfand. Dass sie alles für mich war. Dass ich mir sogar vorstellen konnte, für immer mit ihr zusammen zu sein. Nie sollte das hier aufhören. Ich gab mir Mühe, nicht zu laut zu stöhnen, weil ich wusste, wie unangenehm es ihr war, wenn uns alle hören konnten. Von mir aus hätte es die ganze Straße mitbekommen können, wie Eve mich in den Himmel vögelte.

Als sie den Kopf in den Nacken warf und ihren Rücken durchbog, kitzelten ihre langen Haare meine Oberschenkel. Ich winkelte meine Knie an und setzte mich auf. Wollte sie halten, ihr so nah sein, wie es nur ging, wenn wir gleich explodierten. Sie schlang Arme und Beine um mich, klammerte sich an mir fest und ich mich an ihr. Ich fühlte ihre verschwitzte Haut, roch ihren Duft, der sich mit dem von Sex mischte, spürte, wie sich ihr Oberkörper bei jedem schnellen Atemzug dehnte. Sie war kurz davor, ihre inneren Muskeln verkrampften sich bereits um mich. Aber noch hielt ich mich zurück. Ihre Stirn drückte sie an meinen Hals, erstickte ihr Keuchen an meiner Haut.

In dieser Stellung war es schwer, sich zu bewegen, also hob ich sie hoch, allerdings ohne aus ihr herauszugleiten, und platzierte sie wieder unter mir.

»Schau mich an, Eve.«

Sie befolgte meine Bitte, spiegelte meinen intensiven Blick. Um noch tiefer in sie zu gleiten, griff ich unter ihr Knie und drückte ihren Schenkel an ihre Brust. Senkte meinen Mund auf ihren und küsste sie im Rhythmus meines Beckens. Sie wimmerte, wickelte ihr freies Bein um meines und bohrte ihre Fingernägel in meinen Rücken, während ich mich immer wieder in sie schob und uns beide um den Verstand brachte.

Auf einmal versteifte sie sich, ihre Beine zitterten. Ich richtete mich ein wenig auf, stützte mich auf einen Arm, führte die andere Hand zwischen uns und fand ihre Klitoris. Ihr Unterleib zuckte und drängte sich an mich. Noch einmal stieß ich fester zu, beschleunigte mein Tempo. Als ich merkte, dass es auch bei ihr kein Zurück mehr gab, ließ ich los und ergoss mich zuckend in ihr. Das erlösende Stöhnen konnte ich nicht mehr zurückhalten.

Fast zeitgleich verkrampfte sie sich und erschauderte unter mir. Ihr Fuß klopfte auf die Matratze. Ich liebte es, wenn sie sich so gehen ließ.

Nur wegen mir.

»Tristan«, keuchte sie.

Meine Welt zerbrach.

Und mein Herz erstarrte zu Stein.

Mein Schwanz, der immer noch halb hart in ihr pulsierte, erschlaffte von einem Moment auf den anderen.

Sie stöhnte den Namen meines Zwillingsbruders.

Nicht nur einmal, sondern immer wieder, damit auch wirklich jeder

Idiot checkte, wegen wem sie gerade so heftig kam. An wen sie gerade dachte.

Nicht an ihren Freund, der in ihr steckte, sondern an einen anderen Typen. Der zufällig genauso aussah wie ich.

Logisch, was das bedeutete.

»Tristan. Tristan. Tristan.« Ihr Orgasmus schien gar kein Ende zu nehmen, während ich mich fühlte, als hätte sie mich mit Eiswasser übergossen.

Ruckartig zog ich mich aus ihr zurück, riss das Kondom herunter und schleuderte es auf den Boden, ohne es vorher zuzuknoten. Spermaflecken auf dem Teppich waren mir momentan scheißegal. Mein Herz hämmerte. Meine Hände zitterten und ich fror auf einmal erbärmlich. Der Druck auf meiner Brust war unerträglich. Konnte ein Herz tatsächlich in tausend Teile zerspringen?

Ich rutschte von ihr weg und flüchtete aus dem Bett. Konnte kaum atmen. Wegen den Nachwirkungen unseres bis eben noch gigantischen Sex. Aus Wut. Und Enttäuschung. Und Schock.

Ich konnte Eve nur fassungslos anstarren.

Sie erwiderte meinen Blick ebenso entsetzt.

»Donovan«, stammelte sie. »Ich ...«

Ich schloss die Augen, schüttelte den Kopf und streckte meinen Arm aus. Ihre Ausreden konnte sie sich sparen. Die ganze Zeit war sie in Tristan verliebt. Ich hatte es gewusst, aber mir eingeredet, dass sie nun mich wollte. Dass sie vielleicht sogar in mich verliebt war. Dass das zwischen uns etwas Großes werden könnte. Schließlich war sie jetzt mit *mir* zusammen. Freiwillig.

Ich war so ein Idiot. Für sie war ich nichts als eine verfluchte Hülle, die sie für ihre Tristan-Fantasien missbrauchte. Mir wurde schlecht. Saurer Mageninhalt stieg in mir hoch. Ich schluckte schwer.

»Donovan«, wiederholte sie. Flehender diesmal. Sie zog die Knie an die Brust und schlang ihre Arme darum. Wiegte sich wie eine Irre vor und zurück. »Das war ein Versehen. Das musst du mir glauben!«

Wo waren meine Klamotten? Meine Hände zitterten so stark, und meine Beine bestanden nur noch aus Gummi. Ich war kaum in der Lage, meine Sachen aufzuheben, geschweige denn, hineinzuschlüpfen. »Ich wollte dir heute sagen, dass ich dich liebe!«, stieß ich hervor.

Das stimmte. Schon seit Tagen hatte ich das Bedürfnis, ihr zu gestehen, wie viel ich für sie empfand.

Eigentlich absurd. Nicht ich, der Chaosmeister, hatte es verbockt, sondern sie. Die perfekte Eve. Wenn es nicht so furchtbar gewesen wäre, hätte ich gelacht. Aber mir war mehr zum Heulen zumute. Da war ich einmal richtig bis zum Anschlag verliebt, träumte von einer gemeinsamen Zukunft, und dann das. Ich konnte es nicht einmal als Ironie oder Rache des Schicksals ansehen, denn schließlich hatte ich niemals jemandem Gefühle vorgegaukelt, wenn keine vorhanden waren. Im Gegensatz zu Eve spielte ich immer fair und mit offenen Karten. Bei meinen Affären genauso wie bei ihr. Ich hatte meine Gefühle von Anfang an nicht verheimlicht. Sie ihre wahren schon.

Endlich steckten beide Füße in Hosenbeinen und ich schaffte es sogar, die Jeans hochzuziehen und den Reißverschluss zu schließen, ohne dabei meine Eier einzuklemmen. Das T-Shirt musste ich erst aus dem Hoodie herauszerren, es ging aber wenigstens einfacher überzustülpen.

»Warte«, flehte sie wieder. »Geh nicht. Lass uns reden.«

Der Ärmel des Pullis hatte sich verheddert und ich bekam es nicht gebacken, ihn zu entknoten. Mit einem Wutschrei schleuderte ich das Teil gegen die Wand. Nach Hause waren es nur ein paar Meter, das würde sogar nackt gehen. Hauptsache, weg. Die Socken steckte ich in die Hosentasche.

»Bitte. Donovan. So kann es doch nicht enden. Man kann über alles reden.«

»Reden? Worüber? Ich scheiß drauf! Das war ein eindeutiges Statement, Eve!«

Sie kletterte aus dem Bett und lief auf mich zu. Umarmte mich und drückte sich an mich, ihr Gesicht an meinem Hals, wie ich es sonst so liebte. Ich rührte mich nicht, die Hände an meinen Schenkeln zu Fäusten geballt. Brachte es aber nicht übers Herz, sie wegzuschieben. Mein

Verstand verlangte es, mein Körper jedoch weigerte sich. Zumindest konnte ich mich zurückhalten, ebenfalls meine Arme um sie zu legen.

Und alles zu vergessen.

Aber der Verrat war zu heftig.

Der Schmerz zu tief.

Die Enttäuschung zu groß.

»Ich weiß nicht, warum ich das gesagt habe. Es ist mir rausgerutscht. Es tut mir leid. So sehr leid.«

Ihre Nähe ertrug ich nicht länger. Deswegen trat ich einen Schritt zurück. Sie stolperte und ließ mich automatisch los. Mit großen Augen sah sie mich an.

Ich schüttelte schnaubend den Kopf. »So was rutscht einem nicht einfach raus. Du bist immer noch in ihn verliebt. Gib's wenigstens zu. Sei wenigstens jetzt ehrlich zu mir. Was bin ich eigentlich für dich? Ein Ersatz für deine Tristan-Sexfantasien? Ein Trostpflaster? Ein Lückenbüßer? Eine Gummifickpuppe in Tristangestalt? Jemand, der glücklicherweise so aussieht wie der, den du eigentlich willst? Den du nicht haben kannst? Weil er mit einer anderen glücklich ist und du nicht in eine funktionierende Beziehung reingrätschen willst? Weil du so gut bist? Dann doch lieber den doofen Proletenbruder verarschen, oder? Hast du die ganze Zeit an ihn gedacht, wenn du mit mir zusammen warst? Waren es in deiner Vorstellung jedes Mal seine Finger, die dich kommen ließen? Sein Schwanz? Mit einem wie mir kann man's ja machen. Weil Typen wie ich ohnehin das Letzte sind. Die haben es nicht anders verdient! Kerle wie ich haben ja ohnehin keine Gefühle. Und falls doch, ist es egal.«

»Das ist nicht wahr. So war es nicht«, stammelte sie. Sie zuckte, als wollte sie näher kommen, aber ich wich zurück.

Ich zog die Augenbrauen hoch. »Aha. Wie denn dann?«

»Anfangs war ich wirklich in Tristan verknallt. Aber das habe ich dir nie verschwiegen. Und vielleicht bin ich anfangs auch nur mit dir ausgegangen, um mich von ihm abzulenken, und ja, weil ich mir vorstellte, dass er es ist. Das gebe ich zu. Aber dann habe ich mich in dich verliebt.

In dich! Donovan. Mein Plan funktionierte nicht. Verstehst du? Ihr seid zu verschieden. Ich habe erkannt, dass du anders bist, als ich immer dachte. Du bist kein Prolet, zumindest nicht immer. Sondern liebevoll und witzig und klug und voller kreativer Ideen. Ich will *dich*. Wirklich. Das ist die Wahrheit.«

Ich verschränkte meine Arme. Um Distanz zu schaffen und um nicht schwach zu werden. Sie stand nackt vor mir, ihre Brüste wogten bei jeder Bewegung, ihre Lippen waren noch vom Knutschen geschwollen, ihr Haar durcheinander. Es war verflucht schwer, sie nicht anzufassen und ihr zu vergeben. Vielleicht wäre die bessere Strategie, sie so lange zu vögeln, bis sie nur noch *meinen Namen* hervorstieß.

Aber ich wollte Klarheit. Das war ich mir selbst wert.

»Warum hast du dann seinen Namen gestöhnt statt meinen?« Ich reckte mein Kinn und wandte mein Ohr in ihre Richtung, aber sie schwieg. Angewidert schnaubte ich. »Hörst du dir eigentlich zu? Das ist so unglaubwürdig, ich kann gar nicht so viel essen, wie ich kotzen möchte! Du hast mich gefickt und dabei an einen anderen Typen gedacht. Meinen Bruder. Eindeutiger geht's nicht. Das ist pervers. Und schäbig. Und passt so gar nicht zu deinem Gutmenschending!« Mit dem Fuß donnerte ich gegen den Schreibtisch. Von der Erschütterung fiel ein Buch um und ein Kugelschreiber kullerte herunter. Ich kickte ihn weg und er landete neben dem gebrauchten Kondom.

Sie schlang die Arme um ihren Körper. Ihre Nippel standen spitz hervor. Wahrscheinlich war ihr kalt. Dass sie unser Streit antörnte, bezweifelte ich.

»Ich weiß nicht, warum ich seinen Namen gesagt habe.«

Wieder die gleiche Leier.

»Du hast ihn nicht gesagt, du hast ihn pornomäßig rausgestöhnt«, berichtigte ich sie. »Während mein Schwanz in dir steckte und du gerade einen Mörder-Ganzkörper-Zitter-Orgasmus hattest. Unterbewusstsein lässt grüßen, kann ich da nur sagen. Freud würde ausflippen vor Begeisterung. Was sagst du dazu, zukünftige Psychotherapeutin?«

Tränen liefen an ihren Wangen hinab, tropften auf ihre Brüste. »Ich will mit dir zusammen sein. Ehrlich.« Sie zog die Nase hoch. Auf dem Schreibtisch neben mir entdeckte ich ein mit ihren Initialen besticktes Stofftaschentuch. Ich reichte es ihr und sie wischte sich damit über ihr nasses Gesicht.

»Wer's glaubt«, brummte ich. Schlagartig war ich unfassbar müde und wummernde Kopfschmerzen setzten ein.

»Ich habe dir meine Jungfräulichkeit geschenkt! So was mache ich doch nicht einfach so für jeden dahergelaufenen Kerl! Oder weil du zufällig wie Tristan aussiehst. So verkorkst bin ich nicht. Das bedeutet verdammt noch mal eine ganze Menge für mich!« Sie schluchzte wieder, knüllte das Taschentuch in ihrer Hand.

Wie bitte?

»Du warst noch Jungfrau? Das hättest du mir sagen müssen!«, brüllte ich. Sie zischte und gab mir ein Zeichen, leiser zu sein. Mir war es egal, ob jemand aufwachte oder nicht. Trotzdem senkte ich meine Stimme. »Dann hätte ich die Sache ganz anders angefangen. Ich wäre viel vorsichtiger gewesen und hätte nicht einfach mit dir gevögelt. So kannst du natürlich wieder behaupten, dass ich nur an mich denke. Verdammt! Das erste Mal muss man huldigen. Nicht einfach mal so hinter sich bringen.« Ich fuhr mir Luft ausstoßend durch die Haare und krallte meine Nägel in meine schmerzende Kopfhaut.

»Aber es war perfekt«, flüsterte sie. »Du warst perfekt. Wir zusammen waren perfekt. Ich war ganz bei dir, bei niemandem sonst.«

»Na klar. Und deswegen stöhnst du einen anderen Namen. Glaubst du dir dein Gerede eigentlich selbst?«

»Es ist alles wahr. Dieser eine Fehler ändert doch nichts daran, was ich für dich empfinde. Bitte, beende jetzt nicht wegen einem kurzen Aussetzer von mir das, was zwischen uns gewachsen ist. Wenn es stimmt, dass du mich liebst.«

Ich unterbrach sie. »Denkst du, ich sage das einfach so? Im Leben nicht! Frag mal, wie viele Frauen das schon von mir gehört haben. Null!« Zur Verdeutlichung streckte ich ihr meine Faust hin und formte mit Daumen und Zeigefinger einen Kreis. »Du bist die Erste seit Langem, mit der ich mir eine Zukunft vorstellen konnte, die nicht nur aus Ficken besteht. Eine Beziehung. Ich. Donovan Jones. Eine richtige Freundin. Mit Händchenhalten und Kuscheln und Reden und Kino und all dem Kram, der mit dir plötzlich schön war. Und du scheißt drauf. Trittst das mit Füßen und trampelst auf meinen Gefühlen herum.«

»Bitte, mach jetzt nicht Schluss mit mir.«

In Ihren Augen stand Schmerz. Aber vielleicht war das auch nur gespielt. Wie die ganzen letzten Wochen.

»Ich will die Nummer eins für dich sein, nicht Plan B, weil der andere vergeben ist.«

Schluss zu machen wäre das einzig Richtige gewesen. Aber ich schaffte es nicht. Ich war erbärmlich. Hatte ich gar keine Selbstachtung? Das war doch nicht ich. Donovan ließ sich so etwas doch nicht gefallen. Aber der war verschwunden und hatte einem verunsicherten, verliebten Idioten Platz gemacht.

»So ist es nicht«, versicherte sie wieder.

Ich konnte es nicht mehr hören.

»Bitte, Donovan!«

Sie trat zu mir und schlang wieder ihre Arme um mich. Schluchzte an meinen Hals. Ich spürte die Feuchtigkeit ihrer Tränen. Aber ich konnte ihre Umarmung nicht erwidern. Ich war verletzt und gedemütigt und verwirrt und unendlich traurig. Meine Brust fühlte sich an, als würde ein Panzer auf mir parken.

»Donovan«, flüsterte sie wieder.

Wartete auf eine Antwort.

Auf Vergebung.

»Ich muss nachdenken. Ich meld mich bei dir«, brachte ich mit letzter Kraft hervor. Schob sie mit zitternden Gliedmaßen von mir.

Sie hob ihre Hand, legte sie auf meine Brust. Öffnete den Mund. Schloss ihn wieder.

Ich wollte mich abwenden.

Aber ich konnte nicht.

Es war keine bewusste Entscheidung meinerseits, aber von einem

Moment auf den anderen lag sie in meinen Armen, mein Kopf auf ihrem Scheitel. Sie fühlte sich so vertraut an. So schön. So richtig.

Ein anderes Mädchen, das so etwas mit mir abzog, hätte ich, ohne mit der Wimper zu zucken, sofort abgeschossen. Eve wollte ich nicht verlieren. Allein bei der Vorstellung, wieder ohne sie zu sein, schnürte es mir noch weiter die Luft ab.

»Bitte, bleib«, bat sie mich. »Das wolltest du doch ursprünglich. Und ich würde es mir wünschen.«

Das war, bevor sie mich verraten und betrogen hatte. Trotzdem nickte ich. Mein Körper reagierte automatisch, ließ meinem Verstand mal wieder keine Chance. Das hatte ich nun davon, dass ich mein Leben lang nur im Moment gelebt hatte. Mein Bauch tat einfach etwas anderes als der Rest von mir. Auch wenn es falsch war.

Nach kurzem Zögern nahm ich ihre ausgestreckte Hand und folgte ihr zurück zum Bett.

Schließlich saß ich nackt auf der Bettkante, ohne dass ich richtig mitbekommen hätte, wie ich mich ausgezogen hatte. Sie drückte mich sanft an den Schultern auf die Matratze und legte sich hinter mich in Löffelchenstellung. Schlang Arm und Bein um mich und setzte zarte Küsse auf meinen Rücken. Flüsterte immer wieder meinen Namen, als könnte sie Tristans auf diese Weise auslöschen.

Ich erwiderte keinen ihrer Annäherungsversuche, rutschte so weit nach vorn, bis mich ihre nackten Brüste nicht mehr berührten. Ich hörte, wie sie einatmete, als wollte sie etwas sagen, aber sie schwieg. Es gab ohnehin nichts mehr zu reden. Sie sollte ruhig merken, wie verletzt und angepisst ich war.

Sie breitete die Decke über uns beide, ihre Finger strichen über meine Wirbelsäule. Doch ich reagierte nicht, wünschte mir beinahe, sie würde die Hand wieder wegnehmen. Gleichzeitig wollte ich nichts anderes, als über den doofen Vorfall zu lachen, ihn zu vergessen. Sie unter mir zu begraben und mich erneut in ihr zu versenken.

Ich gehörte zu ihr.

Aber sie auch zu mir?

Eve

Obwohl er nicht einmal eine Armlänge entfernt lag, fühlte sich die Distanz zwischen uns unüberwindbar an. Ich konnte mir nicht erklären, was passiert war. Denn als ich mit Donovan geschlafen hatte, war ich ganz auf ihn konzentriert gewesen. Ich hatte mit *ihm* geschlafen, nicht in meiner Fantasie mit seinem Bruder. *Donovan* sollte mein Erster sein.

Aber offenbar hatte mein Unterbewusstsein eine andere Meinung.

Donovan war zu Recht sauer. Wäre ich auch. Beim Höhepunkt den falschen Namen zu stöhnen war unentschuldbar. Natürlich dachte er, dass ich ihn nur benutzt hatte.

Was war nur mit mir los?

Ich erkannte mich selbst nicht mehr.

Machte ich mir etwas vor?

Fairerweise hätte ich mich von Donovan trennen sollen. Zumindest solange ich mir nicht zu einhundert Prozent sicher war, mit wem ich in Wahrheit zusammen sein wollte. Aber das konnte ich nicht. Ich liebte ihn tatsächlich. Obwohl er manchmal ein unverbesserlicher, nerviger Idiot war, hatte er sich in mein Herz geschlichen. Oder besser gesagt: Er war ohne Rücksicht hineingetrampelt. Mich gegen ihn zu entscheiden fühlte sich ebenso falsch an, wie bei ihm zu bleiben. Donovan hatte Klarheit verdient, aber die konnte ich ihm momentan nicht geben.

Liebte ich Tristan auch? Auf welche Weise? Mit Donovan prickelte mein Körper, mit Tristan mein Verstand. Der eine verschaffte mir Orgasmen und Spaß, entsprach aber – abgesehen von seinem Aussehen – nicht dem, was ich mir von einem Mann wünschte. Der andere vereinte alles, war aber unerreichbar. Gab ich mich mit Donovan also mit weniger als dem Ideal zufrieden? War es überhaupt realistisch, sich Perfektion zu wünschen? Bei solchen Fragen half auch der höchste IQ nichts.

Oder hatte Donovan, ohne dass ich mir dessen bewusst war, den Platz mit Tristan getauscht?

Die Vorstellung, Donovan zu verlieren, war kaum auszuhalten. Ebenso wie die Reue und das schlechte Gewissen. Mein Körper und meine Seele und sogar mein Herz fühlten sich an, als würde ein Bulldozer darauf parken.

Donovan bewegte sich nicht, aber vermutlich schlief er genauso wenig wie ich. Das Bedürfnis, mich an ihn zu schmiegen, war überwältigend, trotzdem hielt ich mich zurück. Es war eindeutig, dass er mich im Augenblick nicht ertragen konnte.

Warum war er dann geblieben?

Irgendwann war ich dann doch eingeschlafen. Als ich aufwachte, war Donovan weg. Ich suchte nach meinem Handy, ob er mir eine Nachricht hinterlassen hatte, aber nichts. Auch kein Zettel. Nackt, wie ich war, rannte ich zum Fenster und sah zu seinem hinüber, aber er hatte die Rollläden heruntergelassen.

Ich: *Bist du wach? Können wir reden?*

Er antwortete nicht und es blieb bei einem grauen Häkchen. Hatte er mich blockiert? Panik stieg in mir auf. Es konnte doch nicht einfach so vorbei sein.

Das Fatale war: Da ich nicht wusste, ob ich ihn verloren hatte, wollte ich ihn nur umso mehr.

Liebe war wirklich seltsam. Anfangs war ich nur mit Donovan ausgegangen, weil er wie Tristan aussah. Nun liebte ich ihn. Waren Beziehungen immer so kompliziert?

Obwohl ich mich am liebsten vor der Welt und der Realität versteckt hätte, schlüpfte ich nicht zurück ins Bett. Ich musste mich der Situation stellen. Also duschte ich so lange, bis ich mich wieder wie ein Mensch fühlte, zog meine Lieblingsklamotten an und packte meine Unisachen. Ich kannte Donovans Stundenplan auswendig und wollte ihn unbedingt vor seiner ersten Vorlesung abpassen. Hunger hatte ich keinen, dafür pochende Kopfschmerzen, ein wundes Herz und ein leichtes Brennen zwischen den Beinen, das mich unbarmherzig an gestern Abend erinnerte.

Eigentlich wollte ich niemandem begegnen, trotzdem steuerte ich die Küche an, um mir wenigstens eine Banane für später einzupacken. Mom saß mit Tanner am Tisch und frühstückte. Die Mädchen waren vermutlich schon in der Schule und George in der Praxis oder im Krankenhaus, um spontan ein Baby zu entbinden. Das Leben ging weiter, unabhängig davon, ob ich Donovan das Herz gebrochen hatte oder nicht.

»Guten Morgen, Schatz«, begrüßte mich Mom und lächelte liebevoll.

Tanner hob lediglich die Hand und widmete sich dann wieder seinem Müsli. Er hattc dunklc Augenringe, seine Haare hingen strähnig ins Gesicht, die Mundwinkel zeigten nach unten. Sogar beim Kauen.

»Wolltest du nicht bei Enis übernachten und dann von dort aus zur Uni fahren?«, fragte ich, nachdem ich ebenfalls ein Guten Morgen in die Runde geworfen hatte.

Mom verzog die Lippen und machte eine beschwichtigende Geste mit der Hand. »Falsches Thema«, warnte sie. »Lass ihn besser in Ruhe. Er ist heute nicht so gut drauf.«

Das war ungewohnt. Tanner sprühte sonst wie Donovan vor positiver Energie und guter Laune.

»Wir hatten Streit.« Tanners Blick war starr in seine Schüssel gerichtet. Mit dem Löffel schob er eine schwimmende Rosine hin und her. »Enis ist ein Arsch.« Er seufzte. Zu der Rosine gesellte sich eine weitere. Tanner hasste Rosinen und normalerweise sortierte er sie aus, sammelte sie auf einem Extratellerchen, spülte die Milch herunter und überließ sie mir. Heute war allerdings alles anders.

»Dann sind wir schon zu zweit«, murmelte ich.

Ich rutschte auf den Stuhl neben Mom, nahm die Thermoskanne und goss mir Tee in die bereitstehende Tasse. Nicht einmal die Schokobrötchen aus dem Korb machten mich heute an. Mom backte sie selbst, ausschließlich mit veganen Zutaten, und sie schmeckten himmlisch. Heute wurde mir allein vom Geruch speiübel.

Tanner und Mom sahen mich an. Mom besorgt und mitfühlend, Tanners Ausdruck war nicht zu deuten.

»Was ist los mit dir, Schätzchen? Willst du drüber reden?«

Ich schüttelte den Kopf. Zuckte die Schultern, nickte.

»Was hat Don jetzt wieder versaut?«, erkundigte sich Tanner, der seinen Freund gut kannte.

»Gar nichts. Ich hab Mist gebaut.«

Ich merkte Tanner an, dass er verwirrt war, aber er hakte nicht weiter nach. Ebenso wenig wie ich wegen seiner Probleme mit Enis.

Eine Weile frühstückten wir schweigend vor uns hin. Ich trank meinen Tee, Tanner löffelte sein Müsli. Nur unsere Schluckgeräusche und das leise Klirren des Löffels in der Schüssel waren zu hören. Und Tanners Knuspern, das überlaut in der Küche widerhallte.

Mom erhob sich ächzend. »Ich lass euch mal allein. Ihr braucht beide jemanden zum Reden und ich bin da offensichtlich die Falsche.«

Sie räumte ihren Teller in die Spülmaschine und küsste mich auf den Kopf. Nachdem sie die Tür hinter sich geschlossen hatte, saßen wir wie zwei Kinder, die zum gemeinsamen Spielen verdonnert wurden, nebeneinander.

»Und? Um was ging's bei euch jetzt?«, fragte Tanner irgendwann in die Stille. »Mit Don zu streiten passiert ja schnell mal.«

Sollte ich es ihm wirklich erzählen? Er war sozusagen mein Bruder und dazu noch Donovans bester Freund. Von ihm würde Tanner das Fiasko ohnehin erfahren. So konnte ich wenigstens auch meine Version erzählen.

»Mir ist beim Sex Tristans Name herausgerutscht statt seinem«, sagte ich deswegen und schämte mich gleichzeitig. Das war alles so furchtbar und hätte nie passieren dürfen. Leider war es nicht mehr rückgängig zu machen.

Tanner pfiff und nickte. Die Schüssel mit dem restlichen Müsli schob er von sich und verschränkte die Finger auf der Tischplatte. »Kein Wunder, dass er sauer ist. Das verkraftet sein Ego nicht.« Er lachte tonlos, aber nicht so, als fände er es wirklich witzig. War es ja auch nicht. Es war todtraurig. Eine Katastrophe. »Läuft da was zwischen T und dir?«

»Nein, natürlich nicht!«, rief ich sofort. »Er hat Rylee und ich würde niemals eine glückliche Beziehung zerstören wollen. Tristan würde Rylee auch nie betrügen.« Tanner schien mit meiner Antwort nicht zufrieden. Ich verzog die Lippen und senkte den Kopf. »Aber es könnte sein, dass ich in ihn verknallt bin.« Tanners Augenbrauen wanderten nach oben. »Oder war. Keine Ahnung. Es ist alles so verwirrend.« Ich stützte mein Gesicht in meine Hände und bohrte meine Nägel in meine Kopfhaut, als könnte körperlicher Schmerz von der Realität ablenken. Was natürlich Blödsinn war.

»Weiß Don das mit deinen Gefühlen für Tristan?«

Ich ließ meine Händc fallcn. »Ja. Aber er hat nicht lockergelassen, wollte mich unbedingt erobern. Und jetzt liebe ich auch ihn. Und ich weiß nicht, was ich denken und fühlen und machen soll.«

»Er ist nicht der Arsch, für den ihn alle halten«, sagte Tanner leise und eindringlich. »Er ist wahnsinnig sensibel. Wenn er was macht, dann zu tausend Prozent. Wenn er eine Beziehung eingeht, dann kannst du davon ausgehen, dass du ihm wirklich wichtig bist. Er liebt dich, sonst würde er sich den Stress mit einer festen Freundin nicht geben.«

»Eine Beziehung sollte kein Stress sein«, gab ich zu bedenken.

»Du weißt, wie ich das meine.«

Ich seufzte tonlos. »Ja.«

In kurzen Worten fasste ich die Geschehnisse der letzten Nacht zusammen. Ohne Details natürlich.

»Das ist echt scheiße«, meinte Tanner richtigerweise. »Ich wäre an seiner Stelle gleich abgehauen.« Er schüttelte den Kopf. »Er muss dich wirklich lieben«, wiederholte er ungläubig. »Dass ich das noch mal erleben darf ...« Er trank einen Schluck von seinem Kaffee, aber weil der offenbar mittlerweile kalt war, verzog er die Lippen. »Bäh.« Stattdessen setzte er die Schüssel an und schlürfte den Rest Milch heraus. »Normalerweise ist er nicht nachtragend«, sagte er und wischte sich mit dem Handrücken den Milchbart ab. »In dem Fall allerdings.« Er stoppte und atmete tief ein und aus. »An tiefgreifenden Verletzungen nagt er ewig. Wie an der Sache mit seiner Mom. Oder mit seiner ersten richtigen Freundin. Er war so verliebt, dass er alles für sie getan hätte. Nachdem Schluss war, hing er wochenlang rum und hat gelitten. Danach hatte er immer wieder lockere Beziehungen und viele, viele, wirklich viele Frauen.«

Von mir aus musste er das nicht unbedingt so betonen.

»Aber mir dir ist es seit Langem mal wieder was Ernstes. Er lässt nicht so leicht Gefühle zu. Solche, die nicht nur seinen Penis betreffen, meine ich. Keine Ahnung, was ich dir raten soll. Ich bin zwar schwul, aber deswegen noch lange keine Psychotante oder tauge für Frauengespräche. Das sind doofe Klischees aus schlechten Liebesschnulzen. Ihr Mädels denkt nur immer, dass wir so verständnisvoll sind und euch Tipps zu Männern geben können. Dabei kenne ich mich mit Heteromännern genauso wenig aus wie du mit Lesben.«

Ich lachte und fühlte mich tatsächlich ein wenig leichter, obwohl die Aussichten nicht wirklich besser waren. »Ich finde, du machst das sehr gut.«

Verlegen kratzte er sich an seinem Bart, was ein leise schabendes Geräusch erzeugte.

»Und bei dir? Warum hattest du mit Enis Streit?«

Tanner stieß Luft durch die Nase aus, was dafür sorgte, dass seine Serviette weggepustet wurde und auf dem Boden landete. Seufzend beugte er sich hinunter und hob sie auf. »Er hat mal wieder davon angefangen, dass wir zusammenziehen sollen«, sagte er, als er wieder auftauchte.

»Und deswegen ist er ein Arsch, wenn ich deine Wortwahl von vorhin aufgreifen darf?«

Die Serviette faltete er zu einem winzigen Quadrat und schrieb mit der Spitze unsichtbare Zeichen auf die Tischplatte. »Ich bin einfach noch nicht so weit. Wir sind doch erst ein paar Monate zusammen. Er klammert so. Am liebsten würde er in mich reinkriechen, damit er immer bei mir ist.«

»Das wäre ein bisschen eklig«, sagte ich und versuchte die Stimmung aufzulockern.

»Seine Besessenheit ist gruslig. Es ist ja toll, dass er mich so liebt. Ich liebe ihn ja auch. Und der Sex ist der Hammer. Aber.« Er wedelte in den Raum. »Ich bin gern hier. Und will mein eigenes Reich. Nicht 24/7 mit Enis zusammenkleben. Und auch mal meine Ruhe, wenn es mir zu viel wird. Mit dir und den Mädchen ist es echt erstaunlich spaßig und wenn das neue Baby kommt, will ich da sein. Ist schließlich meine erste richtige Schwester. So blutsverwandt und so, nicht wie ihr. Ich werde vielleicht selbst nie Kinder haben. Da will ich wenigstens meine Schwester so lange wie möglich genießen. Verstehst du, was ich meine? Stell dir vor, Donovan würde jetzt mit dir zusammenziehen wollen.«

»Gott bewahre!«, stieß ich hervor.

»Eben.« Er ließ langsam Luft entweichen. »Mir ist das zu viel. Und zu schnell. Und dann fragt er mich das auch noch, als wir gerade ...«

Ich winkte ab. Genaueres musste ich nicht wissen.

Eine lange Weile schwiegen wir wieder, ohne uns anzusehen, und hingen unseren Gedanken an unsere komplizierten Beziehungen nach. Wir hatten beide Männer, die uns offenbar mehr liebten als wir sie. Die sich ihr jeweiliges Leben mit uns anders vorstellten.

»Und was machen wir jetzt, wir zwei Loser?«, fragte ich.

Er grinste und zuckte die Schultern. »Wir fahren gemeinsam ans College, stalken unsere Liebhaber und bitten sie um Verzeihung. Und dann vögeln wir sie und hoffen, dass sie die Sache vergessen.«

Ich zweifelte daran, dass es so einfach funktionierte. Aber eine andere Möglichkeit sah ich momentan auch nicht. Donovan musste verstehen, dass ich freiwillig und gern und bewusst mit *ihm* zusammen war und dass er kein unzureichender Ersatz war.

Doch Donovan war verschwunden. Weder auf dem Campusgelände noch in den einzelnen Gebäuden fand ich ihn. Zu seinen Kursen tauchte er nicht auf.

Am Nachmittag begann (aufgrund von Krankheit des Dozenten verspätet) ein Kurs, den Donovan und ich zusammen belegten. Ich rechnete nicht mehr mit Donovans Auftauchen und hätte es verstanden, wenn er mich mied. Umso erstaunter und freudig überrascht war ich, als ich ihn vor der Tür des Seminarraums entdeckte. Er unterhielt sich mit einem Kommilitonen, den ich nicht kannte. Entgegen seiner sonst so locker-fröhlich-selbstbewussten Art strahlte er heute etwas Düsteres aus. Seine Haare waren zerzaust, aber nicht auf die gewollte Art wie üblich, sondern tatsächlich ungekämmt und regelrecht ungepflegt. Er trug eine schwarze Jeans, dazu ein grau meliertes, ausgewaschenes Oberteil und seine geliebte Lederjacke. Seine Augenringe leuchteten regelrecht in seinem ungewohnt blassen Gesicht. Gegen ihn hatte Tanner heute wie der frische Morgentau ausgesehen. Offensichtlich ging es ihm nicht besser als mir.

Der Kerl neben Donovan blickte zu mir und ertappte mich beim Starren. Mit dem Ellbogen stieß er Donovan an und nickte mit dem Kinn in meine Richtung. Er sagte irgendetwas, das ich nicht verstand, weil gerade eine Gruppe schwatzender Studentinnen vorbeilief. Außerdem versperrten sie mir die Sicht auf meinen hoffentlich Noch-Freund. Die zwei Männer klopften sich auf die Schultern und dann verschwand der andere. Doch statt zu mir zu kommen, blieb Donovan stehen, schob die Hände in die Hosentaschen und musterte mich mit einem Gesichtsausdruck, der irgendwo zwischen traurig und sauer war. Was hatte ich auch erwartet? Er war, ohne sich zu verabschieden, aus meinem Bett geflüchtet, hatte auf keine Nachricht reagiert und war keine Maschine, die auf Knopfdruck seine Gefühle ausschalten oder ändern konnte. Natürlich war er immer noch verletzt.

Ich straffte mich, nahm meinen Mut zusammen und lief langsam zu ihm. Zumindest drehte er sich nicht um und rannte weg. Das war ein Anfang.

»Hi«, sagte ich.

»Hi«, erwiderte er.

Dann breitete sich unangenehme Stille zwischen uns aus.

»Warum bist du einfach gegangen?«, fragte ich schließlich.

Er senkte den Kopf und schluckte. »Ich musste allein sein. Brauchte Abstand. Nachdenken. Mit deinen nackten Brüsten an meinem Rücken ging das schlecht.« Er sah auf. Für einen Moment schlich sich sein vertrautes Grinsen in seine Mundwinkel. Die Trauer in seinen Augen blieb jedoch. Mir zerriss es das Herz, ihn so leiden zu sehen. »Du hast mir verflucht wehgetan.«

»Ich weiß. Und es tut mir leid.«

Er stieß Luft durch die Nase aus. »Das sagtest du bereits. Das ändert aber nichts.«

Ein paar Leute wandten ihre Köpfe. Beziehungsprobleme anderer Menschen waren eben immer interessant. Aber das war mir egal. Ich hatte keine Zeit, ihn auch noch dazu zu überreden, mit mir woanders hinzugehen.

Nervös und ängstlich knetete ich meine Hände. »Wie lange musst du denn allein sein?«

Er zuckte die Schultern. Dann seufzte er tonlos. »Das Problem ist, dass ich mich nicht von dir fernhalten kann. Wie immer hat mein Verstand nichts zu melden.« Er lachte freudlos. »Verdammte Bauchmenschen«, fügte er leise hinzu.

»Bitte gib mir noch eine Chance«, flehte ich. »Gib *uns* eine Chance. Das zwischen uns ist großartig. Lass uns das nicht wegen eines Fehlers zerstören. Wir haben es so lange miteinander ausgehalten, waren Dutzende Male kurz davor, Schluss zu machen. Wir packen das auch diesmal.«

Er zog die Augenbrauen hoch, nahm die Hände aus den Taschen und verschränkte sie vor seiner Brust. »Das waren normale Streits. Da ging es um uns beide.« Er zeigte zwischen uns hin und her. »Darum, wie verschieden wir sind. Oder dass Tofu eine Konsistenz wie Affenhirn hat. Nicht um meinen verdammten Bruder.« Er stieß ein verächtliches

Geräusch aus. »Ich dachte eigentlich, du wärst über ihn hinweg. Warum führt man sonst eine Beziehung?«

»Donovan«, flüsterte ich, doch er schüttelte den Kopf.

»Was?«, blaffte er.

»Es ist nicht, wie du denkst. Ich ...« Wie sollte ich es ihm erklären, ohne ihn noch mehr zu verletzen. »Ich empfinde für euch beide etwas«, gab ich zu. »Aber ich bin mit dir zusammen. Nur mit dir. Und das will ich auch.«

»Ja, weil er nicht zur Verfügung steht.«

Eine Frau quetschte sich zwischen uns durch, weshalb wir unser Gespräch unterbrechen mussten. Sie roch aufdringlich nach Parfüm und Haarspray und lächelte Donovan auf eine Weise an, die mich vermuten ließ, dass er sie schon flachgelegt hatte. Doch er beachtete sie nicht. Mich allerdings auch nicht so, wie ich mir erhoffte.

Bevor ich es mir anders überlegte oder noch mehr unglaubwürdige Erklärungen und Ausreden auspackte, stellte ich mich auf die Zehenspitzen und küsste ihn auf den Mund. »Ich liebe dich, Donovan.«

Er rückte ein Stück ab. »Das hast du noch nie gesagt.« Einen Moment huschte Schmerz über sein Gesicht. »Ich weiß nicht, was ich dir nach gestern noch glauben kann.« Sein Blick war nun fragend und so voll unterschiedlicher Emotionen, dass ich die einzelnen nicht herausfiltern konnte.

»Es ist die Wahrheit«, versicherte ich.

Er lächelte leicht, aber es wirkte gezwungen. »Ich kann dich gar nicht verlassen. Das ist das Dumme.« Im nächsten Moment lagen seine Arme um mich und ich spürte seinen harten Körper an meinem. Wie so oft landete sein Kinn auf meinem Scheitel. Er atmete tief ein und aus, sagte aber nichts. Eine Ewigkeit verharrten wir so.

»Verzeihst du mir?«, wagte ich zu fragen.

»Ich weiß noch nicht. Ich weiß auch nicht, ob ich es vergessen kann«, murmelte er in meine Haare. »Aber für heute will ich es abhaken. Ich will dich zu sehr. Ich bin süchtig nach dir. Deswegen kann ich nicht anders. Nur muss ich mir sicher sein, dass du *mich* willst, nicht ihn.« Den Namen musste er nicht aussprechen.

Mein Herz hüpfte vor Freude. Ich machte mich los, um ihn ansehen zu können, verlor aber nicht den Körperkontakt. Seine Hände strichen zärtlich über mein Gesicht, blieben im Nacken liegen und liebkosten mich.

»Ich werde dich nicht enttäuschen. Es kommt nie wieder vor. Versprochen. Ich will dich und werde mich nun ganz auf dich einlassen. Vergiss Tristan. Nur noch wir zwei.«

Wie konnte ich ihm etwas versprechen, von dem ich nicht wusste, ob ich es einhalten konnte? Langsam näherte er sich mir. Ich schloss meine Augen, wartete sehnsüchtig auf seine Lippen. Unendlich zart küsste er mich. Ohne Zunge und als probierte er, wie es sich anfühlte. Für mich war es einfach wunderbar. Denn es zeigte mir, dass noch nicht alles aus war. Es gab mir Hoffnung. Und die wollte ich nutzen.

»Herrschaften, die Vorlesung fängt an. Wenn Sie so gütig wären und sich auch zu uns gesellen würden«, sagte ein Mann, bevor Donovan meine Frage beantworten konnte. »Oder gehören Sie nicht zu meinem Kurs?«

Donovan drehte sich mit mir im Arm herum. »Doch. Wir kommen gleich. Noch eine Minute.«

Der Dozent murmelte irgendetwas, vermutlich nichts Freundliches, trollte sich aber, sodass wir wieder allein waren.

»Ich will dich. Nur dich«, versicherte ich erneut. Das war das, was ich in diesem Augenblick fühlte. Ob das auch grundsätzlich so war, wusste ich leider nicht so sicher.

Er sah mich nachdenklich an. »Okay.« Und ohne ein weiteres Wort öffnete er die Tür zum Vorlesungsraum.

Donovan steuerte einen Platz in der letzten Reihe an und obwohl ich lieber vorn saß, weil man da mehr mitbekam, folgte ich ihm. Ich wollte keinen unnötigen Streit heraufbeschwören. Der Kurs hatte bereits begonnen, Studenten mit aufgeklappten Laptops oder Blöcken waren im Raum verteilt. *Willkommen zum Kurs Einführung in die Neurobiologie* und der Name des Dozenten, Doctor Washington, standen in großen, geschwungenen Buchstaben auf der Tafel. Zwar warf uns Washington wegen unseres Zuspätkommens einen rügenden Blick zu, redete aber weiter. Gerade erklärte er den Ablauf und die groben Inhalte der Vorlesung.

»Jeder von Ihnen bekommt eine praktische Aufgabe, deren Bewertung zur Hälfte in die Endnote eingeht. Ich erwarte also Einsatz und qualitativ hochwertige Ergebnisse. Damit es keine Zickereien wegen der Themen gibt, werde ich diese nach meinem Gutdünken verteilen. In den nächsten Tagen bekommen Sie alle per Mail Ihre Arbeitsaufträge.«

»Bekommen wir auch Gehirne, an denen wir üben können?«, rief Donovan, ohne sich zu melden.

Ein paar Leute lachten, andere drehten sich um und sahen ihn verwirrt oder sauer an. Ich konnte mich nicht entscheiden, ob ich seine Frage peinlich oder lustig finden sollte.

»Oh, der obligatorische Witzbold. So einen gibt es in jedem Kurs«, kommentierte Washington mit ausdruckslosem Gesicht.

Donovan grinste und lehnte sich nickend zurück, als wäre er gerade überschäumend gelobt worden. Sicher hatte er schon in der Vorschule die Rolle des Klassenclowns übernommen. Wie das wohl für Tristan gewesen war? Hatte er sich für seinen Bruder geschämt? Ich wollte und sollte nicht an Tristan denken. Also tastete ich unter dem Tisch nach Donovans Hand. Sofort griff er sie, verflocht unsere Finger miteinander und zog sie auf seinen Oberschenkel.

»Um Ihre Frage zu beantworten«, fuhr der Dozent fort. »Nein, Sie bekommen keine Gehirne zum Üben. Außer, Sie stellen dem Kurs Ihr eigenes zur Verfügung.« Wieder lachten welche. »Wie ist Ihr Name?«

»Donovan Jones.«

Washington blickte auf den Schreibtisch, wo vermutlich eine Liste mit den Namen der Teilnehmer lag, und notierte irgendetwas. Nach fünf Minuten bereits der erste Eintrag. Das musste man erst einmal schaffen.

»Für Geld mache ich übrigens fast alles. Mein Gehirn wäre sicher ein hochinteressantes Studienobjekt. Nur leider brauche ich es noch, um die Menschheit noch länger mit meiner wahnsinnigen Intelligenz und meinem noch wahnsinnigeren Humor zu beglücken.«

»Für das, was du am liebsten machst, braucht man kein Hirn«, warf der Kerl, mit dem sich Donovan vorhin unterhalten hatte, ein und grinste breit.

»Du vielleicht nicht. Aber dann tut es mir für die Frauenwelt leid.« Donovan lachte. »Das Gehirn ist ja nicht nur Bewusstsein. Es ist auch dazu da, feinste Veränderungen in der Umwelt wahrzunehmen und zu entschlüsseln. Wenn du nicht auf die Reaktionen der Frauen, mit denen du ins Bett gehst, achtest und dementsprechend auf sie reagierst, musst du dich nicht wundern, wenn du chronisch untervögelt bist«, konterte er. Der Kerl wurde rot und verzog seine Lippen. Donovan schubste mich leicht mit der Schulter. »Stimmt's, Bienchen?«

Was er genau meinte, behielt er für sich. Vermutlich wollte er eine Bestätigung für seine herausragenden Fähigkeiten als Liebhaber und dass ihm die Reaktionen seiner Partnerin – in dem Fall meine – wichtig waren und er sie richtig interpretierte. Natürlich hatte er damit recht. Alles, was er mit mir anstellte, war unglaublich. Allerdings hatte ich wenig Vergleichsmöglichkeiten.

»Können wir jetzt weitermachen?«, fragte der Dozent sichtlich genervt.

Donovan machte grinsend eine gnädige Geste in der Luft. »Lassen Sie sich nicht aufhalten, Professor.«

Washington schnaufte, ging aber nicht mehr auf seinen nervigen Studenten ein. Stattdessen widmete er sich seinem Laptop und startete eine PowerPoint-Präsentation zur Anatomie des Gehirns. Schnell holte ich mein Tablet heraus, öffnete das Schreibprogramm und tippte hektisch mit. Leider musste ich dafür meinen Gott-sei-Dank-immer-noch-Freund loslassen. Donovan dagegen streichelte nur mein Knie.

»Willst du nicht mitschreiben?«, flüsterte ich ihm zu.

»Die PowerPoint ist sicher im Netz abrufbar. Außerdem habe ich ja dich. Ich bin sicher, deine Mitschriften sind hervorragend. Wahrscheinlich fasst du sie nach jeder Vorlesung noch mal extra zusammen. Übermotivierte Streber wie du und mein Brudi machen so was doch.«

Natürlich hatte er auch damit recht. Aber ich gab es nicht zu. Insgeheim verletzte es mich, dass er mich quasi als verkrampft bezeichnete.

»Sei still und lass mich in Ruhe. Du störst«, zischte ich zurück.

Doch statt meiner Bitte nachzukommen, beugte er sich zu mir und schob mit der freien Hand meine Haare zur Seite. »Eigentlich willst du doch von mir gestört werden.«

Der Luftzug seiner Stimme kitzelte mich am Ohr, weshalb ich schauderte und versehentlich quiekte. Wieder drehten sich alle zu uns um, aber Donovan setzte ein unschuldiges Gesicht auf, stützte sich mit dem Ellbogen auf den Tisch und gab vor, zuzuhören. Vielleicht tat er es tatsächlich.

Erstaunlicherweise ließ er mich für die nächsten sechzig Minuten in Ruhe, sodass ich doch noch der Vorlesung folgen konnte.

Der Kurs gefiel mir. Die Funktionsweise von Gehirnen hatte mich schon immer fasziniert. Bevor ich mich für den Kurs angemeldet hatte, hatte ich Aurora versprechen müssen, ihr alles, was ich dort lernte, im Detail nachzuerzählen. Vielleicht durfte ich sie ja mal mitbringen.

Donovan tippte auf den Bildschirm meines Tablets, was einen Fingerabdruck hinterließ. »Du kannst mir deine Zusammenfassung dann per Mail schicken.«

Mit meinem Ärmel versuchte ich den Fleck abzuwischen. »Was krieg ich dafür?«

Er lehnte sich herüber, bis seine Schultern meine berührten. »Ich bezahle mit Naturalien«, raunte er und hauchte dann einen Kuss in die Kuhle zwischen Hals und Schulterblatt. Alles prickelte, wie immer, wenn er mir näher kam. Dann entfernte er sich wieder, einen unverschämt selbstbewussten Ausdruck in seinem trotz sichtbarer Müdigkeit ebenso unverschämt schönen Gesicht.

Langsam leerten sich die Reihen vor uns und auch Washington packte seine Sachen zusammen und verließ den Raum. Nur noch Donovan und ich blieben übrig.

»Sollen wir auch gehen?« Donovans intensiven Blick konnte ich nicht deuten. Er verwirrte mich. Warum gab er sich überhaupt noch mit mir ab? Ich an seiner Stelle würde mich hassen. Oder zumindest nicht so schnell einlenken.

»Ich will das noch schnell fertig machen. Sonst vergesse ich etwas Wichtiges. Du kannst ja draußen warten. Oder in der Cafeteria. Ich komme in ein paar Minuten nach.«

Doch er schüttelte den Kopf, legte sich auf die Bänke, wobei er meine Schenkel als Kissen benutzte und seine Hände auf dem Bauch verschränkte. Von unten sah er mich an. Ungewohnt ernst. Blieb aber still.

Donovan

Ich gab mein bequemes Schenkelkissen auf und setzte mich wieder hin.

»Kommst du später rüber? Du kannst mit uns essen und dann können wir einen Film ausleihen. Oder was anderes machen. Ich hätte da so einige Ideen«, schlug ich ihr vor.

Wahnsinnig viele Dinge gingen mir durch den Kopf. So viel wie seit Eve hatte ich in meinem ganzen Leben nicht nachgedacht. Eigentlich wollte ich nicht so schnell einknicken, sie lieber noch eine Weile schmoren und leiden lassen. Als Strafe sozusagen. Oder Rache oder wie auch immer man das nennen wollte. Aber sobald ich sie gesehen hatte, wie sie da stand in ihren Jeans und der schrecklichen, beigefarbenen Oma-Bluse (sogar in der war sie unfassbar heiß), waren meine Vorsätze vergessen. Nur noch ein Gefühl beherrschte mich: Ich wollte sie. Ich hasste sie dafür, was sie mir angetan hatte. Wollte mir zuerst klar werden, ob ich mir eine Beziehung mit ihr weiter antun wollte. Aber gleichzeitig liebte ich sie wie verrückt. Sie machte süchtig, nicht nur im Bett. Deswegen war es unmöglich, mich von ihr zu trennen, obwohl ich eigentlich mehr Stolz aufbringen sollte.

Heute Vormittag hatte ich mich bei Tanner ausgekotzt. Von Eve hatte er bereits alles gewusst. Zumindest ihre Version der Geschichte. Geraten hatte er mir nichts, mit der Begründung, er sei kein Kummerkasten in einer Jugendzeitschrift. Tanner gab nie Ratschläge. Eine der Eigenschaften, die ich an ihm liebte. Er hörte zu, gab seinen Senf dazu, schrieb einem aber nie vor, was man tun oder lassen sollte. Mit Ausnahme, dass er mich von Eve hatte fernhalten wollen. Als er jedoch erkannt hatte, wie lächerlich verliebt ich in sie war, hatte er auch das akzeptiert. Um Tanner abzuschrecken oder wirklich sauer zu machen, brauchte es mehr als einen nervigen Freund wie mich.

Womit er allerdings recht hatte, war, dass ich zwar meine einzige richtige Beziehung mit wirklichen Gefühlen nicht einfach wegschmeißen sollte, mich aber trotzdem nicht zum Affen machen sollte. Seit gestern Abend dachte ich an nichts anderes als daran, was mir wichtiger war: Eve und meine Gefühle ihr gegenüber. Oder ich selbst. Beziehungsweise mich selbst zu verraten, indem ich mich von ihr als Ersatzplan halten ließ. Wie ein Stoffhund, bei dem man sich einredete, er sei echt, weil die Eltern einen echten Hund verweigerten. Weil ich aber nicht der große Denker war, sondern lieber meinen Bauch – und meinen Schwanz – entscheiden ließ, hatte ich Eve nicht abgeschossen. Mann, war ich erbärmlich. Aber gleichzeitig glücklich. Schließlich machte jeder Fehler.

Redete ich mir ein.

Wegen meiner zweideutigen Anspielung zu meiner Abendplanung grinste Eve und verdrehte die Augen. Allerdings nicht so dramatisch wie sonst.

»Was gibt's denn zu essen bei euch?«

Weil ich keine Ahnung hatte, schrieb ich Morgan eine Nachricht, in der ich sie außerdem erinnerte, dass Eve Veganerin war.

»Nate will grillen, bevor es wieder zu kalt dafür wird. Was soll ich Eve besorgen?«, las ich Morgans Antwort vor.

Sie schüttelte den Kopf und packte ihr Tablet in den Rucksack. »Bitte keine Umstände. Ich bringe mir etwas mit.«

Also schrieb ich das meiner Schwester, obwohl sie sicher nicht glücklich darüber war, wenn Gäste selbst ihr Essen mitbrachten. Ihr Problem. Hauptsache, sie kam nicht auf die Idee, aus Solidarität für uns alle das Fleisch wegzulassen. Es ging nichts über ein fettes Steak mit Kräuterbutter frisch vom Grill. Dazu Morgans legendärer Kartoffelsalat mit Speck und Mayonnaise. Dafür konnte ich sterben. Das war beinahe so gut wie Vögeln.

»Wann soll ich kommen?«, fügte Eve hinzu.

Ich setzte meinen Verführerblick auf und ließ meine Finger ihr Bein hinaufgleiten. »Jetzt gleich, wenn du willst.«

Sie schluckte. Antwortete nicht sofort und schob meine Hand auch nicht weg. Überlegte sie tatsächlich, es sich hier von mir mit den Fingern besorgen zu lassen? Dabei hatte ich es diesmal wirklich nur als Witz gemeint. Jeden Moment würde die nächste Vorlesung beginnen, würden Leute hereinkommen. Und auf Sex in der Öffentlichkeit stand ich nicht.

»Vorfreude ist die schönste Freude«, sagte ich deswegen und zog meine Hand weg.

Sie wirkte enttäuscht. Vielleicht sollte ich sie doch schnell entführen. Irgendeine Abstellkammer würde sich schon finden. Allerdings hatte ich keine Kondome dabei. Hatte ja niemand ahnen können, wie sich der Tag entwickelte.

Als die ersten Studenten zur nächsten Vorlesung eintrudelten, atmete sie tief ein, als wollte sie sich konzentrieren, richtete sich auf und erhob sich. Meinen Blick mied sie. Was war denn jetzt schon wieder?

Weil ich mit dem Fahrrad unterwegs war, konnte ich sie nicht nach Hause bringen. Mein Mountainbike taugte nicht dazu, sie wie in einer Schwarz-Weiß-Schnulze zu chauffieren. Ich hatte ja nicht einmal einen Gepäckträger. Nächstes Mal würde ich mir Dads Uralt-Opa-Rad ausleihen. Dann konnte sie vor mir auf der Stange sitzen und ich konnte sie festhalten. Außerdem musste ich ins Studio, während sie heute frei hatte.

Wir verabschiedeten uns mit einem langen Kuss. Sicher würde Eve den ganzen Tag lernen und die Kurse nachbereiten. Sie verließ sich nicht auf ihr Glück, sondern arbeitete hart für ihren Erfolg. Bisher war ich ohne großen Aufwand durch mein Studium gerutscht. Ich fragte mich oft, wie das so lange funktionieren konnte.

Pünktlich um sieben erschien mein Bienchen in unserem Garten, Tanner im Schlepptau. Sieben Uhr hieß bei uns nicht, dass dann alles fertig war. Das würde sie schon noch lernen. Pünktlichkeit war nicht die Stärke unserer Familie, nicht einmal Morgan oder mein korrekter Zwillingsbruder achteten so genau darauf, wenn es nicht unbedingt nötig war. Nate hatte gerade mal die Kohle auf den Grill geschmissen und wartete jetzt mit Dad auf die richtige Temperatur der Glut, während sie sich über Dads Job unterhielten.

Ich klatschte Tanner ab. Beide taten wir so, als hätte ich nicht heute Vormittag vor ihm geheult und ihm mein von Liebeskummer geplagtes Herz ausgeschüttet. Eigentlich war er bei uns für Gefühle zuständig, war aber Freund genug, mich nicht wegen meines Zusammenbruchs aufzuziehen. »Wer hat dich denn eingeladen?« Eve begrüßte ich natürlich zärtlicher.

Er lachte. »Der Fleischgeruch hat mich hergelockt. Kennst mich doch.«

Eve verzog das Gesicht. »Leichengeruch, meinst du wohl«, murmelte sie leise, aber ich hörte sie trotzdem.

»Er braucht keine Einladung, weil er jederzeit willkommen ist«, rief Morgan von der Terrasse aus. Lächelnd kam sie zu uns herüber, zog zuerst Eve, dann Tanner an sich und küsste beide auf die Wange. Eve streckte sie die Hände hin. »Soll ich dir das abnehmen?« Sofort reichte Eve ihr die Tupperdose und bedankte sich.

Morgan lüpfte den Deckel und irgendein undefinierbares Veggiezeug in Wurstform kam zum Vorschein. Hoffentlich bekam mein Fleisch keinen Schock, wenn es neben diesem Was-auch-Immer auf dem Grill liegen musste.

»Vegane Würstchen auf Sojabasis mit Roter Bete«, erklärte Eve ungefragt.

Tanner und ich verzogen synchron das Gesicht. Was Essen anging, waren wir uns einig. Das klang ja mal richtig furchtbar. Aus Versehen rutschte mir ein angeekeltes »Bäh« heraus. Oder vielleicht auch absichtlich. Schließlich durfte jeder seine eigene Meinung besitzen und mitteilen.

»Das ist lecker«, widersprach Eve in einem Ton, als hätte ich sie persönlich beleidigt. Dabei wollte ich lediglich keine Dachpappe essen.

»Das sehe ich anders, Sojabienchen. Tristan hat so ein Zeug mal mitgebracht und uns gezwungen, das zu essen. Weil er meinte, wir müssten unseren Horizont erweitern.« Ich würgte demonstrativ. »Die Plastikverpackung hätte vermutlich besser geschmeckt. Das Einzige, was sich erweitert hat, war nicht mein Horizont, sondern meine Abneigung gegen Dinge, die so tun, als wären sie Fleisch, aber eigentlich eine Strafe der Menschheit sind.«

Sie lachte. Nicht abschätzig, sondern wirklich echt. »Ich werde dich vermutlich nie überzeugen können, oder?«

Wo blieb der obligatorische Vortrag, dass tierische Produkte nicht nötig für eine gesunde Ernährung beim Menschen seien?

»Du wirst mich nicht überzeugen können. Ich kann mich drauf einlassen, auf manche Dinge zu verzichten und meinen Fleischkonsum einzuschränken. Oder Pancakes in Rapsöl statt in Schweineschmalz auszubacken. Aber vegan werde ich in diesem Leben nicht mehr.«

»Okay«, erwiderte sie lediglich. Was war denn heute los? War das ihre Art, sich für gestern zu entschuldigen?

Wortlos bedankte ich mich, indem ich sie einfach küsste. Wir sollten uns lieber auf die Bereiche konzentrieren, in denen wir perfekt harmonierten. Wie unsere Lippen.

Als ich mich wieder von ihr löste, warf Morgan mir einen strafenden Blick zu. Was hatte ich jetzt schon wieder verbrochen? Immer waren alle wegen allem sauer auf mich. Eve war es doch, die mich ständig kritisierte.

»Ich probiere deine Würstchen sehr gerne«, sagte sie an Eve gewandt. »Dieses viele Fleisch will ich meinen Männern schon lange abgewöhnen. Aber ...« Sie seufzte und beendete den Satz nicht, weil sie wusste, dass es sinnlos war.

Außer Tanner hatte ich niemandem von gestern Abend erzählt. Tristan wollte ich damit nicht belasten, er hatte schon genug schlechtes Gewissen, weil Eve auf ihn abfuhr und sich Hoffnungen gemacht hatte. Dabei konnte er nichts dafür. Niemals würde ich ihm deswegen einen Vorwurf machen. Und ich wollte weder Morgans Trost und Mitleid noch Dads unbeholfenes Schulterklopfen.

»Wir können anfangen«, rief Dad, woraufhin Morgan davonwuselte und Berge an Fleisch und Eves labberigen Würstchenersatz zum Grill schleppte.

Wir anderen liefen zum liebevoll gedeckten Tisch auf der Terrasse, wo Tristan und Rylee bereits saßen und mit sich selbst beschäftigt waren. Nicht mit Küssen oder Fummeln, sondern natürlich mit Lesen. Beide waren über ein Ringbuch gebeugt, vermutlich Text oder so, und diskutierten leise.

Bei unserem Auftauchen hoben sie die Köpfe und lächelten. Tristan steckte eine Serviette zwischen die Seiten des Buchs und klappte es zu, vermied es aber, Eve direkt in die Augen zu schauen. Guter Bruder. Danke.

Ich hatte Eve nicht ohne Hintergedanken eingeladen. Natürlich wollte ich Zeit mit ihr verbringen. Aber sie sollte auch live erleben, wie glücklich Tristan und Rylee waren. Wie sinnlos also diese Schwärmerei. Ich war nicht mein Bruder und das war gut und richtig so. Nur leider fühlte es sich diesmal nicht richtig an. Zum ersten Mal in meinem Leben hatte ich das Gefühl, nicht gegen Tristan anstinken zu können.

Wir waren nie Konkurrenten gewesen. Wozu auch? Mein Leben war wieder mal eine einzige Katastrophe. Normalerweise machte mir das nichts aus. So wurde es wenigstens nie langweilig. In Bezug auf Eve jedoch wünschte ich mir schlichtweg Klarheit und Ordnung.

Morgan hatte eine zusätzliche Biertischgarnitur aufgebaut und obwohl wir nur grillten und es nichts zu feiern gab, hatte sie die Tische mit Tischdecken und jeden Teller mit Blüten aus dem Garten dekoriert. In der Mitte lag Efeu, dazwischen standen Gläser mit Teelichtern. Fehlten nur noch Tischkarten. Mir war so etwas nicht wichtig, Morgan schon. Sie wollte, dass wir es immer schön hatten.

Eve strahlte. »Oh, wie wunderbar. So schön gedeckt.«

Morgan freute sich sichtlich über das Kompliment und unwillkürlich bekam ich ein schlechtes Gewissen, weil ich ihren Einsatz nicht entsprechend würdigte. »Danke, jetzt stehe ich wie ein Idiot da, weil von mir keine Begeisterungsstürme kommen«, brummelte ich und rutschte auf den Platz neben Tristan.

Der zuckte die Schultern. »Ist das was Neues?«

Tanner lachte. Das Tablett mit den aufgestapelten Steaks und Würstchen stellte er in die Mitte des Tischs zu den Salaten und dem Brot. Eves Sojading hatte einen Extrateller. Es kotzte mich an, wie rücksichtsvoll alle waren. Wäre es denn so schlimm, wenn die Fakewürstchen für eine Minute mit dem Fleisch auf einem Teller liegen mussten? Wurden sie dann verseucht?

Mit der Gabel stach ich in das oberste Fleischstück und legte es auf meinen Teller. Dazu lud ich mir Kartoffelsalat auf, brach vom Baguette ein Stück ab und griff nach dem Ketchup. Dad und Nate waren mittlerweile vom Grill zu uns an den Tisch gewechselt.

»Eigentlich dürfen sich Gäste zuerst bedienen«, schimpfte Morgan.

War ich drei oder warum wies sie mich ständig zurecht? Mir reichte das schon von meiner Freundin. Demonstrativ schnitt ich ein großes Stück von meinem Steak ab, tunkte es in Soße und steckte es mir in den Mund. Ich schloss die Augen und schmatzte extralaut und stöhnte hingebungsvoll. Das musste ich nicht spielen. Der Bratpunkt war perfekt.

»Lecker«, sagte ich mit vollem Mund, weil ich wusste, wie Morgan es hasste, wenn man redete, ohne vorher runterzuschlucken. Sie seufzte nur tonlos. »Das sind keine Gäste«, ergänzte ich. »Der schon gar nicht.« Ich zeigte mit dem Messer auf Tanner. »Der gehört zur Familie. Rylee ist Trissis Freundin und Eve meine. Freudinnen sind auch keine Gäste. Warum ist heute eigentlich kein Speck im Kartoffelsalat?«

Offenbar verstand Morgan meine Logik nicht, denn sie runzelte die Stirn und schüttelte den Kopf. Meine Frage wegen des Specks beantwortete sie nicht. Dabei war sie essenziell. Wahrscheinlich hatte sie den Speck auch wegen unserer Veganerin weggelassen. Eve konnte froh sein, dass ich so verrückt nach ihr war, denn bei Kartoffelsalat ohne Speck hörte bei mir normalerweise der Spaß auf. Rylee lachte, spießte eins der Würstchen auf und hielt es Tristan wie einem Hund unter die Nase.

Natürlich lehnte er ab. Konnte er nicht wenigstens heute mal Fleisch essen und nicht Eves Heldenstatusmeinung über ihn bestätigen? Stattdessen nahm er sich was von dem Teller mit dem gegrillten Gemüse. Schleimer.

Eve spießte sich ihr Wurstding auf und nahm sich ein Stück Brot. Keinen Kartoffelsalat. Klar, wegen der Mayonnaise. Daran hatte Morgan nicht gedacht.

»Du verpasst was, wenn du den nicht probierst«, warnte ich Eve und hielt ihr die Gabel vor den Mund. Zu meinem Erstaunen öffnete sie die Lippen und ließ sich von mir den Kartoffelsalat in den Mund schieben.

Sie kaute langsam und schluckte. »Wirklich lecker«, gab sie zu.

Ich zog die Augenbrauen hoch. »Du weiß schon, dass da Ei drin ist? Nicht, dass du auf einmal tot umfällst.«

»Haha. Natürlich. Eier esse ich tatsächlich ab und zu, wenn auch sehr selten. Butter auch. Für beides gibt es keine adäquaten Ersatzprodukte, geschmacklich gesehen. Margarine ist im Grunde nur Chemie, das will ich auch nicht. Außerdem wolltest du doch, dass ich probiere.«

»Ich will viel. Trotzdem machst du normalerweise nichts davon.«

Tanner kicherte dämlich. »Wenn wir alle immer das machen würden, was Doni will ...«

»Allerdings. Aus pädagogischen Gründen lassen wir ihm grundsätzlich nicht seinen Willen«, fiel mir mein Bruder in den Rücken. Der Arsch.

Mit dem Besteck wedelte ich beidhändig in die Runde. Dabei fiel das aufgespießte Fleischstück herunter und landete auf Eves Teller. Ich beugte mich vor, schnappte es mir mit den Lippen und richtete mich wieder auf. »Weil ihr alle völlig spaßbefreite Langweiler seid.«

»Du isst wieder mal wie ein Schwein. Nicht einmal vor dem Reden runterschlucken kannst du«, beschwerte sich Tristan.

»So kennen wir ihn eben«, mischte sich Dad ein, der sich ein Schmunzeln nicht verkneifen konnte. Nate nahm wie immer alles hin, ohne sich einzumischen, und schnitt, als wäre um ihn herum keine völlig sinnlose Diskussion, sein Fleisch in mundgerechte Stücke. Parker hatte sich ein Steak zwischen zwei Brötchenhälften gestopft, es mit Ketchup ertränkt und war dann wieder abgedampft.

»Stört dich das eigentlich nicht, dass Donovan so ein Prolet ist?«, fragte Tanner, der Verräter, meine Freundin.

Eve sah ihn unsicher an. Ich war gespannt auf ihre Antwort. Deswegen stützte ich mein Kinn in die Hand, setzte meinen Hundeblick auf, lehnte mich zu ihr und glotzte sie von unten an. Ihr Blick huschte kurz zu mir und sie räusperte sich.

»Ich mag es, wenn Leute sich nicht verstellen und echt sind.«

Das war ja mal diplomatisch ausgedrückt.

»Ja, echt ist gut. Echt doof in seinem Fall«, warf Tristan ein, woraufhin Morgan ihm so fest auf den Arm schlug, dass es klatschte.

Tanner nickte. »Heißt das, du stehst drauf, dass er ein völlig durchgeknallter Irrer ist?«

»Klar tut sie das. Sonst wäre sie nicht mit mir zusammen«, antwortete ich für sie, bevor das Gespräch in eine gefährliche Richtung abrutschte und Dinge herauskamen, die nicht noch mehr Leute wissen mussten. Zum Beispiel, dass sie mit mir zusammen war, weil ich wie mein Bruder aussah und sie mich als Sexpuppe in Tristanform verwenden konnte. Wie ihren verdammten Tofuscheiß, den sie aß, weil das Original verboten war.

Wie erwartet ließ sie das nicht auf sich sitzen. Mit einem unterdrückten Schmunzeln funkelte sie mich an. »Du bist ganz schön arrogant.« Im nächsten Moment beugte sie sich zu mir, küsste mich auf die Wange und schmiegte dann ihre an meine Schulter.

Ich schlang meinen freien Arm um sie und zog sie an mich. Mit der anderen Hand aß ich meinen Kartoffelsalat weiter. Auf das Fleisch verzichtete ich, wenn sie so nah bei mir war. Glücklich sah ich in die Runde. Im Grunde waren alle hier, die mir etwas bedeuteten. Von mir aus hätte das immer so sein können.

Nate und Dad unterhielten sich über ihren Plan, im Garten einen

Pizzaofen zu mauern, und Morgan wuselte zwischen Küche und Terrasse hin und her, damit wir alle alles hatten, was wir brauchten. Ich hätte sie am liebsten auf ihrem Stuhl festgenagelt. Tanner hatte sich nach zwei Steaks zu seinem Schatzi verabschiedet, nachdem er zuerst eine halbe Stunde mit ihm geschrieben hatte. Wieder mal Ärger im Paradies. Ich mochte Enis. Als Kumpel. Als Partner wäre er mir zu anhänglich gewesen. Er klammerte regelrecht. Erstaunlich, wie Tanner das aushielt. Aber ich war der Letzte, der sich ein Urteil über verkorkste Beziehungen und irrationale Handlungen aus Liebe erlauben durfte.

Nach dem Essen wechselten wir zwei Pärchen in den hinteren Teil des Gartens, wo aus unerfindlichen Gründen zwei Decken am Boden lagen. Rylee und Tristan lümmelten sich auf die eine, Eve und ich auf die andere.

Mein Bruder und Ry erzählten von der Academy und einem Projekt, bei dem sie mitmachten. Das Ziel war, Kindern und Jugendlichen von der Straße oder aus schlimmen Familienverhältnissen durch Theaterspielen positive Erlebnisse zu vermitteln. Stichwort Bildung und Kultur und so was, um Kriminalität vorzubeugen. Keine Ahnung, ob das funktionierte. Ich zweifelte stark daran. Falls doch, sollte Parker vielleicht daran teilnehmen.

Verstohlen linste ich zu Eve. Mit leuchtenden Augen lauschte sie Tristans Ausführungen, stellte kluge Zwischenfragen und brachte spontan eigene Ideen ein. Sie himmelte ihn richtig an. So begeistert sprach sie mit mir nie. Das Bedürfnis, meinem Bruder eine reinzuhauen, flammte auf. Dabei ermutigte er sie in keiner Weise.

Wieder einmal fühlte ich mich zurückgesetzt, als zweite Wahl. Als Lückenbüßer. So was hatte ich doch nicht nötig. Noch vor ein paar Monaten hätte ich mich nie von einer Frau so behandeln lassen. Liebe war schrecklich.

»Da sind wir zwei wohl überflüssig. Die haben sich gesucht und gefunden«, riss mich Rylee aus meinen Mordgedanken. Unbemerkt hatte sie sich zu mir auf die Decke gesetzt, während Eve sich weiter Tristan genähert hatte und beinahe in ihn hineinkroch.

Im Gegensatz zu mir hatte Rylee offenbar keine komischen Gefühle die beiden betreffend. Musste sie auch nicht. Tristan vergötterte sie. Und sie ihn. Ich antwortete nicht, konnte die beiden nur anstarren.

Rylee neigte den Kopf und betrachtete mich. »Bist du etwa eifersüchtig?«

»Blödsinn«, zischte ich. »Mich regt nur wieder mal sein Klugscheißergelaber auf. Ist ja kaum auszuhalten.«

Rylees Hand legte sich auf meine. Verwirrt senkte ich den Blick. Wir fassten uns normalerweise nicht an. »Wenn Eve gern mit dir zusammen ist, dann heißt das eine Menge. Sie muss dich sehr lieben.«

Versuchte sie, mich zu beruhigen? Sie hatte ja keinen Schimmer, was wirklich abging.

»Ich hätte mir dich nicht angetan. Spätestens nach einer Woche hätte ich dich erwürgt. Tristans Verhalten geht mir auch oft auf den Keks. Das ist so unnormal. Kein Mensch ist immer gut. Was stimmt mit ihm nicht?« Sie lachte. Wenigstens etwas. Dann kam ich mir nicht allein so schlecht vor. Außerdem vergaß sie offenbar, was er anfangs Mieses mit ihr abgezogen hatte. Sie grinste, aber weil ich nicht zurückgrinste, hörte sie auch damit auf. »Trotzdem lieben wir sie, oder?« Wieder blieb ich stumm. »Ach, komm schon. Du bist kein Griesgram. Das passt nicht zu dir.«

»Woher weißt du denn, was zu mir passt?«, brummte ich.

Ihr Kopf landete auf meiner Schulter. »Man kann dich nur lieb haben, Donovan. Sie ist deinem Charme genauso erlegen wie wir alle. Und Millionen anderer Frauen.«

»So viele waren es nicht«, widersprach ich. »Nur eine Million.« Jetzt musste ich doch lachen.

»So wenig?« Sie stieß mir kichernd den Ellbogen in die Rippen. »Ich bin enttäuscht.«

Von unserem Gespräch bekamen Eve und Tristan nichts mit, weil sie in ihr eigenes so vertieft waren. Rylee setzte sich wieder aufrecht hin. Bevor sie sich wehren konnte, küsste ich sie auf die Wange. Sie quiekte erschrocken, weshalb Tristans Kopf in unsere Richtung ruckte.

Seine Augen verengten sich. Wenigstens hatten wir jetzt seine Aufmerksamkeit. Auf den Knien rutschte er zu Rylee, nahm ihr Gesicht in seine Hände und küsste sie so heftig, dass sie nach hinten umfiel und ihn mit sich zog.

Kurz sahen Eve und ich den beiden beim Trockensex zu, sie mit nachdenklichem, vielleicht auch traurigem Gesichtsausdruck, ich genervt. Also drückte ich meine Lippen auf ihre. Sie sollte sich gefälligst auf *mich* konzentrieren.

»Du schmeckst nach Fleisch«, beschwerte sie sich, hielt mich aber nicht auf. Stattdessen keuchte sie leise, kam mir entgegen und krabbelte halb auf meinen Schoß. Doch bevor das hier zu einer Orgie ausartete, schob ich sie herunter, stand auf und half ihr hoch.

»Magst du ein bisschen spazieren gehen?«

»Sollen wir nicht zuerst Morgan aufräumen helfen?«, fragte sie. Wieder einmal schaffte sie es, mich mit einem einzigen Satz als Egoarsch hinzustellen.

»Später. Ich will mit dir allein sein«, flüsterte ich in ihr Ohr. Das lenkte sie erfolgreich ab, denn sie schauderte und nickte. Zumindest funktionierten meine Tricks noch.

Eine lange Wanderung wollte ich nicht unternehmen, sie nur so lange vom Haus fernhalten, bis ich sicher sein konnte, dass Tristan und Rylee sich verkrümelt hatten. Sie brauchten den Vorsprung und ich den Abstand, um Eve nicht sofort in mein Bett zu zerren. Sie sollte in vollem Bewusstsein, nicht abgelenkt von mir, Tristans Liebesglück miterleben. Hoffentlich kapierte sie dann endgültig, dass sie niemals eine Chance bei ihm hatte. Und ja, ich wollte ihr auch ein wenig wehtun. Auch wenn das fies war. Auge um Auge, quasi wie im Alten Testament.

Ein paar Minuten schlenderten wir die Straße entlang und ausnahmsweise genoss ich die Stille.

»Wie war das eigentlich mit Tristan und Rylee?«, erkundigte sie sich schließlich.

Schon wieder das Thema Tristan? Obwohl sie sich um einen neutralen Ton bemühte, war unüberhörbar, dass mehr als reine Neugierde dahintersteckte. Sofort sank meine Laune in den Keller und mein Plan, sie durch Tristans und Rylees Sexgeräusche zu quälen, schien mir gar nicht mehr so gemein. Damit sie meine Unsicherheit nicht bemerkte, konzentrierte ich mich. »Was meinst du?«

»Wie sind sie zusammengekommen? Wie lange sind sie schon ein Paar?«

Sie sah mich nicht an, ihr Blick war zu Boden gerichtet, als würde sie dort etwas suchen. Ihre Hand in meiner verkrampfte sich. Aber ich gab vor, ihre Anspannung nicht zu bemerken. Schließlich war ich der oberflächliche, empathielose Prolet.

»Längere Geschichte. Das soll er dir selber mal erzählen«, antwortete ich ausweichend. Ich fiel meinem Bruder nicht in den Rücken, indem ich herausposaunte, wie dämlich er sich bei Rylee angestellt und welche Rolle ich dabei gespielt hatte. »Die beiden passen auf jeden Fall zusammen wie der sprichwörtliche Deckel auf den Topf. Sie ergänzen sich perfekt. Und lieben sich abartig. Vermutlich werden sie bald heiraten, wie ich meinen Brudi kenne. Ist nur noch eine Frage der Zeit.«

Sie blieb stehen, riss die Augen auf und richtete sie endlich wieder auf mich. »Mit einundzwanzig? Wir leben doch nicht mehr im neunzehnten Jahrhundert. Niemand muss heutzutage noch so früh heiraten. Schließlich darf man alles, was man gemeinsam tun will, auch ohne Trauschein. Zusammenwohnen, miteinander schlafen, Kinder haben.«

»Wir werden nächste Woche zweiundzwanzig«, erklärte ich. »Aber ausnahmsweise stimme ich dir zu. Tris hat da so eine konservative, romantische Ader. Für ihn ist das ganze Leben wie ein Theaterstück. Mit Happy End natürlich.«

»Hm«, meinte sie bloß, was auch immer das bedeuten sollte.

»Wenn wir Jonesmänner lieben, dann lieben wir richtig.«

Sie sah mich intensiv an. Was sie dabei dachte, konnte ich jedoch nicht deuten. Was nicht allein an der Dunkelheit lag. Deswegen küsste ich sie einfach wieder.

»Apropos romantische Ader«, feixte ich danach. »Was schenkst du mir zum Geburtstag?«

Sie lachte leise. »Ich wusste bis eben gar nicht, dass du Geburtstag hast.«

Wir setzten uns wieder in Bewegung, bogen in eine Querstraße ab, die zurück zu unseren Häusern führte.

»Jeder hat irgendwann Geburtstag. Wir am fünften November. Also sehr bald.«

Gott sei Dank wirkte sie wieder entspannter. Ihre Finger lagen warm und weich in meinen. Schön fühlte sich das an.

»Natürlich. Aber ich wusste nicht, wann.«

Ich zuckte die Schultern. »Jetzt weißt du es. Also? Was schenkst du mir?«

»Vielleicht gar nichts«, überlegte sie laut, aber weil wir gerade unter einer Laterne vorbeiliefen, sah ich ihr Schmunzeln. »Oder einen veganen Kochkurs.«

»Ich mache dir zuliebe ja echt vieles. Aber da weigere ich mich schon im Voraus. Am Ende müsste ich das Zeug auch noch essen. Nein danke.«

Sie gab einen frustrierten Laut von sich. »Etwas Neues zu lernen und zu erfahren ist nicht falsch.«

»Da gebe ich dir recht, Weltverbesserbienchen. Wenn es um andere Dinge geht.« Mit einem Ruck zog ich sie an mich und legte meine Hände auf ihren Po. »Sex zum Beispiel«, raunte ich. »Da will ich noch ganz viel Neues erleben. Oder dir beibringen. Du sollst ja auch was lernen.«

Ihr Augenverdrehen war selbst im Halbdunkel zu erkennen.

»Spinner.« Sie machte sich los und verschränkte die Arme.

»Mach noch einen Vorschlag.«

Nachdenklich kaute sie auf ihrer Unterlippe herum. »Eine CD vielleicht?«

Ich stöhnte resigniert. »Kein Mensch hört heute noch CDs. Wofür gibt es Streamingplattformen? Das ist alles öde, Planlosbienchen. Ich dachte, du kennst mich mittlerweile. Adrenalin! Ich brauche Adrenalin. Keinen Welpenstreichelkurs.«

Ich beschleunigte meine Schritte. Dieser Spaziergang dauerte schon viel zu lange. Wenn ich Pech hatte, waren Tristan und Rylee schon fertig, wenn wir endlich zurückkamen.

»Lass uns schnell heimgehen. Das ganze weichgespülte Gerede hat mich angetörnt«, log ich.

»Was törnt dich eigentlich nicht an?« Kichernd griff sie nach meiner ausgestreckten Hand und ließ sich von mir anstandslos die letzten Meter zu unserem Haus ziehen.

Ich grinste. »Wenn es mit dir zu tun hat, törnt mich alles an.«

Ohne Umwege brachte ich sie in mein Zimmer. Die Tür zum Bad war nur angelehnt und wie geplant drangen eindeutige Geräusche herüber. Ich hatte den beiden schon so oft zuhören müssen. Mittlerweile konnte ich sogar erkennen, wie weit sie waren. Momentan zum Glück noch beim Vorspiel, wenn ich mich nicht täuschte.

»Ich geh schnell aufs Klo«, sagte ich, was ich dann auch tat. Als ich herauskam, ließ ich die Tür offen stehen, was Eve entweder nicht bemerkte oder nicht kommentierte.

In den zwei Minuten meiner Abwesenheit war sie aus ihrer Jeans und ihrem Hoodie geschlüpft, hatte sich auf mein Bett gelegt und rekelte sich pornomäßig. Ihre Finger verschwanden zwischen ihren Schenkeln. Echt jetzt? Ich liebte diese ungewohnt draufgängerische Eve. Der winzige Slip bedeckte kaum etwas von ihrer rosigen Haut. Einen BH trug sie nicht und ich entdeckte auch keinen bei ihren Klamotten auf dem Boden. Hatte sie etwa den ganzen Abend quasi oben ohne neben mir gesessen? Verdammt!

»Mmhh«, brummte ich und schlenderte auf sie zu. »Machst du dich schon bereit für mich?«

»Finde es heraus«, flüsterte sie.

Schnell zog ich mir ebenfalls die unbequeme Jeans und meinen Pulli aus. Dann nahm ich Anlauf und sprang zu ihr auf die Matratze. Sie kreischte erschrocken und brachte sich lachend in Sicherheit, bevor ich auf ihr landete. Aber sie war zu langsam, sodass ich sie halb unter mir begrub. Sie wehrte sich nicht, als ich in ihren Hals biss und meinen

Schwanz an ihr rieb. Es dauerte nicht lange, bis sie anfing, zu stöhnen. Aber sie sollte zuerst Tristan und Rylee noch eine Weile miterleben.

Deswegen riss ich mich zusammen, rollte mich neben sie und legte meine Wange auf ihren Bauch. Meine Hand schob ich unter ihr Shirt auf ihren Busen. Eine Weile bewegten wir uns nicht. Sie spielte mit meinen Haaren, ich spürte ihre tiefen Atemzüge und lauschte den Geräuschen ihres Körpers. Mir war angenehm warm, meine Haut prickelte, mein Magen flatterte, ebenso mein Herz. Im Moment reichte mir das. Lauter alberne Gedanken tauchten in meinem Gehirn auf, inklusive Worten wie ewige Liebe und vollkommenes Glück. Hoffentlich kamen Tristan und Rylee endlich zur Sache, damit ich auch loslegen konnte. Dieses schnulzige Zeug in mir war ja kaum auszuhalten.

»Dein Bauch gluckert«, sagte ich. »Das kommt garantiert vom Soja.« Ohne Vorwarnung drehte ich mein Gesicht und steckte meine Zunge in ihren Bauchnabel. Weil das eine ihrer kitzligsten Stellen war, zuckte sie und wand sich kichernd und kreischend, hatte aber keine Chance gegen mich.

»Deiner gluckert sicher auch. Das machen Bäuche nun mal«, stieß sie hervor.

Ich legte mich rücklings neben sie und hob mein Shirt. Sie verstand die Aufforderung, rappelte sich auf und legte ihr Ohr auf meinen Unterleib, kam dabei mit ihrer Nase meinem Penis sehr nahe, der hart auf meinen Bauch ragte und nur von der Short zurückgehalten wurde.

»Du hast recht. Ganz still. Kein Gluckern«, diagnostizierte sie nach ein paar Augenblicken.

»Sag ich doch.«

Meine Verzögerungstaktik hatte funktioniert, denn das Gestöhne von nebenan steigerte sich allmählich. Dazu kam das rhythmische Quietschen von Tristans Bettgestell. *Geht doch, Brudi.* Immer lauter wurden die Geräusche und jetzt konnte auch Eve nicht mehr so tun, als bemerkte sie es nicht. Langsam setzte sie sich auf, ihr Blick huschte zum Badezimmer. Sie schluckte, senkte den Blick und errötete.

Ja, hör genau zu. Er vögelt seine Freundin, nicht dich. Niemals wird er das.

Auf einmal kletterte sie auf mich und setzte sich auf meine Oberschenkel. Fummelte hektisch meine Shorts so weit herunter, bis mein Schwanz frei lag. Dann rutschte sie ein Stück zurück, beugte sich vor und umschloss mich mit ihren Lippen, ihre Finger um meine Erektion. Ich drückte meinen Kopf ins Kissen und stöhnte ebenfalls laut, konnte aber den Hörporno von nebenan nicht übertönen. Geübt war sie darin noch nicht, aber es fühlte sich trotzdem jedes Mal fantastisch an.

Mit einem Mal entließ sie mich aus ihrem Mund und richtete sich auf, die Lippen geschwollen und gerötet. Wie selbstverständlich, als wäre sie nicht erst vor Kurzem entjungfert worden, griff sie in meine Nachttischschublade und holte ein Kondom heraus, riss die Packung auf und reichte es mir. Während ich es mir hastig überrollte und mich kurz fragte, was mit dem guten alten Vorspiel passiert war, strampelte sie sich den Slip herunter, legte sich auf den Rücken und spreizte die Beine. Aha. Sie konnte es offenbar nicht erwarten. Sicher war sie noch wund von gestern. Aber ich würde mich nicht beschweren.

Also kniete ich mich zwischen ihre Knie, packte ihre Hüften, hob sie auf meine Schenkel und schob mich bis zum Anschlag in sie. Sie nahm mich keuchend in sich auf und fing sofort an, sich zu bewegen. Ihren Kopf drückte sie ins Kissen, ihre Haare breiteten sich um sie aus wie bei einem unanständigen Engel, ihr Atem ging schnell und stoßweise.

Warum war sie so ungeduldig? Stöhnend und winselnd kreiste sie ihr Becken, presste mich mit den Unterschenkeln an sich. So tief in ihr drehte ich beinahe durch. Irgendwas war anders. Seltsam. Ich war nur nicht in der Lage, zu überlegen, was. Alles Blut pumpte in meinem Schwanz. Mein Hirn hatte Sendepause.

Sie schrie laut auf, hielt sich an meinen Schultern fest und vergrub ihr Gesicht an meinem Hals. Hob und senkte ihren Unterleib, in einer Wildheit, die unerwartet, aber einfach nur perfekt war.

Ihre Bewegungen steigerten sich. Sie war eindeutig kurz davor. Mein eigener Orgasmus war ebenfalls in Reichweite.

Nebenan kamen die beiden auch gerade zum Abschluss. Tristans tiefes und Rylees höheres Stöhnen wurde schneller und lauter. Dann stieß Rylee Tristans Namen hervor und Tristan Rylees. Ein lang gezogenes »Oh mein Gott« von Rylee und ein gebrülltes »Fuck« von Tristan folgten.

Dann war es drüben still.

Es brauchte nur drei weitere Stöße, bis Eve sich um mich verkrampfte und laut stöhnend ihren Höhepunkt erreichte.

»Donovan«, keuchte sie lang gezogen.

Ihre Kontraktionen brachten mich ebenfalls über die Klippe und ich kam zuckend und heftig.

Erschöpft kippte ich seitlich um und zog sie mit mir. Sie lag schlaff auf mir, kämpfte ebenso wie ich damit, Luft in ihre Lungen zu bekommen.

»Wow«, keuchte ich und streckte meine Arme nach oben, ertastete das Kissen und schob es mir in den Nacken.

»Allerdings«, erwiderte sie träge. Sie hob ihren Kopf, rutschte ein Stück hoch und küsste mich, ihre Finger wie so oft in meinen Haaren.

Obwohl ich nicht aufhören wollte, schob ich sie von mir herunter und glitt aus ihr heraus. »Warte kurz. Ich entsorge nur schnell das Ding hier.«

Sie rollte sich auf den Rücken, sah mir aber dabei zu, wie ich, ohne aufzustehen, das Kondom abzog, zuknotete und in den kleinen Abfallbehälter neben meinem Bett fallen ließ. Dann drehte ich mich wieder zu ihr. Sie sah mich intensiv an. Irgendwie verunsicherte mich ihr Blick.

Ich rutschte näher. Jetzt konnte ich sie nur noch verschwommen erkennen. Ihr warmer Atem traf auf meine Haut. Alles prickelte. Sanft strich ich ihre Seite von der Hüfte bis zum Hals hinauf. Ihr Puls pochte fest an meiner Handfläche.

Diesmal hatte sie meinen Namen beim Orgasmus gestöhnt. Meinen. Donovan.

»Ich liebe dich, Bienchen.« Wie verrückt. So sehr, dass ich keine Worte dafür finden konnte.

Sie lächelte, legte ihre Finger an meine Wange. »Ich liebe dich auch, Donovan«, flüsterte sie.

Eve

Ich war ein schlechter Mensch. Denn nicht allein Donovan hatte mich so erregt, dass ich es kaum abwarten konnte, endlich Erlösung zu finden. Nein. So schlimm es auch war, Tristans Stöhnen und die Vorstellung, wie er sich nackt in und um Rylee bewegte, hatten alle Sicherungen durchbrennen lassen. Unwillkürlich hatte ich mich in Rylee hineinversetzt. Als hätte *ich* mit ihm Sex, nicht sie. Dazu Donovans Körper, seine Berührungen, seine Geräusche, die Art, wie er sich um meine Lust bemühte. Meine Gefühle für ihn.

Ich hatte mit beiden gleichzeitig geschlafen. Meine Erregung quasi verdoppelt. Das war absurd. Und mies. Und verwirrend.

Donovan hatte nichts davon gemerkt, dass ich wegen Tristan so ungezügelt geworden war. Dessen war ich mir sicher. Er liebte Sex in jeder Variante. Machte sich, wie ich ihn kannte, keine Gedanken darüber, warum ich mich so seltsam benahm.

Hoffentlich.

Er wirkte so glücklich. Vielleicht auch, weil ich diesmal seinen Namen beim Höhepunkt gesagt hatte. Und das nicht, um ihn in Sicherheit zu wiegen. Sondern weil ich ihn tatsächlich liebte und im Moment des größten Genusses mit *ihm* vereinigt sein wollte.

Was war los mit mir? Wie konnte man nur so sein? Wieso tat ich Donovan das an? Er hatte jemanden verdient, der sich ihm sicher war. Die Szene eben bewies das Gegenteil. Jedes Mal, wenn ich dachte, ich könnte mich endlich für Donovan entscheiden, passierte etwas, das mich wieder schwanken ließ. Leider ließen sich Gefühle nicht kontrollieren oder gar abstellen.

Plötzlich wollte ich nur noch weg. Nachdenken. Abstand. Von Donovan. Von Tristan. Von allem. Ich musste mich wiederfinden. So ging das nicht weiter. Ich konnte nicht mit dem einen schlafen, während ich an den anderen dachte. Oder sie zu einer einzigen perfekten Person verschmelzen lassen. Dreier waren nicht meine Welt. Auch nicht, wenn der eine gar nicht körperlich anwesend war. Ich wollte Donovan. Mit meinem ganzen Sein, meinem Körper, meinem Herzen.

Oder redete ich mir das nur ein? Belog ich mich selbst? Benutzte ich ihn in Wahrheit nicht tatsächlich als Tristanersatz? In mir wirbelte alles durcheinander. Ich brauchte eine Entscheidung. Und zwar eine eindeutige. Ich wollte Donovan nicht weiter verletzen. In gewissem Sinne betrog und belog ich ihn ständig.

Unauffällig rutschte ich ein Stück von ihm weg, gab vor, auf die Toilette zu müssen. Nur widerwillig ließ er mich gehen, grinste aber, als ich in sein Shirt schlüpfte. Sein vertrauter, geliebter Geruch umfing mich, was meine Verwirrung nicht vertrieb.

Im Bad starrte ich in den Spiegel, betrachtete meine zerzausten Haare, meine geschwollenen Lippen, meine geröteten Wangen und schüttelte den Kopf über die schreckliche Person, zu der ich mutiert war. Nicht äußerlich, sondern innerlich. In jemanden, der Menschen wie den letzten Dreck behandelte. Dem die Kontrolle über alles entglitten war. Noch war es nicht zu spät.

Um meine Tarnung aufrechtzuerhalten, betätigte ich die Spülung und wusch meine Hände, dann lief ich zurück in Donovans Zimmer. In seiner ganzen nackten Pracht lag er im Bett, einen Arm unter dem Kopf, den anderen locker auf dem Schritt.

Ich zögerte, ließ seinen Anblick auf mich wirken und spürte nach, was er in mir auslöste. Wärme. Zuneigung. Schmetterlinge im Bauch. Prickelnde Haut. Pochende Mitte. Und Scham und schlechtes Gewissen. Er streckte seine Hand in meine Richtung und lockte mich zu sich.

Automatisch setzte ich mich in Bewegung. Sobald ich in seiner

Reichweite war, schnappte er mein Handgelenk und zog mich ruckartig zu sich, weshalb ich stolperte und auf ihm landete. Sofort schlangen sich seine Arme um mich und hielten mich auf ihm fest. Hinderten mich daran, zu fliehen. Seine Finger fuhren unter das Shirt und streichelten zärtlich über meinen Rücken. Ein leises Stöhnen entfuhr mir, das ich nicht aufhalten konnte. Alles, was er mit mir anstellte, war einfach so unfassbar großartig.

Gegen meinen Willen wurde ich weich und schmiegte mich an ihn. Sog seinen Duft nach Sex, Duschgel, Schweiß und ihm in mich hinein, um mich zu vergewissern, was ich empfand. Nichts als Liebe für ihn stieg in mir auf. Von der früheren Abneigung war nichts mehr übrig. Das machte die Sache noch viel schlimmer. Und genau deswegen musste ich handeln. Hoffentlich hörte er mein pochendes Herz nicht.

»Bleibst du über Nacht?«, fragte er.

»Ich kann nicht«, log ich. »Ich muss morgen ganz früh aufstehen und endlich mit dieser Seminararbeit anfangen, die mir schon seit Tagen im Nacken sitzt und von der du mich abgehalten hast.« Er grinste unverschämt. Der Schuft hatte natürlich kein schlechtes Gewissen deswegen. »Und wenn ich bleibe, weißt du genau, dass wir nicht viel Schlaf bekommen werden.«

Er stieß tief und dramatisch Luft aus. Als er mich küsste, kam mein Entschluss jedoch ins Wanken, und erst recht, als seine Zunge sich in meinen Mund stahl und mit meiner spielte. Wie immer schaffte er es, mich von null auf hundert in ein willenloses Etwas zu verwandeln. Ich war eine unverbesserliche Egoistin.

Ich wollte schon nachgeben und mich unter Donovans Decke kuscheln, da drangen erneut eindeutige Geräusche aus dem Nebenzimmer. Offenbar starteten sie die zweite Runde. Das hielt ich kein zweites Mal aus. Also machte ich mich los.

»Mach‘s mir nicht so schwer, Donovan. Ich muss wirklich.«

Er seufzte theatralisch.

Ich drückte Donovan einen Kuss auf seine zu einem Schmollmund verzogenen Lippen und glitt aus dem Bett. Sein Shirt zog ich über den

Kopf und warf es ihm zu. Es landete auf seinem Gesicht und er wischte es lachend weg. Dann stieg ich in meine eigene Kleidung und verabschiedete mich, da sich das rhythmische Stöhnen von nebenan immer mehr steigerte. Beide Brüder schienen sexmäßig viel Ausdauer aufzuweisen.

Jimbo starrte mich mit hohlen Augen vorwurfsvoll an, als wüsste er genau, was in mir vorging. Gut, dass er nicht sprechen und mich verraten konnte.

Plötzlich war mir alles zu viel. Tränen stiegen in mir auf, die ich nur schwer wegblinzeln konnte. Ich winkte Donovan stumm zu und ließ ihn und Tristan in seinem Liebesglück zurück.

Ich rannte über den Rasen zu meinem Haus. Die Tür fiel hinter mir zu. Auf einen Schlag brachen alle Dämme und ich heulte bitterlich. Meine Beine zitterten so sehr, dass ich mich auf die Bank unter der Garderobe setzen musste, um nicht zusammenzubrechen. Eine Ewigkeit hockte ich dort zusammengekauert, das Gesicht in den Händen vergraben, bis ich es schließlich schaffte, mich aufzuraffen. Immer noch schluchzend stieg ich die Stufen zu meinem Zimmer hoch, unendlich froh, niemandem zu begegnen. Ohne mich auszuziehen, deckte ich mich bis zur Nase zu und rollte mich wie der Fötus in Moms Bauch zusammen. In dem Moment sehnte ich mich an seine Stelle.

In genau der gleichen Stellung wachte ich auf, als mir die Sonne ins Gesicht schien. Die Kraft, die Vorhänge zu schließen, hatte ich letzte Nacht nicht mehr aufgebracht.

Meine Glieder schmerzten, ebenso mein Herz.

Als ich aufstand, zeigte der Wecker halb acht. Also waren meine Geschwister schon auf dem Weg zur Schule. Obwohl ich mich am liebsten im Bett vergraben und die Realität ausgeblendet hätte, rappelte ich mich auf. Ich musste dringend auf die Toilette und mein Magen knurrte. Es schien mir unpassend, so profane Gefühle wie Hunger zu spüren, wenn meine Beziehung gerade an einem Scheideweg stand. Wenn mein ganzes Leben gerade den Bach runterging.

Mein erster Weg führte mich jedoch zum Fenster.

Tristan saß auf seinem Bett und zog sich gerade Strümpfe an, Rylee kämmte sich im Stehen die Haare. Die Szene wirkte so intim, dass es mir einen Stich versetzte.

Bei Donovan sah ich lediglich Jimbo. Kurz darauf erschien Donovan nur mit einem Handtuch um die Hüften. Beinahe meinte ich seinen frisch geduschten, feuchtwarmen Geruch wahrzunehmen, was natürlich Blödsinn war. Ein Ziehen breitete sich in meinen Eingeweiden aus. Ich wünschte mich zu ihm, in seine Arme, an seine harte Brust, wollte seinem Herzschlag lauschen, seine Finger in meinen Haaren und auf meiner Haut spüren, seine Lippen auf meinen.

Mit dem Rücken zu mir stand er vor seinem Bett. Das Handtuch fiel zu Boden, sodass ich perfekte Sicht auf seinen nackten, knackigen Hintern bekam. Ich wusste genau, wie er sich anfühlte, wie sich seine Muskeln anspannten, wenn er sich in mir wiegte.

Aber es war nicht nur der Sex, der mich bei ihm anzog. Ja, wir stritten viel. Aber wir hatten auch genauso viel Spaß miteinander. Redeten, alberten herum, schwiegen zusammen. Wir verstanden uns menschlich auf eine Weise, die ich nie erwartet hatte. Donovan war kein Prolet. Oder nur ein bisschen. Er war liebevoll und lustig und klug. Viel mehr, als ich ihm anfangs zugetraut hatte.

Man beobachtete keine nackten Menschen. Man beobachtete überhaupt niemanden ungefragt. Trotzdem konnte ich nicht aufhören.

Statt sich anzuziehen, lief Donovan ungeniert in seinem Zimmer herum. Was genau er machte, konnte ich nicht erkennen. Ob ihm bewusst war, dass ich ihm zusah? Machte er das absichtlich?

Ich wollte Donovan nicht mehr verletzen.

Dazu war er mir zu wichtig.

Ich musste mir klar werden, was und vor allem wen ich wirklich wollte.

Tristan? Dann musste ich mich von Donovan trennen. Und versuchen, von Tristan loszukommen, denn er war weiterhin unerreichbar.

Donovan? Auch in dem Fall musste ich mich von Tristan endgültig verabschieden und mich ganz für Donovan entscheiden. Mich endlich ganz auf ihn einlassen.

Egal, was ich fühlte, Tristan war keine Option. Es lief also immer aufs Gleiche hinaus: Tristan musste aus meinem Kopf und aus meinem Herzen verschwinden. Donovan durfte nicht länger Ersatz sein (sofern er das überhaupt war, denn nicht einmal darüber war ich mir noch sicher). Ich musste endlich fair spielen. Ehrlich sein. Mir selbst und Donovan gegenüber.

Ich griff nach meinem Handy und öffnete die Nachrichten-App, um Donovan zu schreiben.

> Ich: *Wir brauchen eine Auszeit. Wir müssen beide darüber nachdenken, was wir wollen und was gut für uns ist.*

Natürlich wusste ich, wie schäbig es war, nicht persönlich mit ihm zu sprechen. Nur, ich konnte nicht. Im direkten Kontakt mit ihm wäre ich wieder eingeknickt. Ich musste endlich vernünftig sein und das Richtige tun. Auch wenn der Weg per Nachricht falsch war.

Die Vorstellung, ihn zu verlieren, fühlte sich trotz aller Vernunft furchtbar an. Der Gedanke, ohne ihn zu sein, hinterließ ein leeres Gefühl in meinem Inneren.

Nach einer langen Dusche ging es mir ein wenig besser. Mein Körper war wenigstens äußerlich sauber, meine Gedanken klarer.

Trotzdem war ich nicht begeistert, Mom und George in der Küche anzutreffen. Ich wollte allein sein. Über meine Gefühle nachdenken. Entscheidungen treffen. Mich selbst suchen. Auch Karla rief ich nicht an. Diesen Weg musste ich alleine beschreiten.

Gott sei Dank waren die beiden in ein Gespräch vertieft und beachteten mich kaum, begrüßten mich nur kurz und wünschten mir einen Guten Morgen. Ich bekam ohnehin nichts mit, weil meine Gedanken nicht aufhören konnten, um mein Liebesdilemma zu kreisen. Aus Unkonzentriertheit goss ich sogar Kuhmilch statt Haferdrink in meinen Tee. Aber ich hatte nicht einmal Energie, daran etwas zu ändern. Außerdem sollte Mom nichts von meiner Verwirrung bemerken. Die unangenehmen Fragen wären dann vorprogrammiert.

»Hast du heute keine Kurse?«, fragte Mom und riss mich aus meinem Versuch, im Tee die Antwort darauf zu lesen, welchen der beiden Männer ich mehr liebte.

»Doch, aber erst später.« Ich wollte jetzt nicht über mich reden. Nicht einmal über die Uni. Deswegen lenkte ich ab, indem ich Moms momentanes Lieblingsthema (neben uns, George und der Praxis) anschnitt: meine neue Schwester.

»Wie war die Nacht? Hat sie wieder so viel getreten?«

Der Themenwechsel funktionierte, denn Mom stöhnte. »Hör bloß auf. Hoffentlich ist sie nach der Geburt nicht auch nachts so aktiv. Tagsüber schläft sie ganz brav.«

Mit liebevollem Blick streichelte sie über ihre Kugel. Georges Hände folgten und zusammen versanken sie in einer vertraut-intimen Glückseligkeit, die ich mir auch wünschte.

»Sollen wir es ihr sagen?«, fragte George unvermittelt.

Mom lächelte und nickte.

Er sah mich an. Seine Augen leuchteten. »Ich habe ihr einen Antrag gemacht.« Über beide Ohren grinsend zog er Moms Hand an seine Lippen.

»Er hat mir einen Antrag gemacht«, bestätigte sie. »Und ich habe Ja gesagt.« Sie strahlte ebenfalls.

»Sie hat Ja gesagt«, wiederholte George. Dabei hatte ich es schon beim ersten Mal verstanden. »Ist das nicht großartig?«

»Doch«, sagte ich zögerlich. »Aber ist es nicht ein bisschen früh? Ihr seid noch nicht mal ein Jahr zusammen.«

»Wir bekommen ein Baby. Wir lieben uns. Wir sind nicht mehr die Jüngsten. Und George will, dass sie«, sie rieb ihren Bauch, »und ihr – du, Gabi und Aurora und natürlich auch Tanner – wieder eine richtige Familie habt. Ich würde mir wünschen, dass du dich einfach für uns freust.«

Mein Einwand hatte sie sichtlich verletzt. Wieder jemanden. Ich wurde noch richtig Experte darin, andere vor den Kopf zu stoßen.

»Doch, natürlich freue ich mich, Mom. Ehrlich. Herzlichen Glückwunsch.«

Sie lächelte warm und strich mir über die Wange.

Auf einmal läutete es Sturm.

Bevor ich aufstehen konnte, hatte Mom sich bereits in Bewegung gesetzt, lief in den Flur und öffnete die Haustür.

»Guten Morgen, Donovan«, hörte ich sie. »Tut mir leid, ich verwechsle euch immer. Du bist doch Donovan, oder?«

»Wer sonst«, kam die kurze Antwort.

Ich fand es unverschämt, wie unfreundlich er mit meiner Mom sprach. Meinem Herzen war das egal, es begriff nur: Donovan war da. Es stolperte und raste dann in irrsinnigem Tempo weiter.

Im nächsten Moment polterte Donovan in die Küche. Sichtlich sauer. »Was sollte diese WhatsApp? Ernsthaft? Nach gestern Abend?«, blaffte er und hielt mir sein Handy vor die Nase, als wüsste ich nicht, was ich geschrieben hatte.

Mom und George sahen mit verwirrtem Gesichtsausdruck zwischen uns hin und her.

»Wir lassen euch besser allein. Wir stören nur«, meinte George und erhob sich schwerfällig.

»Nicht nötig«, antwortete Donovan, ohne den Blick von mir abzuwenden. »Ihr könnt ruhig mitbekommen, was ich zu sagen habe.« Nun wandte er sich doch Mom und George zu. »Wusstet ihr, dass sie nur mit mir zusammen ist, weil sie in Tris verliebt ist? Ich bin sozusagen ihre Tristan-Gummipuppe.« Er lachte laut. Es klang, als würde er gleich überschnappen.

Mom kniff die Lippen zusammen und blinzelte. »Stimmt das, Schatz?«, fragte sie leise.

Ich senkte das Kinn und zuckte die Achseln. Schüttelte den Kopf. Nickte. Hob wieder die Schultern und ließ sie fallen. »So einfach ist es nicht.«

»Komm, lass die beiden das allein regeln«, wiederholte George mit flehendem Unterton. Gefühlsausbrüche überforderten ihn offenbar. Mich momentan auch. Wie einfach alles. Gemeinsam verließen sie den Raum und schlossen die Tür hinter sich.

»Warum schreibst du mir so was? Eine Auszeit? Das ist nur ein anderer Ausdruck für Schluss machen. Was soll das? Verlässt du mich jetzt doch? Per Handynachricht? Hast du nicht mal genug Eier, es mir ins Gesicht zu sagen? Ich wohne zwanzig Meter entfernt. Ist es zu viel verlangt, persönlich mit mir zu reden? Das ist so feige, Eve.« Er plumpste auf einen Stuhl und sank erschöpft gegen die Lehne.

»Ich mache nicht Schluss mit dir«, versuchte ich zu erklären. »Ich finde nur, wir sollten uns über unsere Gefühle klar werden. Das geht besser, wenn wir uns nicht sehen. Sonst haben wir Sex, und das hindert am Denken.«

»Weil du immer noch auf meinen Brudi stehst«, murmelte er. »Ich dachte, du liebst mich.« Er hob den Kopf und musterte mich eindringlich. Ich liebte seine strahlenden blauen Augen. Doch heute waren sie nicht voller Lebensfreude, sondern stumpf und leblos.

»Das tue ich. Ehrlich. Aber gleichzeitig verletze ich dich, obwohl ich das nicht will. Ich will zwei Männer, aber ich will das nicht wollen. Ich will einfach nur dich. Und wenn ich es nicht gebacken bekomme, Tristan zu vergessen, dann sollte ich nicht weiter mit dir zusammen sein. Ich bin nicht gut für dich.«

»Nein, bist du nicht. Trotzdem will ich dich. Seltsame Sache, oder?« Er lachte durch die Nase. »Ich wollte noch nie das, was gut für mich ist. Wir wollen beide ganz schön viel.«

Ich griff nach seiner Hand und erfreulicherweise entzog er sich mir nicht. Sein Daumen streichelte meinen Handrücken, was sich schön und schmerzhaft zugleich anfühlte. Wenn er mich so liebevoll berührte, fragte ich mich, warum ich überhaupt zweifelte. In solchen Momenten wollte ich tatsächlich nur Donovan.

Eine lange Zeit schwiegen wir, die Augen auf unsere Finger gerichtet. »Verlass mich nicht«, bat er mich leise. »Auch wenn das der dümmste Wunsch ist, den ich jemals hatte. Und auch wenn mich das zu einem erbärmlichen Weichling macht.«

»Du bist nicht erbärmlich. Du bist stark. Weil du um das kämpfst, was dir wichtig ist. Das macht dich zu etwas Besonderem.«

Er zwang sich zu einem Lächeln, das allerdings unheimlich traurig wirkte.

»Und ich will dich nicht verlassen. Aber du hast Ehrlichkeit und eine Person verdient, die nur dich allein will. Solange ich das nicht hundertprozentig weiß, ist es dir gegenüber nicht fair, so weiterzumachen.« Ich konnte nur immer wieder die gleichen Worte – die Wahrheit – wiederholen. Beide atmeten wir tief ein und aus. »Ich will dir nicht wehtun«, flüsterte ich.

»Ich weiß.« Seine Stirn sank gegen meine.

Wieder breitete sich Stille aus, in der man nur unseren Atem und das überlaute Ticken der Küchenuhr hörte. Unsere Gesichter waren sich nah, aber wir küssten uns nicht. Die Distanz zwischen uns schien unüberwindbar. Die Distanz, die ich verschuldet hatte. Wie konnte Liebe einerseits so wundervoll und andererseits so unaushaltbar schmerzhaft sein?

»Also sind wir noch zusammen?«, hakte er nach und wirkte dabei so verletzlich, dass ich am liebsten alles zurückgenommen hätte.

Ich nickte. »Ja. Wenn du mich noch immer willst. Trotzdem ist es besser, wenn wir uns eine Weile nicht treffen. Du brauchst ebenfalls Abstand und Zeit zum Nachdenken. Vielleicht wird dir ja mit ein wenig Distanz klar, dass du das mit uns ...« Ich beendete den Satz nicht.

Er sah mich lange an. »Ja, ich will dich immer noch. Aber so schwer es mir fällt, ist es wohl tatsächlich besser, mich fernzuhalten. Bis du eine endgültige Entscheidung getroffen hast. Ich gebe dir den Freiraum dafür. Dass ich plötzlich darauf komme, dich abzuschießen, bezweifle ich.«

»Man weiß nicht, was die Zukunft bringt«, flüsterte ich. Die Vorstellung, dass er es beenden könnte, schnürte mir die Luft ab. Panik stieg in mir auf, aber ich rang sie nieder. Ebenso wie ich hatte er das Recht, alle

Möglichkeiten in Betracht zu ziehen. Auch wenn das getrennte Wege bedeutete.

»Stimmt allerdings«, gab er zu. Er deutete auf die Kaffeemaschine und ich nickte. Wortlos stemmte er sich hoch, nahm sich eine Tasse aus dem Schrank, was mich daran erinnerte, wie zu Hause er hier war, und goss sich ein. Mit verschränkten Füßen lehnte er sich an die Arbeitsplatte und schlürfte in kleinen Schlucken seinen Kaffee. Kein Zucker heute, fiel mir auf, aber ich sprach ihn nicht darauf an.

»Kommst du zu meiner Geburtstagsparty?«, fragte er dann. Er stellte die Tasse ab und grinste verschmitzt und wirkte damit beinahe wie der gewohnte Donovan. Doch Traurigkeit überschattete sein Gesicht.

»Ich überlege es mir. Ich weiß nicht, ob es so gut ist, wenn wir unsere Nachdenkzeit unterbrechen. Vielleicht habe ich bis dahin noch keine Entscheidung treffen können. Oder du.«

»Vor einer Minute haben wir festgestellt, dass du immer noch meine Freundin bist. Ich will meine Freundin dabeihaben. Vielleicht hast du bis dahin ja auch fertig nachgedacht.«

Das bezweifelte ich. Schließlich waren es nur wenige Tage bis zu seinem Geburtstag. Trotzdem erwiderte ich sein Lächeln.

Mit seinen Händen umschloss er mein Gesicht und küsste mich zart auf die Nase und auf die Stirn. »Du musst mir auch nichts schenken. Du bist Geschenk genug.«

»Schleimer.« Er seufzte. »Jemand, der dich so mies behandelt wie ich, ist kein Geschenk, sondern eine Strafe.«

»Vielleicht habe ich ja doch masochistische Tendenzen. Würde ja zu deinen gemeinen passen. Ich würde mich gut als Sub machen, findest du nicht?«

»Du wärst ein miserabler Sub. Viel zu aufsässig.«

Er lachte und fast war es wieder so unbeschwert wie früher.

»Aber ich meine das ernst: Du solltest mich nicht als Geschenk ansehen. Geschenke tun niemandem weh.«

»Selbsterkenntnis ist der erste Weg zur Besserung«, erwiderte er.

»Hat meine Granny immer gesagt. Und die war eine verdammt kluge Frau. Von ihr habe ich meine überschäumende Intelligenz.« Er fuhr sich durch die Haare und wackelte mit den Augenbrauen. »Und mein fantastisches Aussehen.«

Es war immer wieder faszinierend, wie schnell er umschalten konnte. Oder zumindest es nach außen so wirken lassen konnte. Denn eigentlich konnte ich mir nicht vorstellen, dass er nicht verletzt war. Ich wäre es gewesen. Schließlich benahm ich mich wie der letzte Arsch.

»Hat dir schon mal jemand gesagt, wie arrogant das klingt?«

»Ja, ständig«, sagte er, als wäre es eine Auszeichnung. »Du zum Beispiel.« Seine Augen blitzten und zeigten mir offen alle seine Gefühle. »Aber wegen dir und für dich will ich ein besserer Mensch sein«, fügte er ernster hinzu. »Ist das blöd?«

Langsam schüttelte ich den Kopf. »Ist es nicht. Es ist schön. Aber ich will es auch verdienen.«

Er stieß lang gezogen Luft aus. »Okay. Einverstanden. Du kommst zu meinem Geburtstag und darfst mir ein richtiges Geschenk mitbringen. Ansonsten sehen wir uns nicht und schreiben uns keine Nachrichten.«

Wie bei einem Vertragsabschluss schüttelten wir uns die Hände. Dann verzog sich sein Mund zu einem Grinsen.

»Dir ist aber schon bewusst, dass das auch bedeutet: kein Sex.«

Ja, leider.

»Du glotzt auch nicht zu mir rüber und ich nicht zu dir. Wie heute früh.« Er zwinkerte und augenblicklich schoss mir die Hitze ins Gesicht. Seine Lippen berührten kurz meine Schulter, dann entfernte er sich wieder. »Wir denken beide nach, obwohl es bei mir nicht viel zu denken gibt, was uns angeht. Ich lebe aus dem Bauch und aus dem Herzen. Der Kopf hat bei mir nicht viel zu melden. Du kannst dir gar nicht vorstellen, wie gut ich den ignorieren kann.«

Doch, konnte ich, schließlich kannte ich Donovan mittlerweile.

»Scheiß auf Vernunft. Ich will leben. Aber du hast auch recht damit, dass ich nicht mit jemandem zusammen sein sollte, der mich nur als Ersatz verwendet. So bedürftig bin ich dann doch nicht. Das sollte ich mir wert sein.« Er kniff die Lippen zusammen und musterte mich. »Denk bitte schnell nach und komm zum richtigen Ergebnis. Entscheide dich für mich.«

»Ich gebe mir Mühe«, versprach ich.

Ein paar Sekunden musterte er mich lediglich. Dann stieß er sich ab, presste seine Lippen auf meine Haare und verharrte so für einige Sekunden, bevor er sich abrupt losriss, herumwirbelte und mit großen, entschlossenen Schritten ging.

November

Donovan

Mir war heiß. Tristans Arm lag schwer auf meinem Bauch, er war ganz an mich herangerutscht und strahlte eine unangenehme Hitze aus. Beim Schlafen wurde er immer so anhänglich. Arme Rylee.

Ein anderer Körper, der sich an mich presste, wäre mir lieber gewesen. Ein ganz bestimmter anderer. Ich vermisste Eve schrecklich, obwohl unsere Abmachung – unsere Auszeit – noch nicht mal eine Woche andauerte. Wirklich nachgedacht hatte ich in der Zeit nicht, weil ich Angst vor dem Ergebnis hatte. Ich war süchtig nach Eve und wollte sie nicht hergeben. Verstandesmäßig wusste ich, dass ich die Wahrheit oder zumindest eine Entscheidung, die nicht nur aus dem Bauch kam, nur verdrängte. Stattdessen hatte ich jeden Abend meine Gefühle mit Alkohol und Party betäubt und überließ es Eve, über das Schicksal unserer Beziehung zu bestimmen. Zu was für einem Feigling war ich eigentlich geworden?

Ich freute mich auf unser Wiedersehen heute wie ein Kindergartenkind auf Santa Claus und seinen Sack voller Geschenke. Was mir nur bewies, wie sehr ich Eve liebte. Gesprochen hatte ich darüber mit niemandem, obwohl Tristan und Tanner natürlich bemerkten, dass etwas mit mir nicht stimmte. Meine Ausreden, Eve sei zu beschäftigt, nahmen sie widerspruchslos hin. Wahre Freunde eben.

Wie immer hatten Tristan und ich die Nacht vor unserem Geburtstag in einem Bett verbracht. Das war eine Art Ritual zwischen uns. Die anderen wussten das und ließen uns unser Ding durchziehen. Obwohl wir schon (zumindest vom Alter her) erwachsen waren, brauchten wir das. Dad erzählte jedes Jahr wieder, wie entzückt die Schwestern und Ärzte gewesen waren, als sie beim Ultraschall vor dem Kaiserschnitt entdeckt hatten, wie Embryo-Tristan und ich uns über Kopf umarmten. Denn wir hatten uns nicht nur eine Gebärmutter, sondern auch – was unheimlich selten war – eine Fruchtblase geteilt. Ich fand es irgendwie gruslig, dass wir uns gegenseitig also unsere Minischwänze ins Gesicht gedrückt hatten. Und angeblich so auch bis ins Kleinkindalter am liebsten geschlafen hatten. Wie bei einem Baby-69er. Gott sei Dank waren wir über dieses Stadium mittlerweile hinaus.

Trotzdem war es uns beiden wichtig, gemeinsam in unseren Geburtstag hineinzufeiern. Nur wir zwei. In Unterhose und ungeduscht. Wir erörterten nicht, warum. Es war ein stummes Gesetz. Wir sahen uns dann Filme an, redeten oder schwiegen, blödelten herum und ärgerten uns, schliefen gemeinsam ein. Diesmal bei Tristan, weil er im Gegensatz zu mir bereit gewesen war, frische Bettwäsche aufzuziehen. So weit ging unsere gegenseitige Liebe dann doch nicht, dass wir in den Sexflecken des anderen schlafen wollten.

Gestern hatten wir uns alle drei alten *Jurassic-Park*-Filme reingezogen, die Lieblingsfilme unserer Kindheit. Die neuen boykottierten wir. Parker dagegen liebte die Neuverfilmungen. Lag aber vermutlich an ihrer heimlichen Liebe zu Chris Pratt, die sie vehement leugnete. Dazu hatten wir Unmengen an Chips gefuttert. Ich hatte Bier getrunken, Tris Sprite.

Ich schob seinen Arm weg und war dabei sogar so freundlich, ihn möglichst nicht zu wecken. Dann setzte ich mich auf, gähnte und streckte mich. Leere Dosen und Chipstüten waren auf dem Boden verteilt. Tristans Laptop stand auf dem Nachttisch, daneben lagen unsere Handys. Nein, ich würde nicht kontrollieren, ob Eve mir geschrieben hatte. Wir hatten Funkstille vereinbart, trotzdem hoffte ich jede Sekunde auf ein Zeichen von ihr. Und wenn es nur ein lächerlicher Geburtstagsgruß war.

Aber wir brauchten tatsächlich eine Auszeit. So konnte es nicht weitergehen. Schließlich hatte ich meinen Stolz. Oder einen Rest davon.

Deswegen sah ich auch nicht aus dem Fenster zum Nachbarhaus hinüber. Stattdessen ging ich pinkeln. Danach legte ich mich, statt mich anzuziehen, wieder zurück in Trissis Bett. Gleich würde meine Familie auftauchen und ich wollte ihnen den Spaß nicht verderben.

Nur wenige Augenblicke später wurde die Tür aufgerissen und Dad, Parker, Morgan und Nate stiefelten herein, alle noch in Schlafklamotten und mit breitem Grinsen im Gesicht. Morgan trug eine Torte, die auf der einen Hälfte mit Schokolade (für mich), auf der anderen mit Blaubeeren (für Tris) dekoriert war. Zwei Kerzen in Form einer Zwei brannten bereits und flackerten durch den Luftzug.

Dasselbe Spiel wie jedes Jahr. Nur die Zahlen auf dem Kuchen änderten sich.

Ich liebte Geburtstage.

Und ich liebte diese Familie.

Unwillkürlich musste ich grinsen und mir wurde peinlich warm ums Herz.

Laut und unfassbar falsch sangen – schrien – sie »Happy Birthday« und verhaspelten sich wie jedes Mal daran, unsere beiden Namen gleichzeitig auszusprechen, damit keiner bevorzugt wurde. Einfach »die Twins« einzusetzen, weigerten sie sich, auch wenn das vom Versmaß her besser gepasst hätte.

Endlich regte sich auch Tristan, rappelte sich gähnend auf und setzte das gleiche dämliche Grinsen auf wie ich.

Morgan trat näher und stellte die Torte aufs Bett. Ohne uns absprechen zu müssen, holten Tristan und ich gleichzeitig Luft und bliesen die Kerzen aus. Was nicht schwierig war, weil es ja nur zwei waren. Aber darum ging es nicht. Meinen Wunsch sprach ich natürlich nicht aus, weil er sonst nicht in Erfüllung ging. Diesbezüglich wollte ich diesmal ausnahmsweise kein Risiko eingehen.

»Herzlichen Glückwünsch«, riefen sie im Chor und umarmten uns nacheinander.

Dann quetschten sich alle aufs Bett und Morgan schnitt den Kuchen an, den wir ohne Teller und Besteck essen durften, was wie jedes Jahr in einem Desaster aus zermatschten Früchten, Sahne, Buttercreme, Schokoflecken und Teig endete.

Anschließend wurden uns unsere Geschenke überreicht. Ich riss die Verpackung auf, Tristan faltete das Papier sorgfältig auseinander.

Von Dad bekamen wir wie üblich einen Gutschein für unser Männerwochenende in einer Hütte am Missouri River, zu dem uns mittlerweile auch Nate begleitete. Von ihm bekamen wir passend dazu lächerliche breitkrempige Regenhüte und oberschenkelhohe Gummistiefel, weil Dad dieses Jahr unbedingt mit uns angeln wollte. Angeln? Im Ernst? Dad hasste Fisch. Und stundenlang tatenlos rumsitzen zu müssen, versetzte mich in Panik. Vielleicht war es ja spaßiger als gedacht.

Morgan schenkte mir ein handillustriertes Anatomiebuch aus dem neunzehnten Jahrhundert und Tristan eine Originalunterschrift auf einer Postkarte von seinem großen Idol William Shakespeare. Als er es auspackte, flippte er so aus, dass er beinahe die Torte mit den Füßen herunterstrampelte. Parkers Päckchen enthielten jeweils Funktionsshirts fürs Fitnessstudio, meins in Blau, Tristans in Grau.

Den Vormittag verbrachten wir gemeinsam im Wohnzimmer, hingen herum, aßen noch mehr Kuchen, unterhielten uns, machten Späße. Das Leben war perfekt.

Beinahe.

Denn eins fehlte: Eve. Ihre Abwesenheit fühlte sich wie ein Loch in meinem Herzen an. Verrückt. Tristan hielt es doch auch mal ohne Rylee aus. Aber er war sich ihr ja auch sicher. Gierte nicht wie ein Junkie seit Tagen nach einer Antwort.

Mittags kochte uns Morgan eine gigantische Menge Lasagne, mit der sie mehrere Busladungen Menschen hätte versorgen können. Am Nachmittag bereiteten wir zusammen uns und das Haus auf die Party vor. Nate fuhr mit mir zum Getränkemarkt, wo wir Bier, Limo und diverse Alkoholika in den Einkaufswagen luden.

Als wir zurückkehrten, war das Wohnzimmer bereits mit Lichterketten geschmückt, Knabberzeug stand an strategisch wichtigen Stellen verteilt, aus der Küche zog der Geruch nach Chili con und sin Carne herüber. Zusammen mit dem Rest Lasagne würde heute garantiert niemand verhungern.

Gerade diskutierten Morgan und Parker darüber, wie lange Parker mitfeiern durfte. Dabei würde sie sich ohnehin nicht an Anweisungen halten. Aber Morgan gab eben nicht auf. Immer noch hoffte sie, dass ihre Erziehungsversuche irgendwann fruchten würden. Was bei Parker sinnlos war. Sie machte grundsätzlich, was sie wollte. Der Einzige, auf den sie wenigstens ab und zu hörte, war ich. Und manchmal Nate. Warum auch immer. Vielleicht weil er nichts von ihr verlangte und weil er selbst seltsam war. Nicht im Sinne von komisch oder verrückt, sondern anders.

»Du wirst heute Abend keinen Alkohol trinken und dich mit keinem von Donovans Freunden einlassen«, mahnte Morgan und ich verdrehte innerlich die Augen. »Auch nicht mit anderen Kerlen«, fügte sie vorsichtshalber hinzu.

Warum ließ Morgan sie nicht einfach in Ruhe? In dem Punkt war Parker wie ich: Wenn man ihr etwas verbot, machte sie es erst recht. Was bedeutete, heute Abend würde sie sich betrinken und irgendeinen Typen abschleppen. Oder sich abschleppen lassen, das machte keinen Unterschied.

Parker antwortete nicht, schnaubte nur und verzog sich. Eine Tür knallte und im nächsten Moment dröhnte der wummernde Bass von irgendeiner ihrer Hardcore-Bands durch die Decke. Zur Party würde sie wieder runterkommen.

Später verabschiedete sich Dad zu seiner Freundin. Nate und Morgan wollten sich ein Hotelzimmer nehmen. Um sieben waren endlich alle weg und Tristan und ich sanken schnaufend auf die Couch und genossen für einen Moment die Stille.

»Was ist bei dir und Eve eigentlich los?« Die letzten Tage hatte Tristan mich mit dem Thema verschont. Damit war jetzt offenbar Schluss. Ich versuchte erst gar nicht abzustreiten, dass mich etwas beschäftigte. Dazu kannte er mich zu gut.

»Sie ist sich nicht sicher, ob sie noch mit mir zusammen sein will«, sagte ich vage. Das war nicht gelogen, verschwieg aber, wie groß seine Rolle in der Sache war. Er würde sich sonst unnötig Vorwürfe machen.

»Mist«, antwortete er bloß. Womit alles gesagt war. »Tut mir leid.«

»Danke, Brudi.«

»Du bist anders mit ihr«, fügte er nach einer Weile hinzu. »Ruhiger und ausgeglichener. Normaler.« Er lachte leise. Für diesen Kommentar kickte ich ihn gegen den Knöchel. Er schrie auf und rutschte aus meiner Reichweite. »Ohne Quatsch, Don, sie tut dir gut. Und du ihr. Das sieht ein Blinder.«

Innerlich seufzte ich theatralisch und schluchzte jämmerlich. Äußerlich beschränkte ich mich auf ein lautes und tiefes Ausatmen. Meinen Frust und mein Leid erkannte er auch ohne Dramaqueenallüren.

»Sag das mal ihr. Sie sieht das anders.«

»Liegt es an mir? Ist sie immer noch in mich …«, stellte er dann doch die fatale Frage.

Ich schwieg, was ihm als Antwort reichte.

»Scheiße«, stieß er hervor.

Ich patschte ihm auf den Oberschenkel. »Mach dir keinen Kopf. Ist nicht deine Schuld.«

»Trotzdem. Wenn ich daran etwas ändern oder dir irgendwie helfen könnte …« Sein Kopf sank auf meine Schulter.

»Ich weiß, Brudi. Alles gut.«

Er nickte und drückte kurz mein Knie.

»Halt dich bloß nicht in ihrer Gegenwart mit Ry zurück. Sie soll merken, wie glücklich du mit ihr bist.«

Wieder stimmte er zu. »Zeig ihr, was sie an dir hat. Wie wichtig sie dir ist. Was hast du mir eingebläut, als ich Ry fast verloren hätte? ›Hol sie dir‹, hast du gesagt.« Er grinste. »Jetzt bist du am Zug, Großer.«

So nannte er mich nur an Geburtstagen und wenn es ganz tiefschürfend wurde. Bei unserer Geburt war ich nämlich einen halben Zentimeter größer als er gewesen.

Es klingelte und ich rappelte mich ächzend hoch und schlappte zur Tür. Hoffentlich kam ich bald in Partystimmung. Gwen stand mit Koby und einem Fass Bier auf der Schwelle. Während sie sich an mir vorbeiquetschte und zu Parkers Zimmer lief, drückte mir Koby das Fass in die Hand, das ich an Tristan weiterreichte.

»Happy Birthday, ihr Säcke«, wünschte Koby uns und grinste.

Tristan brachte das Fass in die Küche zu den anderen Getränken und gesellte sich dann wieder zu Koby und mir ins Wohnzimmer. Koby erzählte gerade begeistert vom College in Kalifornien. Er war er nach dem Abschluss so schnell und so weit wie möglich aus Minot abgehauen und hatte seine Schwester Gwen und seine Eltern zurückgelassen. Im Gegensatz zu uns konnte er es sich leisten, woanders zu studieren. Und dazu auch noch regelmäßig nach Hause zu fliegen. Seinen Eltern gehörten die Mall und diverse Immobilien in Minot und Umgebung. Arbeiten hatte er noch nie gemusst und er würde damit vermutlich auch in nächster Zeit nicht anfangen. Zwar gehörte er nicht zum engeren Freundeskreis, wir verstanden uns aber gut. Mit ihm konnte man Spaß haben und er brachte zuverlässig Alk und Drogen zu Partys mit.

Auch heute packte er nach ein paar Minuten eine schwarze Filmdose aus und öffnete sie. Der harzige Geruch nach Marihuana stieg mir in die Nase und kurz darauf zündete er sich einen ersten Joint an. Tristan lehnte natürlich ab, als Koby ihm das Ding hinhielt, ich jedoch nahm es dankend entgegen. War schließlich mein Geburtstag. Ich inhalierte tief und behielt den Rauch in der Lunge, bis ich husten musste, dann erst ließ ich ihn langsam entweichen. Abwechselnd rauchten wir, bis nur noch ein winziger Stummel übrig war, den Koby im Aschenbecher ausdrückte. Als urplötzlich die Wirkung einsetzte, konnte ich ein Stöhnen nicht verhindern.

»Wo hast du das Zeug denn her?« Ich merkte selbst, wie verwaschen meine Stimme klang und wie schwer es mir fiel, Worte zu formen.

»Unter der Sonne Kaliforniens gereift.« Koby lachte und ich fiel mit ein. Innerhalb weniger Sekunden prusteten wir wie zwei Irre los.

»Du hast es durch mehrere Bundesstaaten geschmuggelt?«, platzte Moralapostel Tristan heraus und setzte sein Lehrergesicht auf. »Das ist illegal.«

Mit übertrieben aufgerissenen Augen schlug Koby die Finger vor den Mund und quiekte. Dann legte er seine Hände an die Wangen und mimte ein entsetztes Emoji. »Ach, ehrlich? Das wusste ich gar nicht.«

Wieder kicherten wir los. War nicht mein Problem, wenn er erwischt wurde. Ich lehnte mich zurück, genoss den Rausch und entspannte mich und ließ Kobys und Tristans Gerede an mir vorbeiziehen.

Wann kam Eve endlich?

Nach und nach trudelten weitere Leute ein, auch Gwen und Parker kamen aus ihrer Höhle. Koby und ich taten so, als würden wir nicht bemerken, dass unsere kleinen Schwestern sich keine alkoholfreien Cocktails mischten, und hielten auch Tristan davon ab, einzugreifen. Sie würden sonst ohnehin heimlich trinken. So hatten wir wenigstens ein Auge drauf.

Innerhalb von zwei Stunden war das Haus voll und die Party in vollem Gang. Irgendjemand hatte die Rolle des DJs übernommen und Techno wummerte aus den Lautsprechern. Ich konnte diesen Elektroschrott nicht ausstehen, aber selbst das war mir egal. Ich war high, hatte unendlichen Biernachschub, weil mir ständig eine neue Flasche in die Hand gedrückt wurde, packte Geschenke aus, redete Blödsinn. Hatte Spaß. In sämtlichen Räumen im Erdgeschoss lungerten Leute herum, tanzten, knutschten, lachten oder lieferten sich Trinkspielbattles. Es war laut und alle waren betrunken und ich liebte es. Es war verdammt großartig. Wie in einem Collegefilm. Spring Break in Minot im Joneshaus.

»Ihr habt schon immer die geilsten Partys geschmissen«, brüllte mir ein Typ ins Ohr. Kein Plan, wer, denn im nächsten Moment war er schon wieder johlend und mit seinem Plastikbecher wedelnd, sodass alles herausspritzte, davongetanzt. Immer wieder musste ich mehr oder weniger subtile Annäherungsversuche von Frauen abwehren. Aber ich wollte nicht mehr einfach wahllos vögeln. Nur mit einer bestimmten.

Wo war sie überhaupt? Ich wollte sie hier bei mir. Tanner und sein Macker hatten auch keine Ahnung, wo Eve so lange blieb.

Ließ sie mich tatsächlich sitzen? War das ihre Art, mir zu zeigen, dass sie endgültig keinen Bock mehr auf mich hatte? Das frustrierte mich. Sie schaffte es sogar, mir meinen Geburtstag zu versauen.

Sie konnte mich mal kreuzweise. Wenn sie mich nicht wollte und nicht einmal höflich genug war, eine Geburtstagseinladung abzusagen, dann eben nicht. Ich war nicht abhängig von ihr. In der Küche goss ich mir Cola und Rum in ein Glas und stürzte es auf ex hinunter.

Tanner, der mit Enis am Herd lehnte und Chili in sich hineinschaufelte, sah mich mit seltsamem Blick an. Erneut füllte ich mein Glas bis zum Rand, hob es, grinste, setzte es wieder an. Schluckte, rülpste, wischte mir über den Mund und stellte das Glas mit Schwung auf den Tisch. Der Rest Cola-Rum schwappte heraus und saute meine Hände voll. Fluchend schüttelte ich sie. Plötzlich schwankte ich und musste mich am Herd festhalten, um nicht auf die Fresse zu knallen.

Ich gluckste albern. »Ups.«

»Willst du nicht ein bisschen langsamer machen? Du bist ja schon völlig hinüber, bevor Eve auftaucht. Du weißt, wie sehr sie das hasst, wenn du so besoffen bist.«

Ich stolperte auf ihn zu und stach ihm mit dem Finger in die Brust. Mit hochgezogenen Augenbrauen senkte er seinen Kopf und sah auf meinen Finger, aber ich ließ ihn, wo er war.

»Weißt du was? Deine sogenannte Stiefschwester kann mich mal. Ich mach nicht mehr, was sie will. Ich bin nicht ihr Hund, der ihr hinterherhechelt. Ich lasse mich nicht mehr fertigmachen und rumkommandieren. Sie ist eine kontrollsüchtige Spaßbremsenbitch. Immer so gut und so toll und so überhaupt. Sie lässt mich am ausgestreckten Arm verhungern.« Ich schüttelte den Kopf, wovon mir kurz schwarz vor Augen wurde. Übelkeit stieg in mir auf, aber ich ignorierte sie. »Aber ich verrat dir was, Kermit, mein Freund.« Ich beugte mich vor. »Ich werde nicht länger ihr Schwanz auf Beinen sein, nur weil ich zufälligerweise so aussehe wie mein kultivierter Heldenbruder.« Tanner verzog das Gesicht und ich rückte wieder ein Stück ab. Ich seufzte laut und quietschend und sank gegen den Kühlschrank.

»Warum lässt du das mit dir machen?«, erkundigte sich Tanner. Berechtigte Frage. Die stellte ich mir selbst nicht zum ersten Mal. »Klar, du liebst sie. Trotzdem.«

Ich tatschte mir auf die Brust und verlor dabei erneut das Gleichgewicht. Im letzten Moment plumpste ich gegen Tanner statt auf den Boden. Er half mir, mich aufzurichten, und wartete, bis ich wieder sicher stand. »Weil sie mir mein Herz gestohlen hat und ich ohne Herz nicht überleben kann«, jammerte ich wie Tristan als Schauspieler in einer Liebesschnulze mit viel Drama und Schmalz.

Tanner schüttelte den Kopf und Enis lachte so laut los, dass ihm der Teller mit dem Chilirest aus der Hand rutschte. Bohnen und Hackfleisch verteilten sich auf dem Boden. Es sah aus, als hätte uns jemand vor die Füße gekotzt.

»Du hast sie nicht mehr alle! Aber das ist ja nichts Neues«, murmelte Tanner.

Auf einmal entdeckte ich Eve im Türrahmen. »Da ist ja mein fieses, mieses, sexy Bienchen«, brüllte ich und lief, so schnell es in meinem Zustand möglich war, zu ihr. Unbeholfen schlang ich die Arme um sie und presste sie an mich. »Wo warst du so lange? Du bist meine Freundin. Du musst mit mir feiern!«

Für Außenstehende musste das völlig verrückt wirken. Zuerst verfluchte ich sie und dann benahm ich mich wie der letzte liebestolle Volltrottel. Aber genau das spiegelte unsere kranke Beziehung wider.

»Ich hatte dein Geschenk noch nicht fertig«, nuschelte sie an meiner Brust. Sie klang angestrengt und gedämpft. Deswegen lockerte ich meine Umklammerung ein wenig. Sofort trat sie einen Schritt zurück und hielt mir ein in Geschenkpapier eingewickeltes Päckchen hin.

»Mit Clowns? Willst du mir damit irgendetwas sagen?«

Damit ich ein wenig nüchterner wurde, füllte ich mein Glas mit Leitungswasser und trank es in großen Schlucken. Tatsächlich half es ein wenig, meinen Kopf klarer zu machen.

»Entschuldige, das Geschenkpapier war aus, wir hatten nur noch einen Rest von Gabis Geburtstag. Sonst hätte ich noch mal losgemusst und es wäre noch später geworden.«

Im Hintergrund lachte Tanner. »Clowns passen doch hervorragend.« Im Augenwinkel registrierte ich, wie er zu uns lief. Halb hinter mir blieb er stehen und klopfte mir auf den Rücken. »Schon in der Vorschule war er immer der Klassenclown. Er hat uns alle mit seinen Späßen bestens unterhalten. Miss Wright hat dich gehasst.«

»Sie hat mich geliebt«, widersprach ich. »Sie konnte es nur nicht zugeben.«

»Träum weiter, Jones.« Wieder patschte er auf mir herum, diesmal auf die Schulter. »Hi, Eve.«

Zwar konnte ich sein Gesicht nicht sehen, aber an seiner Stimme hörte ich seine Skepsis. Mein Ausbruch von eben beschäftigte ihn offenbar. Irgendein Gast hatte Kaffee gekocht. Den Rest davon nahm ich mir, löffelte Zucker hinein und stürzte ihn hinunter. Danach war ich wieder einigermaßen Mensch. Soweit das bei mir möglich war.

Sie nickte ihm zu, lächelte dabei, aber ich merkte ihr die Verunsicherung an. Wahrscheinlich sprach Tanners Blick Bände. Blinzelnd musterte sie ihn, sagte aber sonst nichts.

Keine Ahnung, ob es an meinem gras- und alkvernebelten Gehirn lag oder daran, dass ich lächerlich heftig in Eve verliebt war. Auf jeden Fall konnte ich nicht aufhören, sie anzustarren. Sie trug einen lockeren knielangen Rock und Schuhe mit Absätzen. Ein winziger Streifen Haut am Bauch blitzte hervor. Die kurze rosa Bluse kannte ich nicht. Durch den transparenten Stoff konnte man ihren BH und ihre fantastischen Kurven erkennen. Für ihre Verhältnisse war sie ungewöhnlich sexy angezogen. Etwa extra für meinen Geburtstag?

»Wo ist das andere Geburtstagskind?«

War ja klar, dass sie eigentlich wegen *ihm* hier war. Schlechte Laune und Eifersucht stiegen in mir auf. »Er hat sich mit Rylee verzogen und wird gerade zur Feier des Tages durchgevögelt«, sagte ich achselzuckend, weil ich wusste, wie sie das verletzte und wie unangenehm ihr solche Sätze waren. Sie zuckte zusammen, versuchte aber cool zu bleiben.

»Als bräuchten sie dafür einen Anlass«, warf Tanner ein. »Die zwei können doch keine Minute die Finger voneinander lassen.«

»Sie lieben sich eben. Da macht man so was«, brummelte Enis von seinem Platz am Herd aus. Die zwei stritten und versöhnten sich fast so oft wie Eve und ich. Der Unterschied war, Eve liebte neben mir noch einen anderen, Enis dagegen klammerte sich extrem an dem einen fest und zickte wegen jeder Kleinigkeit klischeetuntenhaft herum.

Tanner stieß einen Jammerton aus. »Bitte fang jetzt nicht davon an, Babe. Wir waren uns einig, dass wir heute nur Spaß haben wollen.«

Enis verdrehte die Augen und stülpte die Lippen über den Strohhalm in seinem leuchtend orangen Getränk.

Ich streckte einen Daumen hoch. »Spaß unterstütze ich zu hundert Prozent.«

Tanner ging zu seinem Lover zurück, nahm ihn in den Arm und flüsterte ihm irgendwas ins Ohr. Wie immer gab Tanner nach. Irgendwann würde ihn das ins Verderben stürzen. Wie mich. Ich hörte Enis brummen, dann gesellten sie sich wieder zu uns. Neugieriges Pack.

Eve zeigte auf meine Hände. »Willst du es nicht aufmachen?«

Ich sah hinunter. Ach ja, das Geschenk. Das hatte ich fast vergessen.

Ohne die Schleife oder die Klebestreifen zu lösen, fummelte ich das Papier ab und warf es auf die Arbeitsplatte. Ein Buch in der Größe einer Postkarte, selbst gebunden, mit zwei goldenen Schrauben zusammengehalten, kam zum Vorschein. Das Deckblatt bestand aus schwarzem, dickem Karton, auf den goldene Buchstaben geklebt waren.

»Ein Gutscheinheft?«

Sie nickte. »Hoffentlich gefällt es dir. Ich wollte nicht einfach irgendwas kaufen, sondern etwas schenken, das von Herzen kommt.«

Mit dem geschenklosen Arm packte ich ihre Hüfte und holte sie zu mir. Presste grob meinen Mund auf ihren. »Ich liebe es, danke, Geburtstagsbienchen«, murmelte ich an ihre Lippen.

Dann ließ ich sie wieder los, damit ich das Heft durchblättern konnte. Sämtliche Gutscheine waren per Hand in Schönschrift geschrieben und mit Zeichnungen oder Ornamenten verziert.

»Einmal Steak braten ohne Veganergerede«, stand auf einem. Dazu das aus einer Zeitschrift ausgeschnittene Bild eines Schnitzels. Kannte sie nicht einmal den Unterschied zwischen Steak und Schnitzel? »Eine Rückenmassage« war auf einen anderen geschrieben. Ich entdeckte »Begleitung zu einem Sportevent deiner Wahl«, Praktisches wie »dreimal Fahrrad aufpumpen«, »einmal Jimbos Knochen einzeln abstauben« oder »einen Tag bedienen lassen«, aber auch Unanständiges wie »ein Striptease«, »gemeinsam einen Porno schauen ohne Vortrag oder Diskussion über die Würde und Rolle der Frau« oder »Beim Sex nichts tun müssen«.

»Katzenwelpen streicheln«, las ich lachend vor.

»Na ja, weil du doch eure Shiva so vermisst, dachte ich, das macht dir vielleicht Freude. Ich muss nur noch im Tierheim anrufen und einen Termin vereinbaren.«

Ungläubig schüttelte ich den Kopf. »Du bist der Wahnsinn«, platzte es aus mir heraus. »Bedeutet das, dass du fertig überlegt und dich für mich entschieden hast? Sonst machen diese ganzen Gutscheine ja keinen Sinn.«

Sie senkte den Kopf. »Leider nicht.« Mist. »Das meiste davon ist ja unabhängig von einer Beziehung. Die restlichen Sachen sind quasi unter Vorbehalt.«

Das war nicht die Antwort, die ich mir erhofft hatte.

Noch einmal studierte ich die Gutscheine. Über und auf jeden einzelnen freute ich mich. Nur der, den ich mir am meisten wünschte, war nicht dabei. Dass sie voll und ganz mir gehörte.

»Darf ich einen gleich einlösen, bevor es vielleicht nicht mehr möglich ist?«, raunte ich in ihr Ohr. Gänsehaut bildete sich an ihrem Hals.

Ablenkung konnte nicht schaden, bevor ich mich noch weiter hineinsteigerte, ob und was das alles bedeutete, dass sie sich so viel Mühe gegeben hatte. Abgeschrieben hatte sie mich offensichtlich noch nicht.

Wie erwartet röteten sich ihre Wangen. »Es sind deine Gutscheine. Du kannst sie einlösen, wann immer du willst. Aber ich will dich nicht von deiner Party abhalten.«

»Du hältst mich von gar nichts ab. Das ist die beste Party meines Lebens. Weil du da bist und mir dieses großartige Gutscheinheft geschenkt hast. Und weil du heute so verflucht sexy bist.«

Sie strahlte.

Ich nahm ihre Hand und küsste sie kurz, aber heftig und vielsagend. Ihren weichen Lippen konnte ich einfach nicht widerstehen. »Nimm mich« stand in Leuchtbuchstaben darauf.

Ich riss den entsprechenden Zettel aus dem Heft und reichte ihn ihr. Wortlos las sie ihn, sah mich an, kaute auf ihrer Unterlippe. Ihre Augen ein dunkler Abgrund, in den sie mich immer mehr hineinzog. Sie schluckte, lehnte aber nicht ab.

Tanner lachte. »Steht da das drauf, was ich glaube? Ich will auch, Babe.« Er schnurrte wie eine Katze im Comic und rieb sich an Enis, der verwirrt von ihm zu uns sah und Tanner unbeholfen den Kopf tätschelte.

Eves Gesicht leuchtete noch röter.

Weil sie in meinem Zimmer nicht wieder Tristan und Rylee beim Sex hören sollte, brachte ich sie ins Gästezimmer im Dachboden. Allerdings machte ich einen kurzen Abstecher zu meinem Kondomvorrat.

Zwei Mädchen, ein unbekanntes und eins, mit dem ich vor Ewigkeiten mal etwas hatte, und ein Typ aus einem meiner Collegekurse waren gerade miteinander zugange. Die Mädchen waren noch vollständig angezogen, der Kerl trug nur noch seine Unterhose und Socken. Sein Ständer war unübersehbar.

»Raus hier«, blaffte ich.

»Selber«, knurrte er. Also lief ich zu ihnen und zerrte zuerst die protestierende Unbekannte, dann die andere aus dem Bett. Der Typ murmelte irgendetwas, fügte sich aber, krabbelte mit genervtem Gesichtsausdruck aus dem Bett und sammelte seine Klamotten ein.

»Mein Zimmer ist tabu. Kapiert?«

Alle drei nickten und verzogen sich ins Bad gegenüber.

Eve stand verlegen und mit gesenktem Kopf im Türrahmen. Ihr war mein Verhalten peinlich, aber kneifen wollte sie auch nicht. Weil sie mich liebte? Weil sie mich wollte? Weil sie ihre eigenen Gutscheine nicht verweigern konnte? Weil sie mich wieder einmal benutzte? Ich wurde aus ihr einfach nicht schlau. Sie bestand auf Abstand, schenkte mir aber dann solche Sachen.

Als endlich alle weg waren, trat ich zu ihr und nahm sie in die Arme. Seufzend kuschelte sie sich an mich und so verharrten wir ein paar Sekunden.

»Musst du den Gutschein nicht entwerten?« Ich hatte mir »Ein Quickie in einer Stellung deiner Wahl« ausgesucht.

Sie sah zu mir hoch und schüttelte den Kopf. »Erst danach.«

Ohne weiteres Zögern, ohne lästiges Nachdenken packte ich sie, hob sie hoch und platzierte sie auf meiner Hüfte. Mit Armen und Beinen klammerte sie sich an mir fest, ihr Busen drückte gegen meine Brust. So trug ich sie zum Tisch und setzte sie darauf. Mit einladend geöffneten Knien und Lippen sah sie mich an und für einen Moment sog ich einfach nur ihren Anblick in mich auf. Mittlerweile war ich stocknüchtern. Und bereit. Und geil.

Sie zog mich am Bund meiner Hose zu sich, fuhr mit den Händen an meiner Brust hoch, über mein Gesicht. Kurz verharrte sie auf meinen Wangen. Streichelte zart darüber. Dann vergrub sie ihre Finger in meinem Haar.

Als ich sie leicht in den Hals biss, schrie sie auf, ihr Griff wurde fester. Sie stöhnte und schloss mich zwischen ihren Schenkeln ein.

»So schön«, hauchte ich. Zielstrebig griff ich unter ihren Rock. »Kein Höschen? Sexbienchen, du überraschst mich mal wieder.«

Sie grinste ungewohnt verwegen, raffte den Stoff nach oben und bewies mir, dass ich recht hatte. Ungeduldig nestelte ich meinen Gürtel auf und schob meine Jeans inklusive Pants so weit herunter, bis ich meinen Ständer befreien konnte.

Die nächsten Minuten zeigte ich ihr, wie sehr ich sie liebte und begehrte, und bedankte mich auf meine Weise für das fantastischste Geschenk ever. Eigentlich wollten wir ja keinen Sex miteinander haben, solange Eve sich nicht entschieden hatte. Nur offensichtlich schafften wir beide es nicht, uns daran zu halten. Scheiß auf Regeln oder Vernunft. Machte ich schließlich sonst auch. Und unser letztes Mal war schon viel zu lange her.

Danach lag sie schlapp und nach Luft ringend auf dem Rücken, ich immer noch in ihr und über sie gebeugt. »Bester Geburtstag«, keuchte ich.

Mein Atem stockte. Aus Erschöpfung, vom Orgasmus und aus Liebe. Ich fiel und wusste, wie schmerzhaft ich aufprallen würde, wenn ich zuließ, dass sie mich weiter hinhielt.

Nachdem ich mich aus ihr zurückgezogen und das Kondom entfernt hatte, half ich ihr, sich aufzusetzen und die Klamotten und ihre Frisur zu richten. Sie wankte leicht beim Aufstehen und mir selbst war auch schwindlig. Aber nicht mehr wegen des Alkohols.

Mit zittrigen Fingern strich ich ihr die Haare aus der verschwitzten Stirn. »Bist du bereit für die Party?«

Sie nickte stumm, sah mich intensiv und mit seltsam nachdenklichem Blick an.

»Auch wenn alle sich denken können, was wir eben getrieben haben?«

Sie verzog die Lippen, stimmte jedoch wieder zu, wenn auch zögerlicher. Ich verstand sie einfach nicht. Keine Unterwäsche, aber verlegen, wenn andere vielleicht unseren Quickie mitbekamen? Wie passte das zusammen? Eve war unberechenbar. Und das verunsicherte mich und machte sie gleichzeitig so anziehend.

»Ich liebe dich. Vergiss das bitte nicht«, fügte ich leise hinzu.

Als müsste ich sie daran erinnern. Sie wusste ganz genau, was ich empfand. Sie hoffentlich bald für sich auch. Lange hielt ich diesen Zustand nicht mehr aus.

Diesmal reagierte sie gar nicht, brach aber den Augenkontakt nicht ab.

Als wir Hand in Hand unten auf der Party auftauchten, scherte sich keiner um uns. Mir waren dumme Sprüche ohnehin egal, aber Eve schien erleichtert. Verliebt und scharf aufeinander zu sein war nichts, wofür man sich schämen musste. Wir hatten ja nicht vor aller Augen auf der Couch gevögelt.

In der Zwischenzeit schienen noch mehr Menschen gekommen zu sein. Woher auch immer, denn Bescheid gesagt hatten wir nur wenigen. So war es oft in Minot. Gute Partys sprachen sich unfassbar schnell herum und plötzlich belagerten Hunderte dein Haus. Hoffentlich tauchten die Cops nicht auf.

Irgendwo im Gedränge entdeckte ich Parker und Gwen. Ihre Augen glänzten bereits verdächtig. Sie schienen nicht mehr ganz sicher auf den Beinen zu sein. Aber weil sie nicht an irgendeinem zwielichtigen Typen hingen und nicht wirkten, als würden sie im nächsten Moment tot umfallen oder kotzen, ließ ich ihnen ihren Spaß. Auch mein Bruder war wieder aus der Versenkung aufgetaucht und amüsierte sich. Rylee saß breitbeinig auf der Kommode, Tristan lehnte zwischen ihren Beinen, mit dem Rücken zu ihr. Sie hatten beide Bierflaschen in der Hand (etwa mit Alkohol?) und unterhielten sich mit Emily und Omar. Immer wieder lachten sie und stießen ihre Getränke aneinander. Carl stand daneben, starrte aber mit eindeutig angetörntem, leicht debilem Gesichtsausdruck seine Freundin Monica an, die aufreizend mit den Hüften wackelnd wie ein Go-go-Girl auf dem Tisch tanzte.

Ich quetschte mich mit Eve im Arm durch die Leute, um sie bei meinen Freunden zu parken.

»Ich hol uns schnell was zu trinken. Aus irgendeinem Grund habe ich wahnsinnigen Durst.« Ich grinste zweideutig und wackelte mit den Augenbrauen.

Auf meine Anspielung ging sie natürlich nicht ein. »Wasser bitte«, sagte sie stattdessen.

Hallo? Ich hatte Geburtstag, konnte sie nicht einmal mit mir anstoßen und feiern?

Sie wirkte insgesamt nicht glücklich, eher, als widerten sie die aufgedrehten, vorwiegend betrunkenen oder anderweitig berauschten Leute an. Ihr Pech. Wäre sie eben zu Hause geblieben.

In ein frisches Glas füllte ich irgendeinen Alkohol, der herumstand, und goss Orangensaft darauf, in ein zweites Mineralwasser. Der Rückweg dauerte ewig, weil ich ständig angerempelt, angesprochen oder angetanzt wurde. Aber ich wimmelte alle ab. So schnell wie möglich wollte ich wieder zu Eve. Weil ich schon wieder Sehnsucht hatte und weil ich sie von Tristan fernhalten wollte.

»Doniiii«, schrien Omar, Enis und Tanner im Chor, als ich endlich wieder auftauchte.

»Wir dachten schon, du bist verschollen«, ergänzte Omar.

Ich lachte. »Bermudadreieckparty im Joneshaus.«

Gackernd erwiderte er mein Lachen. »So ungefähr.«

Eve redete – wie konnte es auch anders sein – mit Tristan. Beide gestikulierten wild in der Luft herum und waren wahrscheinlich mit irgendeinem wahnsinnig wichtigen, die Welt rettenden oder hochintellektuellen Thema beschäftigt. Durch Telepathie und demonstratives Glotzen versuchte ich, meinen Bruder auf mich aufmerksam zu machen. Er sollte sie gefälligst in Ruhe lassen. Sonst machte sie sich wieder falsche Hoffnungen. Gott sei Dank funktionierte unser Zwillingsding, denn er blickte tatsächlich auf und in meine Richtung. Ohne Worte verstand er, nickte mir unauffällig zu und rückte von Eve ab.

»Oh Mann, hab ich Hunger«, erklärte er und rieb sich seinen Bauch. Nun übertreib mal nicht, Brudi. »Willst du auch was?«, fragte er seine Freundin.

Meine nicht.

Gut so.

Rylee schüttelte den Kopf und widmete sich dann wieder Emily und Omar. Doch Tristan packte sie, riss sie zu sich, sodass sie von der Kommode rutschte, und küsste sie filmreif. Sofort schlang sie die Arme um seinen Hals und drängte sich in einer Weise an ihn, die keinen Zweifel an ihrer Beziehung ließ.

Statt sich abzuwenden, beobachtete Eve das Schauspiel. Sie wirkte nachdenklich.

Ja, er wird dir nie gehören, Bienchen. Kapier das endlich.

Dann zog Tristan endlich ab und Rylee und Eve sahen ihm hinterher. Rylee grinsend, Eves Blick sehnsüchtig? Oder traurig?

Mit zwei großen Schlucken exte ich meinen Drink, stellte das Glas auf die Kommode und sah mich nach etwas Neuem um. Das alles hielt ich nur mit viel Alkohol aus. Sie hatte Tristan immer noch nicht abgehakt. Diese Erkenntnis war nüchtern einfach zu heftig.

Versuchte sie es wenigstens?

Ich wollte dieses doofe Gefühl in mir, das Loch, das Eve mit ihrem Verhalten immer tiefer grub, zuschütten. Mein Kopf wurde bereits angenehm dumpf. Die vertraute und willkommene Leichtigkeit vom Trinken setzte langsam wieder ein.

»Gib mir eine«, bat ich Carl und deutete auf die Kippenschachtel, die er sich wie ein alter Mann in die Brusttasche seines Pullunders gesteckt hatte. Wer trug denn heute noch Pullunder? Vor allem, wenn er jünger als achtzig war? Monica passte mit ihrem Cheerleaderaussehen und den falschen Titten so gar nicht zu ihm. Aber ich hatte kein Recht, über andere Paare zu urteilen. Ich liebte selbst jemanden, der aus einer völlig anderen Welt stammte und mich unter normalen Umständen nicht einmal angefasst hätte, wenn ich der letzte Mann auf Erden wäre.

Kommentarlos reichte Carl mir die Schachtel. Beim Herausziehen der Zigarette merkte ich, wie mies meine Feinmotorik mittlerweile war. Erst nach mehreren Anläufen, inklusive unkontrolliertem Schwanken und gelalltem Fluchen, schaffte ich es. Dafür traf ich bereits beim zweiten Versuch meinen Mund. Carl hielt mir Feuer hin und ich zog, bis die Spitze knisternd aufglühte.

»Seit wann rauchst du?« Eve hatte wieder diesen Oberlehrerton, der mich so nervte.

»Seit jetzt. Hast du ein Problem damit?«, blaffte ich und blies den Rauch in ihre Richtung. Sie zuckte zusammen und rümpfte angewidert die Nase, schüttelte aber den Kopf.

»Wenn es nicht zur Gewohnheit wird«, murmelte sie leise, aber ich hörte sie trotzdem. Und bekam auch mit, wie sie den Rauch wegwedelte und verhalten hustete.

»Gut, das geht dich nämlich einen Scheiß an. Und halt mir bitte keine Vorträge, wie ungesund Rauchen ist. Das weiß ich selbst. Ich studiere Medizin, schon vergessen?«

»Er raucht nur auf Partys ab und zu und wenn er betrunken ist«, mischte sich Tanner ungefragt ein.

Ich brauchte seine verdammte Hilfe nicht.

Jemand lief mit einem Sixpack Bier an uns vorbei. Mit dem Fuß hielt ich ihn auf, machte mit der Hand eine entsprechende Geste und er verstand und gab mir eine der Flaschen. Ich öffnete sie und setzte an. Legte den Kopf in den Nacken und schluckte gierig das viel zu warme Bier.

Die Kippe in der einen und das Bier in der anderen Hand hob ich meine Arme und schob mich ein paar Meter weiter zur Tanzfläche. Irgendjemand hatte die Couch und die Sessel an die Wand geschoben. Dort begann ich meinen Hintern zur Musik zu bewegen. Ich war mir voll bewusst, dass Eve mich beobachtete. Deswegen drehte ich richtig auf und ließ die Sau raus, eben so, wie ich es sonst auf Partys tat. Grölte, prostete anderen zu, lachte, johlte, hüpfte, schäkerte, grapschte, lallte dummes Zeug. Der echte Donovan in Action. Ich hatte keinen Bock mehr, mich für sie zu verstellen oder mich zurückzuhalten. Entweder wollte sie mich, wie ich war, oder eben nicht. Dass ich mit meiner Show heillos übertrieb und mich vollkommen lächerlich machte, indem ich mich wie ein besoffener Idiot aufführte, war mir egal. So egal wie ihr meine Gefühle.

Zwei Frauen wackelten aufreizend mit den Hüften vor meiner Nase herum. An ihre Namen konnte ich mich nicht erinnern, nur, dass ich beide schon gevögelt hatte, wenn auch nicht gleichzeitig. Ich trank das Bier aus, ließ die Flasche fallen und tänzelte zu ihnen. Lachend drückte ich meinen Körper an den Rücken der Blonden. Natürlich ging sie darauf ein und rieb ihren Po an meinem Schwanz, bog den Rücken durch und legte einen Arm um meinen Nacken, während ich sie mit meinem an mich presste. Wir tanzten eine Weile, was eher einer Runde Trockensex gleichkam, und ich drehte uns extra in Eves Richtung, um zu sehen, wie sie reagierte. Mit zusammengekniffenen Lippen fixierte sie uns, die

Finger um die Platte der Kommode gekrallt. Ohne meinen Blick von ihrem zu nehmen, senkte ich meinen Kopf und knabberte mich am Hals der Frau hinunter bis zu ihrem Schlüsselbein. Die schlängelte sich noch dichter an mich und stöhnte in einer Art, die mir noch vor Kurzem – vor Eve – einen Ständer beschert hätte. Jetzt löste sie in mir nichts aus außer dem Wunsch, dass Eve an ihrer Stelle wäre. Trotzdem zog ich meine Show weiter durch.

»Nimmst du mich mit in dein Zimmer?«, fragte sie.

»Heute nicht, Darling. Viel Spaß mit einem anderen«, antwortete ich und schob sie von mir. Zwar wirkte sie enttäuscht, wandte sich aber kurz darauf dem nächsten Typen zu.

Auf einmal überfiel mich wieder üble Laune. Das Spiel »Donovan dreht auf« war nicht annähernd so befriedigend und spaßig wie geplant. Deswegen lief ich in die Küche, schnappte mir die halb leere Flasche Rum und eine volle Flasche Cola und drängelte mich zurück zu Eve, Tanner und Enis. Der Rest war verschwunden. Cola und Rum parkte ich auf der Kommode.

Ich umarmte die beiden Männer und küsste sie nacheinander auf die Wangen. Tanners Bart kitzelte, weshalb ich gluckste und meine Lippen rieb. »Ich liebe euch, Jungs. Wisst ihr das? Ihr seid immer für mich da. Immer, immer, immer.« Bei jedem Immer wurde meine Stimme lauter und vermutlich auch jämmerlicher. »Und ihr seid so süß zusammen. So süß. Liebt nur euch. Du ihn und du ihn.« Ich wedelte zwischen den beiden hin und her und tippte auf ihre Brust.

Dramatisch seufzend legte ich meinen Kopf auf Tanners Schulter. Eve ignorierte ich.

»Wirst du jetzt auf einmal sentimental?«, fragte der lachend und drückte seinen Kopf kurz an meinen.

»Kann sein«, stieß ich mit viel Luft aus, bevor ich mich wieder aufrecht hinstellte. Eve betrachtete mich mit diesem besorgt-überheblichen Blick, den sie aufsetzte, wenn sie mir mal wieder demonstrieren wollte, wie erbärmlich ich war. Trotzdem winkte ich sie zu mir. »Komm her, sexy Bienchen.«

Zuerst zögerte sie, dann setzte sie sich in Bewegung. Bevor sie es sich anders überlegen konnte, fing ich sie ein und presste sie fest an mich.

Sie gab einen erstickten Laut von sich. »Ich krieg keine Luft«, keuchte sie.

Nur deswegen lockerte ich meine Umklammerung.

Ich hasste sie und ich liebte sie und das machte mich verrückt und war der Grund, warum ich mich so irrational verhielt. Okay, ich war auch sonst nicht besonders vernünftig, aber bei ihr drehte mein Gehirn völlig durch. Und mein Körper. Und mein Herz. Und überhaupt. Ich konnte nichts dafür.

»Du darfst mich nicht verlassen«, flehte ich und merkte selbst, wie bedürftig das klang.

So fühlte ich nun mal.

Sie antwortete nicht, stieß mich aber auch nicht weg.

Ein paar Augenblicke betrachtete ich sie einfach nur mit einem seltsamen Gefühl von Verlust in meiner Brust. Als hätte ich eine schlimme Vorahnung, dass sie sich gegen mich entscheiden würde. Ein richtiger Mann hätte diese Farce schon längst beendet. Aber der war im Laufe der letzten Monate verschollen und ich konnte ihn nicht wiederfinden.

Ich nahm Flaschen, schüttete die Hälfte der Cola in die Zimmerpalme und füllte mit Rum auf. Dann schraubte ich zu, schüttelte so vorsichtig, wie es momentan ging, und probierte. Perfekte Mischung. Kohlensäure und Colaschaum stiegen mir in die Nase und ließen mich husten. Mit dem Handrücken wischte ich mir den Sabber ab.

Ein weiterer Schluck folgte. Und noch einer, bis die halbe Flasche leer war.

Unvermittelt riss mir Eve mein Getränk aus der Hand. »Denkst du nicht, du hast genug für heute?«

Ich rülpste leise. »Nö, hab ich nicht.«

Sie verzog unzufrieden das Gesicht. »Musst du immer so übertreiben? Egal, ob Feiern oder Trinken oder Sex. Du findest einfach kein Maß. Du weißt nie, wann genug ist.«

Als Reaktion zuckte ich nur die Schultern. Genau deswegen hatte ich ein tolles Leben voller Spaß und Abenteuer und sie ein langweiliges Spießerdasein.

»Jetzt lass ihn doch mal. Er hat Geburtstag. Entspann dich, du bist nicht seine Mama«, half mir Tanner, obwohl ich für mich selbst sprechen konnte.

Ich grinste, griff mir wieder die Flasche und trank noch einen Schluck. Dabei sah ich sie über den Flaschenhals hinweg an.

»Nein, ich bin nicht seine Mama, ich hätte ihm nämlich viel früher beigebracht, wie man sich benimmt.«

»Oh, oh, gefährliches Terrain«, warnte Tanner kopfschüttelnd.

Als ich mich vorbeugte, stolperte ich versehentlich gegen Eve. Egal. Sie stemmte die Hände gegen meine Brust, aber ich wich nicht zurück. Unsere Nasen berührten sich. Ihr Gesicht verschwamm, sodass sie nur noch ein riesiges Zyklopenauge hatte.

»Meine echte Mom hat das aber nicht, weil sie es nämlich vorgezogen hat, ihre vier Kinder sitzen zu lassen. Wir haben das prima allein hingekriegt. Ich bin hervorragend erzogen.«

»Ja, alles klar! Dann schau mal genau hin, was aus dir geworden ist«, spie sie mir entgegen. »Du hast keine Ahnung, wie man sich erwachsen verhält. Du benimmst dich schlimmer als ein Kleinkind. Eins mit hochgradigem ADHS und ohne Grenzen. Von wegen gut erzogen. Du bist egoistisch und hedonistisch. Und du bist ein furchtbares Vorbild. Kein Wunder, dass Parker so viel trinkt und ständig abstürzt.«

Ich ruckte zurück, als hätte sie mich geschlagen. Plötzlich war mir kotzschlecht und ich musste ein Würgen unterdrücken. Die Flasche wog auf einmal eine Tonne. Das Atmen fiel mir schwer. Als sie registrierte, was ihr gerade herausgerutscht war, riss sie erschrocken die Augen auf.

»Tut mir leid, das wollte ich nicht sagen. Ich …«

Ich schluckte und ballte die Fäuste. »Sie trinkt nicht wegen mir, sie trinkt, weil sie sonst nicht mit ihrem verfickten Leben klarkommt! Und weil so selbstgerechte Pseudopsychologen wie du sie oder mich als Alkis und Drogensüchtige hinstellen und sie von oben herab behandeln, als wären sie nichts wert. Scheiß auf dein Helfersyndrom, das reicht nämlich nur, soweit es dir passt«, brüllte ich. »Komm selber erst mal mit deinem Leben klar, bevor du meins und das anderer verurteilst. Wir sind wenigstens nicht so verklemmt wie du. Und nicht so fies. Wir lügen niemandem Liebe vor. Ficken mit jemandem und denken dabei an einen anderen. Wir sind echt! Verkorkst, aber echt. Im Gegensatz zu dir. Du willst was Perfektes darstellen und innen drin bist du genauso kaputt wie wir. Nur gibst du es nicht zu. Weil du ja so gut bist. Alles für das Karma des Planeten und so. Ist sicher auch nicht gut für den Planeten, deinen verdammten Freund wie den letzten Dreck zu behandeln.« Vom Schreien landeten Spucketröpfchen auf ihrer Bluse. »Entscheid dich mal und halt mich nicht mehr hin. Ich halte das nicht mehr aus. Nicht so. Denkst du, mit mir kann man's machen?«

Ich fuchtelte zwischen uns hin und her. Leute drehten sich zu uns um und die Gespräche verstummten. Selbst die Musik war plötzlich aus. Wahrscheinlich, damit niemand das Spektakel verpasste. Die sollten sich alle verpissen. Ich hatte die Schnauze voll von Party heute. Und von Eve auch.

Sie stemmte die Hände in die Hüften und funkelte mich an. Noch riss sie sich zusammen, aber es war nicht zu übersehen, wie es in ihr brodelte. »Ich habe dir gesagt, ich brauche Zeit«, gab sie in gleicher Lautstärke zurück. »Du hast kein Recht, mich so anzubrüllen.«

Mit dem Finger stach ich in ihre Brust. »Oh doch, das habe ich, Moralapostelbienchen. Und wie ich das Recht dazu habe. Sei froh, dass ich mich bisher so gut unter Kontrolle hatte. Ich habe keine Ahnung, warum ich dich nicht schon längst abgeschossen habe.«

Sie schnaubte. »Du hast dich unter Kontrolle? Da lach ich ja.« Sie stieß ein lautes »Haha« aus. »Kontrolle nennst du das?«

Die Luft zwischen uns flimmerte, aber diesmal nicht wegen sexueller Spannung.

»Besser so, als so immer so wahnsinnig korrekt wie du! Zum Kotzen! Das ist so krank! Das einzige Mal, als du richtig aus dir rausgegangen bist, war beim Vögeln dem Grillabend.« In einem anderen Leben hätte ich nie so mit ihr gesprochen. Aber ich war besoffen, verletzt und wütend. Mein Verstand hatte sich verabschiedet. Scheißegal, dass alle zuhörten. »So bist du noch nie abgegangen. War das, weil Tristan es nebenan seiner Freundin so richtig besorgt hat? Häh? Sag die Wahrheit! Hat dich das so aufgegeilt?«

Ihre Lider waren zu Schlitzen zusammengepresst. Sie atmete pumpend, die Finger in den Saum ihrer Bluse gekrallt. »Du willst die Wahrheit?«, schrie sie. »Weißt du, warum ich sie verschwiegen habe? Weil ich dich liebe, du Arsch! Weil ich dich nicht noch mehr verletzen wollte. Denn ja! Tristans Gestöhne hat mich erregt. Jetzt weißt du's. Und du warst nun mal da. Also habe ich mich von dir vögeln lassen, weil der andere leider nicht verfügbar war. Bist du nun zufrieden?« Sie stemmte die Hände in die Hüften und funkelte mich an.

Ich presste die Kiefer aufeinander, kaum in der Lage, zu sprechen oder zu atmen. Hätte sie mit einer Axt meinen Kopf gespalten, hätte es nicht weniger geschmerzt.

Bevor ich komplett ausflippte, stürzte Tanner zu mir und redete leise auf mich ein. Vom Inhalt verstand ich null, weil ich nur Eve anstarren konnte, die Fäuste an meiner Seite verkrampft. Ich würde sie nicht schlagen. Nicht einmal schubsen, obwohl ich momentan nichts mehr wollte, als sie ebenfalls zu zerstören. Wieder hatte sie mich nur benutzt. Ich war ein verdammter Schwanz auf Beinen mit Tristanzwillingskörper daran.

Ich war selbst schuld. Der Plan, sie durch Tristans Liebesglück an mich zu binden, war dämlich gewesen. Was hatte ich mir nur dabei gedacht? Dass sie dann kapierte, dass sie nur mich liebte? Stattdessen hatte sie das Gestöhne scharf gemacht. Tristan und Rylee als perfekte Wichsvorlage. Mit mir als lebendem Dildo.

»Ich hätte es wissen müssen! Mit mir war der Sex nicht so ...« Ich fuchtelte mit dem freien Arm wild in der Luft herum. »Fuck! Scheiß auf dich, Eve!«

Tanners Griff um meinen Oberarm war zu fest, aber der körperliche Schmerz tat gut.

Eves Gesichtsfarbe wechselte ins Weiß. »Ich liebe dich, Donovan! Es tut mir so leid. Alles!«

»Pfft! Vergiss es! Ich habe die Schnauze voll! Von dir und allem und …«

Bevor ich weiterreden konnte, führte Tanner mich von Eve weg. Aus dem Augenwinkel nahm ich wahr, wie Enis sich um Eve kümmerte, nur dass er sie in die entgegengesetzte Richtung dirigierte.

»Triff in deinem Zustand keine Entscheidung, die du später bereust«, raunte Tanner, während er mich in mein Zimmer bugsierte. Er drückte mich aufs Bett und baute sich vor mir auf, damit ich nicht abhaute.

Plötzlich verließ mich alle Kraft und ich sackte in mich zusammen. »Ich will sie nicht verlieren. Trotz allem. Ich liebe sie.«

Tanner patschte auf mein Knie. So sentimental kannte er mich nicht. Und über Gefühle sprach ich sowieso nie. »Ich weiß.«

»Warum tut sie mir das an?« Gleich würde ich anfangen zu heulen.

Tanner setzte sich neben mich und seufzte. »Keine Ahnung. Nur sie schafft es, dass du dermaßen austickst. Das bist doch nicht du, Don.« Er stieß lang gezogen Luft aus. »Frauen sind einfach seltsam. Und Liebe ist echt scheiße.«

Mehr gab es dazu im Augenblick nicht zu sagen.

Eve

Enis brachte mich bis zu meiner Haustür.

»Kommst du klar?«

Nein, kam ich nicht.

Trotzdem nickte ich.

Unbeholfen tätschelte er mir den Oberarm, versuchte ein Lächeln und drehte sich dann herum und flüchtete zurück zur Party.

Weil meine Hände vor Wut und Enttäuschung so zitterten, brauchte ich mehrere Anläufe, um die Tür aufzusperren. Drinnen kickte ich meine Schuhe von den Füßen, sodass sie gegen die Wand prallten und über Kopf liegen blieben, der eine auf der schmalen Bank der Garderobe, der andere auf Gabis Glitzersandalen. Aber das war mir egal. Ich war viel zu aufgewühlt zum Aufräumen.

Der Kerl spann doch total! Schrie mich vor allen Leuten an und stellte mich hin, als wäre ich nicht ganz dicht. Beschämte und demütigte mich. Er war es doch, der sich aufführte wie ein Psychopath. Und ich hatte mir noch extra Zeit für sein Geschenk genommen. Mir Mühe gegeben, es schön und abwechslungsreich zu gestalten. Nach unserem Streit eben waren die Gutscheine bis auf Weiteres ungültig. Wahrscheinlich war ohnehin alles vorbei. Er hatte vermutlich auch keine Lust mehr auf mich. Momentan blinkte ein klares Nein zu Donovan vor meinen Augen. In Leuchtbuchstaben mit Hupwarnton.

Ich hasste es, was Donovan aus mir machte. Nämlich eine ständig nörgelnde Zicke. Hasste, was die Gefühle aus mir machten. Dass ich ihn nicht einfach so verlassen konnte, obwohl wir ständig stritten und uns gegenseitig verletzten. Selbst nach der Szene von vorhin. Hatte ich überreagiert? War ich wirklich so eine Spaßbremse, wie er mir vorwarf?

Warum schafften es Donovan und ich nicht, uns einfach nur lieb zu haben? Warum ließ ich ihn nicht, wie er war? Bei allen anderen Menschen konnte ich das doch auch. Warum bei ihm nicht? Warum wollte ich ihn verändern? Damit er so wurde wie Tristan? Das würde niemals passieren. Genauso wenig, wie ich plötzlich anfangen würde, Fleisch zu essen und/oder den Plastikwahn zu unterstützen. Wir passten schlichtweg nicht zusammen und sollten es endlich akzeptieren. Egal, wie stark die sexuelle Anziehung zwischen uns war. Gegensätze zogen sich nicht an. Sie brachten nur Stress und Leid.

Natürlich wusste ich, dass ich ihm nicht hätte vorwerfen dürfen, wie sehr mich Tristans Sexgeräusche angetörnt hatten. Denn es war ja nur ein Teil der Wahrheit. Dass Donovan mich ebenso erregt hatte, hatte ich im Streit aus Trotz und Wut verschwiegen. Hoffentlich war nicht alles zu spät. Hoffentlich hatte ich damit nicht alles zerstört. Aber zumindest müsste ich mich dann nicht mehr entscheiden.

Und natürlich wusste ich auch, dass ich Donovan bezüglich seiner Schwester unrecht tat. Und dass ich mich in Sachen einmischte, die mich nichts angingen. Donovan war nicht schuld an Parkers Abstürzen. Er gab wie alle anderen seiner Familie sein Bestes, sie auf einen guten Weg zu führen, und beschützte sie. Donovan war einer der Guten, auch wenn das nicht auf den ersten Blick erkennbar war.

Trotzdem. Die Party war ein Fehler gewesen.

Donovan war ein Fehler. Oder nicht?

Mit dem Fuß stieß ich die immer noch offen stehende Tür heftig zu. Es schepperte und der Blumenkranz an der Innenseite fiel herunter. Seufzend hob ich ihn auf und hängte ihn wieder an seinen Haken. Auch meine Schuhe stellte ich nun doch ordentlich nebeneinander.

»Schatz, bist du das?«, hörte ich Moms Stimme.

Ich schluckte und riss mich für einen Moment zusammen. »Ja, ich bin's, Mom. Tut mir leid, die Tür ist mir zugefallen«, rief ich zurück. Ich straffte mich, holte tief Luft, pflasterte mir ein Lächeln ins Gesicht und lief ins Wohnzimmer, wo ich Mom vermutete.

Sie saß mit George auf dem Sofa, ihre Beine auf seinem Schoß abgelegt, während er ihre nackten Füße massierte. Wie so oft trug er noch seine Arztklamotten, eine weiße Hose und ein weißes Hemd, was mich immer ein wenig verstörte, allein schon aus hygienischen Gründen, Mom aber nichts auszumachen schien. Nach einem langen Arbeitstag war er oft zu faul, sich umzuziehen.

Im Fernsehen lief eine Quizshow, die aber niemand beachtete.

Wie erwartet durchschaute Mom sofort mein falsches Lächeln und runzelte die Stirn, gepaart mit ihrem fragenden Mom-Ausdruck.

»Ist alles in Ordnung, Schatz?« George hörte mit Massieren auf und musterte mich ebenfalls. Weil Leugnen ohnehin nichts nützte, schüttelte ich den Kopf. »Hattet du und Donovan wieder Streit?«

Meine Augen brannten und das lag nicht an dem Zigarettenrauch auf der Party. Erste Tränen sammelten sich in meinen Augenwinkeln. Mom nahm ihre Beine von George, setzte sich aufrecht hin und streckte einladend den Arm aus. Ich schlüpfte neben ihr aufs Polster und kuschelte mich wie früher an ihre Schulter. Ihr vertrauter Duft nach Kuchen und Seife und Babycreme und Mom umarmte mich.

Schniefend zog ich die Nase hoch und ließ meinen Tränen freien Lauf. Plötzlich tat ich mir unheimlich leid. Das war alles nur passiert, weil wir nicht mehr in Chicago wohnten. Ich wünschte, ich wäre dortgeblieben. In Minot war alles doof. Einer ganz besonders. Aber nicht nur Donovan. Es gab keine nennenswerte Kulturszene, keine interessanten Museen, keine Gleichgesinnten in Sachen nachhaltigem Lebensstil, keine sinnstiftenden Jobs. Niemanden, mit dem ich über Oberflächlichkeiten hinauskam. Das einzig Gute hier war neben meiner Familie Tristan. Und der war Teil des Problems.

»Ich will nach Hause, Mom«, platzte ich heraus und schluchzte.

»Du bist zu Hause, Schatz«, sagte Mom sanft. »Ich bin immer für dich da. Egal, was passiert.« Sie streichelte meine Haare.

»Richtig nach Hause, meine ich.« Ich seufzte und hob meinen Kopf von ihrer Schulter. »Nach Chicago.«

Wie so oft legte sie die Hände auf ihren Bauch und rieb darüber. Brianna hatte noch keine Probleme mit Männern. Was für ein Glück.

»Aber wieso denn?«, fragte Mom. Erschrocken und besorgt sah sie mich an. »Bist du hier nicht glücklich?«

Wenn ich genau darüber nachdachte, fiel mir nicht einmal ein, wann ich das letzte Mal glücklich gewesen war. Richtig glücklich. Im Herzen. Nicht, weil Glückshormone, ausgelöst von einem Orgasmus, meinen Körper fluteten. Das waren chemische Reaktionen. Nicht echt. Ich wollte es fühlen. Aber dazu musste ich weg. Ich brauchte Abstand. Noch mehr als bisher. Von allem. Den Zwillingen, dieser Stadt, den Streits, meinen Sehnsüchten, meinen verwirrenden Gefühlen. Um mich wiederzufinden und mir klar zu werden, wie es weiterging.

George, der mittlerweile den Fernseher auf Stumm geschaltet hatte, sah mich ebenfalls an. »Donovan kann ein richtiger Idiot sein. Ich kenne ihn schon sein ganzes Leben. Aber er ist nicht verkehrt. So wie er dich ansieht, habe ich ihn noch nie erlebt.«

Nicht das schon wieder. Das mochte ja alles sein. Änderte aber nichts an der Tatsache, dass wir realistisch gesehen keine Zukunft hatten.

»Das mit uns beiden funktioniert einfach nicht. Und wird es nie.«

»Er weiß nur oft nicht, wie er sich verhalten soll«, erklärte George ungefragt.

Blödsinn. Donovan war doch kein willenloses Etwas. Heute hatte er mich ganz bewusst verletzt. Das war schwer verzeihlich. Egal, ob ich mich selbst danebenbenommen hatte oder nicht.

Allerdings hatte ich mich nicht nur danebenbenommen, sondern ihn ebenfalls bewusst verletzt. Ich war nicht besser als er.

»Wo willst du denn hin? Das Haus ist schon verkauft«, gab Mom zu bedenken.

Ich zuckte die Schultern. Das war nicht wichtig. Hauptsache, weg von hier. Zurück an den Ort, an dem ich irgendwann mal glücklich gewesen war. Zumindest zeitweise. Vor meinem blöden Ex.

»Und für wie lange? Für immer?« Zwar bemühte sie sich, ruhig zu bleiben und ihre Panik nicht zu zeigen, aber natürlich blieb mir ihre Sorge, dass ich sie verlassen könnte, nicht verborgen.

»Nein, nicht für immer, Mom.« Sie stieß erleichtert Luft aus. »Ich muss nur über ein paar Dinge nachdenken. Und das geht hier nicht.«

»Über Donovan?«

Ich nickte. »Auch. Aber auch über anderes.« Zum Beispiel, wie ich endlich meine Besessenheit von Tristan überwinden konnte. Oder ob ich mein Leben weiter in Minot verbringen wollte. Wo ich stattdessen wohnen wollte. Ob ich bereit war, ohne meine Familie zu leben.

»Soll ich Gina anrufen, ob du ein paar Tage bei ihr bleiben kannst?«

Gina war Moms Freundin.

»Nein, ich muss allein sein.« Sie nickte verständnisvoll. »Ich werde mir von meinem Ersparten ein Motelzimmer nehmen.«

»Okay«, sagte sie langsam. Begeistert war sie nicht, das merkte ich ihr deutlich an. Aber wie immer ließ sie mich selbst entscheiden und vertraute mir. »Wann willst du aufbrechen?«

»So schnell wie möglich. Am liebsten morgen. Ich buche gleich den nächsten Flug.«

»Ich fahre dich zum Flughafen nach Bismarck«, bot George an.

»Danke«, antwortete ich leise und beide lächelten mich liebevoll an.

Meine kleine Schwester würde in eine wunderbare Familie hineingeboren werden.

Mom nahm meine Hand und streichelte zärtlich darüber. »Wie lange wirst du bleiben?«

»Ein paar Tage? Zwei Wochen?« Woher sollte ich wissen, wie lange ich zum Nachdenken brauchte?

»Und das College?« Moms Einwand war berechtigt.

»Ich kann das leicht aufholen, Mom. Der Stoff ist nicht schwer. Die Inhalte kann ich mir auch in Chicago runterladen und sogar Hausaufgaben machen. Ich nehme meinen Laptop mit.«

»Ich schreibe dich für zwei Wochen krank«, bestimmte George. »Dann wird es keine Probleme geben und du kannst dich komplett auf dein ...« Er stockte, als überlegte er, wie er es ausdrücken sollte. »Dein Selbstfindungsexil konzentrieren.« Die Bezeichnung passte tatsächlich gut.

»Ich liebe euch«, flüsterte ich.

»Und wir dich«, antworteten sie gleichzeitig, weshalb ich gleich wieder zu heulen anfing.

Mom hielt mich die ganze Zeit, gefühlte Stunden, bis meine Augen brannten und ich keine Tränen mehr übrig hatte. George unterstützte mich stumm, indem er meine Hand hielt. Ich erzählte den beiden alles, auch wie schäbig ich mich in dieser ganzen Sache benommen hatte und wie ich mich dafür verabscheute. Und für mein Zicken-Ich. Statt mir Ratschläge zu erteilen, die ohnehin nichts bringen würden, oder mich zu verurteilen, hörten sie mir nur zu und waren für mich da. Die Entscheidung und den Weg zurück in mein Leben musste ich allein finden.

Bevor ich müde in Körper und Seele ins Bett ging, schrieb ich Donovan noch eine Nachricht. Er hatte das Recht, von mir zu hören, dass ich für eine Weile flüchtete. Er würde es ja ohnehin erfahren.

> Ich: *Ich werde für eine Weile nach Chicago fahren.*
> *Nachdenken.*

Auf unseren Ausbruch auf der Party ging ich nicht ein.

Er antwortete nicht, aber ehrlich gesagt hatte ich das auch nicht erwartet.

Eve

Zehn Tage war ich mittlerweile in Chicago. Ich hatte mich in einem kleinen Hotel in einem ruhigen Viertel eingemietet. Das Hotel war alt, aber gemütlich und gut gepflegt. Es gab auf meinem Zimmer sogar eine Kochplatte, auf der ich mir etwas zu essen warm machen konnte. Von dort aus unternahm ich alles, was ich in den letzten Monaten vermisst hatte. Ging ins Museum, zu einer Lesung, in die Bibliothek, ins Theater, besuchte meine alte Arbeitsstelle, stürzte mich in den Trubel der Großstadt, aß jeden Tag in einem anderen veganen Restaurant.

Doch nichts davon machte mir Freude.

All das, dieses Hotel, Chicago, meine gefüllten Tage erschienen mir nicht real. Es fühlte sich falsch an. Ich kam mir vor, als würde ich ein fremdes Leben führen. Eins, das nicht meins war. Nicht mehr.

Alles war laut und grell und voll und wirkte aufgesetzt. Nicht lebendig, sondern anstrengend. Hektisch. Geradezu ruhelos. Minot dagegen war authentisch. Die Leute ehrlich und freundlich. Neugierig und geschwätzig, aber vor allem auch offen und herzlich.

Nach dem Essen zog ich mich in mein Bett in meinem Hotelzimmer zurück, ließ mich vom Fernseher berieseln und versuchte, mir über mich und meine Gefühle klar zu werden.

Was schwerer war als gehofft.

Ich sehnte mich tatsächlich nach Minot zurück. Irgendwann in den letzten Monaten hatte ich mich nicht nur in die Twins, sondern auch in Minot verliebt, ohne dass mir das bewusst gewesen war. Mal vermisste ich den einen mehr, mal den anderen. Die Gespräche mit Tristan, den

Sex mit Donovan. Tristans Tiefe und Ernsthaftigkeit, Donovans ansteckende Lebensfreude. Tristans Ruhe, Donovans Lebhaftigkeit. Tristans Zielstrebigkeit, Donovans Chaos.

Trotzdem blieb ich.

Ich würde erst wieder nach Hause fahren, wenn ich mir meiner Gefühle sicher war.

Erstaunlicherweise respektierte sogar Donovan, dass ich keinen Kontakt wollte. Ob das ein gutes oder ein schlechtes Zeichen war, konnte ich nicht einschätzen. War es aus zwischen uns? Offiziell waren wir noch zusammen. Aber Donovan scherte sich nie um offizielle Regeln. Ich wusste gar nichts mehr. Statt in mir selbst wieder anzukommen, irrte ich hier noch mehr herum als in Minot. Nicht einmal bei Mom oder Karla meldete ich mich. Da musste und wollte ich allein durch.

Doch je länger ich blieb, desto mehr veränderte sich kaum merklich etwas in mir. Während Tristan immer mehr verblasste, breitete sich Donovan in den nun frei gewordenen Leerstellen meines Körpers, meines Herzens und meiner Seele aus. Belagerte meine Gedanken und schürte meine Sehnsucht.

Er fehlte mir. Jeden Tag mehr. So sehr, dass ich es manchmal nicht aushielt. Wenn ich allein in dem viel zu großen und kalten Hotelbett lag, spürte ich schmerzhaft die Abwesenheit seines warmen, festen Körpers an meinem. Wenn ich etwas Lustiges erlebte, hörte ich ihn lachen. Wenn ich einen Falafel aß, hörte ich seine Sticheleien und dass die sicher lecker waren, wenn man sie mit einem Steak umwickelte. Sogar sein ewiges Herumzappeln vermisste ich.

Doch ganz verschwand Tristan nicht. Noch war ich mir nicht sicher, ob ich das überhaupt wollte.

Am fünfzehnten Tag meines Exils schreckte ich aus dem Schlaf hoch. Im ersten Moment wusste ich nicht, was mich geweckt hatte. Dann registrierte ich, dass das Telefon auf meinem Nachttisch klingelte.

Erstaunt, wer mich statt übers Handy hierüber anrief, hob ich ab.

»Guten Morgen, Miss Eve.« Der alte Herr an der Rezeption benutzte grundsätzlich nie meinen Nachnamen. »Hier ist ein junger Mann, der Sie besuchen will. Ein Tristan Jones. Darf ich ihm Ihre Zimmernummer sagen?«

Mein Herz stolperte. Was machte Tristan hier?

»Ja, natürlich. Schicken Sie ihn hoch.«

Plötzlich hellwach sprang ich aus dem Bett, rannte in das winzige Bad, schaufelte mir kaltes Wasser ins Gesicht und putzte notdürftig die Zähne. Dann schlüpfte ich in die Jeans vom Vortag. Fürs Duschen blieb keine Zeit. Ich konnte mir gerade noch mit den Fingern die Haare kämmen, da klopfte es auch schon und ich spurtete zur Tür. Bevor ich sie aufriss, atmete ich ein paarmal tief ein und aus, um mich ein wenig zu beruhigen.

Es klopfte erneut. Ich schloss kurz die Augen, wappnete mich und öffnete.

Tristan lehnte mit gesenktem Kopf im Türrahmen, die Füße verschränkt, die Hände in den Hosentaschen. Als er mich bemerkte, hob er sein Kinn und lächelte das umwerfendste Lächeln der Welt, das ihn und Donovan verband.

»Hi, was machst du denn hier?«, stammelte ich. Mein Herz raste und Hitze schoss mir in die Wangen und andere Körperteile. Er sah so fantastisch aus in seiner schwarzen Stoffhose und dem Hemd im gleichen Blau wie seine Augen. Wie immer waren seine Haare ordentlich nach hinten gekämmt und er war sauber rasiert. Ich mochte seinen gepflegten Stil, der so ganz anders war als Donovans, bei dem es öfters mal vorkam, dass sein Bart ein paar Tage vor sich hin wucherte, und dessen Frisur – wenn man sie so nennen konnte – immer wirkte, als wäre er gerade aufgestanden. Allerdings gefiel mir das nicht weniger. Es war eben anders. Tristan strahlte Kultiviertheit und Zurückhaltung aus, Donovan Wildheit, Sex und Leben.

»Ich wollte dich sehen. Ich vermisse dich«, sagte Tristan leise.

Er vermisste mich? Wirklich?

»Darf ich reinkommen?«

Ich trat einen Schritt zurück und stellte mich seitlich. Obwohl er mich nicht berührte, spürte ich seine Wärme, als er an mir vorbeischlüpfte. Tristan roch immer so gut. Nach unaufdringlichem Aftershave und frisch gewaschener Wäsche. Weniger dominant als Donovan. Warum war der nicht gekommen? Er vermisste mich offensichtlich nicht, was mich enttäuschte und traurig machte. Aber wenigstens wusste ich jetzt, woran ich war. Trotzdem blieb die Frage, warum Tristan hier unangemeldet auftauchte. Oder hatte Donovan ihn hergeschickt, um mich zurückzuholen? Warum tat er es nicht selbst? Aber dann hätte Tristan unser Gespräch nicht damit begonnen, wie sehr er mich vermisste.

Warum schafften es die beiden immer, mich zu verwirren?

Blöde Zwillinge!

»Wie hast du mich überhaupt gefunden? Niemand weiß, wo ich abgestiegen bin.«

Er zuckte die Schultern. »Ich habe die Hotels und Motels in Chicago durchtelefoniert. Und beim siebenundzwanzigsten hatte ich Glück.«

Von Datenschutz hielten sie hier offenbar nichts. Doch diesmal war ich froh darüber. Mein Herz raste vor Freude. So viel Aufwand hätte Donovan nie betrieben, was mir unwillkürlich einen Stich versetzte.

»Weiß Donovan, dass du hier bist? Oder Rylee?«

Er schüttelte langsam den Kopf. »Donovan weiß von nichts. Er denkt, ich bin mit der Academy unterwegs. Rylee weiß auch nichts.« Er schluckte und sah mich für einen Moment intensiv an. Musterte mich nachdenklich. »Ich habe mit ihr Schluss gemacht«, platzte er dann unvermittelt heraus.

»Was?«, schrie ich aus Versehen. »Warum?«

Für einen langen, quälenden Moment musterte er mich wieder. »Wegen dir«, flüsterte er schließlich.

Plötzlich musste ich wie eine Irre loslachen. Sollte ich darüber nicht glücklich sein? Vor Freude ausflippen? Schließlich ging damit mein sehnlichster Wunsch in Erfüllung. Stattdessen fühlte ich ... nichts. »Wegen mir? Ich dachte, du liebst Rylee?«

Rückwärts taumelte ich zum Bett und ließ mich darauf sinken, völlig überfordert von der Situation. Weil er hier war, bevor ich zu Ende gedacht hatte, und weil ich nicht das fühlte, was ich erwartet hatte.

Wie unter Schmerzen verzog er die Lippen. »Das tat ich auch. Tue ich noch immer.« Er kam einen Meter näher, blieb aber mit hängenden Armen stehen. »Aber dich liebe ich mehr. Das ist mir erst klar geworden, als du weg warst.«

Er kniete sich vor mir auf den Boden, legte seine Hände auf meine Schenkel und blickte zu mir hoch. Tatsächlich meinte ich, Liebe in seinen Augen zu lesen. Konnte das sein?

»Und was ist mit Donovan? Ich dachte, ihr lebt nach dem Motto *Bruder vor Luder*?«

Warum war mir das wichtig? Tristan gestand mir endlich seine Liebe und mir wurde auf dem sprichwörtlichen Silbertablett das serviert, was ich mir von Anfang an wünschte.

Trotzdem stellte sich kein Glücksgefühl ein.

Wahrscheinlich der Schock.

Oder?

Stattdessen dachte ich an Donovan. Wie er sich fühlen musste, wenn ihm sein Bruder die Freundin wegnahm. Wie mein Körper und mein Herz jedes Mal reagierten, wenn Donovan mir seine Liebe gestand.

»Er wird es verstehen müssen. Aber ich konnte nicht länger gegen meine Gefühle ankämpfen.« Er versuchte sich an einem Lächeln, scheiterte aber. »Ich liebe dich, Eve. So sehr, dass ich nicht schlafen kann.« Beim genaueren Hinsehen entdeckte ich wirklich tiefe Ringe unter seinen Augen. »So sehr, dass ich nicht mehr weiß, wie ich weiterleben soll. Ich weiß, dass Donovan verrückt nach dir ist. Aber ich kann nichts für meine Gefühle. So wie du nichts gegen deine kannst.«

»Warum das alles?«, fragte ich fassungslos.

Ich sollte mich freuen, nicht zweifeln. Aber es fühlte sich nicht richtig an. Nicht nur wegen Donovan. Ich konnte es nicht beschreiben, wusste nur, dass mein Bauch und mein Herz und mein Verstand gegeneinander kämpften. Noch vor wenigen Tagen hatte ich mir vorgestellt, wie es wäre, wenn genau so eine Situation eintreten würde. Wenn Tristan feststellen würde, dass er mich liebt, und wir zusammen glücklich werden könnten. Dass ich damit auch unweigerlich Donovan verlieren würde, hatte ich offenbar verdrängt. Ich konnte nicht beide haben. Hatte immer Tristan gewollt. Und jetzt?

Mit flehendem, ebenso verwirrtem Gesichtsausdruck kniete er vor mir. Doch die Vorstellung, Donovan tatsächlich zu verlassen, schnürte mir die Kehle zu. Als Tristan noch unerreichbar gewesen war, war alles einfacher erschienen.

Tristan verzog die Lippen und hob eine Schulter. »Kannst du immer rational erklären, warum du dich in jemanden verliebst?«

Bisher war ich davon überzeugt gewesen, dass ich es konnte. Jetzt auf einmal nicht mehr.

Sonst hätte mich jetzt nicht eine Erkenntnis wie ein Güterzug überrollt. Ich liebte Donovan. Aus tiefstem Herzen und mit allem, was ich geben konnte und mich ausmachte. Und was *ihn* ausmachte. Bis eben hatte ich das nicht gewusst. Jetzt war ich mir sicherer als über jemals etwas zuvor.

Ich antwortete nicht. Überfordert von meinen Gefühlen.

Die Situation war so absurd.

Ich begehrte Tristan nicht mehr. Das verwirrte mich.

»Warum sagst du nichts?«, fragte er berechtigterweise. Seine Finger ballten sich zur Faust, aber nicht aus Wut, sondern vor Anspannung.

»Ich muss das erst sacken lassen.«

Er stemmte sich hoch und setzte sich neben mich aufs Bett, ließ aber Abstand zwischen uns. Den ich dringend brauchte. In mir wirbelte alles durcheinander.

Zentimeterweise beugte er sich vor, leckte sich die Lippen.

»Eve«, raunte er.

Bevor ich weiter darüber nachdenken konnte, ob ich dazu bereit war, lag sein Mund auf meinem. Sein Kuss war süß und zart und automatisch erwiderte ich ihn. Ansonsten berührten wir uns nicht. Er stöhnte leise. Erst als seine Zunge zwischen meine Lippen glitt, schob ich ihn von mir und wich zurück. Das hier fühlte sich falsch an.

»Ich kann nicht«, stammelte ich.

Er sah mich fragend an. Blinzelte. Seine Mundwinkel zuckten nach unten, aber er bemühte sich um einen neutralen Gesichtsausdruck. Gab mir Zeit, mich zu erklären.

»Weil ich Donovan liebe.«

Bevor ich es ausgesprochen hatte, hatte sich die Wahrheit zwar theoretisch in meinem Gehirn verankert, war aber noch nicht in meinem Herzen angekommen. Aber so war es. Ich liebte ihn. Donovan. Nicht Tristan.

Tristan zu küssen war, wie einen Bruder zu küssen. Nicht das Feuerwerk, das Donovan in mir auslöste. In dem Moment sehnte ich mich so unvorstellbar nach Donovan, dass es mir die Luft abschnürte. Mein Bauch rebellierte und mein Herz zog sich schmerzhaft zusammen.

»Ich dachte, du fühlst das Gleiche«, meinte Tristan fest, die Stimme ungewohnt kalt und emotionslos.

»So war es auch«, gab ich zu. »Aber ...« Wie eine heiße Welle rauschte die Wahrheit durch meine Adern. »Ich liebe Donovan«, wiederholte ich, selbst überrascht. Es mir endlich einzugestehen, fühlte sich richtiger an als alles, was ich jemals gefühlt hatte. Abgesehen von den gigantischen Orgasmen, die Donovan mir geschenkt hatte.

Ich liebte Donovan.

Ich liebte Donovan.

Ich liebte Donovan.

Und ich wollte ihn.

Sonst niemanden.

»Es tut mir leid«, sagte ich. »Du hast wegen mir Rylee verlassen und ich weise dich ab.«

Seine Augen glänzten. Fing er etwa an zu weinen?

Ihn zu verletzen war schwer. Aber es musste sein. Für Donovan. Und im Grunde auch für Tristan. Ich konnte doch nicht mit ihm etwas anfangen, nur damit ein ehemals dringender, aber nun nicht mehr relevanter Wunsch in Erfüllung ging. Oder damit seine Trennung nicht umsonst gewesen war. Den gleichen Fehler würde ich nicht noch einmal machen. Hatte ich Tristan eigentlich jemals geliebt? Oder nur die Vorstellung von ihm? Die Fantasie, wie es hätte sein können?

»Es tut mir leid, Tristan«, wiederholte ich und meinte es ehrlich.

Ein Grinsen breitete sich auf Tristans Gesicht aus. Was war denn jetzt los? Schnappte er gerade über?

»Mir tut es nicht leid.« Unendlich zärtlich strich er mir eine Strähne hinters Ohr und verweilte mit seiner Hand auf meiner Wange. Jetzt war ich vollkommen verwirrt. »Ich bin nämlich nicht Tristan.«

Im nächsten Augenblick lehnte er sich zurück, lüpfte sein Hemd und schob den Hosenbund ein Stück herunter. Keine Narbe. Also nicht Tristan.

»Was?«, rief ich fassungslos. Mit voller Wucht stieß ich ihn gegen die Brust. Er schwankte, fiel hintenüber und stützte sich auf die Unterarme. Unverschämt grinsend sah er zu mir hoch. »Du hast mich verarscht? Du hast dich als dein Bruder ausgegeben? Was bist du für ein Idiot!« Ich stieß mich hoch und rannte vom Bett weg zum Fenster. Schlang meine Arme um mich und wiegte mich hin und her. »Das ist das Mieseste, was du jemals veranstaltet hast.«

Er setzte sich wieder auf, fuhr sich durch die Haare, verwuschelte sie und verwandelte sich dadurch zurück in Donovan. »Es hat funktioniert, oder? Ich wollte, dass du dir über deine Gefühle klar wirst. Und das bist du. Oder täusche ich mich?«

»Du bist unglaublich!«, spuckte ich ihm entgegen.

Er lachte und benetzte sich die Lippen. Damit konnte er mich momentan nicht beeindrucken. »Ich weiß. Ein Grund, warum du mich liebst. Ich liebe dich übrigens auch. Aber das weißt du ja schon. Daran hat sich auch nichts geändert.«

Er sprang aus dem Bett und näherte sich mir langsam.

»Ich fass es nicht.«

»Was? Dass du erkannt hast, dass du mich willst statt ihn? Oder dass du auf meine lächerliche Verkleidung reingefallen bist? Das verletzt mich fast ein bisschen.« Er zwinkerte.

Ich war sauer. Aber nicht so sehr, wie ich gern sein wollte. Stattdessen erzeugte sein Verhalten ein warmes, wohliges Flattern in mir. Obwohl ich ihm so viel an den Kopf werfen wollte, war ich in erster Linie erleichtert. Dass er hier war. Dass ich nicht die Hauptrolle in einem fremden Beziehungsdrama spielte. Dass er mich liebte. Dass ich endlich zu einhundert Prozent wusste, dass ich ihn auch liebte. Aber so einfach konnte ich ihm das nicht durchgehen lassen. Schließlich waren wir Donovan und Eve.

»Was hättest du gemacht, wenn ich mich für Tristan entschieden hätte?«

Sein Blick wurde weich. »Dann hätte ich dich schweren Herzens endgültig freigegeben. Ich hätte ohnehin nichts daran ändern können. Mit dieser Aktion wollte ich eine Entscheidung provozieren. Und ich hätte sie akzeptiert, egal wie sie ausgefallen wäre.«

Das war schön und traurig zugleich und ich liebte ihn dafür nur noch umso mehr. Ohne darüber nachzudenken, warf ich mich in seine Arme. Er umfing mich mit seinen starken Armen, seiner Wärme, seinem Duft, seinem Wesen. Ich steckte meine Nase in seine Halskuhle und sog seine Liebe in mich ein.

»Bienchen«, raunte er. Seine Finger lagen auf meinem Rücken, pressten mich an ihn, brannten wie Feuer durch mein Shirt auf meiner Haut. Auf gute Art. Wie eine Behandlung für verkrampfte Muskeln, die sich durch Hitze endlich entspannten.

Ich liebte ihn.

Der Gedanke fühlte sich kein bisschen komisch an.

Trotzdem machte ich mich so weit los, dass ich ihm in die Augen sehen konnte. »Hast du Tristan von deinem hinterhältigen Plan erzählt?«

Sein Lachen ließ alles in mir vibrieren. »Klar habe ich das. Er hat alles mitbekommen. Auch deine Schwärmerei für ihn.« Seine Augen leuchteten. »Jetzt bin ich ja die Nummer eins. Hat ganz schön lange gedauert, bis du es kapiert hast, dass ich viel besser und sexyer bin als mein Brudi.«

Ich schüttelte den Kopf. »Diese Selbstgefälligkeit liebe ich nicht. Und werde ich garantiert nie lieben.«

»Liebe heißt doch nicht, alles am anderen zwangsläufig toll zu finden. Dein Gutmenschending nervt mich auch extrem. Daran wird sich auch nichts ändern. Trotzdem liebe ich dich. Was soll ich machen?« Er legte den Kopf schief und grinste.

Ich seufzte. »Seit wann bist du so schlau?«

»Schon immer.« Er packte mich an der Hüfte und zog mich wieder dicht an seinen Körper. Senkte seinen Kopf und knabberte leicht an meinem Schlüsselbein.

Ein leises Stöhnen kam ungeplant über meine Lippen. Ich hatte seinen Mund so vermisst. Und vor allem ihn.

»Können wir jetzt endlich Versöhnungssex haben? Und danach nehme ich dich mit nach Hause. Und wenn ich dich ins Auto tragen und in den Kofferraum sperren muss. George hat mir seinen Wagen geliehen, damit ich dich zurückholen kann. Weil er ein unverbesserlicher Romantiker ist.«

Ein lautes Lachen platzte aus mir heraus. »Ich bin immer noch sauer auf dich wegen dieser Scharade.«

»Und ich, weil du mir auf der Party auf den Kopf zugesagt hast, du seist nur wegen meinem Bruder beim Sex so abgegangen.«

Ich senkte das Kinn und schnaufte tief aus. »Das war gelogen«, gab ich zu. »An diesem Abend habe ich mit dir geschlafen. Du bist es, der mich so heiß macht. Die Geräusche von nebenan haben das nur verstärkt. Wie ein Porno.«

Er knabberte an meinem Schlüsselbein. »Wie viele Pornos hast du schon gesehen, Bienchen?«

»Keinen«, gab ich keuchend zu. »Aber viele werden erregt, wenn sie Pornos anschauen oder anderen beim Sex zuhören. Stimmt das nicht?«

Ich stöhnte auf, als seine Lippen weiter nach oben fuhren und sich um mein Ohrläppchen schlossen und daran saugten. Urplötzlich schoss Hitze zwischen meine Beine.

Leider stoppte er und entfernte sich so weit von mir, dass er mir in die Augen sehen konnte. »Das ist doch was völlig anderes. Das war mein Bruder, der gerade seine Freundin gevögelt hat. Und in den du zufälligerweise verliebt warst. Mehr als in mich.« Ich wollte einhaken, aber er hob einen Finger. »Lass mich ausreden, Bienchen.« Ich nickte. »Pornos sind allein dazu da, geil zu werden, damit man schneller Druck abbauen kann. Zum besseren Wichsen, um es mal deutlich auszusprechen. Nicht, um sich in die Arme der Darsteller zu träumen, während man mit seinem Freund schläft.« Sein Blick wurde ernst. »Das hat mich sehr verletzt. Ich war entsetzt und kann nicht verstehen, wie unser Streit so eskalieren konnte.«

»So war es nicht«, versuchte ich zu erklären. »Oder nicht nur. Ich habe immer mit dir geschlafen. Dass Tristan nebenan ... Das war quasi wie die Sahnehaube auf einer ohnehin schon extrem leckeren Torte. Wie ...«

Er drückte mir den Finger auf die Lippen. »Hör besser auf, du redest dich sonst um Kopf und Kragen. Lass uns den ganzen Scheiß, der in der Vergangenheit passiert ist, vergessen. Ich bin nicht nachtragend. Das ist der Vorteil, wenn man im Augenblick lebt.« Er stockte. »Auch wenn ich wirklich kurz davor war, nichts mehr mit dir zu tun haben zu wollen. Aber ich bin eben ein Arsch. Auch mir und meinem Herzen gegenüber. Meinem Hirn sowieso.«

»Ich werde dich nicht mehr verletzen«, versprach ich.

Wieder hielt er mich vom Weitersprechen ab. »Ich will das alles nicht weiter totdiskutieren. Zumindest nicht heute. Küss mich lieber.«

Und das tat ich.

Donovans Plan war aufgegangen. Tristan war vergessen. Wenn ich jetzt an ihn dachte, regte sich gar nichts. Nicht nur, weil Donovans Finger gerade auf Wanderschaft gingen und ich mich auf nichts anderes konzentrieren konnte.

Donovan brummte. »Gut, dass wir noch sauer aufeinander sind. Wütender Versöhnungssex ist nämlich am besten.«

»Ich hasse dich«, sagte ich resigniert und neigte meinen Hals zur Seite, damit er besser an meine erwartungsvoll prickelnde, empfindliche Haut kam. Dummerweise erregten mich seine Anwesenheit und sein Gerede über Sex und vor allem seine Lippen und seine Hände unglaublich. Am liebsten hätte ich ihn einfach angesprungen. Dabei hatten wir so viel zu besprechen.

»Tust du nicht.« Er sah mich mit dunklen Augen an.

Ohne mein Zutun setzte ich mich in Bewegung und widerstandslos folgte er mir. Auf den letzten Zentimetern riss er mich herum, sodass ich ins Straucheln kam und wir zusammen auf die Matratze fielen und ich auf seiner Brust landete. Einen Moment starrten wir uns nur bewegungslos und stumm an. Dann nahm er mein Gesicht in seine Hände, hob den Kopf und strich mit seinen Lippen über meine. Zärtlich und sanft. Wartete, bis ich bereit war, mich ganz auf ihn einzulassen.

Ich legte meine Hände auf seinen Oberkörper und drückte ihn entschlossen auf den Rücken. Er ließ es geschehen, sah erwartungsvoll zu mir hoch. Lächelte voller Liebe und Lust. Seine Härte pulsierte an meinem Bauch und zwischen meinen Beinen begann es zu kribbeln. So eine Reaktion erzeugte nur er.

»Bienchen«, flüsterte er. »Ich ...«

Aber ich erstickte seine Worte, indem ich ihn küsste.

All meine Gefühle und Leidenschaft legte ich in diese Verbindung unserer Lippen und Körper, entschuldigte mich auf meine Weise, dass er so lange hatte warten müssen. Er gab es mir in gleicher Weise zurück. Mit seinem Mund, seinen Händen, seinen Berührungen, seinen Bewegungen unter mir.

Die nächsten Stunden verloren wir uns ineinander. Hießen uns willkommen zurück, versicherten uns unserer Liebe. Dazwischen redeten wir, schmiedeten Zukunftspläne, streichelten uns, berührten einander, als könnten wir es nicht glauben, uns endlich und ehrlich und unwiderruflich gefunden zu haben.

Donovan

Verdammt, war ich glücklich! Endlich gehörte sie mir. Freiwillig und mit ganzem Herzen und Kopf und Körper.

Natürlich hatte ich mit meiner Verwandlung in Tristan nicht fair gespielt. Aber das hatte sie auch nicht. All das war Vergangenheit. Die Zukunft, unsere gemeinsame Zukunft war das, was von jetzt an zählte.

Sie lag mit ihrer ganzen Länge an mich geschmiegt neben mir im Bett und schlief, ihr Kopf auf meiner Brust, ihr Bein um meins gewickelt, ihr Arm um meinen Bauch.

Seit einer Ewigkeit bewegte ich mich nicht, um sie nicht aufzuwecken. Genoss lediglich ihre Nähe, ihre Liebe, ihre Hingabe. Nie wieder würde ich sie loslassen.

Sie bewegte sich träge, rekelte sich in meinen Armen, drückte dabei ihren Busen an mich und strich – absichtlich oder aus Versehen? – mit dem Schenkel über meine Morgenlatte.

»Guten Morgen, Schnarchbienchen.«

»Ich schnarche nicht«, brummelte sie. Sie gab ein süßes Geräusch von sich und kuschelte sich noch näher an mich, was eigentlich kaum möglich war. Mein Arm war eingeschlafen, aber ich würde den Teufel tun, sie wegzuschieben, selbst wenn mir eine Gliedmaße abstarb. Auf einen verfluchten Arm konnte ich verzichten. Auf sie nicht.

Trotzdem drehte ich mich auf die Seite, damit ich sie betrachten konnte. Sie war entzückend verschlafen, mit geschwollenen Lippen und zerzausten Haaren, ein leichter Geruch nach Sex haftete an ihr. Dem armen Zimmermädchen, das unsere Laken wechseln musste, würde ich ein saftiges Trinkgeld hinterlassen. Ich küsste Eve auf die Nase und sie kicherte leise. Ihr Blick brannte sich in mich, sagte stumm die Worte, die sie mir die letzten Monate vorenthalten hatte.

Mit ihr zu schlafen war nicht einfach Sex, sie zu lieben nicht einfach ein Gefühl. Es war alles. Die Erfüllung schlechthin. Existenzerweiternd. Gehirnwegblasend. Wundervoll. Unfassbar. Es gab gar nicht genug Adjektive, um das zu beschreiben.

Sie war meine Bienenkönigin. Das, was mir immer gefehlt hatte, ohne dass ich es wusste.

Später lagen wir schwer atmend nebeneinander auf dem Rücken, unsere Arme berührten sich, unsere Finger waren ineinander verhakt. Ich starrte an die Decke, verfing mich in dem Muster der aufgeplatzten Farbe.

Ich zeigte mit dem Fuß auf ein besonders schönes. »Schau mal, ein Grinsesmiley. Sogar die Wände freuen sich über unsere Wiedervereinigung.«

Sie rutschte näher zu mir und benutzte meine Brust als Kissen. »Das sind ganz schön poetische Worte, Donovan Jones. Aber du hast recht. Die Decke grinst.«

Vielleicht lachte sie mich auch aus, weil ich so lächerlich glücklich war. Mit Eve fühlte ich mich stark und unverwundbar. Meine Finger spielten mit ihrem Bauchnabel, was offenbar kitzelte, denn sie schüttelte sich und kicherte.

Unvermittelt setzte sie sich auf und in den Schneidersitz und musterte mich mit ernstem Gesichtsausdruck. Sie kaute auf ihrer Unterlippe und runzelte die Stirn. Vom Kopfende schnappte sie sich ein Kissen und legte es in ihren Schoß. Was war denn jetzt los?

»Es tut mir leid, dass ich dich verletzt habe. Nicht nur das auf der Party. Alles. Das hast du nicht verdient. Ich bin ein schrecklicher Mensch. Du hast jedes Recht, mich zu hassen. Stattdessen liebst du mich. Trotz allem. Das ist unglaublich. Es ist mir ehrlich gesagt unverständlich, warum du dich nicht von mir getrennt hast. Der Donovan, den ich kennengelernt habe – oder dachte zu kennen –, hätte das nie mit sich machen lassen.«

Ich antwortete nicht. So was machte Liebe eben aus einem. Kein Wunder, dass so viele Menschen Liebe ablehnten. Sie verwandelte einen in einen anderen Menschen. Auf viele verschiedene Arten, gute wie schlechte. Aber ich ließ sie reden. Erklären konnte ich mir das alles ja selbst nicht, wie es dann ihr begreiflich machen?

»Das Gleiche könnte ich dich fragen«, sagte ich dann doch. »Warum warst du überhaupt mit mir zusammen, wenn du doch ihn wolltest?«

Eine Weile schwieg sie, als suchte sie die richtigen Worte. Offenbar war sie ebenso ratlos wie ich. Wir hatten uns gegenseitig aus unserem Leben und unseren Überzeugungen gerissen. Damit musste man erst einmal fertigwerden.

»Der Sex mit dir war toll. Und es hat immer Spaß gemacht, mit dir etwas zu unternehmen.«

So leicht kam sie mir jetzt nicht davon. Ich verschränkte die Hände im Nacken.

»Ich war also der Typ für Spaß und Orgasmen«, fasste ich zusammen.

»Natürlich nicht«, versicherte sie hastig. »Da war auch mehr.«

Sie senkte den Kopf und sah auf ihre Finger, die die Linien auf der Bettwäsche nachfuhren.

»Aha. Und was war dieses Mehr?«

Endlich hob sie das Kinn. Ihr intensiver Blick bohrte sich in mich, mein Herz wummerte, mein Magen überschlug sich.

»In der Rückschau war ich wahrscheinlich von Anfang an in dich verliebt. Habe es mir nur nicht eingestanden. In die Sache mit Tristan habe ich mich unnötig reingesteigert. Weil du eben gar nicht das warst, was ich eigentlich wollte. Was ich mir von einer Beziehung erwartete. Aber du bist in mein Leben und mein Herz getrampelt, hast alles durcheinandergewirbelt. Mich leben lassen. Vielleicht war ich damit überfordert.« Sie seufzte und knetete das Kissen, als wäre es ein Hefeteig. »Ich weiß es nicht.«

»Ich schaue gern nach vorn, nicht zurück. Das noch tausendmal zu erörtern, bringt nichts. Ich habe dich jetzt. Das ist alles, was ich jemals wollte.«

Sie lächelte zögernd.

Umständlich rappelte ich mich auf, stützte mich hinter mir ab und zog die Knie an. »Trotzdem stimmt es. Es hat verdammt weggetan, was du mit mir abgezogen hast. Die meiste Zeit habe ich es kaum ausgehalten und keine Ahnung, warum ich mir das hab bieten lassen. Wahrscheinlich, weil ich ein hoffnungsloser Optimist bin.«

Ich stupste sie mit dem Zeh am Oberschenkel an und legte meinen Fuß auf dem Kissen in ihrem Schoß ab. Wie abwesend griff sie danach und streichelte über den Spann, als würde sie auch dort unsichtbare Muster nachzeichnen.

Ihre Hand fuhr mein Schienbein hoch und verharrte auf meinem Knie. Dass sie mich berührte, half nicht, ihr zuzuhören. Dabei war dieses Gespräch wichtig. Selbst ich wusste, dass wir unser größtes Problem erörtern mussten. Aber musste das gerade jetzt sein? Sie zupfte an meinen Beinhaaren, was ein wenig schmerzte, aber auch angenehm kitzelte. Ich dagegen fasste sie bewusst nicht an, um wenigstens einen Teil meines Gehirns angeschaltet zu lassen.

»Weißt du, was seltsam war?«

In unserer Beziehung war alles seltsam, Bienchen. Trotzdem schüttelte ich den Kopf.

»Wir steckten in einer dieser krankhaften, abhängigen Beziehungen, wie ich sie dutzendfach in meiner Arbeit erlebt habe. Ich habe mich immer gefragt, warum sich die Beteiligten nicht davon befreien. Jetzt verstehe ich es. Es ist eben nicht immer alles so einfach wie in der Theorie. In der Praxis verheddern wir uns in Irrungen und Wirrungen und unseren Gefühlen und handeln irrational oder falsch. Mein Leben lang versuchte ich, das Richtige zu tun, und dachte bisher, dass ich das gut schaffte. Bis ich auf euch Zwillinge traf und nicht mehr wusste, was richtig und was falsch war. Vernunftmäßig schon. Aber nicht emotional.«

Ich bot ihr auch noch mein anderes Bein und wie erhofft kümmerte sie sich auch um dieses. Strich zärtlich vom Knöchel über den Unterschenkel entlang nach oben, kratzte leicht mit dem Nagel ihres Zeigefingers um meine Kniescheibe, als wollte sie sich die Knochen in Erinnerung rufen. Wie damals bei unserem Anatomiewettbewerb mit Aurora. Es kam mir vor, als wäre das Millionen Jahre her.

»Um Richtig oder Falsch habe ich mich nie geschert.«

Leider ließ sie mich los und lehnte sich ebenfalls ein wenig zurück und stützte sich ab.

»Ich weiß. Auch das unterscheidet uns.«

Ich zog meine Knie wieder an und schlang die Arme darum. Langsam wurde mir kalt. Solche Situationen waren anstrengend. Aber die Decke hatten wir beim Sex auf den Boden gestrampelt und ich war zu faul, sie aufzuheben und mich darin einzuwickeln.

»Danke für deine Geduld, Donovan. Ich weiß, wie schwer dir Warten fällt.« Sie grinste schief. »Mein kleiner Zappelphilipp.«

Ich ruckte nach vorn, packte ihre Hand und presste sie auf meinen Halbsteifen. »Klein nimmst du zurück.« Gleichzeitig biss ich in ihren Nacken.

Sie kreischte lachend und diesmal war sie es, die zappelte. Doch ich gab sie nicht frei und vermutlich wollte sie das auch nicht, denn sie wehrte sich nur halbherzig. Stattdessen begann sie, mich zu streicheln und sich mir entgegenzubeugen. Ich fing ihre Lippen ein und wir küssten uns. Dieses ewige Zerreden zermürbte mich. Ich wollte lieber nur noch glücklich sein.

Nur weil wir nicht noch eine Nacht bezahlen wollten und ich sie so schnell wie möglich zurück nach Minot bringen wollte, zogen wir uns an und packten ihre Sachen. Dann checkten wir aus und brachen in unser gemeinsames Leben auf.

Die ganzen fünfzehn Stunden Fahrt lag ihre Hand auf meinem Schenkel. Kein einziges Mal beschwerte sie sich, wenn mein Bein zur Musik wackelte oder wenn ich furchtbar falsch mitsang. Wenn ich nicht gerade schalten musste, streichelten meine Finger ihr Knie oder verflochten sich mit ihren auf mir. Sie nicht zu berühren war unmöglich.

Ich konnte es immer noch nicht ganz glauben. Sie hatte sich tatsächlich für mich entschieden. Und je weiter diese Erkenntnis in mein Gehirn sickerte, umso glücklicher und freier wurde ich. Zugleich breitete sich eine unbekannte Ruhe in mir aus. Vielleicht war Eve mein Bienchen und ihr süßer Nektar das Heilmittel für alle meine Probleme. Wie echter Honig, dem ja auch Wunderkräfte zugeschrieben wurden. Vielleicht würden wir weiter ständig streiten und uns aneinander reiben. Wahrscheinlich sogar. Aber das war es wert. Normal und Harmonie war langweilig.

Wir unterhielten uns wenig, die Landschaft und die Straßen, andere Autos zogen an uns und der Blase, in der wir uns befanden, vorbei. Weder wollte sie, dass ich langsamer oder vorsichtiger fuhr, noch hielt sie mich davon ab, mir an der Raststätte ein Hotdog zu kaufen. Im Gegenzug kommentierte ich ihren ekligen Bulgursalat nicht und drehte, als sie fror, die Heizung auf volle Pulle, obwohl ich wie ein Schwein in der Sauna schwitztc. Mir war sogar egal, dass sie statt Rock-FM einen Klassiksender mit aufdringlichem Geigengejaule auswählte.

Beide wollten wir die Stimmung nicht zerstören. Wir würden lernen, einander sein zu lassen, und uns gemeinsam weiterentwickeln. Vielleicht sogar zu einer Einheit werden wie Morgan und Nate oder Tristan und Rylee. Beide Paare hatten ebenfalls eine Menge durchgestanden und wussten gerade deswegen noch viel mehr, was sie aneinander hatten.

»Ich liebe dich«, sagte sie aus dem Nichts. Ihr Kopf sank auf meine Schulter.

»Ich liebe dich, schon seit ich dich das erste Mal gesehen habe«, antwortete ich voller Überzeugung.

Sie sagte nichts mehr, seufzte nur leise und ein paar Atemzüge später war sie eingeschlafen.

»Schlaf gut, Bienchen«, flüsterte ich.

Im Halbschlaf regte sie sich, ihre Finger schlossen sich um meine und so brachte ich sie nach Hause nach Minot, wo sie hingehörte. Zu mir.

Ein Jahr später

Donovan

Eve sitzt in einem schulterfreien Kleid neben mir am Tisch des Brautpaars, auf der Seite von Margery, Tanner mit Enis bei seinem Dad. Ich darf so exklusiv sitzen, weil ich quasi als »Schwiegersohn« zur Familie gehöre. Mir gefällt es, dass Margery mich so bezeichnet, obwohl Heiraten die nächsten zehn oder zwanzig Jahre nicht geplant ist. Ich liebe Eve unfassbar, aber ich brauche kein Papier zum Beweis. Diesbezüglich sind wir uns sogar ausnahmsweise mal einig.

Der Rest meiner Familie wurde woanders im Saal platziert.

Eves Haare sind zu einem kompliziert aussehenden Ding hochgesteckt, sodass man ihren Hals, an dem ich so gerne knabbere, bis sie sich windet, sehen kann. Heute trägt sie die zarte Goldkette, die ich ihr zu ihrem Geburtstag letzten Monat geschenkt habe. Ein Anhänger in Form einer Biene ist daran befestigt, auf deren Bauch E + D eingraviert ist, umrahmt von einem Herz. Ein furchtbar kitschiges Geschenk, aber ihre Freude und ihre spezielle Art, wie sie sich bei mir bedankt hat, entschädigen für alles.

Bei der Erinnerung werde ich hart und muss mich ablenken, weil ich keine Lust habe, hier mit einem Ständer rumzuhängen. Also konzentriere ich mich auf Brianna auf Eves Schoß. Nichts bringt mich mehr in die Realität zurück als Babys. Eine Familie mit Eve ist nicht ausgeschlossen, aber auf keinen Fall jetzt. Lieber ziehe ich mir drei Kondome über. Gott sei Dank hat sich Eve kurz nach unserer Rückkehr nach Minot so eine Kette aus Kupfer einsetzen lassen, sodass wir ohne lästige Unterbrechungen und ohne Barriere zwischen uns jederzeit und überall

Sex haben können. Und das haben wir oft. Ich hatte schon immer ein aktives Sexleben, aber das ist nicht zu vergleichen mit dem in einer festen Beziehung. Voller Liebe und Vertrautheit. Das hätte ich nie gedacht.

Den kleinen Eingriff hat Eve nicht von George oder ihrer Mom durchführen lassen, das wäre creepy gewesen. Ich habe sie dafür extra zu einem Arzt in Bismarck gefahren und die ganze Zeit ihre Hand gehalten, während der fremde Typ in ihr herumgefummelt hat. Die Kosten haben wir uns geteilt. Schließlich profitiere ich auch davon.

Brianna fängt an, auf Eve herumzuhüpfen, und stößt eine Mischung aus Brabbeln und Lachen hervor. Keine Ahnung, was sie will. Babysprache ist für mich wie Chinesisch.

Eve beugt sich zu ihr hinunter und flüstert ihr etwas ins Ohr, woraufhin Brianna aufhört zu zappeln und mit verzücktem Ausdruck ihrer Schwester lauscht. Sie schaut sie ähnlich dämlich an wie ich. So ist es eben mit Eve. Sie macht die Menschen um sich herum plemplem im Kopf. Auf gute Art.

Während auf der Bühne irgendein alter Mann das Brautpaar lobpreist, lasse ich meinen Blick durch den Raum schweifen auf der Suche nach meiner Familie.

Dad trägt ausnahmsweise einen Anzug und sogar eine Krawatte, die farblich zu dem Kleid seiner Freundin passt. Ich habe mich geweigert, eine Krawatte zu tragen. Der Smoking reicht schon. Dad und Gina halten Händchen und lächeln und hören dem Redner zu.

Morgan und Nate werden die Nächsten sein, die heiraten. Die Hochzeit ist für August geplant. Dafür werden wir alle zu Nates Familie nach LA fliegen und anschließend dort noch zwei Wochen Urlaub machen. Mein Bienchen wird mich natürlich begleiten. Ebenso wie Rylee Tristan. Bald werden die beiden eine gemeinsame Wohnung in New York suchen. Sollen sie tun, wenn es sie glücklich macht, auch wenn ich meinen Brudi vermissen werde. Die beiden hängen wie fast immer halb aufeinander drauf, küssen sich ständig und kichern. Dabei sind Tristans Witze nicht witzig.

Parker hat als Begleitung Gwen mitgebracht. Sie sieht hübsch aus in ihrem lockeren Hosenanzug und mit der natürlichen Schminke. Weicher und zarter, so, wie sie innen eigentlich ist. Ohne auf den Redner zu achten, unterhält sie sich mit Gwen. Nate hat seine beeinträchtigte Hand unter dem Tisch auf Morgans Bein abgelegt, mit der gesunden trinkt er von seinem Wasser. Erstaunlich, wie er es komplett ohne Alkohol aushält.

Gabrielle und Aurora rennen mit anderen Kindern zwischen den Tischen hin und her. An normalen Tagen würde Margery das nie erlauben.

Ich beuge mich an Brianna vorbei zu Eve. Eine Wolke Babycreme und Milch steigt mir in die Nase. »Du siehst so fucking sexy aus«, sage ich leise. Sie kichert und ihre Wangen verfärben sich rosa, während sie ihrer Schwester die Ohren zuhält. Garantiert versteht die ohnehin nicht, was wir reden. Und wenn, wäre es ihr sicher völlig egal. »Ich würde dich so gern auf der Stelle vernaschen. Dahinten habe ich einen Raum mit einem Sofa entdeckt. Momentan sind alle beschäftigt, also …« Statt den Satz zu beenden, wackle ich anzüglich mit den Augenbrauen.

»Du bist unmöglich.« Trotzdem scheint sie sogar kurz zu überlegen, schüttelt aber dann den Kopf. Schade, aber im Grunde habe ich das erwartet. »Später vielleicht«, flüstert sie dann und sieht sich verstohlen um, ob jemand unser Geplänkel mitbekommen hat.

Ein paar Minuten lasse ich sie in Ruhe. Ein weiterer Gast übernimmt das Mikrofon, irgendeine Freundin von Margery, die zu ihrer Rede eine Diashow vorbereitet hat. Wer besitzt heutzutage noch Dias? Das Klicken des Projektors und das diffuse Licht machen mich schläfrig. Ich gähne, halte mir aber zur Feier des Tages die Hand vor den Mund.

Aus Langeweile trinke ich meinen Wein aus und winke der Bedienung, damit sie mir auffüllt, was diese auch brav erledigt.

»Ist jetzt später?«, frage ich Eve, die daraufhin die Augen verdreht. Aber ich sehe, wie sie sich ein Grinsen verkneift.

Sie deutet auf Brianna. »Was ist mit ihr? Wir können sie ja schlecht mitnehmen.«

Wortlos nehme ich ihr das Baby ab. Sofort greift Brianna in meine Haare und zieht daran. Ich puste ihr auf die Wange, sie jauchzt und löst ihre Finger. Dann stehe ich mit ihr auf, gehe hinter dem Brautpaar vorbei zu Tanner und drücke ihm kommentarlos seine Schwester in die Hand.

Er glotzt mich verwirrt an, fängt aber automatisch an, sich mit Brianna zu beschäftigen, indem er sie Hoppe Reiter machen lässt. Das war der Plan. Tanner ist nämlich ein hervorragender großer Bruder, der total verliebt in das neue Familienmitglied ist. Ganz neue Seiten erwachen da in ihm. Wahrscheinlich recherchiert Enis bereits im Netz, wie man als Homopaar an ein Kind kommt.

Mit dem Kinn gebe ich Eve ein Zeichen, dass wir uns vor der Tür treffen. Sie nickt unauffällig. Ihr Gesicht ist erhitzt und wieder kontrolliert sie, ob uns jemand beobachtet. Mir sind die anderen so egal.

Ich muss nur kurz warten, dann stößt sie zu mir und ich nehme sie in die Arme und küsse sie. Das letzte Mal ist schließlich schon ewig her. Mindestens eine Stunde oder so.

Wir huschen in einen Raum ein paar Türen weiter, der sich als Pausenraum für Angestellte entpuppt, und fallen sofort übereinander her.

Als wir befriedigt und glücklich zurück in den Gastraum kommen, ist der Brauttisch bis auf Tanner und das Baby leer, die Tanzfläche dafür voll. An der Hand führe ich Eve zu den Tanzenden, ziehe sie an mich und bewege uns im Rhythmus des langsamen Liedes. Sie schmiegt ihre Wange an meine Brust und schlingt ihre Arme um mich. Gemeinsam wiegen wir uns hin und her.

Selbst als das Stück zu Ende ist und in ein schnelleres wechselt, lasse ich sie nicht los. Die anderen um uns herum zappeln und stampfen herum, aber Eve und ich verharren in unserer Welt. Mit ihr ist alles anders. Kitschig und romantisch und einfach nur großartig. Sie macht alles perfekt.

Wir sehen uns nur an, versinken in den Augen unserer großen Liebe. Wir müssen uns nicht ständig die drei Worte sagen. Wir wissen, was wir aneinander haben.

Immer noch streiten wir uns viel. Aber das spielt keine Rolle. Reibung erzeugt Hitze. Und ich liebe es heiß.

Ich liebe sie.

Ich mag ein Chaot und ein Prolet und unentschlossen sein, doch bei Eve bin ich mir so sicher wie bei nie etwas zuvor.

Ich bin der Planet, den sie eigentlich rettet, nicht die Erde.

»Gehst du mit mir aus, Bienchen?«, frage ich sie, wie jeden Tag unseres Lebens. Ein Ritual zwischen uns, obwohl die Antwort ohnehin klar ist.

Wie immer gibt sie vor, angestrengt überlegen zu müssen. Dann verzieht sie ihre süßen Honiglippen und nickt und ich strahle, als hätte sie gerade zugestimmt, mit mir durchzubrennen und in Las Vegas mit Elvis als Trauzeuge zu heiraten.

Sie stellt sich auf die Zehenspitzen, hält sich an meinem Nacken fest und drückt ihre süßen, weichen Honiglippen auf meine. Ich packte ihre Taille, hebe sie hoch und wirble sie herum, bis uns beiden schwindlig ist und ich langsamer werde. Als ich stehen bleibe, rutscht sie an meiner Vorderseite herunter, ihr Blick auf mich gerichtet. Wie damals, vor Ewigkeiten, im beFive.

Erst als jemand laut »Essen fassen« ruft, rühren wir uns wieder. Hand in Hand schlendern wir zum Büffet, reihen uns in die Schlange der Wartenden ein und verlieren dabei keine Sekunde den Körperkontakt. Ich brauche ihn wie Sauerstoff, Aktion, Spaß und Party.

Nummer eins in dieser Liste ist jedoch sie.

Für immer.

Als sie mir ein Bällchen, das aussieht wie Hack, aber auf dessen Schild »Rote-Bete-Bohnen« steht, hinhält, öffne ich den Mund und lasse es mir hineinschieben. Sie lächelt und ich kaue. Es schmeckt gar nicht mal so schlecht.

Nicht Speck und Käse machen alles besser, sondern Eve.

Danke

Liebe Leser*innen,
wir alle kennen Menschen, die uns so nerven, dass wir sie an die Wand klatschen könnten. Und trotzdem lieben wir sie – oder zumindest manche davon 😉 . Oft ohne zu wissen, warum. Aber das müssen wir auch nicht. Liebe, auch nicht Zuneigung, ist nicht rational erklärbar. Wir sollten viel öfter unser Herz oder unseren Bauch sprechen lassen, denn unsere Intuition weiß mitunter am besten, was gut für uns ist oder uns glücklich macht.
Denkt nicht so viel nach. Genießt einfach.
Genauso, wie ich es genieße, dass ihr meine Bücher lest. Danke dafür.
Danke an alle Leser*innen, Blogger*innen, Testleser*innen, Mutmacher*innen, Freund*innen (reale und online), meine Familie und natürlich wie immer an das großartige Team von Forever.
Ansonsten halte ich es diesmal wie Donovan und verzichte auf viel Drumherumgerede.

Wer mich auf Facebook oder Instagram besuchen will, ist herzlich eingeladen. Ich freue mich auch immer über Mails oder Nachrichten von euch.

Ganz liebe Grüße
Christiane Bößel